MÖRDERSCHAU IN BAD VÖSLAU

Norbert Ruhrhofer, geboren 1968 in Wien, arbeitete zunächst als kaufmännischer Mitarbeiter im Gesundheitswesen. Auf dem zweiten Bildungsweg studierte er Rechtswissenschaften und war anschließend bei einem namhaften österreichischen Informationsdienstleistungsunternehmen tätig. Im Alter von fünfundvierzig Jahren zog er mit seiner Frau von Wien nach Bad Vöslau, wo er seine Leidenschaft fürs Schreiben entdeckte. Ein Blick auf die Webpage des Autors zahlt sich schon während des Lesens dieses Krimis aus. Nehmen Sie anschließend das Buch zu den Schauplätzen mit, lernen Sie via Krimi-Geocaching verborgene Orte kennen und genießen Sie dabei so manche kostenlose Spezialität aus der Region. Mehr zu den teilnehmenden Unternehmen finden Sie im Blog der Website unter www.norbert-ruhrhofer.at

NORBERT RUHRHOFER

MÖRDERSCHAU IN BAD VÖSLAU

DER DRITTE FALL FÜR DIE POKORNYS

Ein Wiener-Speckgürtel-Krimi

emons:

Bibliografische Information der Deutschen Nationalbibliothek
Die Deutsche Nationalbibliothek verzeichnet diese Publikation
in der Deutschen Nationalbibliografie; detaillierte bibliografische
Daten sind im Internet über http://dnb.d-nb.de abrufbar.

© Emons Verlag GmbH
Alle Rechte vorbehalten
Umschlagmotiv: mauritius images/Hans Blossey/imageBROKER
Umschlaggestaltung: Nina Schäfer, nach einem Konzept
von Leonardo Magrelli und Nina Schäfer
Umsetzung: Tobias Doetsch
Gestaltung Innenteil: DÜDE Satz und Grafik, Odenthal
Lektorat: Uta Rupprecht
Druck und Bindung: GGP Media GmbH, Pößneck
Printed in Germany 2023
ISBN 978-3-7408-1772-5
Ein Wiener-Speckgürtel-Krimi
Originalausgabe

Unser Newsletter informiert Sie
regelmäßig über Neues von emons:
Kostenlos bestellen unter
www.emons-verlag.de

Dieser Roman wurde vermittelt durch
die Literaturagentur Drews, Augsburg.

Für meinen besten Freund Herwig.
Wie schnell doch vierzig Jahre vergehen.

Personenliste

Willi Pokorny: sechsundvierzig Jahre alt, faul, unsportlich, je nach Jahreszeit entweder mit seinem froschgrünen E-Bike oder einem dreißig Jahre alten Ford Escort unterwegs. Derzeit arbeitslos, unterstützt er seinen Freund bei der Auslieferung von Bioprodukten.

Toni Pokorny: Die allerbeste Ehefrau der Welt steht knapp vor ihrem vierzigsten Geburtstag, ist sportlich und engagiert sich, Kindern Literatur näherzubringen. Durch einen Grundstücksverkauf finanziell abgesichert, arbeitet sie Teilzeit in der Gemeindebücherei. Ernährt sich gesund, wünscht sich ein Kind.

Die Maxime (Beagle-Dame): Die Hündin ist ein vollwertiges Familienmitglied der Pokornys und eine Art Kinderersatz.

Gruppeninspektor Friedrich Sprengnagl: Kriminalbeamter im Bereich Leib und Leben in Bad Vöslau und langjähriger Schulfreund vom Pokorny. Er ist ein Intimfeind der Chefinspektorin Wehli, die früher seine Chefin war und ihn jetzt für alle kriminalpolizeilichen Einsätze in der Stadtgemeinde anfordert.

Chefinspektorin Ottilia Wehli: sechsunddreißigjährige Kriminalbeamtin, gewöhnlich in schwarzer Ledermontur auf ihrer 1200er BMW unterwegs. Sie will Leiterin des LKA werden, hat Probleme mit dem Sprengnagl wegen einer gemeinsam vergeigten Soko und einem gescheiterten Grundstückskauf.

Liesl Katzinger: eine neugierige alte Frau, weiß über alles und jeden in Bad Vöslau Bescheid. Sie steht meist kettenrauchend vor dem Café Annamühle, spricht Wörter häufig falsch oder sinnentfremdend aus.

Bio-Berti: Schulfreund vom Pokorny und vom Sprengnagl, hat sich in Großau (Ortsteil der Stadtgemeinde Bad Vöslau) ein Geschäft aufgebaut, in dem er neben Bioprodukten mit Vorliebe Magic Mushrooms verkauft

Tatjana Walcha: ehemalige Schulfreundin der Toni, jetzt Chefin der Stadtbücherei Bad Vöslau

Die Hanifl: unbeliebte Doppelhausnachbarin der Pokornys

Heidrun Zwatzl: stammt aus der DDR, wo ihr Vater bei der Stasi war. Von ihm hat sie Abhörequipment geerbt und bespitzelt ihre Nachbarn mit versteckten Kameras und Mikrofonen.

Roswitha (Rosal) Fratelli: Putzfrau und Freundin der Katzinger

Der Ludwig: Pflegeheimbewohner, schaut dem Waldorf von den Muppets ähnlich, ist immer mit einem Outdoor-Rollator mit extrabreiten Rädern und tiefem Profil sowie mit einem Fernglas zum Auskundschaften unterwegs

Der Heini: Pflegeheimbewohner, schaut dem Statler von den Muppets ähnlich, ebenfalls mit Rollator, Fernglas und immer mit dem Ludwig unterwegs

Anna Högerl: leidet an einem Hirntumor im Endstadium, Mieterin der Kabane 1 im Thermalbad

Eleonore Zobel: hünenhafte Frau, Nachbarin der Högerl, kümmert sich um sie. Arbeitet als Tierpflegerin bei den Mähnenrobben im Tiergarten Schönbrunn in Wien, Mieterin der Kabane 2.

Kurt Tscholitsch: netter, aber ständig betrunkener Nachbar der Zobel, Mieter der Kabane 3

Christine Kocmanek: die Erste auf der Warteliste für eine freie Kabane

Herta Riebenbauer: Freundin der Zobel, Nummer zwei auf der Warteliste für eine Kabane

Dirk Schwertfeger: Mieter der Kabane 5, tut auf wohltätig und hat bei einer Tombola seine Kabane für die Saison kostenlos an Heini und Ludwig vergeben

Jaqueline Eckstadler: Architektin, arbeitet mit dem Schwertfeger zusammen

Der Guschlbauer: Bademeister

Der Voitl: Mitarbeiter vom Guschlbauer

Der Jacobi: Direktor vom Thermalbad

Der Sommersacher: verstorbener Bademeister

»Kruzitürken!«, schimpft der Pokorny und stellt keuchend die randvolle Kühltasche auf die Stufen neben den alten Kabanen, die auf die oberste Ebene des Bad Vöslauer Thermalbades führen. »Ehrlich, ist das notwendig? Reicht schon, dass du mich ins Bad schleppst, wo wir uns durch gefühlt tausend tobende Kinder ohne Erziehung wurschteln müssen. Und dann machen wir noch eine Wanderung aufs Juchhe hinauf! Das war nicht ausgemacht.« Um die unglaubliche Dramatik der Situation zu unterstreichen, lässt er mit einem Seufzer die Schultern fallen, ganz so, als hätte seine letzte Stunde geschlagen.

Die Toni rollt mit den Augen. »Du wirst es hoffentlich knapp überleben. Wenn du weiter so ein Theater machst, verdirbst du mir den Spaß. Da wäre ich lieber gleich zu Hause geblieben.«

»Zu Hause« ist für den Pokorny, der sich in der Doppelhaushälfte des Ehepaars sowieso am wohlsten fühlt, das richtige Stichwort. »Ja, ja, hätten wir auch können. Blöde Idee, uns bei der Hitze ins Bad zu quälen. Nur weil du von der Bürgermeisterin zwei Saisonkarten fürs Thermalbad geschenkt bekommen hast, muss ich jetzt dafür büßen. Wieso die das getan hat, verstehe ich sowieso nicht. Die ist doch sonst so knausrig! Und dass wir deshalb jetzt unseren Urlaub hier verbringen, ist schon mühsam.«

»Ich will die Karten halt ausnützen. Wenn es uns nicht gefällt, können wir es immer noch bleiben lassen. Aber oben beim Waldbecken ist es wunderschön, extrem ruhig, viel weniger Badegäste und mehr Platz. Da kannst du dich in eine Hängematte legen und den Ausblick genießen. Unten liegst du Handtuch neben Handtuch. Außerdem gibt es oben die ›Milchbar‹, dort bekommst du einen wunderbaren Kaffee und einen phantastischen Apfelstrudel.«

Die Toni weiß, wie sie ihr »Bärli«, wie sie ihn liebevoll nennt, motivieren kann. Wobei sie sich mit dem Qualitätshinweis auf den Kaffee weit hinauslehnt. Weil der Pokorny halt für sein Leben gern Kaffee trinkt, ist er da ziemlich anspruchsvoll, laut der Toni sogar anstrengend. Schon an der Crema, die fest und goldbraun sein muss, kann er erkennen, ob der Espresso gut ist oder nicht. Er liebt Bad Vöslau über alles, aber gerade bei dem koffeinhaltigen Getränk wird er hier öfter enttäuscht als positiv überrascht.

Zwar grummelt er nach der Ankündigung noch, greift aber trotzdem nach der Kühltasche, ächzt noch einmal und nimmt die nächsten Stufen in Angriff.

Zwei Minuten später hat die Qual für ihn ein Ende. Oben angekommen, lässt sich der Bergsteiger in die erstbeste Hängematte fallen, die für die Badegäste zwischen den Schwarzföhren montiert wurde. Vom Lärm der unteren Etagen ist nichts zu hören.

»Siehst du, ich hab dir nicht zu viel versprochen, oder?«, fragt die Toni mit einem entzückten Lächeln.

Anerkennend nickt er. Gehört hat er von dem weithin bekannten Juwel schon viel, aber die Wirklichkeit schlägt alles. Das Bad Vöslauer Thermalbad ist nämlich in vielerlei Hinsicht etwas Besonderes. Die seit 1873 bestehende Badeanlage wurde während des Ersten Weltkriegs stark in Mitleidenschaft gezogen, 1925 abgerissen und von den Architekten Peter Paul Brang und Wilhelm Lukesch nur ein Jahr später in der heutigen Form wiedereröffnet. Sie besteht aus mehreren Becken, die in dem fünfundvierzigtausend Quadratmeter großen Gelände auf unterschiedlichen Ebenen angelegt sind. Und die Toni hat recht: Je höher die Ebene, desto ruhiger wird es.

Gleich hinter dem Eingang befindet sich das tausend Quadratmeter große, mit Chlorwasser gefüllte »Blaue Becken«, das von Kindern und Jugendlichen entsprechend lautstark genutzt wird. Am Ende der Ebene geht es neben den historischen Schwedenduschen über ein paar Stufen hinauf zum »Grünen Becken«. Dieses wird aus der sechshundertsechzig

Meter tiefen Ursprungsquelle – einer der ältesten und tiefsten Quellen Europas – mit fünfzehntausend Jahre altem Vöslauer Mineralwasser gespeist. Am Kopfende des Beckens wird die Ebene wie in einer Arena von malerischen Kabanen – kleinen Badehäuschen – begrenzt. Eine Vielzahl von Stufen führt vorbei am Kinderbecken bergauf in den Marienpark, wo das »Waldbecken« auf die Besucher wartet. Dort oben bei einem guten Espresso an der Milchbar sitzend fühlt man sich wie in einer anderen Welt, es ist, als wäre der Rest des Bades gar nicht vorhanden.

»Du hast recht«, antwortet er, immer noch nickend. »Ein Traum, kaum Leute. Schau, da ist sogar der Turm der Pfarrkirche Sankt Jakob zu sehen.«

»Willi, schaffst du es, noch einmal aufzustehen?«

»Ich, wieso? Passt doch super hier.«

»Schau, dort drüben bei den Waldkabanen gibt es auch Hängematten, und die Wiese ist gemütlicher zum Liegen.« Sie deutet auf den Boden, der mit Wurzeln durchzogen und von jeder Menge Pockerln übersät ist.

Stöhnend wuchtet er sich aus der schaukelnden Hängematte und stellt sich dabei dermaßen tollpatschig an, dass er polternd auf der hinteren Seite hinunterfällt.

»Sakrahaxn!«, ruft er und reibt sich die linke Hüftseite. »Aua, das gibt einen ordentlichen blauen Fleck.«

Die Toni verzieht das Gesicht. »Dann stell dich halt nicht so ungeschickt an.«

Nach einigen weiteren Standortwechseln – die allerbeste Ehefrau der Welt ist ziemlich wählerisch – haben sie den perfekten Platz gefunden. Gerade als beide mit einem zufriedenen Grinsen die Augen schließen, beginnen knapp zehn Meter entfernt drei Frauen zu streiten.

»Högerl, passen Sie gefälligst auf, Sie ruinieren ja alles!«, keift eine vielleicht fünfzigjährige Frau, die auf einem Klappbett nur wenige Meter vor einer Waldkabane liegt. »Sie senile alte Greisin! Wenn Sie endlich abkratzen, wird die Kabane eine Ruine sein.«

»Die glaubt auch, sie wäre etwas Besseres«, raunt die Toni. »Trägt im Bad Prada, ist geschminkt wie für einen Ball und nörgelt herum. Na, das kann ja was werden.«

Die Tür der Nachbarkabane wird aufgerissen und eine circa vierzigjährige Frau mit der Statur einer Kugelstoßerin stürmt auf die Wirbelmacherin zu. »Hören Sie auf, die alte Dame fertig-zumachen, Kocmanek, und hauen Sie ab, bevor mir das Kotzen kommt. Die Kabane hat immer noch die Högerl gemietet. Sie werden es wohl noch erwarten können!«

»Die werte Frau Zobel hat mir gerade noch gefehlt. Haben Sie nichts anderes zu tun, als sich in das Gespräch zweier Bade-gäste einzumischen?«, blafft die Kocmanek zurück.

Bevor die Lage eskaliert, schaltet sich die alte Högerl ein: »Bitte lassen Sie mich in Ruhe, mir geht's heute gar nicht gut.«

»Eben, eben. Genau darum geht's ja!«, schreit die Kocmanek. »Ihnen geht's nicht gut. Warum tun Sie sich das mit der Kabane noch an? Ziehen Sie doch in die Residenz am Kurpark, da haben Sie einen Rundumservice. Ich übernehme dafür Ihre Kabane und zahl Ihnen die Miete für die Saison. Na, ist das ein Angebot?«

Die hünenhafte Zobel tritt nahe an die Kocmanek heran. »Sie lassen sie sofort in Ruhe, sonst …«

»Sonst was? Wollen Sie mir drohen?« Sie dreht sich im Kreis. »Und das vor Zeugen, nicht Ihr Ernst.« Mit zusammengeknif-fenen Augen deutet sie auf die Pokornys. »Noch dazu vor zwei Berühmtheiten. Da brauchen die zwei wenigstens nicht ewig lange zu ermitteln.«

Während die unfreiwilligen Zuhörer peinlich berührt die Wipfel der Schwarzföhren fixieren, verfinstert sich die Miene der Zobel immer mehr. »Hören Sie doch auf! Jeder hier weiß, dass Sie eine frustrierte Schreckschraube sind und die Högerl am liebsten tot sehen würden, damit Sie an ihre Kabane kommen. Aber den Gefallen tut sie Ihnen nicht. Gell, von dem Kotz-brocken lässt du dich nicht fertigmachen.«

Die alte Dame schüttelt erschöpft den Kopf. »Ein bisserl wird sie sich schon noch gedulden müssen. Bis dahin mach ich das Beste draus. Ich muss mich hinlegen. Ich danke dir für deine Hilfe«, sagt sie zu ihrer Nachbarin, schnürt sich den dunkelgrünen Bademantel vor der Hüfte zusammen, dreht sich grußlos um und schließt die Tür.

»Der alte Trampel, echt, warum kratzt die nicht endlich ab«, ätzt die Kocmanek. »Muss ich sie echt eigenhändig im Waldbecken ertränken, oder was? Bald ist der Mai vorbei, und die will einfach nicht verrecken.«

»Lassen Sie die Högerl in Ruhe. Wenn ihr was passiert, werden Sie das bitter bereuen«, faucht die Zobel. Ihre Augen sind nur noch schmale Schlitze.

»Herr Pokorny!«, ruft die Kocmanek. »Sie sind mein Zeuge, falls mir was passiert … die Wikingerfrau hat mir mit dem Tode gedroht.«

»Wir sind gerade erst gekommen und haben nichts von Ihrer Streiterei mitbekommen. Wenn Sie Zeugen brauchen«, er deutet in die Runde, »es gibt genug davon. Komm, Toni, wir gehen auf einen Kaffee.« Die nachfolgende Schimpftirade der Kocmanek wird von einem auffrischenden Frühlingslüftchen verweht. Allerdings verfehlt ein Tannenzapfen den renitenten Zeugen nur haarscharf und trifft den Stamm einer Schwarzföhre.

Ungläubig bleiben die beiden stehen, der Pokorny dreht sich langsam um.

»Lass dich nicht provozieren«, redet ihm die Toni zu. »Genau das will sie doch.«

»Die Alte spinnt doch komplett«, zischt er und geht weiter.

Als das nächste Geschoss in den Stamm neben ihm einschlägt und in tausend Teile zerspringt, fangen die Ohren vom Pokorny zu wackeln an. Ein untrügliches Zeichen für aufkeimenden Ärger.

Rasch hängt sich die Toni bei ihm ein und zieht ihn bis zur idyllisch im Föhrenwald gelegenen Milchbar. Das knapp acht mal drei Meter große, cremeweiß gestrichene Holzhäuschen wird vom Pächterehepaar liebevoll gepflegt und bietet neben einem phantastischen Ausblick jede Menge Köstlichkeiten für hungrige Badegäste.

»Einen doppelten Espresso, einen Cappuccino und zwei Apfelstrudel – einen mit, einen ohne Zucker«, bestellt sie gesundheitsbewusst und reißt ihren Ehemann damit gerade noch rechtzeitig aus dem roten Bereich. Weil viel hätte für echte Probleme mit der Kocmanek nicht mehr gefehlt.

»Unglaublich, ehrlich. Mir reicht's, nach dem Kaffee bin ich eine Wolke. Sonst kragel ich die noch ab.« Er linst über die Schulter. Mittlerweile hat sich die Lage beruhigt, die Zobel sitzt hinter einem Buch versteckt auf der Veranda, die Zündlerin fixiert verärgert die Tür zur Kabane der Högerl. Quasi eine Pattsituation.

»Passt irgendwie«, flüstert die Toni.

»Was meinst du?«

»Na schau, was die Zobel liest.« Sie schmunzelt, als ihr Bärli die Augen zusammenkneift.

»Mordsradau in Bad Vöslau!« Der Pokorny kichert. »Danach schaut's bei denen wirklich aus. Apropos Radau: Hast du das Geräusch gehört, als es den zweiten Zapfen an der Schwarzföhre zerlegt hat?«

»Ja, jetzt, wo du es sagst. Hat irgendwie blechern geklungen.«

»Außerdem gibt's hier nur Pockerln und keine Tannenzapfen. Warte mal, das schau ich mir an.« Er steht vorsichtig auf, geht die paar Schritte zurück und sammelt mit grimmiger Miene die Einzelteile ein.

Zurück im bequemen Liegestuhl der Milchbar kann er nicht glauben, was er da in der Hand hält. »Toni, mich trifft der Schlag. Schau, das schaut doch nach …«

»… einer Minikamera und einem Mikrofon aus«, vollendet sie ungläubig den Satz. »Ist die Zwatzl retour aus dem Exil?«

Das mit der Zwatzl war im letzten Frühjahr so eine Sache. Ursprünglich in der DDR geboren, hat sie von ihrem Vater, der bei der Stasi war, umfangreiches Abhörequipment geerbt. Wildtierkameras, Gartenzwerge mit Fernrohr, Kameras und Mikrofone in Steinimitaten, alles war im Umkreis der Bogengasse bei der Waldandacht versteckt, sodass die Zwatzl stets gut über ihre Nachbarn informiert war. Nachdem die Aktivitäten der Spionin öffentlich wurden, trat sie einen längeren Besuch bei Verwandten in Ostdeutschland an. Seitdem stand ihr Haus leer.

»Ich werde heute Abend den Sprengi fragen. Falls er nichts von einer Rückkehr weiß, wird ihn und seine Kollegen die Info sicher interessieren. Je früher die Polizei die Zwatzl besucht, desto geringer die Gefahr, dass sie wieder die Gegend verwanzt.«

»Wenn sie das nicht schon …« Sie wird durch die Zobel unterbrochen, die mit einem Aperol Spritz zum Tisch kommt.

»Darf ich mich kurz zu Ihnen setzen?«

»Gerne«, antwortet die Toni und sieht, wie der Pokorny die Augenbrauen nach oben zieht. »Wir sind aber gleich unterwegs.«

»Danke. Ich wollte mich für die Schwierigkeiten von vorhin entschuldigen. Die Kocmanek kann dermaßen gemein sein, meine Nachbarin leidet extrem unter ihr.«

»Sie können nichts dafür, schließlich hat ja die Unfriedenstifterin meinen Mann mit hineingezogen. Aber er hat eine dicke Haut, gell, Bärli?«

Das mit dem Bärli ist für den Pokorny voll in Ordnung, allerdings eher in trauter Zweisamkeit, maximal vor seinen Freunden, dem Gruppeninspektor Sprengnagl und dem Berti. Nicht aber vor einer Fremden.

Dementsprechend mürrisch meint er: »Ja, viel hätte nicht gefehlt, schießt die mir zwei so Dinger nach. Wobei ich nicht weiß, ob der Zapfen nicht eine …« Er verstummt. Schlafende Hunde soll man nicht wecken, und wer weiß, ob die Spitzelaktion hier bekannt ist.

»… Abhörwanze ist«, ergänzt die Zobel. »Das meinen Sie doch, oder?«

»Ja, woher …?«

Sie legt den Kopf schief. »Weil die hier überall herumliegen. Neben meiner Kabane wohnt der Tscholitsch, und die letzte Kabane gehört einem Deutschen. Die meiste Zeit steht sie leer, und es wurde schon mehrmals eingebrochen. Angeblich hat er eine Landsfrau engagiert, um die Kabane zu observieren.« Sie verzieht das Gesicht. »Ich drehe täglich nach Badeschluss meine Runden und finde immer wieder neue Zapfen. Mittlerweile bin ich ein Profi beim Aufstöbern und Zerstören.«

»Sie wissen nicht zufällig, ob die mögliche Spionin Zwatzl heißt?«, fragt der Pokorny.

»Nein. Gäbe es die Attrappen nicht, würde ich den Gerüchten um eine deutsche Observierung keinen Glauben schenken. Derzeit ist die Kabane allerdings besetzt, dort schlafen zwei alte Herren, Bewohner des Pflegeheims. Der Deutsche hat eine Tombola veranstaltet und lässt die beiden Gewinner den Sommer über darin wohnen.«

»Vielleicht haben Sie die Zwatzl schon mal gesehen. Trägt meist Gewand in Tarnfarben, einen Prinz-Eisenherz-Haarschnitt wie die frühe Angela Merkel …«, erzählt der Pokorny.

»Hm, jetzt, wo Sie es sagen. Ja, so eine schleicht da öfters herum. Ich hab mich noch über die Militärstiefel und die seltsame Hose gewundert; allerdings hatte sie die Haare ganz kurz rasiert. Hat ständig nur auf ihr Handy gestarrt. Zuerst dachte ich, dass sie eine Geocacherin ist, aber im Bad gibt es ja gar keinen Cache.«

»Doch, einer soll angeblich zu einem Krimi gehören, der im Thermalbad spielt. Gruselig«, meint die Toni.

Der Pokorny kann der Sucherei nach einer Plastikdose nichts abgewinnen. Anfang des Jahres hat ihn die Toni mitgenommen, zum Doserlsuchen, wie er es nennt. Von Bad Vöslau bis Sooß und weiter bis nach Baden. Ohne sein E-Bike wäre er aufgeschmissen gewesen.

Leider war im Kurpark wegen des Fahrverbots dann Schluss mit der elektrischen Unterstützung. Der Cache »At the Park« hat sogar die Toni gehörig ins Schwitzen gebracht, allerdings war es bei ihr weniger der Aufstieg als das Suchen selbst.

Er wiegt den Kopf hin und her. »Ich glaube eher, dass die Zwatzl ihre Wanzen und Mikrofone kontrolliert hat. Wenn Sie ständig welche einsammeln, wird sie wahrscheinlich immer wieder nachbestücken.«

»Was ist denn mit der Kocmanek?«, fragt die Toni.

Die Zobel saugt nachdenklich an ihrem Strohhalm und stellt dann das Glas auf dem Blechtisch ab. »Die feine Dame kommt aus einer wohlhabenden Familie in Baden.«

»Warum nimmt sie dann nicht dort im Strandbad eine Kabane, statt extra hierherzufahren?«

Der Pokorny meint, die Antwort zu kennen. »Wahrscheinlich will sie dort niemand haben.«

»Ja, irgendetwas ist dort vorgefallen, und so hat sie sich vor fünf Jahren bei uns für eine Waldkabane angemeldet. Inzwischen steht sie ganz vorne auf der Liste. Sie hält sich für was Besseres, kommt aufgemaschelt ins Bad, Gucci-Badetasche mit Weißgoldanhänger dran, stellt ihren Mercedes auf einem Behindertenparkplatz ab. Und legt sich mit jedem an. Sie hat der Högerl schon mehrmals Schlaftabletten vorbeigebracht, einmal sogar Morphium. Ich hab das der Mitarbeiterin von der Volkshilfe gemeldet, die bei der alten Dame die Medikamenteneinnahme kontrolliert. Einmal hat die Kocmanek der Högerl sogar einen vollen Blister in einen Gin Tonic gerührt. Zum Glück konnte ich verhindern, dass sie das trinkt! Es ist jetzt schon ein Alptraum mit ihr. Ständig heißt es: ›Högerl, Sie dürfen das nicht, Högerl, passen Sie auf, sonst machen Sie was kaputt, bla, bla, bla.‹ Wie wird das später erst …« Sie wird durch einen lauten Hilfeschrei unterbrochen.

»Bei der Högerl brennt es!«, brüllt der Tscholitsch. Er hat einen Feuerlöscher in der Hand und sprüht beim offenen Fenster hinein.

»Anna, bist du noch drinnen?«, schreit die Zobel, die die wenigen Meter von der Milchbar zur Kabane gelaufen ist und hektisch die Tür aufstößt. Auf der elektrischen Herdplatte steht ein Topf mit brennendem Öl. Erste Schwaden wabern durch die siebzehn Quadratmeter große Kabane. Sie greift nach einer neben dem Bett liegenden Decke und erstickt den Rauch in Sekunden.

Die Pokornys sind ihr nachgelaufen und helfen, die verwirrte alte Dame aus der Kabane zu führen.

»Das war sicher die Kocmanek«, meint die Zobel entrüstet und schaut sich suchend nach ihrer Kontrahentin um. Vergeblich, der Platz, wo kurz zuvor noch das Campingbett stand, ist verwaist. »Na bitte, die hat meine Abwesenheit genutzt und die Anna im Schlaf überrascht. Sie wollte sie durch eine Rauchgasvergiftung umbringen.«

Der Tscholitsch, der in seinem angetrunkenen Zustand mit dem Feuerlöscher in der Kabane ein ziemliches Chaos angerichtet hat, mischt sich ein: »Wäre zwar nicht das erste Mal, dass die Kocmanek bei ihr herumschnüffelt, aber sie umbringen zu wollen, das ist schon eine Nummer größer.«

»Geh, Tscholi, schlaf deinen Rausch aus. Schau, was du für eine Wirtschaft gemacht hast! Los, raus jetzt.« Sie scheucht ihn mit beiden Händen in seine Kabane zurück und schließt die Tür von außen. »Ein netter Kerl, hilfsbereit, aber ständig abgefüllt.«

»Brauchen Sie Hilfe?«, fragt die Toni.

Die Zobel schüttelt den Kopf und gibt der Högerl, die sich hustend auf einen Rattan-Schaukelstuhl auf ihrer Veranda setzt, ein Glas Wasser zu trinken. »Wir schaffen das schon. Ist ja zum Glück nichts passiert, und der Kotzbrocken ist eh nicht mehr da.«

»Gut, dann sind wir unterwegs. Soll ich dem Gruppeninspektor Sprengnagl beim Eingang Bescheid geben?«, will der Pokorny wissen. »Er könnte raufkommen und eine Anzeige aufnehmen.«

Der Sprengnagl ist sein bester Freund und als Kriminalbeamter im Bereich Leib und Leben eigentlich für andere Sachen als Eintrittskontrollen am Thermalbad zuständig. Wäre da nicht seine frühere Vorgesetzte beim LKA, die Chefinspektorin Ottilia Wehli, die ihn für eine missglückte Soko verantwortlich macht und ihn seit seiner strafweisen Versetzung nach Bad Vöslau vom Inspektionskommandaten auch für Tätigkeiten außerhalb seines Aufgabenbereichs anfordert.

»Ja. Eine Anzeige fängt sich die Schreckschraube dafür jedenfalls ein.«

Die Pokornys verabschieden sich, verlassen das Bad durch den seitlichen Ausgang beim Thermalbadstüberl, gehen ein paar Steinstufen hinauf und durchqueren den Park. Gleich auf der anderen Straßenseite befindet sich die Stadtbücherei, in der die Toni halbtags arbeitet. Ihre Beagle-Dame Maxime haben die beiden bei ihrer Chefin, der Tatjana, gelassen. Hat sich gut ergeben, dass heute deren Kinder zu Besuch sind.

Da der Sprengnagl am Badeingang nicht zu sehen war, sendet ihm die Toni eine WhatsApp.

– *Gab Streit bei den Waldkabanen. Die Zobel meinte, die Kocmanek hätte die Högerl umbringen wollen. Schaut doch kurz vorbei.*

– *Nicht schon wieder, bin im Bierhof, danach check ich das*

– 👍

Als die Pokornys mit der Maxime gegen vierzehn Uhr dreißig zu ihrem Stammlokal, dem Café Annamühle, kommen, sehen sie schon von Weitem die Katzinger wie ein Rumpelstilzchen auf der knapp zwanzig Quadratmeter großen Terrasse herumspringen. Also eigentlich sehen sie nur das Ende des von der alten Frau oft und gern eingesetzten Stocks. Weil mit ihren ein Meter sechzig Körpergröße wird sie von zwei älteren Männern mit Rollatoren nahezu komplett verdeckt.

Dafür ist ihre Zeterei umso deutlicher zu hören: »Ha, so eine Frechheit! Wieso ihr zwei beim Muttertagstorbola mitmacht, gewinnt und euch fett und faul in die Kabane vom Piefke hauts, versteht niemand. Hä! Was ist an euch mütterlich? Betrug ist das, und zwar im großen Style. Eine Frechheit, echt eine Frechheit.«

»Liesl, was führst dich denn so auf. Die Frau Direktor hat gesagt, wir sind alle gleich. Mütter haben wir alle keine mehr, also ist's wurscht, wie die Tombola heißt«, nuschelt der Größere, der Heini, der aussieht wie der Statler aus der Muppet Show.

Sein Partner, der Ludwig, kratzt sich am nahezu kahlen Schädel, der von einem struppigen weißen Haarkranz umrandet wird. Sein freundliches Gesicht ziert ein dichter weißer Schnurrbart, der sich jetzt wie bei einem Walross rauf- und runterbewegt. Er gleicht dem Waldorf von den Muppets fast bis aufs Haar. »Weißt, dass du so eine Keppeltante bist, hätte ich mir nicht gedacht. Kannst ja einmal auf Besuch kommen, ich kenn da ein Schlupfloch im Zaun ...«

»Bla, bla, bla, ich sag ja, Betrug. Jetzt wollt ihr mich sogar schwarz ins Bad reinschmuggeln! Ja wo kommen wir denn dahin? Da hänge ich meine Fußerln lieber in den Aubach hinter meinem Wohnwagen. Eh wurscht. Das ist wenigstens gesund, und ich muss nicht so weit latschen, pah.«

Gerade noch rechtzeitig entschärft die Maxime die Situation. Weil die Beagelin die Katzinger schon wegen der Essensreste liebt, die hie und da rein zufällig vom Stehtisch runterfallen. In null Komma nichts inhaliert der tierische Staubsauger ein Mürbteigkeks.

»Na, da ist es Hunderl endlich, kommst genau richtig. Da hast«, brummt die Katzinger, wirft ein weiteres Keks auf die mit Waschbetonplatten belegte Terrasse und weiß, die Toni wird ihr bei dem Wirbel heute wohl keine Vorwürfe machen. »Gell, das schmeckt dir.« Freilich kringelt sich noch der für die Beagelin reservierte Speck auf dem Teller. Aber das Unglück herausfordern möchte sie, mit einem Blick auf das Frauchen, dann lieber doch nicht. »So, die beiden Herren wollten eh grad gehen. Alsdann, los«, brummt die alte Frau, holt aus und drischt jedem der Muppets zur Verdeutlichung ihrer Anweisung den Stock in einer Art Doppelschlag auf die künstlichen Kniegelenke. Und da kann man dann sehen, was gute Handwerkskunst in der Orthopädie ausmacht: Weil bei einer Husch-Pfusch-OP wären den beiden die Prothesen sicherlich rausgesprungen.

Da im fortgeschrittenen Alter ein Vogeldeuten beim einhändigen Versuch, mit dem Rollator die Stufen hinunterzuklettern, brandgefährlich ist, geraten die beiden Alten bedrohlich ins Wanken und können von den Pokornys gerade noch gestützt werden.

»Ah, lauter alte Bekannte, die Stimmung scheint ja prächtig zu sein«, meint der Pokorny. Er nickt den beiden Herren, die er von einer gemeinsamen Beobachtung im letzten Frühjahr gut kennt, zu und schaut die Katzinger an. »Was ist Ihnen denn über die Leber gelaufen?«

»Haha, du schon wieder mit deinem Psychospaß, du hast mir grad noch gefehlt«, nörgelt sie. »Als hätte ich mit den zwei Gruftis nicht schon genug am Hals.«

»Frau Katzinger, bitte. Wir haben keine Lust mehr auf Streitereien, da hätten wir gleich im Bad bleiben können«, meint die Toni in dem Bemühen, die Wogen zu glätten. Sie deutet der Karin, einer Mitarbeiterin ihres Stammcafés, einen Cappuccino für sie und einen Espresso für den Pokorny zu bringen. Nach der Apfelstrudelorgie – ihr Bärli hat während des kurzen Gesprächs mit der Zobel auch ihren Strudel verputzt – gibt es keine Süßspeisen zum Kaffee.

»Äh, was war los im Bad?« Die Katzinger springt prompt an, ihr Ärger scheint wie weggeblasen. Hinter der riesigen Fliege-Puck-Sonnenbrille huschen ihre Augen zwischen den Pokornys hin und her. »Na los, redet schon.«

»Hat es leicht mit der Kocmanek Probleme gegeben?«, fragt der Heini dazwischen. Vorsichtig rollt er zu den Stufen zurück. Es gilt aufzupassen, man weiß ja nie, ob die Katzinger nicht wieder ihren Stock einsetzt. Aber sie presst lediglich die Augen zu schmalen Schlitzen zusammen und verzichtet auf verbale oder stocktechnische Zurechtweisungen.

»Ja, da hat es ordentlich gekracht«, antwortet die Toni. Sie erzählt den Anwesenden von dem Streit.

»Was die Kocmanek mit der Högerl aufführt, das können Sie sich gar nicht vorstellen«, stellt der Ludwig fest, zieht die dichten weißen Augenbrauen nach oben und streift sich gedankenverloren über den Schnurrbart. »Ständig kontrolliert sie die arme Frau, als hätte die nicht schon genug Probleme. Wo sie doch komplett verkrebst ist.«

Der Heini, zwei Köpfe größer als der Ludwig, nickt. »Sie müssen wissen, unheilbarer Gehirntumor ... furchtbar! Die schluckt Schmerztabletten ohne Ende, trotzdem hören wir sie noch drei Kabanen weiter in der Nacht wimmern. Ma, was mir die leidtut. Sie wissen ja, die Traude im Pflegeheim ist wegen Krebs im Endstadium aus dem vierten Stock gesprungen ... traurig, traurig. Da hat's, also wie soll ich sagen, wenigstens geklappt. Aber ... das geht halt bei der Högerl nicht. Weil von der Veranda ihrer ebenerdigen Kabane geht's nicht weit runter.«

»Na, dann macht sie's halt anders«, unterbricht die Katzinger ihn mit einem Stockhieb auf den Rollatorreifen und schiebt sich vor die beiden Herren. Offensichtlich gefällt es ihr gar nicht, dass die Konversation an ihr vorbeiläuft. »Wasser gibt's im Bad eh genug. Nimmt sie halt eine Überdosis von ihren Tabletten, wartet, bis sie benebelt ist, und haut sich ins Waldbecken zu den Seerosen. Gibt sicher schlimmere Tode, oder?«

Der Pokorny starrt sie nicht nur wegen ihrer rüden Ausdrucksweise ungläubig an. Sein Blick gleitet an ihr hinunter. Wieder einmal zeigt die Katzinger, was sie bekleidungstechnisch so draufhat. Waren es letzten Frühling grell orangefarbige Espadrilles, so trägt sie diesen Sommer die allgegenwärtigen Crocs. Natürlich wieder kein unauffälliges Modell mit einer augenfreundlichen Farbe, nein, es müssen die geländetauglichen All-Terrain-Crocs in der rosa Ausführung sein. Sie sind mit aufgesteckten hellblauen Seepferdchen verziert, ein optischer Hingucker. Getoppt werden die Schlapfen von einem bunt karierten Hauskleid, wie es der Pokorny von seiner Oma kennt.

»Was schaust du denn so?«, fragt sie mit gerunzelter Stirn, folgt seinem Blick und zeigt stolz ihr Schuhwerk. »Ah, gefallen dir leicht meine Krokodilschuhe? Nur damit du mich nicht wieder ausbesserst, Herr Oberlehrer. Ich weiß schon, dass die

Grongs genannt werden, aber mir gefällt halt die Rieseneidechse besser.« Während die Zahnräder in ihrem Kopf knarzend nach der passenden Todesart für die Högerl suchen, wippt sie auf ihrer Plastikbesohlung euphorisch vor und zurück.

»Ja, die sind wieder einmal eine echte Augenweide.« Der Pokorny schmunzelt, was ihm prompt einen misstrauischen Blick einbringt.

»Also, was ich noch sagen wollte«, fährt der Heini fort, »die Zobel hat die Kocmanek unlängst mit Morphiumtabletten erwischt. Im Apothekerschrank der Högerl soll sie auch herumgekramt haben.«

Der Ludwig neigt den Kopf hin und her. »Dabei hatte die alte Frau doch seit der Betreuung durch die Volkshilfe kaum noch Tabletten bei sich.«

»Versteh ich nicht. Wenn die Högerl solche Schmerzen hat, muss sie doch jederzeit welche zur Verfügung haben«, sagt die Toni.

»Da haben Sie natürlich recht. Allerdings befürchtet die Zobel, dass sich die Högerl was antut. Das hat sie der Nichte erzählt, die hat wiederum die Volkshilfe mit der Medikamentengabe beauftragt. Das heißt, die Högerl bekommt nur die verschriebene Menge.« Der Ludwig verzieht das Gesicht. »Also, mir wäre das zu blöd, ehrlich. Wenn ich abkratzen will, dann entscheide ich das und lass mir die Medikamente nicht wegnehmen, oder?«, fragt er in die Runde und erntet ein kollektives Nicken.

»Deshalb war es ja so komisch ... also dass die Unsympathlerin mit den Tabletten bei der Högerl war. Weil woher soll sie die denn haben? Zum Glück ist die Zobel dazwischengegangen, nicht auszudenken ...« Der Heini hebt die buschigen grauen Augenbrauen bis auf Anschlag.

Der Ludwig nickt mehrmals. »Zwei- bis dreimal die Woche taucht die Polizei wegen der gegenseitigen Anzeigerei bei den Waldkabanen auf. Auch nicht lustig, wenn du ständig beobachtet wirst.«

»So, jetzt müssen wir uns langsam wieder auf den Weg ins Bad machen … äh …« Der Heini ärgert sich, dass er der Katzinger eine Steilvorlage gegeben hat. Gerade war ihr Ärger wegen des vermeintlich gestohlenen Tombolagewinns verraucht, da reißt er ihn wie mit einem Vertikutierer wieder auf.

»Grrr, willst mich wohl sekkieren! Na warte, ich werd mich bei der Bürgermeisterin beschweren. Am Freitag feiere ich meinen Siebziger, da kommt sie vorbei. Und dann erzähl ich ihr von euren Machenschaften, nämlich fix.«

»Dann viel Glück Ihnen beiden«, meint der Ludwig, nickt der Katzinger schief zu und flüstert zur Toni: »Die Katzinger hat echt einen Klescher. Was können wir dafür, dass sie bei der Tombola nichts gerissen hat?«

»Mit den Jahren wird sie immer wunderlicher«, raunt der Heini den Pokornys zu. »Wenn die uns wieder einmal für eine Demo braucht, Sie müssen schon entschuldigen, aber das kann sie vergessen und alleine demonstrieren. Auf Wiedersehen.«

Nachdem die beiden Pflegeheimbewohner davongerollt sind, fragt die Toni: »Warum sind Sie denn so böse zu den beiden?« Während sie gespannt auf die Antwort wartet, löffelt sie den Milchschaum von ihrem Cappuccino.

»Na, weil die bei der Muttertagstorbola groß abgeräumt haben und jetzt gratis in der Kabine des Piefke … äh …« Sie stockt und schaut den Pokorny schief grinsend an, kennt sie doch seine Abneigung gegen die Verunglimpfung der deutschen Nachbarn. Gut, er tut sich mit deutschen Ausdrücken wie »lecker«, »Sahne« und »Apfelschorle« auch schwer, aber »Piefke« sagt er dann doch nicht. »Der Deutsche tut auf Wohltäter und lasst die beiden Gruftis die Saison gratis wohnen. Und die haben nix Besseres zu tun, als beim Samstag-Bingo im Jakobusheim damit anzugeben. Pah, die sollen doch bei der Vatertagstorbola mitmachen. Aber wahrscheinlich gibt's da nur Socken und Feinrippunterwäsche zu gewinnen.«

»Und wie geht es Ihnen sonst?« Die Toni ist um Ablenkung bemüht, weil langsam reicht es auch ihr mit dem Gezeter.

»Ma, ich gfrett mich halt so durch. Wie soll's einer alten Frau schon gehen? Allein wie ein Schwein. Aber reden wir von was anderem. Ihr seids zu meinem Geburtstag freilich eingeladen, gell! Also nehmts euch für Freitag nix vor. Damit auch alle reinpassen, hab ich im Kursalon reserviert, im Obergeschoss. Den Preis muss ich noch runterdrücken … Was die Miete verlangen! Ich möchte die Hütte doch nicht kaufen, hä.«

Der Pokorny kneift die Augenbrauen zusammen. »Oben im Kursalon passen locker zweihundert Leute rein. Ist das nicht ein bisserl hoch gegriffen?«

»Bist leicht neidig, weil so viele kommen werden?«, fragt sie grinsend. »Schau ma mal, wie viel es bei eurer Ehr… aua«, stöhnt sie, weil ihr die Toni einen sanften Fußtritt verpasst hat. Die Katzinger weiß genau, sie hat sich verplappert. Der Pokorny soll eigentlich von der bevorstehenden Ehrung für die beiden Ermittler noch nichts erfahren. Nach der Aufklärung der beiden Mordserien im letzten Jahr hat die Bürgermeisterin auf eine Ehrung gedrängt. Volles Programm mit Ansprache, Verleihung des Stadtehrenrings, Handabdrücke vor dem Thermalbad und Gratis-Saisonkarte fürs Bad. Da der Pokorny aber nicht so der Typ für öffentliche Auftritte ist, muss ihm die Toni das ganze Ausmaß schonend beibringen. Offenbar weiß schon halb Bad Vöslau darüber Bescheid, nur fünfzig Prozent der Ehrenbürger in spe nicht.

»Bei unserer … Was meinen Sie damit?«, fragt der Übergangene mit einem argwöhnischen Seitenblick zur Toni. »Und Zuckerschnecke, wieso steigst du der Katzinger auf ihre Seepferdchen drauf?«

Die alte Frau fühlt sich sichtlich unwohl. »Also, ich muss jetzt, ich hab einen Termin, ganz vergessen.« Sie zahlt rasch ihre Melange und das Speckstangerl, wischt für die Maxime noch rasch die Krümel vom Tisch und humpelt davon, so schnell es die alten Beine hergeben.

»Was war das jetzt?« Er ahnt nichts Gutes.

»Ich erklär es dir später im Whirlpool, und danach gibt es

Schokoladepalatschinken … alles ist gut.« Sie haucht ihm ein Busserl auf die Wange.

Der Pokorny weiß allerdings, wenn die Toni schon im Vorfeld so viel investiert, ist für ihn nicht alles gut.

In der wenig abwechslungsreichen Wochenplanung vom Pokorny sticht der Herrenabend mit seinen beiden Freunden, dem Gruppeninspektor Sprengnagl und dem Berti, hervor. Jeden Dienstagabend findet beim Berti, im zum Wohnzimmer umfunktionierten ehemaligen Kuhstall des revitalisierten Bauernhofs, der gemeinsame Pokerabend statt. Die drei kennen sich seit der gemeinsamen Zeit am Realgymnasium in Wien-Favoriten, und die Freundschaft hält bis heute.

An diesem Abend allerdings ist die Stimmung des Hausherrn getrübt, und so mag keine rechte Spiellaune aufkommen.

»Verdammte Marder, meine besten Legehennen haben sie sich geschnappt! Ihr hättet das sehen müssen, ein richtiges Hendelmassaker war das. Scheißviecher«, schimpft er aufgebracht.

Der Sprengnagl nickt. »Ja, die sind eine echte Plage. Mir haben sie schon wieder die Kabel im Auto angebissen. Jetzt probier ich's mit einem Ultraschallsensor, mal schauen, ob das hilft.«

»Sag mir, wenn's was bringt, vielleicht mach ich das dann auch. ›Sachshühner‹ sind sehr selten, eine aussterbende Rasse, hundertachtzig Eier pro Jahr. Zwar gibt es Hennen, die mehr legen, aber die Eier schmecken dafür nicht so gut wie meine.«

Der Pokorny wirft ein: »Schlechter als mit Wasserflaschenaufstellen wird's mit der Technik wohl nicht werden. Mein alter Escort schmeckt den Viechern anscheinend nicht.« Er klopft auf den Holztisch. »Zumindest haben sie ihn bisher verschont.« Er hat von seinem Vater einen dreißig Jahre alten Ford geschenkt bekommen, sein Ein und Alles. Da fährt halt noch der Fahrer mit dem Auto und nicht umgekehrt. Seiner Meinung nach wird nämlich die heutige Elektronik mit ihrem ganzen Schnickschnack weit überschätzt. Ein Auto wie der Toni ihren metallic orangen Mini Cooper würde er niemals gegen seinen Ford tauschen. »Aber was anderes. Was läuft denn da im Bad zwischen den Mietern der Waldkabanen? Die Zobel meinte, die Kocmanek hätte die Högerl heute mittels Rauchgasvergiftung umbringen wollen.«

Der Sprengnagl verzieht das Gesicht. »Um die Waldkabanen herrscht ein regelrechter Gries, das ist die Ursache des Problems.«

»Ich hab von mindestens fünf Jahren Wartezeit gelesen, bis du eine Kabane mieten kannst«, sagt der Pokorny. »Bei einer Waldkabane kann es sogar noch länger dauern.«

Im Bad Vöslauer Thermalbad gibt es derzeit hundert Kabanen, die für die Saison April bis September vermietet werden. In einem Halbbogen um den hinteren Teil des grünen Beckens sind die in den sechziger Jahren erbauten alten Kabanen angesiedelt. Nasszellen und WC müssen sich dort mehrere Mieter miteinander teilen. Auf der Ebene beim Föhrenwald wurden dagegen neue Kabanen, sogenannte Waldkabanen, gebaut. Da diese einen maximalen Komfort bieten und Bad und WC beinhalten, sind sie noch begehrter als die anderen Kabanen. Allen ist gemeinsam, dass sie außerhalb der Badesaison gesperrt sind. Lediglich die Appartements sind ganzjährig bewohnbar.

»Ja, und da kommen unsere Streithanseln ins Spiel«, fährt der Sprengnagl fort. »Wie ihr gesehen habt, hat die Högerl eine am Rand gelegene Waldkabane mit Seitenfenster, also eine der besten überhaupt. Bei langjährigen Mietern gibt es eine Art Weitergaberecht, auch wenn es nicht gerne gemacht wird. Seit die Nichte von der Högerl auf das Vormietrecht verzichtet hat, ist die Kocmanek wie eine Besessene hinter der Högerl her. Sie ist die Erste auf der Warteliste und bekommt nach dem Tod der alten Dame die begehrte Kabane.«

Der Berti sagt: »Ach, deshalb macht die so Stress. Klar, die Tage vergehen, und die Högerl bremst durch ihren Überlebenskampf die Vorfreude der Nachmieterin gewaltig.«

»Ihr könnt euch gar nicht vorstellen, wie oft wir dort schon amtsgehandelt haben. Überhaupt, seit mich die Wehli fallweise zum Pförtnerdienst verdonnert.« Der Sprengnagl ärgert sich immer noch, dass ihn die Chefinspektorin beim Heurigen Sunk beim Ausplaudern von Ermittlungsergebnissen erwischt hat. Als Denkzettel hat sie ihm für dieses Jahr eine Urlaubssperre von Mai bis September und gelegentliche Zutrittskontrollen beim Badeingang angeordnet. »Die Kocmanek ist eine richtige Bissgurn, die macht ständig Radau. Auch andere Mieter haben sich schon beim Direktor beschwert. Sogar eine gemeinsame Petition wurde überreicht. Allein, es gibt laut Geschäftsordnung keinen Grund, die Kocmanek von der Warteliste zu streichen.«

»Dass die bei all der Ablehnung dort überhaupt ihren Sommer verbringen will. Ehrlich, das kann doch keinen Spaß machen. Und gleich neben ihr die Zobel, die ihr ewig den Tod der Högerl nachtragen wird.« Der Pokorny tippt sich an die Stirn.

Der Berti serviert schon zum zweiten Mal ein Grande, das Lächeln auf seinen Lippen verheißt nichts Gutes. Immer wieder mal testet er neue Rezepte für seinen Bioladen, und wenn seine Freunde verlieren, müssen sie zum Kosten herhalten.

Verzagt schaut ihn der Sprengnagl an. »Was gibt's Neues im Programm? Nur weil du gar so abartig grinst.«

»Ich habe beim Huber-Bauern ein Feld gepachtet und bau jetzt Graumohn an. Die Samen sind völlig drogenfrei, und der Kuchen, den ich draus gemacht habe, ist ein Traum. Keine Sorge, alles legal!«

»Völlig drogenfrei, alles legal! Wenn ich das schon höre. Berti, ich bitte dich, nach dem Cannabisanbau und den Magic Mushrooms machst du jetzt auf Mohn?«

Der Gruppeninspektor hat schon recht, immer wieder bringt ihn sein Freund in peinliche Situationen. Mal mit Spitzkegeligen Kahlköpfen, sogenannten Magic Mushrooms, die er in Teeform beim Großauer Blunzenkirtag verkauft und damit eine Massenschlägerei ausgelöst hat. Völlig im Delirium haben sich zwei Besucher mit Blunzen bekämpft und geglaubt, sie wären Darsteller bei Star Wars. Auch die Feuerwehrleute, die plötzlich zu Teefreunden mutierten, kamen ganz schön ins Schleudern. Ein anderes Mal standen die Polizeikollegen wegen mehrerer verdächtiger Cannabispflanzen mit pinken, violetten und feuerroten Blüten im Bioladen. Das Auge des Gesetzes, also das Drogendezernat, schaut daher in regelmäßigen Abständen beim Berti vorbei.

»Aus jetzt, ihr zwei«, unterbricht der Pokorny. »Sag, gibt's Akten zu den Streitereien?«

»Ja, ich bring sie morgen Mittag in den Bierhof mit.«

»So, und jetzt, meine Herren …« Der Gastgeber hebt bedeutungsschwanger die Augenbrauen. »Spielerisch wären wir's nach meiner servierten Straße für heute, bleibt nur mehr der Kuchen zum Verkosten.« Den Bruchteil einer Sekunde später haben die beiden Verlierer die neueste kulinarische Kreation vor sich stehen.

Rein optisch erinnert den Pokorny das mit Mohn überzogene Dreieck an eine verschimmelte Topfentorte mit Teerpappe drüber. »Sei mir nicht böse, aber Mohn mag ich grundsätzlich nicht, egal, ob ich jetzt verloren hab oder nicht.« Und das ist nicht einmal gelogen, die Toni muss ihrem Bärli sogar die Germknödel mit Semmelbrösel servieren, weil er halt Mohn so gar nicht essen mag.

»Mh, und du, Sprengi? Hast du vielleicht eine Mohnallergie?«, fragt der Gewinner und schneidet eine Grimasse, weil er spürt, dass er mit seiner Kreation heute keinen Erfolg hat.

Und er sollte recht behalten. »Du, deine Kipferln von letztem Weihnachten kannst mir gerne wieder servieren, Qualität Eins-a, halt ohne Drogen. Aber mit der Mohnflunder kann ich dir nicht helfen, brauch ich gar nicht.«

Enttäuscht räumt der Berti die Teller wieder weg. »Sag, Pokorny, weißt du schon, was du zu dem besonderen Anlass anziehen wirst? Mir hat ein Engerl mit Hühneraugen was von einer Ehrung geflüstert.« Er grinst breit, nach der Niederlage mit dem Mohnkuchen ist schon ein wenig Schadenfreude dabei. Weil er seinen Freund halt gut kennt und weiß, dass der so ein Trara so gar nicht mag.

»Geh, so ein Schmarrn. Die Toni hat's mir grad vorhin gebeichtet. Was soll ich mir für den Besuch der Bürgermeisterin bei uns schon großartig anziehen? Für ein Foto reicht's.«

»Ja, wenn's wie das im Stadtanzeiger ist, dann haut es hin.« Der Sprengnagl lacht übers ganze Gesicht. »Gut getroffen übrigens.«

Der Pokorny schaut ihn mit großen Augen an. »Welches Foto?«

»Ehrlich, hast du die aktuelle Ausgabe noch gar nicht gelesen?«, fragt der Berti und holt von der Anrichte die Gemeindezeitung. »Da.«

Er deutet auf die Schlagzeile auf der Vorderseite: »Ehrung für Bad Vöslauer Ehepaar Pokorny. Mehr auf Seite 5.«

Der Pokorny reißt ihm den Stadtanzeiger aus der Hand, blättert auf besagte Seite und kann kaum glauben, was er sieht. Die Katzinger, die Toni und der Pokorny vor dem Café Annamühle. Die alte Frau blinzelt schelmisch und hat sich bei den beiden eingehängt. »Aber … wann … das verstehe ich jetzt nicht. Ich kann mich auf die Aufnahme nicht erinnern. Moooment! Die Katzinger schaut ja direkt in die Kamera. Wahrscheinlich hat sie das sogar arrangiert. Na warte … und die Toni hat nichts gesagt. Ich glaub, ich spinn.« Verärgert wirft er die Zeitung zurück auf die Anrichte.

»Dann solltest dich halt ein wenig mehr für die Gegend interessieren und nicht nur überregionale Zeitungen lesen. Gerade die Regionalmedien sind immer gute Informationsquellen«, meint der Berti und klopft dem Fast-Ehrenbürger auf die Schulter. »Du schaffst das schon, sei stark.«

»Haha.« Der Pokorny schneidet eine Grimasse. »Macht euch nur lustig, das merk ich mir.«

»Jetzt sei halt nicht beleidigt«, sagt der Sprengnagl, schon im Aufstehen.

Mit einer Handbewegung bremst ihn der Pokorny ein. »Setz dich wieder, du wirst es nicht glauben. Die Zwatzl ist offenbar wieder im Lande.«

»Was jetzt?«, fragt der Sprengnagl. »Die ist doch nach der medialen Berichterstattung quasi in ihre alte Heimat geflohen.«

»Ja, und jetzt dürfte sie wieder da sein. Die Kocmanek hat mir vorhin wenig damenhaft zwei Tannenzapfen nachgeschossen.« Er grinst zaghaft.

»Aber im Bad gibt es doch gar keine Tannen …«

»Eben«, wird der Gruppeninspektor vom Pokorny unterbrochen. »Deshalb hab ich mir das Wurfgeschoss genauer angesehen.« Er greift in die Jackentasche und legt ein Frischhaltesackerl auf den Tisch. »Fast hätte ich's vergessen, schau.«

Der Sprengnagl linst auf die Bruchstücke, die tatsächlich eine Kamera plus Mikrofon sein könnten. »Verwanzt die jetzt statt der Bogengasse das Thermalbad, oder was?«

»Scheint fast so. Laut der Zobel wurde in die Kabane des Deutschen, wo derzeit die zwei alten Herren wohnen, schon öfters eingebrochen. Der lässt sein Mietobjekt jetzt überwachen, und da dürfte ihm eine gut ausgestattete Landsfrau gut in den Kram passen.«

»Ich werde dort morgen vorbeifahren, so geht's ja nicht. Der Direktor gehört auch verständigt, wer weiß, wo die überall ihre Kameras versteckt hat.«

»Jetzt wart einmal ab. Vielleicht brauchen wir sie ja noch«, meint der Pokorny.

»Wofür?«, fragt der Berti. »Außerdem wird die den Teufel tun, euch zu helfen. Wo ihr schuld dran seid, dass die Kollegen vom Sprengi ihre Stasiausrüstungen konfisziert haben.«

»Schon, da geb ich dir recht. Aber wenn die Streitereien im Bad so weitergehen, wird's irgendwann einmal richtig Probleme geben und dann …«

Der Sprengnagl führt den Satz fort: »… könnte uns die Zwatzl mit ihren Aufnahmen eventuell hilfreich sein. Solange keine Beschwerden auftreten, können wir's ja mal dabei belassen. Blöd nur, dass du den Elektroschrott kontaminiert hast. Fingerabdrücke werden wir keine mehr finden. Egal, gib her.«

»Ich werde morgen Vormittag bei der Aussichtsstelle über der Bogengasse vorbeifahren und nachschauen, ob sie wieder da ist«, meint er und schiebt das Sackerl seinem Freund hinüber.

»Gute Idee. Meine Herren, es war mir ein Volksfest, aber ich muss. Servus.«

»Ich mach mich auch auf die Socken, die Toni und ich haben noch ein bisschen was zu beplaudern.«

Der Berti drückt ihm eine Schachtel mit einem Stück Mohnkuchen in die Hand. »Für die Toni, die weiß Qualität zu schätzen.« Er legt ihm die Hand auf die Schulter. »Sei gnädig mit ihr, sie freut sich auf die Ehrung.«

»Ja, ich weiß eh, baba.«

Auf den Schreck mit dem Foto gab es gestern Abend noch ein kurzes Gewitter in der Doppelhaushälfte, das aber dank eines Bades im nigelnagelneuen Whirlpool rasch vorbeigezogen ist. Zwei Schokoladepalatschinken und eine Flasche Veltliner vom Schachl haben den Pokorny dann endgültig entspannt und mit einem gewissen Wurschtigkeitsgefühl ins Traumland geschickt.

Völlig untypisch wird der Pokorny erst gegen sieben Uhr durch den herrlichen Duft von aufgebrühtem Kaffee wach. Wochentags ist er meist schon gegen fünf Uhr dreißig mit der Maxime unterwegs ins Café Annamühle, genießt dort seinen ersten Espresso und nimmt für die Toni frische dunkle Semmerln und für sich Kürbiskernweckerln mit. Heute jedoch ist alles anders, und da fallen ihm die Ehrung und der Artikel im Stadtanzeiger wieder ein. Also nicht, dass er etwas gegen die gestrige Abendgestaltung gehabt hätte. Aber heute zusätzlich noch das Frühstück serviert zu bekommen ist für ihn mehr als verdächtig. Als dann von unten der Song von Peter Cornelius, »Der Kaffee ist fertig, klingt das nicht irgendwie herrlich«, ertönt, ist für den Pokorny klar, dass es ganz dick kommen wird.

»Guten Morgen, Bärli. Ich habe mir gedacht, heute verwöhne ich dich mal und hole für uns das Frühstück. Mit der Maxime war ich schon draußen«, trällert ihm die allerbeste Ehefrau der Welt fröhlich entgegen.

»Guten Morgen«, murmelt er. »Was ist los? Sonst magst du so gar nicht aufstehen, und heute überschlägst du dich richtig.«

»Du musst jetzt stark sein. Die Bürgermeisterin will sich ja bei uns für die Aufklärung der Mordfälle bedanken.«

Er beißt in sein Kürbiskernweckerl mit Honig und brummt: »Ja, eh. Das hast du mir gestern schon erzählt. Soll sie eben auf einen Sprung vorbeikommen. Das halt ich schon aus. So fröhlich wie die Jubilare bei den runden Geburtstagen dreinzuschauen, bekomme ich auch hin. Lang kann's ja nicht dauern.«

»Hm.«

»Was, hm?«

Die Toni wiegt den Kopf. »Also das Dankeschön soll schon offiziell über die Bühne gehen. Hat sie gesagt.«

»Und das heißt?« Zögerlich legt er das angebissene Weckerl zur Seite, schlagartig ist ihm der Appetit vergangen. Er bereut, den Artikel im Stadtanzeiger nicht fertig gelesen zu haben.

»Na ja, halt Ehrung, Rathaus, Presse, aber alles nur im kleinen Rahmen. Am Freitag bei der Eröffnung der Schlosspark-Lounge«, antwortet sie und umarmt ihn zärtlich von hinten. »Bitte, Willi, wir unternehmen sonst eh nie was, das wird sicher nett werden. Ist doch schön, dass die im Rathaus zu schätzen wissen, was wir geleistet haben.«

»Kleiner Rahmen, haha. Bei der Eröffnung sind immer urviele Leute. Geh, Toni, ehrlich. Muss das sein?« Da schon alles in trockenen Tüchern scheint, verpufft diese völlig unnötige Frage vor einem inhaltsschweren Nicken der Toni.

Plötzlich hellt sich sein Gesicht auf. »Du, da geht's nicht. Wir haben der Katzinger für ihre Geburtstagsfeier zugesagt. Und da kommen wir nicht mehr raus. Vielleicht lässt sich die Ehrung ja verschieben?«, meint er allen Ernstes.

»Lässt sich nicht! Ich wollte die ohnehin angespannte Stimmung gestern nicht weiter in den Keller treiben und der Katzinger gleich absagen. Warum sie gerade am Freitag die Feier plant, versteh ich ehrlich gesagt nicht. Sie weiß doch, dass an diesem Tag die Ehrung stattfindet. Und bei aller Liebe, uns erst drei Tage vorher zu ihrem Siebziger einzuladen, finde ich unter uns gesagt eigentlich eine Zumutung. Wir sehen uns fast täglich, und so nebenbei erwähnt sie ihre Feier«, echauffiert sich die Ehrenbürgerin in spe. »Tut mir leid, entweder sie verschiebt, oder sie muss alleine feiern.«

»Schon, aber sagen müssen wir – falsch, du – ihr's schon.«

»Beim nächsten Treffen. So, und jetzt muss ich mich fertig

machen, die Tatjana hat angefragt, ob ich sie trotz Urlaub heute Vormittag vertreten kann. Die Kleine hat starke Bauchschmerzen, eventuell der Blinddarm. Also, bis später. Bussi.«

So rasch wird er von seiner Liebsten selten abgefertigt. Dass damit kein Raum für weitere Argumentationsversuche besteht, ist ihm völlig klar. »Für dich mach ich das, aber brauchen tue ich's wie einen Kropf. Das ist dir schon klar?« Wenn es ihm jetzt auch nichts nutzt, aber ein paar Pluspunkte für Kooperation auf seinem Konto können nie schaden.

Der Ärger bei der Toni ist wie verflogen. Glückselig fällt sie ihm um den Hals, erst nach einem langen Kuss macht sie sich auf in die Stadtbücherei. »Bis zwölf Uhr, dickstes Bussi, was geht.«

Er nutzt die moderate Morgentemperatur von plus zwanzig Grad Celsius, mäht den Rasen und versucht, dem alles überwuchernden Klee Herr zu werden. Bei aller Liebe zu den Bienen, die die zahlreichen Insektenhotels im Garten im Sekundentakt anfliegen, irgendwann ist es genug mit den fleißigen Bestäubern. Weil wenn keiner mehr einen Schritt im Garten machen kann, ohne gestochen zu werden, hört der Spaß auch für den Honigliebhaber auf.

Nach getaner Arbeit, die sehr zur Freude der Nachbarin Hanifl in einem Desaster für den Klee geendet hat, setzt er die Maxime in die Transportbox am hinteren Kotflügel seines froschgrünen E-Bikes und fährt zur Waldandacht. Gleich über dem Weingut Schlossberg ist eine Stelle hinter den Weinrieden, wo es einen guten Ausblick auf das Haus der Zwatzl gibt. Die Pokornys haben die Nachbarschaftsstreitereien in der Bogengasse letztes Frühjahr manchmal von hier oben beobachtet. Allerdings muss er dabei vorsichtig sein, da ihn die Zwatzl, wie er im Nachhinein erfahren hat, dort öfters gesehen hat. Zur Sicherheit lässt er sein Elektrofahrrad – er mag aufgrund seiner Abneigung gegen alles Fremdsprachige das Wort »E-Bike« nicht – zweihundert Meter entfernt stehen und schleicht die letzten Meter bis zu der Stelle.

»Hm«, murmelt er, »nichts von ihr zu sehen. Vielleicht gibt's da ja noch andere Stasikollegen.«

Gerade als er sich umdrehen will, hört er hinter sich eine vertraute Stimme: »Sie schon wieder! Stecken Sie Ihre Nase immer noch in fremde Angelegenheiten hinein?«

Erschrocken fährt er herum und wird rot, als die Zwatzl hinter einer Eiche hervortritt. Weil es halt peinlich ist, selbst beim Spionieren überrascht zu werden. Tatsächlich schaut die Zwatzl verändert aus. Sie hat stark abgenommen, der frühere Prinz-Eisenherz-Haarschnitt ist einer Stoppelfrisur gewichen. Nur bezüglich ihrer Bekleidung, den Stiefeln und ihrem Gewand, ist sie den Tarnfarben treu geblieben.

»Es stimmt also tatsächlich, Sie sind wieder im Lande. War's Ihnen in der alten Heimat zu fad, oder haben Sie nur neues Material mitgebracht? Weil Ihnen kann, nachdem Ihr Grundstück umgegraben wurde, ja nicht viel davon geblieben sein.«

»Geh, Sie und die Polizei haben ja keine Ahnung. Ich hab genug Depots, war ja nur eine Frage der Zeit, bis Sie einmal genauer nachschauen. Aber ja, mitgebracht hab ich schon was Neues, die Technik hat sich weiterentwickelt, man muss am Puls der Zeit bleiben. Einen Gartenzwerg mit Kamera werden Sie bei mir nicht mehr finden. Also, warum starren Sie auf mein Haus hinunter?«

»Ich wollte nur schauen, ob bei Ihnen ein Badeanzug zum Trocknen aufgehängt ist. Weil neuerdings sind Sie ja gerne im Thermalbad unterwegs.«

»Wie meinen Sie das?«

»Na wie wohl? Die Kocmanek hat einen Ihrer Zapfen nach mir geworfen. Klingelt's bei Ihnen?«

»Zapfen? So ein Blödsinn. Den Mist hab ich früher verwendet. Stammt nicht von mir. Also, was wollen Sie? Ich hab mit den ganzen Streitereien dort unten nichts zu tun.«

»Wenn Sie nichts damit zu tun haben, woher wissen Sie dann, dass im Bad gestritten wird? Und vom wem sollen die Attrappen sonst sein?«

Sie schaut genervt auf die Uhr. »War's das dann mit Ihren lästigen Fragen? Gesehen haben Sie mich ja jetzt, lassen Sie mir den Gruppeninspektor Sprengnagl schön grüßen. Tschüss.« Sie dreht sich um und verschwindet wie ein Geist im dichten Wald.

»Marantana, die ist ja noch unheimlicher geworden«, wispert er, geht zu seinem E-Bike und fährt mit der Maxime zum Bierhof.

Fünf Minuten nach zwölf Uhr betritt die Toni zusammen mit dem Sprengnagl den Bierhof an der Wiener Neustädter Straße. Der Pokorny, der hinsichtlich seines Tagesablaufs, der Auswahl der Restaurants und seiner Speisen maximal unflexibel ist, erwartet die beiden schon ungeduldig an seinem Stammplatz. Immer zur gleichen Zeit, am gleichen Ort und möglichst auch am gleichen Tisch das Gleiche zu essen ist aufgrund familiärer Prägung eine gelebte Konstante in seinem Leben. Für die beiden anderen Mittagsgäste liegen schon die für ihn unnötigen Speisekarten bereit. Mehr als ein Nicken zu der netten Mitarbeiterin ist für die Aufnahme seiner Bestellung, ein Rindsgulasch mit Semmelknödel sowie ein Soda-Zitron, nicht notwendig. Länger dauert es bei der Toni und beim Sprengnagl, die vom Vor- und Zurückblättern in der Karte anscheinend nicht genug bekommen können.

Nach einer gefühlten Ewigkeit bekommen die drei ihr Essen serviert. Die Toni genießt ein Naturschnitzel von der Pute mit Grillgemüse und Reis sowie einem Seiterl Ottakringer Helles, und der Gruppeninspektor, der heute mächtig Stress hat, würgt während seiner Erzählung mit Käse überbackene Schinkenfleckerln hinunter und spült mit einem alkoholfreien Bier nach.

»Tut mir leid, dass ich so schlinge, gerade bin ich von der Dienststelle angerufen worden. Die Högerl ist abgängig. Die Zobel macht Stress und hat die alte Frau als vermisst gemeldet.«

»Das geht doch erst nach achtundvierzig Stunden?«, meint die Toni.

Der Pokorny schwenkt die leere Gabel hin und her. »Geht

auch früher«, nuschelt er mit vollem Mund. »Bei begründetem Verdacht auf ein Gewaltdelikt oder Suizid kann die Exekutive gleich loslegen.«

»Da ich heute wieder zum Kartenabreißer degradiert wurde, schau ich nach dem Mittagessen vorbei. Vielleicht gibt es ja einen plausiblen Grund dafür.«

Die Toni schneidet eine Grimasse. »Kann dich die Wehli wirklich für so etwas einteilen? Du bist schließlich bei der Kripo.«

Der Sprengnagl seufzt genervt. »Schau, eigentlich nicht. Aber mein Chef kennt den Chef der Wehli. Und dem Frieden zuliebe mach ich ein paar Stunden. So hat die arme Seele ihre Ruhe. So viel dazu.«

»So nach dem Motto: Eine Hand wäscht die andere, verstehe. Sag, wo wohnt denn die Högerl außerhalb der Saison?«, will der Pokorny wissen.

»Ganz in der Nähe, in der Bahnstraße. Dort ist sie aber nicht. Die Kollegen waren gerade nachschauen.«

Die Toni schaut ihn skeptisch an. »So, wie die arme Frau gestern ausgesehen hat, kann die nicht weit sein. Gab es einen Rettungseinsatz?«

»Nein, keinen Einsatz. Da, schau.« Er legt eine Tageszeitung auf den Tisch. Beide sehen, dass im Mittelteil mehrere Blätter A4-Papier stecken. »Kopien der wechselseitigen Anzeigen. Bitte erst zu Hause lesen. Da drüben«, flüstert er mit einem Fingerzeig zwei Tische weiter, »sitzt eure liebe Nachbarin und spitzt die Ohren. Mir reicht dein Bild im Stadtanzeiger, einen Bericht über unser Gespräch brauch ich nicht. Sonst schlägt die O-Weh schneller auf, als uns lieb ist.«

Tatsächlich sitzt die Nervensäge Hanifl ganz in ihrer Nähe. So konzentriert, wie ihre Doppelhausnachbarin ihre Speisekarte studiert, ist klar, dass etwas faul ist und sie hoch konzentriert ihre Ohren spitzt.

»Vorab zur Info«, fährt der Sprengnagl leise fort. »Der Kocmanek wurde tatsächlich im Strandbad Baden die Kabane aufgekündigt. Sie ist gegenüber den Kindern einer Nachbarin tätlich geworden. Angeblich waren die Kleinen zu laut, und die ›g'sunde Watsch'n‹ ist halt schon länger nicht mehr salonfähig. Der vierjährigen Tochter hat sie damals eine blutige Lippe verpasst.«

»Autsch«, ruft die Toni. »Dann sind die Sorgen der Zobel wegen möglicher Handgreiflichkeiten der Kocmanek berechtigt.«

Der Gruppeninspektor nickt. »Es gab auch schon Tätlichkeiten im Bad, die die Högerl zur Anzeige gebracht, dann aber immer wieder zurückgezogen hat. Sonst hätte sie wahrscheinlich gar keine Ruhe mehr gehabt.«

Die Toni seufzt. »Die Arme! Ihre Nachbarin kann ja nicht immer aufpassen. Klar fürchtet sich die alte Dame.«

»Es gab auch Diebstähle, der Kocmanek wurde mehrmals Juckpulver auf ihre Liege gestreut. Lest euch das in Ruhe durch. Lustig ist's dort nicht. Hast du die Zwatzl gesehen?«

»Ja, wie der Leibhaftige ist sie neben der Aussichtsstelle plötzlich aus dem Wald gesprungen. Kurzhaarschnitt, abgenommen hat sie auch. Sie bestreitet klarerweise, mit dem Zapfen etwas zu tun zu haben. Allerdings hat sie großspurig mit neuen technischen Entwicklungen angegeben, und außerdem soll es von ihr im Wald mehrere Depots mit allerlei Material geben.«

»Zwatzl reloaded«, stellt die Toni fest und erntet einen schiefen Blick vom Pokorny. Weil warum muss heutzutage alles verenglischt werden, wie er es nennt? »Die runderneuerte Zwatzl« würde doch auch reichen.

»Ja, sie ist wieder da. Aber wie dein Liebster gestern Abend gemeint hat, könnten wir sie vielleicht noch brauchen. Jetzt, wo die Högerl abgängig ist, sogar doppelt. Eventuell hat sie etwas gesehen?«

Der Pokorny nickt. »Freiwillig sagt die sicher nix. Die Zobel hat sie im Bad gesehen, und wir kennen ihren Hintergrund. Deshalb stellen wir die logische Verbindung her, fix ist das aber nicht.«

»Verwertbare Fingerabdrücke sind auf dem zerstörten Zapfen leider keine drauf.«

»Wenn die Högerl wiederauftaucht, soll sich der Direktor um die Privatsphäre seiner Gäste kümmern«, sagt die Toni.

»Seh ich auch so, wer weiß, wo die überall rumspioniert. Sicher nicht nur bei der Kabane vom Deutschen«, bemerkt der Sprengnagl im Aufstehen. »Ich zahl an der Bar. Sehen wir uns im Bad?«

Der Pokorny, der knapp hinter seinem Freund die kulinarische Ziellinie überschritten hat, nickt. »Wir trinken noch einen Espresso, bringen die Maxime heim und holen unsere Badesachen. Schätze, dass wir gegen vierzehn Uhr im Bad sind.«

»Okay, bis dann, servus.«

Bei einem mittelmäßigen Espresso sinnieren die beiden über den möglichen Aufenthaltsort der Högerl.

»Wo soll die hin? Die war ja gestern schon mehr hüben als drüben, die ist nie und nimmer alleine unterwegs.«

»Wenn sie nicht bald gefunden wird, musst du halt noch einmal zur Zwatzl fahren. Vielleicht ist sie kooperativ, wenn du ein mögliches Verbrechen erwähnst.«

Der Pokorny verzieht das Gesicht. »Wohl eher nicht, dann streitet sie umso mehr ab, dort tätig zu sein. Dass ich sie wegen ihrer Ausrüstung verpfiffen habe, vergisst die mir ihr Leben lang nicht. Das hab ich gespürt, und sie ist jetzt noch seltsamer geworden.«

»Na dann.« Sie zahlen an der Bar und verlassen mit einer komischen Vorahnung den Bierhof.

Pünktlich um vierzehn Uhr beziehen die Pokornys zwei Liegestühle neben der Milchbar, mit gutem Blick auf die Waldkabanen. Alles ruhig, weder von der Högerl noch von der Zobel ist etwas zu sehen. Auch die sonst von der Kocmanek okkupierte Stelle vor der Högerl'schen Kabane ist verwaist.

»Hab ich mir irgendwie anders vorgestellt«, sagt der Pokorny enttäuscht.

»Was meinst du?«

»Na, mehr Stimmung, nicht so ruhig. Und den Sprengi hab ich auch noch nicht gesehen.«

»Schreib ihm eine SMS, vielleicht kann er gerade nicht reden.«

– *wo bist du ward ihr schon bei den streithanseln melde dich*

– *Bin gleich bei euch*

– *in ordnung wir sind an der milchbar*

Der Smartphoneverweigerer Pokorny nervt die Toni und sein näheres Umfeld mit seinen verstümmelten SMS gewaltig. Zum Glück für die Empfänger streut er regelmäßig Leerzeichen ein, sodass es den meisten doch gelingt, seine Botschaften zu entziffern.

»Der Sprengi ist gleich da, bin schon gespannt, was los ist und ob's Schwierigkeiten gegeben hat.«

Die Toni kostet von dem hervorragenden Cappuccino. »Mh, phantastisch der Kaffee. Du, was sagen wir der Katzinger wegen Freitag?«

»Das überlass ich dir, Zuckerschnecke. Schließlich freust du dich doch auf die Ehrung, also kannst du auch die Überbringerin der schlechten Nachricht sein«, meint er grinsend.

»Na super, auf die Keppelei freu ich …«

Sie wird durch eine krächzende Stimme hinter ihrem Rücken unterbrochen: »Wer keppelt?« Die alte Frau, die anscheinend die letzten Worte gehört hat, zieht einen Liegestuhl hinter sich her. Dass sie dabei einem älteren Herrn mit der Holzleiste über die Zehen rattert, interessiert sie genauso wenig wie seine rüden Worte über ihr rüpelhaftes Benehmen. Mit einem bösen Seitenblick lässt sie den Sessel fallen, der die Zehen vom Pokorny nur knapp verfehlt.

Rein optisch ist die Katzinger heute wieder einmal echt mutig unterwegs. Weil jedes Mal, wenn die beiden glauben, bei der alten Frau wäre modisch der Zenit erreicht, werden sie doch wieder von ihr überrascht. Nach dem Motto »Mut kann man nicht kaufen« ist ihr Dresscode heute eine Mischung aus Mexiko, antikem Rom und Südseeparadies.

Sie lässt sich erschöpft in den mit Leinen bespannten Liegestuhl fallen. Auf dem Kopf der zarten alten Frau wirkt der Sombrero, der im Durchmesser fünfundsechzig Zentimeter misst, überdimensional groß.

Der aus italienischem Bortenstroh gefertigte Hut schlägt alles, was sie bisher an ihr gesehen haben, sogar die Fellohrenhaube vom letzten Winter. In mehreren Farben ziehen sich unterschiedlich dicke Ringe von der aufgebogenen Krempe hin zum spitzen Mittelpunkt, der steil in die Höhe ragt und zur Hälfte aus blauen und roten Ringen besteht. Die Einheitsgröße des für Comancheros gedachten Bekleidungsstückes führt dazu, dass ihr der Hut fast bis zur Nase runterrutscht und lediglich durch die große Sonnenbrille halbwegs stabilisiert wird. Allerdings gleitet der Sombrero bei jeder hastigen Bewegung über die Brille, worauf sie den Kopf ächzend nach hinten reißt, um ihr Sichtfeld wiederzugewinnen. Wenn ihr das nicht gleich gelingt, schiebt sie den Hut mit dem Handknauf ihres Stocks nach oben.

Wer glaubt, das wäre schon der optische Höhepunkt gewesen, der täuscht sich. Unter einer knallorangen Tunika trägt sie heute neongelbe Crocs mit dunkelblauen Delphinen.

»Na, da schauts wieder einmal, gell?«, fragt sie gespannt, während ihr Sombrero wieder die Reise über die Nase nach unten antritt. »Ma, Fixlaudon, der Dreck halt einfach nicht.« Sie reißt den Hut vom Kopf. »Da schau, da brauchst ja einen Kürbisplutzer, dass dir der passt. Eine Frechheit, im Internetz ist gestanden, der passt wie angeklebt, haha.«

Der Pokorny kichert. »Dafür ersparen Sie sich die Sonnencreme. Fesch schauen Sie aus, so als Gesamtkunstwerk.«

»Also«, sie mustert ihn mit zusammengezogenen Augenbrauen, »pflanzen kannst wen anderen. Zuerst gemein über mich herziehen und dann noch über meine Tonika und den Hut lachen, das tut weh. Ehrlich.«

»Sie trauen sich einfach was.« Die Toni versucht, die Wogen zu glätten, was ihr bei dem Aufzug freilich schwerfällt.

Misstrauisch linst die Katzinger über den Rand ihrer handtellergroßen Sonnenbrille. »Wie meinst das jetzt?«

»Na, die Seepferdchen haben mir sehr gefallen, aber die blauen Delphine auf dem Gelb …«

Der Sprengnagl kommt ihr durch sein Erscheinen zu Hilfe. »Da seid ihr ja, hallo Frau Katzinger. Was tun denn Sie im Bad? Ich dachte, Sie meiden das Bad wegen der verlorenen Tombola. Der Eintritt ist ja nur für Kabanenmieter gratis.«

»Verrats mich nicht, ich bin unten im Restaurant aufs Klo gegangen und hab mich dann quasi ins Bad verirrt. Jetzt schauts nicht so, eine Pensionistin am Exodusminimum muss schauen, wo sie bleibt. Kümmert sich ja niemand um mich«, nörgelt sie jetzt tatsächlich los.

»Aha«, murmelt der Sprengnagl. »Würden Sie uns bitte einen Augenblick alleine …«

Sie unterbricht ihn sofort: »Nicht einmal daran denken, ich bin bei allen Ermittlungen eingebunden, schon immer gewesen. Von der Polizei lass ich mich nicht einschüchtern.«

Er kratzt sich am Kinn, denkt nach und beschließt, den Konflikt zu vermeiden. »Schön, dann plaudern Sie aber bitte nichts von dem aus, was wir hier besprechen, versprochen?«

»Tsss, erstens einmal bin ich verschwiegen wie ein Grab, mehr geht nicht. Und zweitens verrate ich doch keine Ermittlungsergebnisse in einem Mordfall, bin ja keine Anfängerin.«

Die Toni schaut die Profiermittlerin mit schiefgelegtem Kopf an. »Mordfall? Wie kommen Sie denn auf so etwas? Nur weil die Högerl nicht in ihrer Kabane ist? Es wird sich schon eine rationale Erklärung dafür finden.«

»Ja, ja, und ich gewinn mit meinen Fußerln die nächste Miss-Beine-Wahl. Das glaubst ja selber nicht. Die Högerl liegt längst irgendwo im Bad vergraben, vielleicht in dem dunklen Eck hinter den Batchvolleplatz.«

»Sie meinen den Beachvolleyballplatz, nicht wahr?« Der

Pokorny kann es nicht lassen, wieder muss er den Oberlehrer rauskehren.

Theatralisch reißt die Katzinger die Arme inklusive Stock in die Höhe und lässt sie stöhnend fallen. Es kommt, was kommen muss. Klar lässt sie sich die Besserwisserei vom Pokorny nicht gefallen, so bohrt sich rein zufällig der Stoppel ihres Stocks in den Rist seines rechten Fußes.

»Aua, sind Sie wahnsinnig?«, brüllt er, springt auf und hüpft mit schmerzverzerrtem Gesicht auf dem linken Fuß durch den aufgeschütteten Sand der Milchbar.

»Das tut mir jetzt aber echt leid«, sagt die Katzinger sarkastisch. »Die Schwerkraft, weißt, tut mir wirklich leid. Aber du regst mich halt so auf.«

Die Toni schenkt der alten Frau einen genervten Blick und holt ein Geschirrtuch mit Eiswürfeln, das der Pokorny stöhnend auf den rasch anschwellenden Rist drückt. »Sprengi, erzähl schon.«

»Zwei Kollegen haben mit mir in der letzten Stunde das Bad durchsucht. Auf freiwilliger Basis konnten wir sogar in fast alle Kabanen reinschauen. Wichtig waren vor allem die Waldkabanen; bis auf die, wo die beiden alten Männer wohnen, sind alle kontrolliert. Alles sauber, keine Spur von der Högerl.«

Die Katzinger presst die Augen zu schmalen Schlitzen zusammen. »Wo sind die zwei Verbrecher leicht? Vom Betrug hin zum Mord ist oft nur ein kurzes Stück. Ich hab da in der Gestern-Zeitung …«

»Dem Schmierblatt Nummer eins …«, wirft der Pokorny ein.

»Pah, geht's dir leicht schon wieder so gut? Wurscht, jedenfalls neigen senile alte Männer, bei denen die Tendenz schon anklopft, also … Verhaften, sag ich nur.«

»Demenz, mei …« Der Geheilte setzt tatsächlich zu einer weiteren Korrektur an.

»Willi!«, unterbricht ihn die Toni augenrollend. »Und Sie hören sofort auf mit dem Anschwärzen der beiden Herren. Es reicht! Sie glauben doch nicht im Ernst, dass der Heini und der Ludwig etwas mit dem Verschwinden der Högerl zu tun haben, oder? Und jetzt brauchen Sie gar nicht beleidigt sein.« Sie grinst, als die alte Frau den Sombrero wieder aufsetzt und sich grummelnd darunter verschanzt.

»Wenn ich dann weitererzählen dürfte, wäre nett«, schaltet sich der Sprengnagl wieder ein. »Danke. Zu dritt haben wir das gesamte Gelände abgesucht, natürlich auch den naturbelassenen Bereich um die Minigolfanlage und das abgesenkte Eck hinter dem Volleyballplatz. Keine Spur von der Högerl.«

»Gibt es verdächtige Spuren in ihrer Kabane?«, fragt der Pokorny.

»Du meinst von einem Kampf oder so?« Sein Freund nickt. »Nein, nichts, was eine Verdachtslage begründen würde. Eine leere Packung Morphium ist am Boden gelegen, gut, das nimmt sie ja regelmäßig, also ist das nicht ungewöhnlich.«

»Laut den beiden älteren Herren ist die Tablettenanzahl der Högerl durch die Volkshilfe genau rationiert. Meines Wissens sollte da keine ganze Packung herumliegen, sondern nur die Tagesration«, wendet die Toni ein.

Der Gruppeninspektor zuckt mit den Schultern. »Na ja, wenn du ein akuter Schmerzpatient bist, wirst du schon ein wenig Reserven anlegen. Die Mitarbeiterin der Volkshilfe kommt ja nur einmal täglich. Solange es keine Spuren eines Gewaltverbrechens gibt, nehmen wir die Schachtel nicht einfach so mit und untersuchen sie auf Fingerabdrücke von der Kocmanek. Eine Streife fährt das Außengelände ab, vielleicht ist sie aufgrund der Medikamente verwirrt und irrt durch die Gegend.« Er wird durch eine eingehende WhatsApp unterbrochen. »Die Kabane der beiden Männer ist auch sauber. Wenn ich sonst was höre, melde ich mich bei euch. Die Zobel hab ich unten beim Harrer-Eispavillon gesehen. Redet mit ihr, vielleicht weiß sie ja inzwischen, wo ihre Nachbarin ist. Servus.«

»Komm, Willi, gehen wir runter«, sagt die Toni, nachdem der Sprengnagl die Stufen hinuntergeeilt ist. »Frau Katzinger, ich weiß, Sie werden gleich murren. Könnten Sie die Kabanen beobachten? Vielleicht tut sich ja was, und die Mörder«, sie unterstreicht das Wort mit beidhändigen Gänsefüßchen, »kommen zurück. Sie könnten sie in ein Gespräch verwickeln und aufhalten.«

»Ja, ja, mich zwischenparken, aber gut. Mit meinen Grongs rutsch ich bei den Stiegen sowieso. Ihr müsst mir aber alles erzählen, okido?«

Der Pokorny nickt. »Eh klar, sonst verprügeln Sie mich ja mit Ihrem Stock«, antwortet er, noch immer verärgert.

Gerade als die Pokornys beim Eispavillon ankommen, sehen sie eine hübsche, knapp dreißig Jahre alte Blondine, die sich von der Zobel mit einem Kuss verabschiedet und über die Stufen zum Blauen Becken hinunterläuft.

»Dürfen wir uns zu Ihnen setzen?«, fragt die Toni. Während die beiden Frauen Wasser trinken, bestellt sich der Pokorny einen Bananensplit, lässt aber aufgrund des grimmigen Seitenblicks seiner Ehefrau das Schlagobers weg.

»Gibt's Neuigkeiten von der Högerl?«, fragt die Zobel mit rot geränderten Augen. Die Abwesenheit ihrer Nachbarin scheint sie ziemlich mitzunehmen.

Die Toni schüttelt den Kopf. »Nein, die Polizei hat das komplette Bad durchsucht, leider erfolglos. Jetzt suchen sie die alte Dame außerhalb des Bades. Wo ist eigentlich die Kocmanek?«

»Das frag ich mich auch schon die ganze Zeit. Vielleicht hat sie etwas mit dem Verschwinden der Högerl zu tun, oder sie hat davon gehört und will einer Konfrontation mit mir aus dem Weg gehen. Fahndet die Polizei nach ihr?«

Der Pokorny verneint. »Nur weil ihre Nachbarin abgängig ist, gibt es für die Polizei keinen Grund, nach der Kocmanek zu fahnden. Warum sollten sie das tun?«

»Einfach, weil es verdächtig ist, oder? Immer ist sie da und sekkiert die Högerl, dann verschwindet die alte Dame spurlos, und wie zufällig ist der Kotzbrocken auch weg. Das sieht doch ein Blinder, dass da ein Zusammenhang bestehen muss.«

»Wie auch immer. Die Polizei tut ihr Möglichstes«, sagt die Toni. »Mehr darf sie ohne begründeten Verdacht nicht machen. Es gibt in der Kabane keinen Hinweis auf ein Verbrechen.«

Die Zobel stützt die Ellbogen auf den Tisch, verbirgt ihr Gesicht in den Händen und bläst laut die Luft aus. »Hoffentlich hat die Kocmanek sie nicht vergiftet und abends aus dem Bad geschafft.«

»Wie meinen Sie das?«, erkundigt sich die Toni. »Warum vergiftet?«

»Das mit den Schlaftabletten hab ich Ihnen ja schon erzählt. Letztens hab ich die Kocmanek bei der Högerl mit einer Packung Morphium in der Hand erwischt. Ihre Betreuerin lässt ihr aber keine ganze Schachtel dort, nur eine kleine Notfalldosis. Darauf angesprochen, hat die Kocmanek bestritten, dass die von ihr kommt.«

Der Pokorny horcht auf. »Das müssen wir dem Sprengi sagen. Die Packung in der Kabane von vorhin gehört jedenfalls sichergestellt, wer weiß ...« Er lässt den Satz offen. »Die leere Packung ist sicher nicht von der Volkshilfe. Weil so einfach bekommt man diese Tabletten nicht.«

Die Zobel verneint. »Kann ich mir nicht vorstellen. Die arbeiten sehr gewissenhaft. Es steht zu viel am Spiel. Für die Högerl das Leben, für die Betreuerin ihr Job, für uns Kabanesen der Kotzbrocken als Nachbarin und damit Stress und Wirbel ohne Ende.«

»Kabanesen? Den Begriff hab ich noch nie gehört«, meint die Toni.

Die Zobel schmunzelt. »Ja, ein liebevoll gemeinter Jargon von der Thermalbadleitung.«

»Wo könnte denn die Kocmanek sein?«, fragt der Pokorny.

»Entweder in Baden, wo sie wohnt, oder bei ihrer Freundin, der Fabeck. Die hat im Bad eines der ganzjährig bewohnbaren Appartements. Vielleicht ist sie ja dort?«

»Haben Sie das der Polizei erzählt?«

»Die interessieren sich nur mäßig für die Sache.«

Da die Toni vor ihrer Gesprächspartnerin schlecht mit dem Sprengnagl über Neuigkeiten reden kann, sendet sie ihm eine WhatsApp.

– Die leere Packung Morphium in der Kabane von der Högerl müsst ihr sicherstellen. Laut der Zobel dürfte die dort nicht sein. Es gibt eine Freundin der Kocmanek namens Fabeck, wohnt in einem der Appartements im Bad. Vielleicht ist die Kocmanek dort?

– Alles klar, kläre ich in der nächsten Pause. Die Medikamentenschachtel kann ich trotzdem nicht ohne Grund mitnehmen

– ok

»Die Polizei wird sich das anschauen, danke für den Tipp«, erklärt die Toni aufgrund des fragenden Blicks der Zobel.

»Dann ist's ja gut.«

Sie zahlen und gehen gemeinsam hinauf zu den Waldkabanen. Ohne die schwere Kühltasche schafft es auch der Pokorny leichter nach oben. Wäre ihm auch peinlich, vor der Zobel wie ein altes Dampfross zu schnaufen.

Und täglich grüßt das Murmeltier – wieder platzen sie in einen Streit der Katzinger mit dem Heini und dem Ludwig.

»Sagts, seid ihr komplett plemplem? Mir mit dem Golfball meinen Hut runterknallen. Das ist ja ein Mordkompott!«, schreit sie und haut wie gestern den beiden mit ihrem Stock abwechselnd auf die Knie.

»Aua, hör sofort auf«, ruft der Ludwig. »Du spinnst ja. Dem Heini ist der Minigolfball bei der 18er-Bahn vom Abschlagblech weggerollt, drum hat er ihn unsauber getroffen. Tut uns leid, ein mieser Schlag, aber bestimmt kein Mordkomplott. So ein Unfug!«

»Na, na, so mies war er nicht«, nuschelt der Heini. »Das Blech ist verbogen, der Ball rollt dort immer weg. Außerdem riecht's dort komisch.«

»Dann lasst es halt bleiben, in eurem Alter, und wegen dem

Gestank wäre eine Dusche auch nicht schlecht. Dann säuerlts nicht so, gell. Da schaut«, echauffiert sich die Katzinger, als sie die staunenden Gesichter der anderen sieht, und präsentiert grimmig den Ball. »Nicht nur, dass sie mir die Kabane geklaut haben, jetzt wollen sie mich sogar umbringen. Wo ist der Sprengnagl, wenn man ihn braucht, hä?«

Der Pokorny greift sich an die Stirn. »Der hat sicher Besseres zu tun, als sich hier einzubringen. Was ist denn bloß in Sie gefahren? So eine Mimose sind Sie ja sonst auch nicht, also meistens halt.«

»Ich eine Mimose? Ich glaub, ich spinn! Wissts was, ihr könnt mich alle gerne haben«, blafft sie, quält sich aus dem Liegestuhl und wackelt beleidigt in Richtung Ausgang.

»Frau Katzinger, wegen Ihrer Feier, da können wir nicht!«, ruft ihr die Toni nach, schließlich ist die Absage noch offen. Entweder will oder kann sie die alte Frau nicht hören, sie schlurft weiter, ohne sich umzudrehen.

»Langsam mache ich mir Sorgen um die Katzinger«, stellt die Toni fest und mustert die beiden alten Männer. »Da stimmt doch was nicht. Was ist zwischen Ihnen wirklich los? Nur wegen der Kabane ist sie nicht so aufgebracht. Also raus mit der Sprache.«

Der Heini zieht Farbe auf. »Ich weiß jetzt gar nicht, was Sie meinen. Sie wird halt einen schlechten Tag haben.«

»Und deswegen werden Sie rot wie ein reifer Paradeiser?« Der Pokorny schmunzelt. »Läuft da leicht was zwischen Ihnen beiden?«

»Hm.«

»Was hm?«

»Hm.«

»Herr Ludwig, sagen Sie doch etwas, irgendwie haben wir da gerade eine Pattstellung. Was läuft zwischen der Katzinger und dem Herrn Heini?«, fragt die Toni gespannt. Bisher gab es für die alte Frau immer nur ihren verstorbenen Ehemann Ferdinand, und nun tun sich nach all den Jahren anscheinend pikante Abgründe auf.

Der Angesprochene zuckt mit den Schultern. »Mein Name ist Hase, außerdem bin ich nach der ganzen Aufregung müde. Heini, ich geh schon vor.« Er winkt zum Abschied und bewegt sich mit einem Lächeln auf den Lippen mit seinem Rollator zur Kabane.

»Also, was ist Sache?«, will der Pokorny wissen.

»Hm, also«, antwortet der Heini. »Sie wissen ja, dass die Katzinger letztes Jahr beim Seniorenbingo im Jakobusheim ein Smartphone gewonnen hat. Auf dem Handy war eine App vorinstalliert ... Tinder ...«

Der Pokorny schwört als Technikverweigerer auf das alte Nokia seines Vaters, weil was muss man mit einem Telefon mehr können als Telefonieren und im Notfall Nachrichten schreiben? Begriffe wie iCloud, WhatsApp, Twitter und Apps sind ihm ein Gräuel. Deshalb klingelt es bei ihm auch bei der Datingplattform Tinder nicht sofort. Hilfesuchend schaut er zur Toni.

Sie grinst bis über beide Ohren. »Bärli, Tinder ist eine Handy-App, mittels derer sich fremde Personen online kennenlernen können.«

»Ah, so was zum Wegwischen von Unsympathlern, oder? Auf Wikipedia hab ich darüber einen Eintrag gelesen.«

»Ja, besonders durch Tinder redet man heutzutage von ›Swipen‹. Dort wird nach links geswipt, wenn man eine Person nicht kennenlernen möchte, weil sie oder er einem unsympathisch erscheint, und nach rechts für das Gegenteil. Sollte die andere Person ebenfalls nach rechts swipen, wird dies ›Match‹ genannt, und beide können miteinander in Kontakt treten.«

»Und weiter?« Der Pokorny ist immer noch ratlos.

»Nichts weiter«, knurrt der Heini, »ich hab Ihnen damit eh schon mehr gesagt, als ich sollte. Den Rest müssen Sie die Frau Katzinger fragen. Wäre schön, wenn Sie mich dabei nicht erwähnen würden. Die Stimmung ist eh am Boden.«

»Alles klar«, sagt die Toni nachdenklich. Die Pokornys verabschieden sich und machen sich auf den Weg nach Hause.

Da die Toni für Freitag zu ihren gefühlten tausend Paar Schuhen unbedingt noch ein Paar neue braucht, fährt der Pokorny mit der Maxime auf seinem E-Bike zu seinem Freund nach Großau. Rasch fasst er die Entwicklungen der letzten Stunden zusammen. Vor allem die Neuigkeiten über die Katzinger bringen den Berti zum Schmunzeln.

»Tinder und die Katzinger. Ich mein, die hat doch immer nur von ihrem Ferdl erzählt. Gut, ob mit dem Huber-Bauern was war, wissen wir nicht, aber eine Datingplattform übers Handy?« Er grinst schelmisch, bringt der Beagelin eine Schüssel Wasser und seinem Freund einen aufgespritzten Apfelsaft. »Magst kosten? Frisch gepresst, verkauft sich gut.«

»Schmeckt phantastisch, hm.«

»Danke! Schön langsam schaust du mit deinem Nokia wirklich alt aus. Geht alles an dir vorbei, nicht wahr?«

»Du, Berti, ich hab die Toni und brauch keine anderen Frauen online suchen. Aber wie ich der Katzinger morgen ins Gesicht schauen soll, ohne zu lachen, weiß ich noch nicht.« Er prustet und schlägt sich auf die Oberschenkel.

»Zuerst musst du aus ihr rauskitzeln, was da wirklich war, weil, so direkt ansprechen solltest du das besser nicht.« Er kichert, wird dann aber ernst. »Was anderes, die Högerl ist wirklich nirgendwo zu finden?«

»Nein, wie vom Erdboden verschluckt. Der Sprengi hat getan, was möglich ist. Wir können nur das Beste hoffen.«

»Übrigens war gerade vorhin die Zwatzl bei mir einkaufen. Zuerst hab ich sie nicht erkannt.«

»Wegen ihrer Frisur?«

»Ja, ihr radikaler Kurzhaarschnitt macht sie nicht gerade zur Sympathieträgerin.«

Der Pokorny nickt. »Ich weiß, ich bin ihr am Vormittag begegnet.« Rasch berichtet er von dem gespenstischen Auftritt der Deutschen. »Sie hat nicht zufällig ein Stück von deinem Mohnkuchen gekauft, oder?« So, wie die aufgestellt ist, würde der Pokorny ihr das jedenfalls zutrauen.

»Ja, hat sie, auch ein Aufzuchtkästchen für Magic Mushrooms hat sie mitgenommen. Schaut nach einer langfristigen Geschäftsbeziehung aus.«

»Hat sie schon öfters bei dir eingekauft?« Der Pokorny wundert sich, dass die Zwatzl gerade jetzt beim Berti vorstellig wird.

»Nein, das war das erste Mal. Sie ist wohl jetzt auf dem Biotrip, kauft deshalb nichts mehr in Supermärkten, sondern nur mehr regional.« Der Berti grinst. »Sie hat von meiner Qualität gehört und wollte sich ein eigenes Bild machen.«

»Hm.«

»Was hm?«

Der Pokorny zuckt mit den Schultern, legt den rechten Zeigefinger auf die Lippen und deutet seinem Freund, mit nach draußen zu kommen. »Mein Rad … mit der Kette stimmt was nicht.« Er zieht ihn an der Schulter zur zehn Meter entfernten Laube, die der Do-it-yourself-Handwerker aus gebeiztem Lärchenholz gebaut hat. Gut vier mal drei Meter, mit einer bequemen Sitzbank und Sesseln aus Rattan. Aber das Schönste ist der üppig wuchernde dunkelviolette Blauregen, der die Laube wie ein Bilderrahmen umrankt. Ab Anfang Mai verströmen die bis zu zwanzig Zentimeter langen Blütentrauben einen angenehmen Duft, im Sommer schützt der dichte Bewuchs vor der Sonne.

Der Berti hebt fragend die Augenbrauen. »Was ist los? Deine Kette schaut gut aus.«

»Vergiss die Kette. Das mit der Zwatzl ist irgendwie seltsam«, erklärt der Pokorny. »Ein Jahr haben wir uns nicht gesehen, treffen uns dann im Wald, und knapp drauf schlägt sie bei dir auf.«

»Was soll ich dir sagen. Sie hat sich umgeschaut, mich dann zu den narrischen Schwammerln und ihrer Wirksamkeit gefragt, dann war sie wieder unterwegs.«

»Hat sie was angegriffen oder dagelassen?« Der Pokorny traut der Zwatzl alles zu, auch eine Wanze beim Berti. Schließlich weiß seit der letzten Berichterstattung jeder von der

Freundschaft zwischen den beiden. Darum könnte man dort auch interessante Infos erfahren.

»Nicht, dass ich wüsste, allerdings war ich wegen der Aufzuchtbox kurz im Lager.«

»Tu mir den Gefallen und check bei deinen Waren, ob sie was dagelassen hat.«

Der Berti schaut ihn mit großen Augen an. »Nicht wirklich, oder? Warum sollte sie das tun?« Er runzelt die Stirn.

»Was weiß ich, denk an den Zapfen im Bad oder das Steinimitat auf der Baustelle vom Holler.«

Die Zwatzl, die neben dem Holler wohnt, hatte vor einem Jahr den Rohbau des Baumeisters mit Kameras bestückt. Sogar ein Steinimitat hatte sie unter Bauschutt verborgen, um perfekt über alle Vorkommnisse informiert zu sein.

»Ja, eh, aber wieso bei mir? Gut, wir bequatschen hier immer wieder Sachen, die mehr oder weniger mit euren Fällen zu tun haben, okay. Aber inwieweit ist das für sie relevant?«

»Du stellst Fragen, keine Ahnung. Wer weiß, was sie da im Thermalbad abzieht? Und sie hat mit der Toni und mir keine guten Erfahrungen gemacht. Aber vielleicht bin ich ja auch nur paranoid.« Er verzieht das Gesicht zu einer Grimasse.

Der Berti spitzt nachdenklich die Lippen. »Gut, mach ich. Wenn ich was finde, geb ich dir Bescheid. Heute ist nicht viel auszuliefern, mach ich selbst. Du hast eh genug um die Ohren.«

»Das kannst du laut sagen. Danke dir, bis morgen, baba.«

Völlig erschöpft, aber mit einem glücklichen Gesicht schneit die Toni bei der Tür herein.

»Willi, wo bist du?« Normalerweise lümmelt er um diese Zeit auf der gemütlichen Wohnzimmercouch herum und schaut fern.

»Oben, ich beschäftige mich gerade mit Doktor Google«, ruft er aus seinem multifunktionalen Zimmer im Obergeschoss. Es ist zwar ein Klischee, aber fast jeder Mann hat irgendwo im Haus seinen eigenen Bereich, gern auch Hobbyraum genannt, oft in den Keller verbannt und meist auch als Werkstatt oder Büro verwendbar. Mangels Keller ist der vom Pokorny im ersten Stock der Doppelhaushälfte angesiedelt, wobei es hier noch eine Besonderheit gibt. Manchmal mutiert der Raum zum Spaßzimmer, häufig dann, wenn wieder einmal ein Paket von (En)joy-toy, einer Website für Sexspielsachen in Form von Werkzeug, einlangt. Mit den schlüpfrigen Utensilien haben die Pokornys schon so manch erfolgreiche Handwerksstunde eingelegt.

Heute jedoch nutzt er sein Zimmer als Büro. Er starrt konzentriert auf den Bildschirm, neben sich zwei leere Kaffeetassen und die Reste einer Packung Mannerschnitten aus dem Vorrat der Toni.

»Was suchst du?«, fragt sie ihn mit einem kritischen Seitenblick auf die leere Packung. Weil wenn er sich an die Schnitten ranmacht, hat er vorher schon seinen Schokoladevorrat geplündert, damit jede Menge Kalorien gebunkert und seine ohnehin jenseitigen Blutwerte weiter verschlechtert.

»Hm, die Zwatzl hat beim Berti eingekauft. Ich bin mir nicht sicher, ob sie ihm nicht ein faules Ei untergeschoben, also ihm ein Mikro oder eine Kamera untergejubelt hat. Ich schau mir gerade an, was es in Deutschland so Neues am Markt gibt. Das mit den Morphiumtabletten interessiert mich auch. Welche Dosis, wie sind die Auswirkungen und so weiter.«

Die Toni beugt sich über ihn, küsst ihn zärtlich, legt drei Schuhschachteln auf den Tisch und beginnt, sich langsam auszuziehen. »Duuuu, Bärli, ich brauche deinen Rat.«

Gedankenverloren schlendert der Pokorny gegen fünf Uhr drei-ßig mit der Maxime zum Café Annamühle. Heute gibt es für die Beagelin besonders viele Neuigkeiten. Zwei Blocks weiter ist vorige Woche eine rumänische Schlag-mich-tot-was-da-alles-an-Rassen-drinnen-steckt-Hündin eingezogen, die, kaum da, gleich läufig geworden ist. Seither kann sich das nähere Umfeld aussuchen, ob die paarungswilligen Frösche im Schwimmteich eines Nachbarn oder doch die Rüden der Gegend das größere akustische Ärgernis sind. Irgendwann ist aber auch die letzte Hundezeitung ausgelesen, und der Pokorny betritt gähnend das Café. Die Müdigkeit verdankt er teils seinen langwierigen Recherchen, vor allem aber der erotischen Modenschau der Toni. Immer noch fragt er sich, wie die allerbeste Ehefrau der Welt glauben kann, von ihm nackt eine ehrliche Meinung zu Schuhen zu erhalten.

»Morgen, Pokorny«, begrüßt ihn die Karin. »Schlecht ge-schlafen?«

»Guten Morgen, nein. Es ist spät geworden, sonst passt's eh.«

Während sie für den Pokorny seinen Espresso zubereitet, steckt sie das Standardmenü – zwei dunkle Semmerln für die Toni, drei Kürbiskernweckerln und ein Pariser Kipferl für ihn – in ein Papiersackerl. »So, da ist dein Kaffee.« Sie reicht ihm den Espresso mit herrlich fester Crema über den Tresen. »Mürb-teigkeks mit oder ohne Schoko?«

»Ohne«, antwortet er mit einem schlechten Gewissen ob der Zuckerorgie von gestern Abend. Dass er der Toni ihre letzten Mannerschnitten zusammengegessen hat, führte noch zu Dis-kussionen.

»Ist die Högerl noch immer verschwunden?«, fragt die Karin und reicht ihm einen kleinen Teller mit mehreren Keksen.

»Hat dir leicht die Katzinger davon erzählt?« Er sieht sie nicken. »Dachte ich mir gleich. Ich hab nichts Gegenteiliges gehört. Der Sprengi wird mich sicher noch anrufen. Heute lassen wir das Bad aus, jeden Tag brauch ich das auch nicht. Überhaupt bei der Stimmung.«

Die Karin schlichtet von mehreren Backblechen frisches Gebäck in die Vitrinen. Von seinem Stammplatz gegenüber der Kaffeemaschine rinnt dem Pokorny beim Anblick der Kuchen, Striezel und Kipferl das Wasser im Mund zusammen. Als Frühaufsteher genießt er diese ruhigen Minuten in seinem Stammcafé. Kaum Kunden, der Geruch von frischem Brot, Gebäck, dazu die Röstaromen des Kaffees, dafür zahlt sich Aufstehen jedenfalls aus.

»Früher soll die Stimmung dort besser gewesen sein«, erzählt sie.

»Früher?«

»Ja, halt vor dem Auftauchen der Kocmanek, die alle aufstachelt und Unfrieden schürt.«

»Woher …«

Sie unterbricht ihn: »Der Tscholitsch kauft morgens für die Kabanen-Mieter bei uns Brot und Gebäck ein. Pünktlich um elf Uhr schaut er dann noch einmal auf einen Plausch vorbei. Vor dem Mittagsgeschäft ist es ruhig, da können wir reden. Er ist dort der gute Geist und wird von der Högerl und der Zobel als Lakai betrachtet.«

»Also doch nicht alles eitle Wonne. Hätte mich auch gewundert, so eng, wie die alle beinanderwohnen.«

»Schon, aber jetzt ist es echt schlimm. Die Nerven der Zobel liegen blank, der Tscholitsch kriegt ihren Ärger zu spüren. Nach dem Tod seiner Frau ist er abgerutscht, schwerer Alkoholiker, hat früher als Totengräber gearbeitet. Der ist froh, überhaupt Anschluss zu haben. Dafür tut er alles, was die Zobel und die Högerl wollen. Er wohnt im Winter in Großau, ganz in der Nähe vom Pecherhaus-Heurigen. Ist dort Stammgast und Umsatzbringer.«

Der Pokorny trinkt seinen Espresso aus. »Und die anderen Mieter?«

»Neben dem Tscholitsch wohnen jetzt der Ludwig und der Heini, die Kabane hat aber ein …«

»Ein Deutscher gemietet, ja, haben wir schon von der Katzinger gehört. Apropos Katzinger? Ist da mit dem Heini was gelaufen? Weil die gar so hart mit ihm ins Gericht geht.«

Sie überlegt ein paar Sekunden, aber als die Tür aufgeht, zuckt sie entschuldigend mit den Schultern und widmet sich der neuen Kundschaft.

Draußen grummelt er laut vor sich hin: »Offenbar wissen alle über die Katzinger und den Heini Bescheid, nur wir nicht. Hm, bleibt wirklich nur, sie selbst zu fragen.«

Donnerstags wird an Arbeitstagen mittags immer Salat in der Bücherei gegessen, egal ob Sommer oder Winter. Da ist die Toni gnadenlos. Weil sie auch im Urlaub auf ihren Salat besteht, serviert sie ihrem Bärli nach der gestrigen Zuckerorgie einen griechischen Salat ohne Dressing und mit einer Miniportion Schafskäse. Grantig sitzt er am Esstisch auf der Terrasse und starrt trübsinnig ins Leere.

»Willi, so arg ist es aber wieder auch nicht. Heute ist Gemüsetag, du hattest gestern Abend genug Kalorien.«

»Ja, ja, dass Recherchearbeit Knochenarbeit ist und mir Unmengen an Energie abverlangt, solltest du aber wissen. Und jetzt krieg ich da einen letscherten Salat ohne irgendwas, nicht einmal ein Baguette gibt es dazu …« Entrüstet klopft er auf den Tisch, weil er sich sonst den seiner Meinung nach äußerst faden Salat mit allerlei Zusätzen wie üppig Parmesan, Dressing, Croûtons, Kürbiskernen und so weiter essbar macht. Manchmal schummelt er sogar ein Stück Knackwurst hinein. Diese eigenartige Herangehensweise an den Gemüsetag hat er quasi von seinem Vater anerzogen bekommen. Der hat am Fleischtag immer Fleischlaberl mit gerösteten Erdäpfeln gegessen und am Gemüsetag dann geröstete Erdäpfeln mit Fleischlaberl.

Um ihn von seiner Mitleidstour abzulenken, fragt sie: »Was hast du bei deinen Recherchen herausgefunden?«

Da Widerstand zwecklos ist, fügt er sich und stochert lustlos im Salat herum. »Dass eine Nano-SIM-Karte eigentlich völlig ausreicht, um weltweit jeden auszuspionieren. Kein Problem für Leute, die ein wenig technikaffin sind.«

Und da hat er recht, der Pokorny, es gibt diesbezüglich keine Grenzen, quasi jeder Gegenstand kann mit einer daumennagelgroßen Abhörwanze zu einem Abhörgerät umgebaut werden. Der Spion wählt dann einfach die Telefonnummer der eingelegten SIM-Karte und kann von überall her Gespräche live mithören. Für besonders faule Spione gibt es den Service, dass sich die Wanze meldet, also zurückruft, wenn sich an der Abhörstelle etwas tut. Bis zu acht Meter Reichweite hat das Mikrofon, die Akkulaufzeit variiert je nach Modell zwischen vier und sechs Stunden, bei Stand-by bis zu sieben Tage.

»Der Zapfen von der Zwatzl ist damit bestens geeignet, ich kann mich aber an keine SIM-Karte im Elektroschrott erinnern.«

Mitten in seine Ausführungen platzt mit einem lauten »Tititi, tititi« eine SMS der Katzinger.

– *Treffpoint 1400 AM,,., hab Streß;, gibt nues!< sy, K.*

»Äh … also, ich bin ja auch kein Weltmeister im Nachrichtenschreiben«, sagt der Pokorny, zeigt der Toni das Display und beutelt sich ob der Mischung aus Deutsch, Englisch und neumodischen Abkürzungen. »Aber das! Wo die das nur alles herhat?«

»Na ja. Tut mir leid, wenn ich da jetzt für die Katzinger eine Lanze breche. Aber Großbuchstaben, Zahlen und Sonderzeichen, wenn auch ein bisschen chaotisch eingesetzt, sind mir bei dir bisher nicht aufgefallen. Nein, im Gegenteil, so ad hoc finde ich mich bei ihrer SMS besser zurecht.« Ohne auf seine beleidigte Miene einzugehen, fährt sie fort: »AM wird wohl für ›Annamühle‹ stehen, sy für ›see you‹, 1400 für ›vierzehn Uhr‹ klingt fast militärisch und ›gibt nues‹ wird wohl ›gibt News‹, also Neuigkeiten, heißen. Ich muss mich immer wieder über die alte Frau wundern. Na los, schreib ihr zurück. Wir haben eh Zeit, eine Stunde früher passt gut. Wenn es denn schon Neuigkeiten gibt.«

Der Pokorny, der zu seiner Art, Nachrichten zu schreiben, steht, antwortet unverfänglich.

– *passt*

Sie beschließen, mit der Maxime eine ausgedehnte Runde über die Felder zu machen, und treffen kurz nach vierzehn Uhr beim Café Annamühle ein.

»Ah, da seids ja endlich«, krächzt die Katzinger und schielt auf die Uhr ins Lokal hinein. »Wenn's euch schon früher von zu Hause wegreißt, dann kann ich auch großzügig über die Verspätung drüberschauen.«

Die Toni blickt sie mit großen Augen an. »Nicht Ihr Ernst, oder? Wir stoßen unseren ganzen Tag für Sie um, stressen uns her …«, meint sie teils amüsiert, teils irritiert. »Also, was gibt es Neues?«

Die Katzinger klopft mit dem Stock an die Scheibe des Lokals. »Die Dagmar hat Dienst, die büselt wahrscheinlich schon wieder im Lager. Weil ehrlich, ich warte seit ewig auf meine Melange, bei der Karin klappt das … Ah, da ist sie ja, schaut, sie reibt sich grade den Schlaf aus den Augen«, stellt sie fest.

Da die Mitarbeiterin kein gesteigertes Interesse an der Bedienung des Klopfgeistes zeigt, schlägt sie diesmal so fest an die Scheibe, dass die Pokornys sich wegdrehen. Man weiß ja nie, eine Splitterschutzbrille hat nur die randalierende Stubenfliege Puck auf. Die Dagmar scheint nunmehr wach zu sein und sieht, wie die Katzinger pantomimisch in ihrer nicht vorhandenen Melange rührt, Schlagobers löffelt und von etwas abbeißt. Durch zweimaliges Händeklatschen gibt sie inklusive eines Kopfnickens zu den Pokornys ihre Bestellung auf. »Na, mal schauen, ob sie meine Phantomas erkannt hat.«

»Ganz prima haben Sie das nachgespielt«, sagt der Pokorny. »Ich bin schon sehr auf die Neuigkeiten gespannt.«

»Gell, und einen Tipp für die Lösung des Falls hab ich auch parat.«

»Welchen Fall?«, fragt die Toni.

Die Katzinger zieht die Mundwinkel auseinander. »Na, der kaltblütige Mord an der verkrebsten Kabanesin aus dem Bad. Der Högerl halt.«

»Konstruieren Sie sich doch nicht schon wieder was zusammen? Das gibt's ja nicht. Keiner weiß, wo sie ist, aber für Sie war's jedenfalls ein Mord, eh klar«, stöhnt der Pokorny, weil er genau weiß, die Katzinger steigt von der Idee nicht mehr hinunter. Gut, nicht immer ist sie damit falschgelegen, trotzdem, sich über ungelegte Eier Gedanken machen zu müssen ist mühsam.

»Ma, du schon wieder mit deiner Besserwisserei.«

»Wer da was besser weiß, möchte ich nicht ausdiskutieren. Egal«, beendet er die Ausführung. »Was gibt's Neues?«

»Also, halts euch an. Um neun Uhr schlag ich ja jeden Tag im Café Sisi auf, die Bananenschnitten sind einfach nur göttlich …«

»Frau Katzinger …«, unterbricht der Pokorny.

»Ma, bitte lass mich halt vom Essen schwärmen. Was bleibt einer mittellosen Pensionärin sonst noch vom Leben?«

»Grrr …«

Die Toni legt ihm beruhigend die Hand auf den Arm. »Wenn Sie schon so im Stress sind, sollten wir da nicht gleich zum Kern des Themas kommen?«

»Äh«, die alte Frau ist von der gewählten Ausdrucksweise sichtlich beeindruckt. »Ja, genau. Also, heute in der Früh sind die Mädels aus der Bananenschnitten-Click zusammengesessen, da haben wir über die Kocmanek und die Högerl gesprochen, und stellt euch vor …«, sie hält den Atem an, senkt den Kopf und schielt über den Brillenrand, »die Leni, unsere Vorsitzende, kennt die Nachbarin von der Freundin der Kocmanek, also halt die Fabeck. Quasi ein Jackpot. Besser geht's nicht.« Sie klatscht in die Hände, freut sich über die aufklärungsrelevanten

Informationen und beobachtet argwöhnisch, wie die Dagmar mit der Bestellung auf die Terrasse schlurft.

»Die Leni könnte also die Nachbarin der Fabeck fragen, ob die gesuchte Kocmanek bei ihr ist?«, fasst die Toni zusammen.

»Genau, und ob die beiden die verkrebste Högerl im Besenkammerl eingesperrt haben, hä. Spätestens morgen hab ich die knallharten Fakten auf dem Tisch liegen. Die Leni wird sich für eine Schnitte, die kassiere ich von euch, quasi als Spesenersatz, noch heute umhören. Wenn's brennt, melde ich mich selbst-natürlich gleich.«

Der Pokorny überlegt, wie er möglichst unauffällig auf die Heini-Geschichte wechseln könnte, und findet eine für ihn zwar ungemütliche, aber machbare Lösung. »Mit Ihrem Emporia kommen S' ja mittlerweile gut zurecht. Die Nachricht war Eins-a«, sagt er vorsichtig, bei der alten Frau weiß man ja nie, wie das gerade ankommt.

Und er sollte recht behalten: »Foppst mich, oder meinst es ernst, weil, grade du mit deiner Uralt-Krücke machst das besser nicht. Aber hast schon recht, langsam wird's was mit meinem Handy. Ein bisserl mühsam halt, mit dem Rheuma und den kleinen Tasten.«

»Ja, nicht schlecht«, bringt sich die Toni ein, ein Lob wegen der Zahlen, Sonderzeichen und Großbuchstaben will sie ihrem Bärli nicht antun. »Und wie kommen Sie so mit dem Internet zurecht? Haben Sie schon ein bisschen etwas ausprobiert?«

»Na ja. Brauchen tu ich's ja nicht wirklich«, antwortet die Katzinger, während sie gedankenverloren das Schlagobers von ihrer Melange löffelt.

Die Toni nickt. »Viel zu viel Unfug ist da installiert. Aber manche Programme sind schon gut, oder?« Beide wissen, sie können die Katzinger nicht direkt auf Tinder ansprechen.

»Na ja«, druckst die alte Frau herum. »Den Taschenrechner tinder ich gut, äh ... also finde ich gut.« Vergeblich versucht sie, den Freud'schen Versprecher auszubessern.

»Haben Sie ›Tinder‹ gesagt?«, schaltet sich sofort die Toni

ein. »Davon hab ich gerade erst gelesen, soll auf allen Emporia vorinstalliert sein. Ist doch eine gute Sache, so lernt man leicht wen kennen. Und haben Sie schon mal …«

»Es pressiert, ich muss aufs Klo«, antwortet die Katzinger hastig, dreht sich um und watschelt kopfschüttelnd ins Café hinein. »Scheiß-NBA, die haben mir sicher wo eine Wanze ins Imperium eingebaut«, keppelt sie leise vor sich hin. »Oder der Heini hat gepetzt, der alte Mistkerl.«

Der Pokorny lächelt die Toni an. »Ich glaube, das war gerade ein Geständnis. Oder wie siehst du das?«

»Wahrscheinlich überlegt sie, was sie uns erzählen soll.« Sie grinst ihn an. »Da bin ich jetzt aber richtig neugierig.«

»Vergiss nicht, wegen ihrem Festl abzusagen. Jetzt läuft's eh grad gut zwischen euch. Da wird sie das wohl verstehen«, meint der Pokorny.

Mit einem verkniffenen Gesichtsausdruck kommt die Katzinger auf die Terrasse zurückgewackelt. »Was sagts denn eigentlich zum Wetter? Traumhaft, oder? Also, für mich wird's Zeit, bis morgen, babatschi«, trällert sie, winkt und watschelt nach Hause, glücklich, den beiden entronnen zu sein.

»Dann halt morgen«, ruft ihr der Pokorny nach, »irgendwann …«

Er wird durch eine eingehende WhatsApp vom Sprengnagl unterbrochen.

– *Ein Hausschlapfen von der Högerl ist im dunklen Eck hinter dem Minigolfplatz gefunden worden. Kommt ihr vorbei?*
– *Wer hat ihn gefunden?*
– *Nicht gefunden, aber gesehen. Der Ludwig beim Minigolfen, der Ball ist ihm ins Eck runtergekugelt, mehr später.*
– *Ok, circa 30 Minuten*
– *Passt*

Der Pokorny hat am iPhone mitgelesen. »Schon wieder die Muppets, die sind zurzeit ja allgegenwärtig. Komm, wir zahlen.«

»Die Maxime muss zu Hause bleiben, die Tatjana ist nicht mehr in der Bücherei«, stellt die Toni fest.

»Und ich zieh gleich die Badehose drunter an, weil«, er schaut auf das Thermometer, »bei der Hitze trau sogar ich mich ins Waldbecken zum Abkühlen.«

Bei den Waldkabanen herrsch Unruhe, die ganze obere Ebene ist von hysterischen Rufen erfüllt: »Frau Högerl, sind Sie da ...? Sind Sie dort ...? Sind Sie da unten ...?« Wenn man vor der Milchbar steht, befindet sich auf der linken Seite der Volleyballplatz, und gleich dahinter geht es steil in ein dunkles naturbelassenes Eck hinunter. Schräg darüber liegt der Minigolfplatz, dem ein Facelifting guttun würde. Man munkelt, dass dort weitere Kabanen gebaut werden sollen, wahrscheinlich verfallen die Bahnen in dem kleinen Wäldchen deshalb immer mehr. Bis dahin können sie kostenlos genutzt werden.

Mit neugieriger Miene sitzen die beiden Seniorengolfer auf den Körben, die an der Vorderseite der Outdoor-Rollatoren angebracht sind, und klopfen im Gleichklang mit ihren Schlägern auf den Außenring der Bahn. Dabei linst jeder durch sein Fernglas ins dunkle Eck hinunter. »Siehst du was?«, fragt der Ludwig den Heini.

»Nein, die zwei Polizisten stehen ständig im Weg herum. Wenn sie uns wenigstens den Ball zurückgeben würden! Sollen sie halt dann weitersuchen.«

»Beweismittelsicherung, hat der Gruppeninspektor gesagt, wofür ein Beweis, frag ich mich«, raunt der Ludwig. »Und was gibt's da zum Sichern? Abgerutscht bin ich von dem depperten Blech. Die Pächterin wird uns den Ball verrechnen, jede Wette. Langsam reicht's mir, die sollen endlich die Bahnen herrichten. So kann das nicht weitergehen, wer weiß, was da noch passieren könnte.«

»Hm, ja, gestern hab ich die Katzinger getroffen.«

»Hm.«

»Hm.«

Ihre gehaltvolle Konversation wird von den Pokornys unterbrochen.

»Meine Herren, was gibt es zu sehen?«, erkundigt sich die Toni mit einem fragenden Blick auf die Ferngläser.

»Wollen Sie vielleicht einmal durchschauen?«

»Ja, immer wieder gerne.«

»Ist doch gut, dass wir immer eines dabeihaben, nicht wahr?« Beide lächeln und spielen auf eine Begegnung im letzten Frühjahr an. Rasch hat der Heini die beiden aufs Laufende gebracht.

»Wie lange suchen die zwei da schon unten herum?« Die Toni deutet auf die beiden Uniformierten, die in regelmäßigen Abständen mit einer langen Stange vorsichtig in den mit Blättern übersäten Boden stoßen.

»Hm«, überlegt der Ludwig.

»Hm«, ergänzt der Heini. »Vielleicht zwei Stunden, deshalb sitzen wir ja auch schon. Mit unserer Partie wird's wohl heute nix mehr werden. Dabei war ich klar vorne.«

Der Pokorny sieht, wie der Sprengnagl mit der Inspektorin Stabeldorfer redet und anschließend zu ihnen heraufklettert.

»Bis jetzt haben wir nichts gefunden«, erklärt er. »Nur den einen Schlapfen, den die Zobel der Högerl zugeordnet hat.«

Nachdenklich schiebt der Pokorny die Unterlippe nach vorn. »Es ist immerhin der erste Hinweis, dass am Verschwinden der Högerl doch was faul sein könnte. Wieso sollte der Schlapfen dort sonst herumliegen?«

»Ja, ein erstes Indiz, mehr noch nicht, und ich hoffe auch, dass meine Kollegen nichts finden, sonst …«

»Wird uns die Wehli nicht erspart bleiben«, vollendet der Pokorny den Satz für seinen Freund, der wenig begeistert dreinschaut.

Die Toni schaut sich um. »Wo ist die Zobel?«

»Die sitzt bei der Milchbar und trinkt abwechselnd Aperol, Bier und Campari. Seit sie den Schlapfen erkannt hat, ist sie durch den Wind. Vielleicht findet ihr einen Draht zu ihr. Ich muss wieder …«

»Herr Gruppeninspektor«, sagt der Ludwig, »können wir

bitte unseren Ball zurückhaben? Die Pächterin glaubt sicher, wir wollen ihn fladern.«

»Tut mir leid, vorerst bleibt er in polizeilichem Gewahrsam. Gerne können Sie das der Dame ausrichten. Auf Wiedersehen.«

Eine Zeit lang beobachten die vier noch die Suchaktion, bevor die Muppets zur Diskussion mit der Pächterin rollen und die Pokornys die Zobel vor der Milchbar besuchen.

»Hallo, Frau Zobel, dürfen wir uns zu Ihnen setzen?«, fragt die Toni mit einfühlsamer Stimme.

»Ja … haben Sie schon gehört …?«

Die Toni nickt. »Gerade erfahren. Was glauben Sie …?«

»Was ich glaube?«, fragt sie mit schwerer Zunge. Ihr Blick wirkt verloren, vor ihr am Tisch stehen drei Halblitergläser Bier, drei Aperol- und zwei Campari-Gläser. Den letzten überlebenden Campari hält sie fest an ihre Brust gedrückt. »Ich glaube, dass die Hexe die Högerl umgebracht und irgendwo im Bad versteckt hat.«

»Wo könnte die Kocmanek denn sein?«, will die Toni wissen.

»Hab ich Ihnen doch schon gesagt. Wahrscheinlich zu Hause oder bei ihrer Tussi-Freundin, der Fabeck. Hat die Polizei das schon kontrolliert?« Sie rülpst hinter der vorgehaltenen Hand, zuckt entschuldigend mit den Schultern.

Eine Mitarbeiterin bringt den Pokornys Espresso, Cappuccino, einen Apfel- und einen Topfenstrudel. Letzten mit viel warmer Vanillesoße und dick mit Staubzucker bedeckt.

Der Pokorny greift beherzt zu und verbrennt sich prompt die Zunge. »Verdammt, heiß …«

Die Toni legt die makellose Stirn in Falten. »Dann lass dir halt Zeit, ist ja eh deiner«, stellt sie fest und übergeht sein verärgertes Ohrenwackeln. Weil in aller Öffentlichkeit, auch wenn die nur aus einer Betrunkenen besteht, gemaßregelt zu werden, braucht er so gar nicht.

Nachdem er seine Zunge mit einem Schluck kaltem Wasser

gekühlt hat, fragt er, um Ablenkung bemüht: »Waren Sie schon beim Appartement nachsehen?«

»Natürlich, schon drei Mal … hat niemand auf…gemacht.« Sie trinkt den Campari aus, Tränen laufen ihr die Wangen hinunter. »Bitte entschuldigen Sie, ich geh jetzt runter zum Grünen Becken, mich kalt abduschen …« Sie steht auf und torkelt bergab, stürzt, rappelt sich mühsam auf. An eine Schwarzföhre gelehnt, atmet sie tief durch. »Nein, wohl keine gute Idee. Ich dusche lieber beim Waldbecken.«

Das hundertdreißig Quadratmeter große Becken wird als Naturteich betrieben. Die Reinigung erfolgt auf natürlichem Weg, wie auch beim Grünen Becken wird dem Wasser kein Chlor zugesetzt. Unter einem breiten, L-förmigen Holzsteg befindet sich die Regenerationszone, am Kopfende des Beckens wachsen Wasserpflanzen, wie Segge, Seerosen, Wasserlilien und Rohrkolben.

»Wir begleiten sie wohl besser?«, schlägt die Toni vor.

»Ja, sonst birnt's die noch auf, und dann gibt es womöglich doch eine Leiche im Bad«, antwortet der Pokorny sarkastisch, was ihm einen missbilligenden Blick seiner Ehefrau einbringt. »Mir ist eh heiß, schau«, er deutet auf das Thermometer an der Seitenwand der Milchbar, »dreißig Grad, dein Bärli geht erstmals in dem Jahr ins kalte Wasser.«

Rasch haben sie die Zobel eingeholt. »Ah, meine Rettungsschwimmer sind da. Dann kann ich ja jetzt baden gehen«, meint sie. Ohne zu duschen, hantelt sie sich an dem Handlauf die Stufen hinauf und steigt wackelig ins Becken hinein.

Da der Pokorny eher planschen geht als schwimmen, ist das Becken für seine sportlichen Aktivitäten absolut ausreichend. Zu der maximalen Wassertemperatur von neunundzwanzig Grad fehlt jetzt im Spätfrühling noch ordentlich was, tatsächlich zeigt das Thermometer magere einundzwanzig Grad. Dementsprechend kurz fällt seine Schwimmeinheit aus. In seiner Kindheit war er gern im Neusiedlersee baden, der hatte an guten Tagen siebenundzwanzig Grad, da geht für ihn die Wohlfühlphase los. Knapp dem Kältetod entronnen, setzt er sich bibbernd zur Toni in die Sonne. »Brrr, reicht mir fürs Erste. Die Seerosen sind echt wunderschön.«

»Leider sind sie schon wieder zu. Kaum ist der Schatten da, schließen die Blüten.«

»Trotzdem, komm, ich zeige dir was.« Er steht auf und zieht die Toni an der Hand zum Regenerationsbereich. »Schau da, zwei riesige Libellen, wie kleine Hubschrauber. Und die Seerosen schwanken durch die Wellen der Schwimmer wie Boote …« Er unterbricht seine Ausführung, geht am Rand entlang zur Mitte des Beckens und staunt nicht schlecht, als er erkennt, was sich beim Rohrkolben verkeilt hat. »Da, schau, ein Schlapfen.«

Gerade als er danach greifen will, hört er den heraneilenden Sprengnagl rufen: »Stopp, der ähnelt dem anderen aus dem dunklen Eck!« Er greift mit seinem Latexhandschuh ins Becken, zieht einen linken Schlapfen zwischen den Gräsern hervor und hebt die andere Hand, wo sich in einem Kunststoffbeutel der für den rechten Fuß befindet. »Tatsächlich!« Er hält den gefundenen neben den zweiten im Beutel. »Ident. Du weißt, was das heißen könnte?«

Der Pokorny antwortet, weiß im Gesicht: »Dass die Högerl da im Becken liegt?«

»Was haben Sie da?«, ruft die Zobel, krabbelt nach dem Eisbad relativ nüchtern die Stufen zur Umrandung hinauf und schlägt die Hände zusammen. »Nein, bitte nicht. Der ist auch von der Högerl.«

Der Sprengnagl greift zum Telefon. »Der Bereich gehört abgesperrt, wir müssen das Becken untersuchen.«

»Aber nicht, wenn da noch Leute herumstehen«, meint der Pokorny mit düsterem Gesicht.

»Ja, ich brauch rasch Verstärkung.« Er ruft die beiden Kollegen aus dem dunklen Eck zu sich. »Bringen Sie die Leute von da weg, das Becken ist gesperrt. Großräumig absichern, Kollegin Stabeldorfer, holen Sie bitte den Bademeister, der soll einen Kescher mitnehmen.« Ein paar Minuten später läuft seine Kollegin mit dem Bademeister Guschlbauer zum Becken. Vorsichtig fährt der Sprengnagl mit dem Kescher am Boden des Regenerationsbereichs entlang. Die fest angewachsenen Pflanzen bieten nur geringen Widerstand. Am äußersten Rand bleibt der Gruppeninspektor hängen, versucht, den Kescher vorsichtig weiterzuziehen. Schließlich gibt er auf, beugt sich über das Becken und schreckt zurück. Mit aufgerissenen Augen flüstert er zur Stabeldorfer: »Da unten liegt wer, ruf den Chef an, wir brauchen die Spurensicherung.« Er beugt sich zur Toni. »Bring die Zobel weg, die können wir in ihrem Zustand da jetzt nicht gebrauchen.«

Am Weg zurück von den Kabanen passt sie der Ludwig in rasanter Gangart mit seinem geländetauglichen Rollator ab. »Frau Pokorny, kommen S' bitte mit. Ich glaub, ich weiß jetzt, warum uns bei der 18er-Bahn ständig der Ball abreißt und es so komisch riecht.«

»Ich kann jetzt leider nicht. Wahrscheinlich haben wir die Högerl gefunden. Minigolf spielen können wir später auch noch. Tut mir echt leid«, meint sie entschuldigend und läuft zurück zum Waldbecken.

»Heini!«, brüllt der Ludwig in Richtung Golfplatz. »Die Frau Pokorny hat mich abgeschasselt. Die wollen uns nicht helfen.«

»Nein, die sind doch sonst so nett, na ja, vielleicht hab ich mich getäuscht.«

»Was machen die für einen Wirbel?«, fragt der Pokorny seine Ehefrau, während er gegen die aufkeimende Übelkeit kämpft und ins Becken starrt.

»Sie haben das Problem mit der 18er-Bahn gelöst und wollen wahrscheinlich gelobt werden.«

»Na, die haben Sorgen. Wundert mich nur, dass die sich das hier entgehen lassen. Die sind doch sonst so neugierig.«

»Was ist jetzt?«, will die Toni wissen.

Der Pokorny verzieht das Gesicht. »Situation unverändert, der Sprengi wartet auf die Tatortgruppe.«

Der Gruppeninspektor nickt. »Stellt euch auf die andere Seite, sonst steht ihr im Weg.«

Mittlerweile haben seine Kollegen das am Waldrand befindliche und nur von einer Seite zugängliche Becken im Umkreis von fünf Metern abgesichert.

Der Sprengnagl kniet sich nieder. »Hm, wenn das die Högerl ist, dauert's nicht lang, bis die O-Weh auftaucht. Scheißtag!«

Vierzig Minuten später bahnt sich der Tross der Tatortgruppe den Weg durch die versammelten Menschenmassen. Schnell hat sich das mögliche Unglück im Bad herumgesprochen. Die Gaffer stauen sich von der untersten Stufe bei den alten Kabanen bis hinauf zum Waldbecken. Der Bereich beim Blauen und beim Grünen Becken liegt, bis auf ein paar vereinzelte Badegäste, verwaist da.

»Was hast du für mich?«, fragt der Alterbauer, der Leiter der Tatortgruppe, den Gruppeninspektor.

Der Sprengnagl deutet auf die Stelle im Becken. »Wahrscheinlich eine Leiche, aber ich sehe nur einen Schatten.« Obwohl die Wasserqualität in dem Becken top ist, ist der Beckenboden nur morgens gut sichtbar. Die vielen Badegäste wirbeln zu viel Substrat auf.

Wenige Minuten später steigt ein Mitarbeiter vom Alterbauer im Tauchanzug vorsichtig in den Regenerationsbereich, setzt sich eine Taucherbrille auf und taucht unter. Sekunden später steht er auf, schüttelt den Kopf und schmunzelt. »Zum Glück negativ. Da hat sich wer einen dummen Scherz erlaubt.« Er bückt sich und hebt einen Betonständer sowie einen großen Sonnenschirm aus dem Becken.

»Pfu«, stöhnt der Gruppeninspektor, froh, keine Wasserleiche entdeckt zu haben. »Wenigstens ersparen wir uns die Wehli.«

»Grüß Gott, die Herren und … die Dame«, sagt der urplötzlich aufgetauchte Dr. Hammerschmied, während er seinen Instrumentenkoffer öffnet. »Was habt ihr für mich?«

»Äh, also … Wer hat Sie leicht verständigt?«, fragt der Sprengnagl verwirrt.

Der Alterbauer grinst den Arzt an. »Der Gruppeninspektor hat in Zusammenarbeit mit dem Pokorny nämlich einen ermordeten Schirm im Waldbecken entdeckt. Da wird die Lia ihre Freude haben.«

»Und dafür holt ihr mich vom Seziertisch weg? Als äußerst dringlich und so? Das ist nicht euer Ernst!«, schimpft der Mediziner.

Der Sprengnagl winkt ab. »Ich hab Sie nirgendwo rausgeholt. Wieso sind Sie überhaupt hier?«

»Das LKA in Form der Chefinspektorin hat mich herbeordert. Es soll eine Leiche im Waldbecken liegen. Und jetzt das hier!« Fragend blickt er vom Gruppeninspektor und dann zu den Pokornys.

»Die beiden haben den zweiten Schlapfen im Becken gefunden. Da eine Person abgängig ist, war der Verdacht naheliegend. Kann ja keiner wissen, dass sich da Idioten austoben«, erklärt der Sprengnagl die Anwesenheit der Pokornys. »Jedenfalls sind … wären sie Zeugen. Um einen Anschiss von der Wehli zu vermeiden, durfte ich sie nicht einfach nach Hause schicken.«

»Na dann«, meint der Arzt. »So wie ich die Chefinspektorin kenne, werden Sie um den Anschiss leider nicht herumkommen. Seien Sie vorsichtig, sie ist seit zwei Wochen auf Diät. Irgendein Darmpilz. Dementsprechend schlecht ist sie drauf. Und dass sie jetzt extra wegen einem ermordeten Schirm ins Thermalbad eilt, wird ihr nicht gefallen.«

»Na, dann genießen wir die paar Minuten bis zu ihrer …«

Der Sprengnagl wird von der Wehli unterbrochen: »Pokorny! Sie schon wieder!« Die rasiermesserscharfe Stimme teilt die Menge der Gaffer, die – ähnlich wie bei einem Boxkampf – sofort eine Gasse bilden und auf das kommende Schauspiel warten.

Es ist hinlänglich bekannt, dass die beiden selten auf der gleichen Wellenlänge sind, was ein ständiges Hickhack zur Folge hat. Hätte der Pokorny nicht aufgrund einer vergeigten Soko in Sankt Pölten einen Hinweis über einen Fehler der Wehli als Trumpf im Ärmel, er wäre schon lange wegen Behinderung der Justiz dran.

»Also, was machen Sie schon wieder an meinem Tatort?«, will die wie immer in schwarzes Motorradledergewand gekleidete LKA-Chefermittlerin wissen. »Und Sie, Sprengnagl, haben nichts Besseres zu tun, als Ihren Spezi erste Reihe fußfrei in polizeiliche Ermittlungen einzubinden.«

»Lia«, antwortet der Alterbauer stellvertretend und hofft, ihr damit den Wind aus den Segeln zu nehmen. »Der Pokorny hat den Hausschuh einer abgängigen Person, der Anna Högerl, im Waldbecken gefunden, und der Sprengnagl ist davon ausgegangen, dass die alte Frau …«

»Ja, Michel, das weiß ich, deshalb seid ihr ja hier«, unterbricht sie ihn.

»Na ja, wir haben hier keinen Tatort. Im Becken liegt nämlich keine Leiche, sondern …«

»Sondern?«, fragt die Wehli amüsiert. Sie riecht den Braten, sieht sie doch, wie der Pokorny betreten mit dem Fuß am Steg hin- und herschabt. »Was lag wirklich drinnen?«

Der Sprengnagl zuckt mit den Schultern. »Woher hätte ich das wissen sollen? Der Schuh, mit dem Kescher hat es sich angefühlt wie …«

»Labern Sie nicht herum. Was war im Becken?«, blafft sie ihn an.

»Da.« Der Gruppeninspektor deutet mit dem Kinn zu den geborgenen Gegenständen.

»Ha! Ein Sonnenschirm mit Ständer. Und deswegen verschwenden wir Steuergeld! Und Sie, Pokorny, was machen Sie hier? Außer mir in der Sonne zu stehen?«

Die Ohren vom Pokorny fangen zu wackeln an. »Sie hätten das natürlich sofort gewusst, oder? Die Chefinspektorin als Hellseherin, eine ganz neue Seite an Ihnen. Nicht ganz übers Wasser wandeln, aber doch zumindest den Durchblick haben im trüben Gewässer, haha.«

»Kommen Sie mir nicht dumm daher, antworten Sie auf meine Frage.«

»Ich hab beim Schwimmen einen Schlapfen gefunden.«

»Gratuliere, und der Badverwaltung eine Anzeige wegen eines vermutlich entwendeten Schirms erspart.«

»Ich weiß schon, Sie sind die Polizei, bla, bla. Wer auch immer uns vernadert hat, es gab keinen Grund herzukommen. Mangels Leichenfund hätten Sie sich den Weg sparen können. Es ist kein Tatort, also kann ich tun und lassen, was ich will. Von wem haben Sie die Info?«

»Er kann's einfach nicht bleiben lassen.« Kopfschüttelnd dreht sich die Wehli zu ihrer Kollegin um.

»Inspektorin Stabeldorfer, begleiten Sie das Ehepaar Pokorny zu der Imbisshütte ...«

»Das ist die Milchbar, keine Imbisshütte«, ruft einer der Gaffer.

»Dann halt zur Milchbar. Ich komm später vorbei. Schließlich muss ich mir die dramatische Situation ...«

»Frau Chefinspektorin, ich glaube, wir haben da was für Sie«, nuschelt der Heini und bleibt vor dem Waldbecken stehen.

Wieder schüttelt sie den Kopf. »Na bravo, die Muppets betreten die Bühne. Was verschafft mir die Ehre Ihrer Anwesenheit?« Ein Blick auf die Minigolfschläger der alten Herren beantwortet ihre Frage. »Nicht wahr, kaum gehen können und dann noch durch die Gegend ballen. Passen Sie nur auf, dass Sie ...«

»Geschenkt!«, ruft der Ludwig und wendet sich an die Pokornys. »Kommen Sie bitte mit. Bei der 18er-Bahn stinkt's mittlerweile, dass es einer Sau graust.« Die beiden Alten rollen, ohne sich noch einmal umzudrehen, die paar Meter hinauf zur Minigolfanlage.

Die Toni schaut die Wehli fragend ab, die nickt. »Kollegin, begleiten Sie das Ehepaar zu den Spechtlern, die sollen sich um den Gestank kümmern. Dann geht's ab zur Milchbar, warten Sie dort mit den beiden auf mich. Wir sind miteinander noch nicht fertig.«

Ohrenwackelnd nimmt der Pokorny die Toni an der Hand, und sie gehen die paar Schritte hinter den Muppets her.

»Schon wird aus einem schönen Badetag ein Alptraum im schwarzen Gewand.«

»Ein Sonnenschirm! Echt peinlich. Andererseits bin ich trotzdem froh, dass die Högerl nicht im Becken lag«, sagt die Toni.

»Ich auch, die Hoffnung lebt zumindest noch«, stellt der Pokorny fest. Wenige Momente später rümpft er die Nase.

»Da«, sagt der Heini. »Vielleicht hat sich ja nur ein Tier verirrt und …« Er zeigt auf die knapp einen Meter hohe Abschlagfläche, die über fünf Stufen erreichbar ist. Die Oberfläche des rechteckigen Holzkastens der 18er-Bahn misst knapp zwei Quadratmeter, das Blech, auf das der Ball zum Abschlagen hingelegt wird, ist tatsächlich aufgebogen. Ein ekelhafter süßlicher Geruch ist wahrnehmbar.

»Da stinkt's ja wirklich erbärmlich«, würgt die Toni und hält sich die Nase zu.

Die Stabeldorfer erkennt den süßlichen Gestank sofort, verzieht das Gesicht und ruft in Richtung Waldbecken: »Frau Chefinspektorin, bitte kommen Sie her. Ich fürchte, Sie sind nicht umsonst hier. Für einen Tierkadaver stinkt es zu heftig.«

Die Wehli deutet dem Alterbauer, ihr zu folgen. Wenige Augenblicke später haben seine Mitarbeiter die Box an der Front geöffnet, der herausströmende Verwesungsgeruch ist überwältigend. In Seitenlage finden sie eine grün bekleidete weibliche Leiche, die Gesichtszüge haben eine biologische Wandlung vollzogen.

»Um Gottes willen«, krächzt der Ludwig und stützt sich atemringend auf seinen Rollator. »Das ist die Högerl, ich kenn den Bademantel.«

Der Pokorny verzieht angewidert das Gesicht. »Ja, den hat sie am Dienstag angehabt. Da.« Er bückt sich und deutet auf einen flachen, runden glänzenden Gegenstand. »Schaut aus wie ein Schlüsselanhänger.«

»Frau Inspektorin, begleiten Sie die Pokornys zur Milchbar. Und Sie, Kollege«, sie winkt einen der Uniformierten zu sich, »bringen die Muppets ins Heim. Sonst kippen die uns noch um.«

Der halbherzige Protest der beiden Alten wird durch die Exekutive freundlich, aber doch im Keim erstickt. Die Hinweise auf »Altenhasser« und »Polizeistaat« erinnern die Pokornys auf dem Weg zur Milchbar an die Katzinger.

»Das vergesse ich mein Leben lang nicht. Die arme Frau!«, stöhnt die Toni, lässt sich in einen Sessel fallen, bestellt einen Aperol Spritz, trinkt ihn auf ex und deutet der Mitarbeiterin wegen einer Nachfüllung.

»Hehe, nur nicht übertreiben«, bremst sie der Pokorny ein, der nachdenklich an seinem Sommerspritzer nippt. Er schaut sich um. »Wo ist eigentlich die Zobel?«

»Die wird ihren Rausch ausschlafen?«

»Glaub ich nicht, auf mich hat sie nach dem Schwimmen recht fit gewirkt.«

»Dann gehen wir zu ihr«, meint die Toni im Aufstehen, wird aber von der Inspektorin Stabeldorfer sanft an der Schulter zurückgedrückt.

»Friedliche Badegäste werden von der Polizei festgehalten!«, nörgelt der Pokorny. »Immer wieder dasselbe mit der Wehli, Schikanieren bis aufs Blut. Warum …«

»Weil ich Sie einfach nicht leiden kann«, blafft die Chefinspektorin, die die letzten Worte gehört hat. »Und weil Sie immer dort sind, wo in Bad Vöslau eine Leiche herumliegt.«

Die Ohren vom Pokorny fangen schon wieder zu wackeln an. »Verdammt, Wehli, ich …«

»Chefinspektorin Wehli für Sie. Schön langsam sollten Sie sich das merken.«

»Frau … Chefinspektorin … Wehli.« Er lässt nach jedem Wort eine gefühlte Ewigkeit verstreichen. »Wir waren lediglich baden, was kann ich dafür, dass in dem Becken ein Schlapfen herumschwimmt?«

Die Ermittlerin setzt sich in einen Liegestuhl. »Grundsätzlich gar nichts. Arbeitslos, daher mit viel Tagesfreizeit ausgestattet, lassen Sie sich die Sonne auf den Bauch scheinen. Apropos Bauch, haben Sie schon wieder zugenommen?« Sie schaut ihm kritisch auf sein Bäuchlein, sieht, wie er rot wird und der Toni einen raschen Seitenblick zuwirft. Langsam sollte er sich mit seinen kulinarischen Sünden zusammenreißen, sonst wächst sich sein kleiner Schwimmreifen um die Hüfte bald zu einem Lkw-Schlauch aus.

Da Angriff die beste Verteidigung ist, blafft er: »Sie scheinen mir dagegen noch dürrer als im letzten Jahr. Geht's Ihnen nicht gut? Sie schauen schlecht aus, drückt leicht der Magen?«

»Lenken Sie nicht ab, ein bisschen Sport würde Ihnen guttun. Und wie's mir geht, ist alleine meine Sache. Für meine Gastritis ist Ihre Anwesenheit sicher nicht förderlich. Ich spür richtig die Säure hochklettern«, antwortet die Wehli. »Wo waren wir? Ah ja, bei Ihrer Tagesfreizeit. Wo Sie dem Herrgott einen schönen Tag sein lassen, ist Ihr Bier, stimmt. Aber nach einer vermissten Person suchen, die kurz darauf, in einer Minigolfbahn eingearbeitet, aufgefunden wird, das geht dann doch schon wieder übers Faulenzen hinaus. Nicht wahr?«

Bevor ihrem Bärli der Geduldsfaden reißt, was bei dem Veitstanz seiner Ohren unmittelbar bevorsteht, bringt sich die Toni ein: »Haben Sie noch irgendwelche ermittlungsrelevanten Fragen an zwei so unglaublich wichtige Zeugen, die einen Diebstahl mit aufgeklärt haben? Falls nein, dann würden wir jetzt gerne gehen. Weil was auch immer Ihnen über die Leber gelaufen ist, mein Mann hat hier nichts falsch gemacht. Die Diät alleine kann es ja dann doch nicht sein, oder?«

Die Wehli läuft rot an: »Welche Diät? Wer zum Teufel hat …«

»Ist das denn nicht egal? Nach unserem Gespräch hier weiß sowieso halb Bad Vöslau plus die nähere Umgebung über Ihr Darmproblem Bescheid. Ist es leicht ein Candida-Pilz?« Mit einer ausladenden Handbewegung deutet sie in die Runde der

Gaffer, von denen sich fünfzig Prozent bei der Minigolfbahn und der Rest dicht um die Gladiatoren bei der Milchbar drängen. »Schauen Sie sich um.«

Die Reaktion der Anwesenden reicht von Schadenfreude bis hin zu Mitleid, wobei sich die letzte Gefühlsregung nicht als mehrheitstauglich erweist. Eine ältere Dame fragt den neben ihr stehenden Schaulustigen, ob man wirklich auf Kandisin einen tödlichen Pilz bekommen kann. Andere wiederum googeln, was das Smartphone hergibt. Weil Darmprobleme haben viele, aber dass die auch einen Namen, nämlich Candida, haben können, ist doch für viele überraschend.

»Das merk ich mir«, stößt die Chefinspektorin mit bebenden Lippen hervor. »Frau Pokorny, da haben Sie was gut bei mir. Also der Reihe nach, erzählen Sie mir bitte, was seit Dienstag vorgefallen ist.«

Auf die relativ nette Bitte werden die Pokornys auch gesprächig und berichten vom Streit vor den Kabanen, dem Gespräch mit der Zobel und dem Zapfenangriff der Kocmanek. Als der Pokorny von der Begegnung mit der Zwatzl berichtet, stöhnt die Wehli merklich auf. Ihr reichen schon die Pokornys, da braucht sie nicht noch die Stasitante aus der Bogengasse.

»Die Zwatzl ist wieder zurück. Na, da wird der Sprengnagl seine Freude haben. Sind noch gar keine Anzeigen eingeflattert, Kollegin?«

»Nein«, antwortet die Stabeldorfer. »Von den Zapfen im Bad höre ich das erste Mal.«

Der Pokorny trinkt seinen Sommerspritzer aus. »Die Zobel sagt, sie sammelt dort täglich Zapfen und anderes Zeugs ein. Die Kabane ganz rechts, wo die zwei aus dem Pflegeheim manchmal übernachten, gehört einem Deutschen, der diese wohl durch eine Landsfrau überwachen lässt. Vielleicht sollten Sie der mal auf den Zahn fühlen. Die könnte mit ihren technischen Spielereien leicht was aufgenommen haben.«

»Was ich wann mache, müssen Sie schon mir überlassen«, konstatiert die Chefinspektorin. »Ich kann ja den Kollegen mal vorbeischicken. Der hat dort sicher seinen Spaß. Das war's vorerst, danke …«

Der Pokorny unterbricht sie: »Die Frau Fabeck, eine Freundin der Kocmanek, wohnt übrigens unten in einem der Appartements. Vielleicht ist die Kocmanek ja bei ihr.«

»Ja, ja, machen wir alles, schreiben Sie mir am besten eine Liste, was ich zu tun hab. Auf Wiedersehen, und halten Sie sich …«

»Zu Ihrer Verfügung«, beenden die Pokornys unisono den Satz, während die Wehli mit großen Schritten zur Minigolfanlage zurückläuft.

Kurze Zeit später wird die Leiche unter großem Oh und Ah der Neugierigen abtransportiert. Danach wird es für die meisten Zuschauer fad, dauert es doch eine gute Zeit, bis das ganze Wasser aus dem Becken ausgepumpt ist und feststeht, was dort noch alles dort herumliegt. Als dann das mittlerweile zehnköpfige Polizeiteam beginnt, die Daten der Anwesenden aufzunehmen, zerstreut sich die Menge rasch.

Die Pokornys überlegen gerade, ob sie noch etwas bestellen sollen, als jemand mit den Worten »Darf ich mich kurz zu Ihnen setzen?« unaufgefordert neben ihnen Platz nimmt. Günther Hackstock, der ihnen zu ihrem Leidwesen nur allzu gut bekannte Reporter des Kronenblattes, hat ihnen und dem Sprengnagl mit seinen überzogenen Artikeln schon öfter riesige Probleme bereitet.

Ohne eine Antwort abzuwarten, redet er weiter: »Wollen Sie unseren Leserinnen und Lesern etwas zu Ihrer Verteidigung sagen? Nur damit Ihnen die Chefinspektorin später nicht alles im Mund verdreht. Sie wissen«, er legt dem Pokorny vertraulich die Hand auf die Schulter, »auf mich können Sie sich verlassen.«

»Nehmen Sie sofort Ihre Schweißhand runter!«, schnauzt der Pokorny. »Sie spinnen ja komplett, außerdem reden wir nach Ihrer Schmiererei im Dezember sowieso nicht mit Ihnen. Wenn die Wehli das sieht, sind wir geliefert.«

Der Reporter nickt. »Ja, ja, leider schon passiert. Winken Sie der Chefinspektorin zu, sie schaut gerade her.«

»Sie Mistkerl!«, zischt die Toni ganz gegen ihre sonst so freundliche Ausdrucksweise. »Was soll das? Wollen Sie uns in Schwierigkeiten bringen?«

Dass sich der Hackstock überhaupt so salopp zu den beiden hinsetzt, ist eine eigene Geschichte, die sich der Pokorny bei einem Polizeiball vor zwei Jahren selbst eingebrockt hat, als er dem Reporter weinselig von vermeintlichen Ermittlungsfehlern der Chefinspektorin berichtet hat.

»Nein, will ich natürlich nicht«, versichert der Reporter. Schauen S', ein bisschen was hab ich gehört und gesehen, und den Rest reime ich mir wie gewohnt zusammen. Wenn's Ihnen nicht gefällt, hier«, er schnippt eine verknitterte Visitenkarte auf den Tisch, »dann rufen Sie mich einfach an. Bis bald!« Mit einem abschließenden Grinsen verschwindet er über die Stufen hinunter zum Grünen Becken.

»»Günther Hackstock, Investigativjournalist, Kronenblatt – die führende Tageszeitung Österreichs«, liest die Toni laut vor. »Ha, dass ich nicht lache.«

Ein Blick zur Wehli verheißt nichts Gutes. Mit einem grimmigen Gesichtsausdruck deutet sie mit dem Zeige- und dem Mittelfinger ihrer rechten Hand auf ihre Augen und dreht die Hand in der gleichen Position zum Pokorny. Big sister is watching you. Dass sie dann mit der flachen Hand quer unter dem Kinn durchstreicht, wäre nicht mehr notwendig gewesen.

»Jetzt wird sie uns alles in die Schuhe schieben, was der Vollpfosten Hackstock schreibt. Na bravo«, grummelt der Pokorny.

»Schau, der Tscholitsch. Reden wir gleich mit ihm?«

»Nein, nicht jetzt. Wir müssen sowieso mit allen reden. Die Karin hat mir erzählt, dass er jeden Tag um elf Uhr zu ihr plaudern kommt. Dort passen wir ihn morgen ab.«

»Gute Idee, dann fangen wir mit ihm an. Ich lauf gleich vom Bad weg zur Crosslaufstrecke.«

Die Toni ist gegensätzlich zum Pokorny sehr sportlich, hat

einen wöchentlichen Trainingsplan, den sie penibel einhält, und nimmt gern an den hiesigen Volksläufen teil. Den Harzberglauf hat sie schon in Topzeiten absolviert, lediglich der sieben Komma sechs Kilometer lange Crosslauf fehlt ihr noch.

»Begleitest du mich mit deinem E-Bike?«

»Hm.« Der Pokorny wägt blitzschnell das Für und Wider ab. Die Wider-Seite wiegt trotz elektrischer Unterstützung schwer, deshalb redet er sich auf den fast leeren Akku aus. Damit kommt er gut durch, vergisst er das Aufladen doch immer wieder mal. »Aber nächste Woche dann gerne. Mir hat das jetzt auch auf den Magen geschlagen. Nein, besser, du ziehst deine Runde allein.«

»Auch gut. Du, übrigens, es müsste heute etwas von ...« Sie blickt über ihre Schulter und sieht, wie vereinzelte Gaffer hastig den Kopf wegdrehen und konzentriert auf ihr Handy starren. »Du weißt schon, es sollte ein Packerl gekommen sein. Schau mal in der Papiertonne nach. Der Postbote hinterlegt das gerne dort.« Sie haucht ihm noch ein Busserl auf die Wange und verlässt das Bad in Richtung Kurpark.

Am Weg nach Hause schreibt der Pokorny noch schnell dem Berti eine SMS.

– *komm heute nicht   vermisste tot am minigolfplatz gefunden   wehli auch im bad   sehen uns morgen*
– *Blöd, jetzt habt ihr sie wirklich am Hintern, bis morgen*
– *kannst du laut sagen   die erste szene hat sie uns schon gemacht   hast du schon nach hinterlassenschaften der zwatzl gesucht*
– *Nein, keine Zeit, wollte heute mit dir suchen*
– *bitte mach das alleine   ist sehr wichtig   danke*
– *Ok*

Auch mit gemeinsamer Suche können die Pokornys das erwartete Paket von (En)joy-toy nicht finden. Zwar ist das nach der ermüdenden Laufeinheit für die Toni kein Problem, aber es kommt nicht zum ersten Mal vor. Die Firma schwört Stein auf Bein, dass die Bestellung ausgeliefert wurde. Insgeheim haben sie ja die Hanifl in Verdacht, sie zu fragen wäre aber wohl zu peinlich.

Mitten in die Überlegungen, wie sie damit umgehen sollen, trifft bei der Toni eine SMS ein. Während sie noch liest, erschallt das nervenaufreibende »Tititi, tititi« vom Nokia mit demselben Inhalt von derselben Versenderin.

– *A Leich am MGP und ich versauer im WW. Frechheit, Meldung asap,.; oder in der AM?!° LK*

»Alter Schwede«, murmelt der Pokorny. »Wie kann die mit ihren rheumatischen Händen so schnell zwei Nachrichten schreiben? Gleicher Text, gleiche Zeichen, gleiche Fehler … äh?«

Die Toni nimmt seine Nase zwischen Mittel- und Zeigefinger und schüttelt sie sanft. »Das wird dir nicht gefallen, aber sie wird den Text wohl kopiert und in die SMS an dich eingesetzt haben. Copy and paste. Aber ärgere dich nicht. Irgendwie doch witzig, allein die Abkürzungen. Ich würde vorschlagen, wir belassen es bei AM, okay? Dann können wir auch endlich mit ihr über die Geburtstagsfeier reden. Es muss doch auch ein anderes Datum möglich sein.«

»Ja, Annamühle ist besser.«

»Genau, Bärli …« Sie wird von einer WhatsApp vom Sprengnagl unterbrochen.

– *Bei der Fabeck macht niemand auf. Für einen Durchsuchungsbefehl ist der StA der Sachverhalt zu dünn. Auch bezüglich der Kocmanek. Seid ihr morgen 12.00 Uhr beim Billa essen?*

– *Was für eine Frage!*

– *OK, versuche zu kommen*

– 👍

Die Toni gähnt. »Bärli, ich bin müde, noch ein bisschen Rita Falk im Bett und dann gute …«

In diesem Moment läutet die Türglocke.

»Die Wehli wird's wohl nicht sein. Dafür ist ihr Grant noch nicht groß genug«, vermutet der Pokorny.

»Wer dann? Warte, ich schau nach.« Sie läuft hinauf zum Schlafzimmerfenster und sieht, wie ein Sombrero im Nachthemd auf und ab marschiert. »Die Katzinger, in ihrer ganzen Pracht«, flüstert sie, wieder zurück im Wohnzimmer.

»Stellen wir uns tot«, schlägt der Pokorny noch vor, bevor es an der Tür heftig klopft.

»Ich weiß, dass ihr zu Hause seid. Das Steinzeit-Handy vom Pokorny hör ich bis in meinen Wohnwagen. Also los, machts auf, sonst schrei ich die Nachbarschaft zusammen!« Zur Untermalung ihrer Forderung räuspert sie sich und krächzt gut hörbar: »Hilfe, Hi…«

So schnell kann die alte Frau nicht zur Seite springen, wie sie der Pokorny am Arm packt und ins Haus zerrt. »Aua, passt doch auf, mein Rheuma.«

»Selber schuld, was soll das?«, blafft er. »Zuerst eine verstümmelte Nachricht schreiben, dann um die Zeit persönlich auftauchen. Da kann sich sogar die Wehli eine Scheibe abschneiden.« Seine Ohren wackeln in einem Affentempo, bei der Geschwindigkeit wäre ein früherer österreichischer Spitzenpolitiker aufgrund seiner großen Ohren garantiert abgehoben.

»Also, was ist so dringend?«, drängt die Toni und denkt an ihr kuscheliges Bett.

Die Katzinger verzieht das Gesicht. »Die Bürgermeisterin hat mir abgesagt.«

»Was abgesagt?«, fragt der Pokorny erschöpft. »Können wir nicht morgen weiterreden, ich bin echt müde.«

»›Geburtstage gibt's viele‹, hat sie dahergelabbert, ›aber Ehrungen für Verdienste um die Stadtgemeinde Bad Vöslau nicht.‹ Zuerst war ich ja richtig grantig, dann nur mehr traurig. So alleine in meinem Wohnwagen den Siebziger feiern«, schluchzt sie und greift nach den Händen der Pokornys. »Zumindest kommts ihr vorbei.«

»Nein, leider nicht. Das wollten wir schon länger mit Ihnen besprechen. Warum müssen Sie Ihren Geburtstag unbedingt morgen feiern? Sie wissen doch schon lange von der Ehrung.

Und es ist sonnenklar, dass die Bürgermeisterin dabei sein wird. Das lässt die sich nicht entgehen. Haben Sie sich vielleicht im Datum geirrt? Sie haben doch eh erst am 29. Mai Geburtstag, also am Samstag.« Die Toni legt der alten Frau beruhigend die Hand auf die Schulter.

Die Katzinger reißt die Augen auf. »Marantana, jetzt bin ich schon so senil wie die zwei Hobbygolfer. Tonerl, recht hast, ma, ist mir das jetzt peinlich. Wahrscheinlich weiß die Ortschefin das sogar und besucht mich am Samstag mit ihrem Gemeindetross zu Hause.«

»Ja, wahrscheinlich. Schauen Sie, die Ehrung ist schon was Tolles. Da wollen Sie doch sicher dabei sein, und ich bin mir sicher, dass sich die Bürgermeisterin auch bei Ihnen bedanken wird. Wir feiern Ihren Geburtstag am Samstag. Was halten Sie davon?«, fragt die Toni die sichtlich gerührte Besucherin.

Die Katzinger schnäuzt sich in ein schon längere Zeit waschmaschinenabstinentes Taschentuch und seufzt theatralisch: »Meinst wirklich, dass sie meinen Einsatz zu schätzen weiß? Weil beste Freunde werden wir in diesem Leben nicht mehr. Schon wegen der Sache mit der Linda.«

Da hat die alte Frau nicht unrecht. Die hellblaue, fast vier Meter große Styroporreproduktion einer Seekuh stört die Katzinger dermaßen, dass sie schon mehrmals versucht hat, die »Linda« genannte Figur auf ihre lebensechte Farbe Patina-Grün umzufärben. Freilich ist ihr das nie gelungen, hat ihr aber mehrere Anzeigen wegen Sachbeschädigung eingebracht.

»Das wäre schön, schließlich hab ich ja die Fälle nahezu alleine aufgeklärt. Da hätte ich mir den Ehrenring schon verdient.« Wenn das auch eine Spur übertrieben ist, hofft die Toni, dass die Ortschefin das ebenso sieht, weil die alte Frau vor allem bei der Aufklärung des ersten Falls schon stark involviert war.

»Haben Sie sonst noch was auf dem Herzen?« Gähnend schaut der Pokorny auf die Digitalanzeige am Display des E-Herds. »Sonst täten wir gerne schlafen gehen, war ein langer Tag.«

Die ungebetene Besucherin quetscht eine Träne unter der Sonnenbrille hervor und raunzt: »Willst mich leicht loswerden? Grad geht's mir besser, haut er mich bei der Tür raus.«

Wie so oft rettet die heranstürmende Maxime dem Pokorny aus der Patsche. »Ja da is es ja, das Hunderl. Leider hab ich kein Kekserl mit«, sagt sie. Dabei greift sie in die Säcke des Nachtgewandes und macht ein überraschtes Gesicht. Unwissende könnten meinen, dass die Handvoll Mürbteigkekse rein zufällig dort vergessen wurde. Quasi eine Nachtration für eine einsame Pensionistin.

Die Beagelin saugt das Betthupferl in Sekunden auf, die Toni rollt mit den Augen und schnauft. Damit ist für die Katzinger klar, dass das weitere Gespräch besser erst morgen stattfinden sollte. Ja, alles kann Frau im Leben nicht haben.

»Äh, wegen der Thermalbadleiche, ich hätte da was zum Bequatschen. Da reden wir besser morgen drüber, oder?« Sie sieht die beiden nicken, da sich die Situation entspannt hat, und tritt den geordneten Rückzug an. »Dann nehmt euch für Samstag nichts vor. Das Etablissement, also halt das Lokal, sag ich euch noch. Der Kursalon scheidet aus, die glauben nach wie vor, ich will die Hälfte vom Lokal kaufen. Also, nichts für ungut wegen der Störung«, krächzt die Katzinger, streichelt der Maxime noch einmal übers Köpfchen und watschelt ihres Weges.

»Die macht mich wahnsinnig«, sagt die Toni. »Jetzt brauch ich einen Frizzi, sonst kann ich nicht schlafen.«

»Da schließ ich mich mit einem Veltliner an«, lächelt der Pokorny, öffnet eine Flasche Frizzantino vom Weingut Schlossberg und einen Veltliner vom Schachl. Eine halbe Stunde später sind beide Flaschen Geschichte und die Pokornys gut abgefüllt im Bett.

In der Nacht haben beide schlecht geschlafen. Teils aus Ärger über die Katzinger, teils wegen der toten Högerl, aber auch wegen der bevorstehenden Ehrung um siebzehn Uhr, bei der Eröffnung der Schlosspark-Lounge im Schlosspark. Vor allem der Toni hat diese Festivität das Rendezvous mit dem Sandmännchen verdorben. Weil was soll sie nur anziehen? Eher leger oder doch festlich entsprechend dem Anlass? Leider hat die Bürgermeisterin auf ihre Frage bezüglich Bekleidung lediglich »Eher casual« geantwortet. Was das jetzt bedeuten soll, treibt der Toni Falten auf die Stirne.

Um neun Uhr langt eine WhatsApp vom Sprengnagl ein.

– *Treffen uns heute im Hawlik's Schlemmereck. Nach dem Desaster im Dezember ist das wohl besser, die Wehli kennt ja die Gewohnheiten vom Pokorny.*

Das mit den Essensgewohnheiten vom Pokorny ist so eine Sache, weil er halt in jedem Lokal ausnahmslos ein und dasselbe isst. Beim Heurigen Schachl den Klassikburger, beim Heurigen Sunk seinen Bauerntoast und am Freitag im Billa-Restaurant eine panierte Scholle mit Erdäpfelsalat. Halb Bad Vöslau weiß Bescheid über seine nicht existente Bereitschaft, einmal woanders was anderes zu essen. Letzten Winter hat dann auch die Wehli erfahren, wo der »Freizeitpolizist«, wie sie den Pokorny gern nennt, immer seine zu Tode frittierte Scholle isst. Sich während einer Ermittlung dort entspannt zum Essen zu treffen ist daher keine gute Idee. Wo sie doch den Freunden einen regen Austausch von fallrelevanten Informationen unterstellt. Womit sie natürlich auch recht hat. Klar, Datenschutz bleibt Datenschutz, aber so ein bisschen Austauschen geht immer.

– *Wohl besser, sy*

– *Soon* 😊

In der Doppelhaushälfte vergeht die restliche Zeit bis knapp vor elf Uhr mit einer Modenschau. Weil sich halt die Toni nicht und nicht entscheiden kann, was sie anziehen soll. Normal ist sie da ziemlich entspannt und immer lässig modern gekleidet, doch heute ... so eine Ehrung ist ja wirklich etwas Besonderes. Die Presse wird dort sein, zahlreiche mehr oder weniger zugeneigte Personen werden die erfolgreichen Ermittler beobachten. Da gilt es schon, gut angezogen zu sein.

Entschieden ist beim Verlassen des Hauses noch nichts, allerdings wird es ein Rock werden, so viel steht fest. Dem Pokorny gefällt die Toni sowieso in allem, was sie trägt, wobei er an ihr »der Kaiserin neue Kleider« am besten findet.

»Ich hab mit der Karin in der Früh ausgemacht, dass sie sich geschäftig um andere Dinge kümmern und den Tscholitsch ein wenig vernachlässigen soll«, erzählt er der Toni am Weg ins Café Annamühle. »So können wir besser mit ihm plaudern.«

Sie nickt und steuert direkt auf den Kabanenmieter zu, der am Stammtisch von der Katzinger lümmelt. Irgendwie ist das komisch für die zwei, weil sonst halt immer, wenn sie hinkommen, die alte Frau dort steht. Der Unterschied zwischen dem alltäglichen und dem persönlichen Tischtuch von der Katzinger ist unglaublich. Weißer als weiß strahlt ihnen die frisch gebügelte Tischbedeckung entgegen. Unter dem Aschenbecher ragt sogar ein gehäkeltes Deckchen hervor. Keine Brandlöcher, keine Kaffeeflecken, das Risiko, am Tuch festzukleben, ist ausgeschlossen.

»Hallo«, begrüßt ihn die Toni. »Wie geht es Ihnen nach dem Alptraum im Bad?«

Der Tscholitsch stützt sich mit dem rechten Ellbogen seitlich auf den Stehtisch. Sein ausgewaschenes ärmelloses hellblaues T-Shirt hätte – wie auch die abgerissene knielange Jeans – dringend in die Wäsche gehört. Im Aschenbecher glüht eine Zigarette vor sich hin, die, wie der lange Aschenbogen verrät, dort schon recht lange ein einsames Dasein fristet. Er wirkt überhaupt ungepflegt und riecht schon um diese Zeit, als hätte er beim Branntweiner geschlafen. Die Mischung aus Bier, Wein und abgestandenem Zigarettenrauch ist selbst im Freien kaum auszuhalten.

»Hallo, Toni, hallo, Pokorny, ich darf doch Du sagen?«, fragt er, und als sie nicken, fährt er mit zittriger Stimme fort: »Beschissen geht's mir. Die Zobel glaubt, die Kocmanek hat die Högerl in die Holzkiste gesteckt, weil sie so schneller die Kabane übernehmen kann.«

»Wir wissen ja noch gar nicht, was passiert ist«, antwortet die Toni. »Wieso sollte jemand die todkranke Frau umbringen, wenn die sowieso nicht mehr lange gelebt hätte? Sie hat ja sehr schlecht ausgesehen.«

»Verständlich, mit einem mordstrumm Tumor im Kopf. Sie hat Tabletten geschluckt ohne Ende. Als ihre Nichte einen Pflegedienst eingeschaltet hat, gab's zuerst mächtig Stunk vom Feldwebel, so wurde die Högerl vor der Erkrankung im Bad wegen ihres herrischen Auftretens genannt.« Seine rot unterlaufenen Augen füllen sich mit Tränen, zittrig greift er nach der Zigarette und klopft umständlich die Asche ab. »Es tut mir leid um sie.«

»Wenn sie wirklich umgebracht wurde, wer außer der Kocmanek würde vom Tod der alten Dame profitieren?«, erkundigt sich die Toni.

Er zuckt mit den Schultern. »Angeeckt ist die Högerl bei vielen. Sie war halt eine Anschafferin, das hat vielen nicht gepasst. Irgendwann kommt im Leben alles zurück.«

»Was meinen Sie damit?«

»Na, sie hat sich halt dauernd beschwert. Mal waren ihr die Tagesbesucher zu laut, dann hat sie wegen angeblicher Lärmbelästigung über Kabanenmieter geschimpft. Manchmal sitzen wir halt gemütlich zusammen und hauen was auf den Griller. Klar zwitschern wir da auch gerne das eine oder andere Glaserl Wein oder Bierchen. Da wird's einfach lauter. Aber die Högerl hat sich immer richtig aufgeführt und sogar mit einer Anzeige gedroht. Mit dem Voitl, dem Gehilfen vom Bademeister Guschlbauer, hat sie auch gestritten. Angeblich soll er bei ihr geschnüffelt und sie bestohlen haben. Ich könnte euch da viele Geschichten erzählen.«

»Aber Sie haben sich gut mit ihr verstanden?«, fragt die Toni.

Der Tscholitsch nickt melancholisch. »Ja, zwischen uns gab's kaum einmal ein böses Wort. Klar ist jeder mal schlecht drauf, meistens hat's aber gepasst. Wie … ist sie gestorben?«

»Wissen wir nicht«, sagt der Pokorny. »Sie wurde noch nicht obduziert, von alleine wird sie aber nicht in die Kiste gekraxelt sein. Nicht in ihrem Zustand. Aber wer weiß schon, wozu Menschen fähig sind. Vielleicht wollte sie nicht mehr, hat eine große Menge Tabletten genommen, sich reingelegt, die Kiste von innen verschlossen, auf die Wirkung gewartet und …«

Er wird vom Tscholitsch unterbrochen: »Nein, keine Chance, die Volkshilfe war da sehr genau und hätte keine zusätzlichen Medikamente dort gelassen.«

»Die Högerl könnte Tabletten versteckt haben, ein bisserl weniger nehmen, sammeln und dann auf einmal einwerfen«, meint der Pokorny. »Zumindest, ehe die Nichte ihr die Tabletten weggenommen hat. Wir werden morgen mit der Zobel drüber reden.«

Der Tscholitsch schüttelt den Kopf. »Aber nicht im Bad, sie arbeitet am Wochenende im Tiergarten Schönbrunn. Oft wird es spät, sie fährt nachts nicht gerne mit ihrem Motorrad und schläft dann immer in Wien. Im Bad ist sie erst wieder Montagabend.« Er deutet mit seiner Geldbörse ins Lokal hinein.

»Kennen Sie die Fabeck?«, fragt die Toni, während er bei der Karin seinen Caffè Latte bezahlt. »Die soll in einem Appartement unten beim Blauen Becken wohnen.«

»Ja, die passt mit ihrer Art gut zur Kocmanek. Oben ist sie nicht oft, wir sind ihr zu einfach gestrickt. Eine Opernliebhaberin, öfters in Wien unterwegs. So, jetzt muss ich aber, denke, wir sehen uns später im Bad.« Er verabschiedet sich und schlurft gebeugt auf die Pfarrkirche Sankt Jakob zu. Von dort sind es nur ein paar Stufen runter zum Badeingang.

Der Pokorny schürzt die Lippen. »Na, bumm, da kommt einiges an Arbeit auf den Sprengi zu. Die Kocmanek steht schon weit vorne in der Reihe der Verdächtigen, wenn die Högerl aber wirklich überall angeeckt ist, gibt es vielleicht noch einige, die einen Grund für einen Mord hätten.«

»Wenn es denn einer war.«

»Natürlich, Zuckerschnecke, nur dann. Wie geht's jetzt mit uns weiter?«

Die Toni schaut ihn mit hochgezogenen Augenbrauen an. »Was ist mit dir, schlägt leicht die Tendenz zu, wie die Katzinger sagen würde? Tsss. Vergisst du doch glatt auf deinen besten Freund.« Sie zeigt auf den Sprengnagl, der ihr winkt und deutet, dass er schon mal ins Hawlik's Schlemmereck vorgeht.

Ohrenwackelnd geht der Pokorny hinein, zahlen. Zwar muss er sich mittlerweile alles aufschreiben, weil er es sonst umgehend wieder vergisst, aber ihm Altersdemenz zu unterstellen, das tut dann doch weh. Er beschließt, das in einer ruhigen Minute einmal zu Hause mit der Toni zu besprechen.

Im Gastgarten hat es sich der Gruppeninspektor unter einer mit Wein berankten Pergola gemütlich gemacht. Vor sich einen gespritzten Apfelsaft, blättert er konzentriert in der Speisekarte.

»Hallo, Sprengi, schon was ausgewählt?«, fragt der Pokorny in dem Bewusstsein, dass er hier auf unbekanntem kulinarischem Terrain unterwegs ist. Da sein Freund verneint, blättert er sich Seite für Seite durch Speisen, die alle so gut klingen, dass er sie glatt der Reihe nach einmal runter und dann wieder rauf essen könnte. Nachdem die freundliche Mitarbeiterin dem Suchenden ein Soda-Zitron sowie der Toni ein alkoholfreies Bier serviert hat, ist für den Gruppeninspektor und die Toni schnell je ein Seesaiblingfilet mit Kräuterrisotto und Salat bestellt. Beim Pokorny dauert es erwartungsgemäß länger. Irgendwann reicht den beiden anderen das ständige »Hm, hm, hm. Weiß nicht, hm« vom Pokorny dann doch, und unter ihrem sanften Drängen wird es zwecks Stärkung und zur Vorbereitung auf die Ehrung ein gebratener Schlemmerspieß mit Filetstücken vom Schwein und Hendl sowie Speck, Zwiebeln, Pommes und Kräuterbutter.

Die Stirn der Toni wirft bei der kulinarischen Sünde ihres Bärlis Falten ohne Ende.

Um abzulenken, fragt der Pokorny: »Und, weiß man schon, woran die Högerl gestorben ist?«

»Der Hammerschmied hat die Obduktion bereits durchgeführt. Sie ist in der Kiste erstickt.«

»Gibt es Abwehrspuren, die auf ein Fremdverschulden hinweisen?«, fragt die Toni nachdenklich.

»Nein, außer einer Stelle am Hinterkopf nicht, die aber laut dem Hammerschmied nicht die Todesursache war. Eventuell hat sie sich wo angestoßen. Letztendlich ist sie elendig erstickt, hat das aber bei der Menge an Medikamenten wahrscheinlich nicht mehr mitbekommen. Der Blutdruck fährt runter, irgendwann hätte dann das Herz sowieso zu schlagen aufgehört. In der Lunge hat er blaue Flusen gefunden. Aber der riesige Kopftumor und die Metastasen vom Lungenkrebs hätten sie demnächst sowieso hingerafft. Bericht folgt.«

»Was sind das für Flusen?«, will die Toni wissen.

»Analyse läuft. Die Tatortgruppe nimmt gerade ihre Kabane auseinander.«

Der Pokorny sticht in ein herrlich mürbes Stück Schwein. »Könnt ihr einen Selbstmord ausschließen?«

»Aufgrund der Auffindungssituation eher schon. Schwer vorstellbar, dass die alte Dame die Holzbox dermaßen gut von innen abschließen konnte. Noch dazu in wahrscheinlich schon benebeltem Zustand.«

Beim ersten Bissen von seinem Schlemmerspieß verschluckt sich der Pokorny und weiß wieder, warum er sonst beim Essen grundsätzlich immer schweigt. Reden und gleichzeitig essen, was leider bei Ermittlungsgesprächen unumgänglich ist, verträgt sich halt nicht und führt in diesem Fall zu erstickungsähnlichen Anfällen. »Wann … chh, chh?« Er läuft rot an, wischt sich die Tränen aus den Augen. »W… chh … wurde sie umgebracht?«

»Der Todeszeitpunkt liegt in der Dienstagnacht so zwischen zweiundzwanzig und zwei Uhr. Genauer kann er es nicht einschränken. Die toxikologische Auswertung dauert noch. Knapp vor ihrem Tod hat sie Gin Tonic getrunken und Butterkekse gegessen.«

Der Pokorny überlegt: »Gin Tonic schmeckt bitter … da würde sie eine Überdosis von den Schmerztabletten nicht schmecken.«

»Wenn sie die Tabletten freiwillig eingenommen hat, war ihr das wohl herzlich egal«, stellt die Toni fest.

»Und wenn nicht freiwillig?«

»Dafür gibt es derzeit keine konkreten Hinweise«, argumentiert der Gruppeninspektor. »Die Münze, die du gefunden hast, ist aus Weißgold, am Rand abgenutzt, als wäre sie öfters rausgezogen und wieder reingesteckt worden. Nur wo, wissen wir noch nicht.«

»Ich kenn so etwas von den Anhängern, wo Münzen für die Einkaufswägen in den Supermärkten drinnenstecken. Die waren eine Zeit lang modern. Aber aus Weißgold? Vielleicht von einem Schlüsselanhänger, wie ihn die Kocmanek hat?«, mutmaßt die Toni.

»Bis wann habt ihr Ergebnisse?«, erkundigt sich der Pokorny.

»Keine Ahnung, dem Alterbauer fehlt Personal.«

Sie berichten ihm vom Gespräch mit dem Tscholitsch. »Da habt ihr einiges zu tun. Gäste befragen, die Kabanenmieter und so weiter. Wie viele Mitarbeiter arbeiten im Bad?«, fragt der Pokorny.

»Ganzjährig fünfzehn, plus dreizehn während der Saison.«

»Achtundzwanzig, ganz schön große Mannschaft.«

»Bei bis zu viertausendfünfhundert Badegästen an Spitzentagen auch notwendig.«

Die Toni sticht ein Stück des herrlich zarten Fisches auf ihre Gabel. »Was hast du über den Voitl?«

»Ein paar Anzeigen von der Högerl. Er soll in ihrer Kabane gewesen sein. Hausfriedensbruch, Diebstahl, was genau, hat sie nicht gesagt. Eine Drogenvergangenheit ist auch aktenkundig. Er war süchtig, hat dann wegen der Weitergabe von Suchtmitteln sogar eine Diversion aufgefasst, die er in der Seniorenresidenz beim Kurpark abgeleistet hat. Scheint jetzt sauber zu sein, die Drogenersatztherapie hat er zumindest abgeschlossen.«

»Und mit so einer Vorgeschichte darf er im Bad arbeiten?«, wundert sich der Pokorny.

»Die Eigentümergesellschaft des Thermalbades lehnt jede Art von Vorurteilen ab. Sie glaubt an die Stärke des Teams und an den Willen zur Veränderung jedes Mitarbeiters. Warum soll ein ehemals Drogensüchtiger keine zweite Chance bekommen? Außerdem hat sich der Bademeister Guschlbauer für den Voitl eingesetzt. Seine Mutter wohnt in der Residenz und hat vom Voitl geschwärmt. Ein netter Kerl. Allerdings hat der Direktor wegen der Diebstahlsvorwürfe die Högerl und ihn für nächste Woche zu einem Gespräch geladen.«

»Das sich ja jetzt erübrigt hat«, stellt die Toni fest.

Der Pokorny hat dem Schwein den Garaus gemacht und fällt über das Hendl her. »Trifft sich für ihn nicht schlecht.«

»Na, ich weiß nicht«, meint der Gruppeninspektor. »Wegen eines möglichen Jobverlustes die alte Dame umbringen? Noch dazu, wo es gar keine Beweise geben soll, also Aussage gegen Aussage steht?«

»Sagt wer?«, bleibt der Pokorny hartnäckig.

»Die Sekretärin des Direktors. Die Kollegin Stabeldorfer kennt die Dame und hat mit ihr gesprochen, der Direktor war auswärts unterwegs. Das Gespräch sollte ein Mediationsversuch werden. Also wird an der Sache nicht viel dran sein. Hätte die Högerl Beweise gehabt, dann wäre er sicher schon entlassen worden.«

Die Toni nickt zustimmend. »Haben die Mitarbeiter im Bad eigene Spinde für ihre Sachen? Wäre doch interessant, was beim Voitl drinnen ist. Halt wegen seiner Drogenvergangenheit.«

»Und wenn wir was finden?«, fragt der Pokorny. »Dann kann er immer noch angeben, die Medikamente für sich selber zu brauchen. Was auch glaubwürdig ist, weil ein Junkie würde die wohl kaum anderweitig verwenden.«

»Wir haben keinerlei Grund, in seinen Spind reinzuschauen. Weshalb auch? Es gibt nicht einmal einen klitzekleinen Verdacht auf einen Rückfall. Die StA gibt uns dafür sicher keinen Durchsuchungsbeschluss. Die Spinde sind in der Personalgarderobe, manche haben auch mehrere, zum Beispiel der Guschlbauer. Wenn ein Mitarbeiter wegfällt, teilen die anderen sich gerne die leeren Spinde auf. So wie beim Sommersacher, dem langjährigen Bademeister, der im April an einem aggressiven Knochenkrebs gestorben ist.« Er sieht, wie die Toni das Gesicht verzieht. »Dabei war er erst knapp vierzig und laut dem Guschlbauer ein Sonnyboy. Hinter dem waren viele Frauen her, und dann das ...«

»Vielleicht hat er die gleichen Medikamente wie die Högerl genommen. Wer hat seinen Spind ausgeräumt?«, fragt die Toni. »Es waren doch sicherlich noch Medikamente drinnen.«

Der Sprengnagl zuckt mit den Schultern. »Nur weil beide Krebs hatten, muss es noch keine Verbindung zwischen den Toten gegeben haben.«

»Der Guschlbauer wird beim Räumen dabei gewesen sein, er wird wissen, was drinnen war. Mit ihm reden solltet ihr jedenfalls«, setzt der Pokorny nach. »Sonst habt ihr noch nicht viel, oder? Kocmanek, Fabeck?«

»Hm, da gibt's schon etwas. Die Kocmanek soll mit dem verstorbenen Bademeister ein Techtelmechtel am Laufen gehabt haben.«

Der Pokorny hebt erstaunt die Augenbrauen. »Sagt wer?«
»Der Guschlbauer.«

Die Toni sagt: »Dann wird sie wohl auch wissen, was im Spind drinnen war. Hat sie auch beim Ausräumen geholfen?«

»Du meinst, wegen der Medikamente von ihrem Gspusi, die sie abgezweigt haben könnte?«, erkundigt sich der Pokorny.

Als die Toni nickt, schaltet sich der Gruppeninspektor ein. »Nein, hat sie nicht.« Er legt das Besteck auf den leeren Teller und wischt sich den Mund ab. »Die Kocmanek ist weder in Baden noch hier im Appartement bei der Fabeck anzutreffen. Zumindest hat an keiner der Adressen wer die Tür geöffnet. Nachbarn haben wir auch keine angetroffen.«

»Die Katzinger kennt jemanden, der die Nachbarin der Fabeck kennt«, sagt der Pokorny. »Vielleicht kann sie uns weiterhelfen?«

»Die Katzinger schon wieder? Wen die alles kennt. Versucht euer Glück, ich muss. Personalien haben wir gestern aufgenommen, heute werden die Protokolle geschrieben, und die Zeugen traben zum Unterschreiben an. Mühsam«, stöhnt der Gruppeninspektor im Aufstehen.

Die Toni lehnt sich zurück. »Sehen wir uns heute bei der Ehrung?«

»Sicher, glaubt ihr, ich lass mir das entgehen? Die Sandra kommt auch mit ... also, wenn's ihr gut geht«, meint er, ganz der glückliche Papa in spe. Während der Kinderwunsch bei der Toni immer stärker wird und ihre biologische Uhr immer schneller tickt, bekommen die Sprengnagls völlig unerwartet im Herbst Nachwuchs. Die allerbeste Ehefrau der Welt ist nach wie vor fest davon überzeugt, dass die schwachen Spermien ihres unsportlichen Ehemanns schuld sind, dass es bei ihnen nicht längst schon geklappt hat. Seit der Whirlpool im Haus ist, kann sie sich zumindest über sein erotisches Engagement nicht beschweren. Dafür haben die beiden dann bald ein Taufkind, auf das sie hin und wieder aufpassen werden. Die Toni kann es schon kaum erwarten, der Pokorny halt eh auch.

Der Gruppeninspektor steht auf und wirft der Toni einen entschuldigenden Blick zu. »Bis dann, servus.«

»Und wir zwei überraschen jetzt noch schnell die Katzinger in der Kurkonditorei?«, schlägt die Toni schmunzelnd vor. »Könnte sich noch ausgehen, mittags treibt sie dort ihr Unwesen. Am Nachmittag schaffe ich es heute nicht, und ein paar Streicheleinheiten werden ihr guttun.«

»Gute Idee, vielleicht weiß sie schon was von der Vorsitzenden der Bananenschnitten-Clique, der Leni. Sie wollte uns spätestens heute knallharte Fakten auf den Tisch legen.«

Tatsächlich hockt die alte Frau versteckt hinter dem Kronenblatt, gibt Rauchzeichen und ist vor allem an der Spitze ihres Sombreros zu erkennen. Vor sich einen Eiscafé mit extra Schlagobers und Schokostreusel, gespickt mit einer Vielzahl von Hohlhippen.

»Mahlzeit«, grüßt die Toni.

Die Katzinger lugt verwundert über die Zeitung, wirft einen Blick auf die Uhr im Lokal. »Na hallo, was machts denn ihr da? Habts später keine Zeit mehr, wegen dem Schönmachen für unsere Ehrung?«

Die Toni grinst verschwörerisch. »Sie haben das natürlich nicht notwendig.«

»Hm, wie meinst denn das jetzt genau?«, fragt sie misstrauisch. »Ehrlich, oder so wie der Pokorny, quasi ein Foul von der Maschek-Seite?«

»Nein, keineswegs. Ihre Kleidung passt gut zu dem feierlichen Anlass.«

Der Pokorny, dem das Thema Kleidung mehr als egal ist, kommt zum eigentlichen Grund des mittäglichen Besuchs bei der alten Frau. »Haben Sie von der Leni schon etwas gehört? Sie wollten uns heute harte Fakten präsentieren. Wäre wichtig.«

»Marantana, die Leni, die hat's gestern darennt.« Sie sieht die fragenden Blicke der beiden. »Also, halt wie vom Blitz getroffen ist sie am Abend in die Griesnockerlsuppe gekippt. Exodus, nichts mehr zu machen. Die arme Leni, ich kenn sie schon ewig, vom Campingplatz mit meinem Ferdinand …«

Wissend, dass er sich damit Probleme einhandelt, unterbricht er sie: »Ma, furchtbar, die arme Frau. Was tun wir denn jetzt? Haben Sie sonst noch Kontakte? Vielleicht kennt die Frau Fratelli da jemanden?«

Steile Falten türmen sich auf der Stirn der Katzinger, der Ärger über die Störung ist ihr gut anzusehen. Sie grummelt: »Hm, das ist ziemlich kaltblütig von dir, uns einfach so abwürgen, mich, den Ferdl und die Leni.«

»Tut mir wirklich leid, aber wir sind aus bekannten Gründen ein bisserl im Stress«, beschwichtigt er in der Hoffnung, damit die Kurve zu kratzen.

»Na gut, in der Tat, es Rosal putzt wegen ihrer mickrigen Hungerpension ja quasi Bad Vöslau im Alleingang. Gestern war sie bei mir, und wir haben über die arme, arme Leni geratscht … äh, egal. Es Rosal hat tatsächlich auch im Appartementhaus geschuftet, und was glaubts, beim wem?« Sie schlägt begeistert die Hände vor sich zusammen, wobei die Begeisterung nur kurz anhält. Zwischen ihren kleinen Altweiberhänden quillt das Schlagobers heraus, die Hohlhippen fliegen in weitem Bogen zu Boden und werden noch vor dem Aufschlagen von der Maxime inhaliert.

»Fixlaudon, weil ich so eutanastisch bin, passieren so Sachen. Egal.« Sie wischt sich die Hände am Rand des Tischtuchs ab, den Rest des zwischen den Finger klebenden Obers reinigt die Beagelin aufs Genaueste. Ein kurzer Seitenblick zeigt den Pokornys, dass sie auch hier ihr persönliches Tischtuch erhält. »Jedenfalls ist es ein Glück im Unglück, weil es Rosal genau bei der … Na ratet, bei wem sie noch putzt?«

Diese Spielchen mag der Pokorny gar nicht. Raten fuchst ihn schon beim Fünfzig-fünfzig-Joker in der Millionenshow mit dem Assinger. Bleiben doch immer die schwierigsten Begriffe über. Seine Ohren beginnen zu wackeln, schnell bringt sich die Toni ein: »Bei der Fabeck vielleicht?« Sie sieht ein wenig Enttäuschung im Gesicht der Quizmasterin.

»Ja, äh … genau. Das ist ja jetzt sogar noch besser, weil es Rosal euch sicher einschleusen kann.«

»Hat die Frau Fratelli einen Schlüssel für die Wohnung?«, fragt die Toni.

»Hm, kann ich checken«, sagt die alte Frau, greift nach ihrem Emporia und vereinbart mit ihrer Freundin ein Treffen um fünfzehn Uhr vor dem Appartement.

Während sich der Pokorny noch über die Katzinger und ihre englische Ausdrucksweise ärgert, liest er die Titelseite des am Nebentisch liegenden Kronenblattes.

MORD ODER SELBSTMORD? TÖDLICHES MINIGOLF IM THERMALBAD VÖSLAU!

Paukenschlag im altehrwürdigen Thermalbad in Bad Vöslau. Gestern Nachmittag wurde am Minigolfplatz die grausam entstellte Leiche der siebzigjährigen H. gefunden. War es Selbstmord oder doch Mord? Lesen Sie mehr auf Seite 3.

»Schau dir diesen Idioten an.« Er greift nach der Zeitung und betrachtet das Foto der mit polizeilichen Absperrbändern gesicherten Minigolfanlage. »Da werden wir wieder einmal Besuch von der Chefinspektorin erhalten.« Rasch blättert er auf die dritte Seite, auf der mehrere Bilder von der Menschenmasse zu sehen sind. Im Hintergrund stehen auf der Umrandung des Waldbeckens gut zu sehen die Pokornys. Vom Freizeitpolizisten selbst hat der Hackstock zusätzlich ein äußerst problembehaftetes Bild abgedruckt. Beim Versuch, die Zobel zu entdecken, hat der Pokorny dem weit entfernten Reporter direkt in die Linse geschaut, ganz so, als wollte er fotografiert werden. »Schau dir das Foto an, das wird der O-Weh gar nicht gefallen. Und dann legt mir der Idiot noch die Hand auf die Schulter, als wären wir Freunde.« Er streicht die Zeitung glatt.

Nur wenige Minuten nach Bergung der durch Tierfraß und großflächige Schnittverletzungen entstellten Leiche aus der Abschlagbox der Todesbahn 18 war unser Reporter vor Ort, wurde aber von der leitenden Chefinspektorin W. an einem Gespräch mit Zeugen gehindert. Auch das im Bad anwesende Ehepaar P. entzog sich aus unbekannten Gründen den Fragen des Investigativjournalisten. Mauscheln die beiden Privatermittler wieder mit dem

Gruppeninspektor Sp. oder gar mit der Chefinspektorin?
Oder steckt gar die Politik hinter der Aussageverweige-
rung der Ps.? Unser Reporter bleibt für unsere treuen Le-
serinnen und Leser selbstverständlich an der Geschichte
dran und wird in den Folgeausgaben weiter berichten.

»Woher hat der nur immer diesen Schrott? Tierfraß, Schnittverletzungen, Aussageverweigerung … echt eine Frechheit! Das Schundblatt gehört verklagt.«

Die Katzinger ist schnaufend aufgestanden und hinter die Pokornys gehumpelt. »Wieder der Idiot vom letzten Mal.«

»Was machen wir jetzt?«, fragt der Pokorny.

»Hoffen, dass die Wehli die Zeitung noch nicht gelesen hat«, sagt die Toni. »Sonst haben wir Erklärungsbedarf.«

Der Pokorny schaut auf die Uhr. »Wir sollten gleich zum Appartement gehen. Wenn uns die Wehli wirklich Stress macht, können wir uns nicht mehr unbemerkt im Bad bewegen. Dann rennt uns ständig ein Polizist hinterher. Können Sie bitte die Frau Fratelli anrufen und ihr sagen, wir kommen sofort vorbei? Danke, Ihre Rechnung übernehmen wir, bis später.« Sie verabschieden sich und lassen die alte Frau stehen.

»Ja, ist schon gut«, murmelt sie, »ich wollte eh nicht mitkommen.« Sie lässt sich zähneknirschend auf ihren Sessel fallen, erklärt ihrer Freundin die Situation und kratzt verärgert das restliche Schlagobers vom Tischtuch.

Während die Pokornys beim College Garden Hotel vorbeigehen, schreibt die Toni dem Sprengnagl eine WhatsApp.

– *Schau dir den Bericht im Kronenblatt an. Könnte Probleme geben, der Journalist schreibt wieder Unfug, wird der Wehli nicht gefallen*

– *So ein Idiot, war irgendwie abzusehen, zieht den Kopf ein. Ihr seid immer noch nicht ihre Lieblinge* 😏

– *Das wird in diesem Leben auch nichts mehr. Gib Bescheid, wenn es brenzlig wird.*

*– Alles klar, auf der Münze ist ein Teilfingerabdruck drauf,
der ist aber nicht in der AFIS-Datenbank drinnen
– 👍*

Über der Kabane 21, einem beliebten Restaurant im Bad, liegt der straßenseitige Eingang zu einem Teil der ganzjährig bewohnbaren Appartements.

»Ich mach das nur für die Liesl«, begrüßt die Fratelli die beiden vor der Haustür. »Da kann ich ordentlich Ärger bekommen. Weshalb wollen Sie denn überhaupt dort rein?«

Die Toni hebt beschwichtigend die Hände. »Wir wollen nur schauen, ob wer zu Hause ist, weil niemand öffnet. Und ob in der Wohnung alles passt. Schließlich könnte die Frau Högerl ermordet worden sein, und sowohl die Kocmanek als auch die Fabeck sind spurlos verschwunden.«

»Glauben Sie, die zwei haben etwas mit dem Tod der Högerl zu tun?« Die Fratelli legt mit aufgerissenen Augen eine Hand über den Mund.

»Wir glauben gar nix«, antwortet der Pokorny. »Die Wohnung wird wohl leer sein, aber vielleicht finden wir einen Hinweis, wo die beiden sein könnten. Nur darum geht's uns.«

»Wir fassen auch nichts an und sind in fünf Minuten wieder weg«, beruhigt die Toni die nervös von einem auf den anderen Fuß tretende Putzfrau.

»Na gut, wegen der Liesl und weil Sie die Morde im letzten Jahr aufgeklärt haben. Aber Sie dürfen mich nicht verraten.«

Beide legen gleichzeitig ihren Zeigefinger vertikal auf ihre Lippen.

Das Appartement der Fabeck befindet sich im obersten Stock. Die Fratelli läutet und klopft mehrmals an, keine Reaktion. Sie überlegt einen Moment, schnauft durch und sperrt auf. Schnell ist klar, die Wohnung ist verlassen, von den beiden Damen keine Spur.

»Beeilen Sie sich, ich will so schnell wie möglich wieder absperren.« Die Fratelli fühlt sich in der fremden Wohnung, zu der sie sich unerlaubt Zugang verschafft hat, sichtlich unwohl.

»Geben Sie uns fünf Minuten.« Der Pokorny schaut sich in dem knapp fünfundfünfzig Quadratmeter großen Appartement um. Der Wohnbereich ist vom Schlafzimmer getrennt, es gibt eine Küchenzeile und ein kleines, aber zweckmäßig eingerichtetes Bad mit Dusche und WC. Sogar eine Loggia mit Blick auf das Blaue Becken ist vorhanden, wobei sich der Pokorny nicht vorstellen kann, dass diese bei dem Lärm untertags genutzt wird. Schon auf dem Weg zu den anderen Becken gehen ihm die grölenden Kinder auf die Nerven. Die Wohneinheit der Fabeck ist modern eingerichtet, klare Strukturen, eine schwarze Ledercouch ist der Blickfang im Wohnzimmer. Rechts neben dem Fenster steht ein kleiner Schreibtisch, mit einem Laptop und einem Drucker. Alles wirkt fein säuberlich aufgeräumt, nur hinter dem Tisch lugt am Boden ein gefalteter A4-Bogen hervor. Die Toni nimmt aus ihrem kleinen beigefarbenen Leinenrucksack ein Taschentuch heraus, faltet es auf und greift nach dem Blatt Papier.

»Wegen der Fingerabdrücke?«, fragt der Pokorny grinsend, sie nickt. »Bist auch schon so paranoid wie ich? Hinter jedem Eck könnte die O-Weh rausspringen wie der Kasperl aus der Box. Was hast du da?« Er schmiegt sich an seine Liebste an, während sie liest, knabbert er an ihrem Ohr.

»Aus, Willi, das kitzelt, heb dir das für später auf. Nach der Ehrung brauche ich dann eh eine Massage …«, meint sie. »Das ist eine Buchungsbestätigung für das Parkhotel Schönbrunn im dreizehnten Bezirk in Wien.«

»Wann hat sie gebucht?«

»Hm«, murmelt die Toni. »Die Buchung wurde gar nicht von ihr durchgeführt, sondern von der Kocmanek. Das ist lediglich eine Kopie der Bestätigung. Zwei Einzelzimmer, schau an, von Dienstagabend bis Sonntagnachmittag gönnen sich die beiden Freundinnen ein paar Tage Wien-Urlaub.«

»Dann war die Kocmanek in der Nacht, wo die Högerl gestorben ist, gar nicht im Bad, sondern in Wien. Als Verdächtige fällt sie damit aus.«

»Hängt davon ab, wann sie im Hotel eingecheckt hat und ob sie die ganze Zeit in Wien war. Einchecken als Alibi, dann rausfahren, die Sache erledigen und wieder zurück. Sie hatte ein Zeitfenster von zweiundzwanzig bis zwei Uhr morgens. Das alles mit einem super Alibi. Vielleicht sogar so, ohne dass die Fabeck was mitbekommen hat«, meint die Toni.

»Fünf Minuten haben Sie gesagt.« Ihre Komplizin bringt sich in Erinnerung.

»Ist schon gut«, beruhigt sie der Pokorny. »Wir sind fertig, danke.«

Knapp nach sechzehn Uhr treffen sie zu Hause ein. Es folgt Modenschau, die zweite. Wieder gibt der Pokorny, auf der Couch liegend, den Berater. Wobei er eigentlich nur ein Statist ist, weil er letztendlich sowieso keine Entscheidungshoheit hat. Außerdem schaut die Toni für ihn immer gut aus. Nur wenn es wirklich so gar nicht passt, meldet er sich zu Wort und findet zumeist Gehör.

Pünktlich um siebzehn Uhr treffen die Ehrenbürger in spe im Schlosspark ein. Wie jeden Freitag im Sommer sind Tische, Sessel und Liegestühle rund um die herrlich beleuchtete Riesenplatane aufgestellt. Alljährlich locken die sommerlichen Schmankerln und Getränke Hunderte Gäste in das wunderschöne Ambiente.

Für die Veranstaltung stehen weiße Plastiksessel in dichten Reihen. Alle Plätze sind belegt, und wären für die Pokornys keine reserviert worden, sie hätten bei der eigenen Ehrung stehen müssen.

»Da müssts her«, krächzt die Katzinger aus der ersten Reihe. »Ich habe das Reserviert-Schild für die Bürgermeisterin auf die andere Seite hinübergelegt. Sonst hätte ich nicht bei euch sitzen können. So können alle dann gleich das gesamte Ermittlungsteam sehen. Hübsch schaust aus, Tonerl, ja, ja.« Und recht hat sie, die Toni hat sich nämlich ziemlich aufgebrezelt, mit einem

kurzen dunkelblauen Rock, einem Blazer und halbhohen Stö-
ckelschuhen, selbstverständlich alles farblich abgestimmt. Besser
over- als underdressed, hat sie dem Pokorny erklärt, wäre ja
superpeinlich, dem Anlass nicht zu entsprechen. Das eher legere
Auftreten vom Pokorny, in Jeans und einem hellblau gestreiften Kurzarmhemd, ist der alten Frau lediglich ein bedauerndes
Kopfschütteln wert. Sie beugt sich zur Maxime hinunter, die
gleich Witterung aufnimmt und hektisch nach Essbarem schnuppert. »Natürlich ist des Hunderl auch Teil vom Team, gell?«

Der Pokorny, dem die ganze Sache nicht geheuer ist, schaut
sich verstohlen um. Direkt hinter ihm sitzt der Berti, der Gruppeninspektor fehlt. »Wo ist der Sprengi?«, flüstert er seinem
Freund zu.

»Die Wehli lässt ihn nicht vom Bad weg. Badeschluss ist ja
erst um zwanzig Uhr«, knurrt er und tippt sich zweimal mit
dem Finger an die Stirn. »Angeblich geht's um einen Zeitungsartikel, wo ihr und der Sprengi erwähnt werdet.«

Der Pokorny schneidet eine Grimasse. »Siehst, Toni, ich hab
dir gesagt, mit dem depperten Hackstock gibt's Probleme. Und
der Sprengi …« Er wird durch einen Tusch der Vöslauer Blasmusikkapelle unterbrochen.

Die Bürgermeisterin, die vorhin noch hektisch nach ihrem
Platz gesucht hat, betritt die Bühne. »Liebe Mitbürgerinnen,
liebe Mitbürger, schön, dass Sie zur Eröffnung der Schlosspark-
Lounge und der Ehrung des Ehepaars Pokorny erschienen sind.
Die Verleihung des goldenen Ehrenringes der Stadtgemeinde
ist eine ganz besondere Auszeichnung, noch nie wurde er an –
Toni, Pokorny, verzeiht mir –, an Zuagraste verliehen. Aber
nach euren Heldentaten hat sich der Gemeinderat einstimmig
dafür ausgesprochen.«

Anschließend schildert die Gemeindechefin in den schil-
lerndsten Farben und teilweise höchst dramatisch die beiden
Kriminalfälle und die Heldentaten, welche die Pokornys unter
Einsatz des eigenen Lebens im letzten Jahr vollbracht haben.
Nach einer halben Stunde Beweihräucherung durch die Bürger-

meisterin, gefolgt von den Chefs aller Parteien und der Landeshauptfrau-Stellvertreterin, wird es dann sogar der Toni zu viel. Langsam kippt ihr Kopf auf die Schulter vom Pokorny, der freilich zusammen mit der Katzinger schon bei der ersten Rede eingeschlafen ist. Erst nach zweimaligem lauten Räuspern ins Mikrofon reißt es die drei Köpfe nach oben.

»Liebe Toni, lieber Pokorny, kommt bitte zu mir auf die Bühne.« Nach einem weiteren ohrenbetäubenden Tusch der Blasmusikkapelle hat die Bürgermeisterin doch noch eine Überraschung parat: »Als Ehrenbürger möchten wir euch ... ich geb's zu, nicht ganz uneigennützig, auch für unsere Gemeinde ein bisserl ... als Werbeträger nutzen. Ich hoffe, ihr seid damit einverstanden, aber die Investitionen sollten doch für beide Seiten was Gutes haben. Da der Pokorny schon ein E-Bike hat, dachten wir uns, warum nicht auch eines für die Toni? Der Joe vom Fahrradshop Kreuzer hat sofort dieses brandneue E-Bike gespendet. Ein großes Dankeschön dafür.« Mäßig euphorischer Applaus hallt durch den Schlosspark, zu groß ist der Neid auf die Ehrung und das Geschenk. »Wir haben keine Kosten und Mühen gescheut, es mit unseren berühmten drei ›Ws‹ für euch wunderschön zu lackieren.« Sie deutet auf die sichtbare Breitseite des Rades. »Wein, Wald und Wasser ... und«, sie dreht das Rad um hundertachtzig Grad, »auf der anderen Seite unser geliebtes Stadtmaskottchen, die Linda.« Die Seekuh war quer über die linke Seite des Fahrrads gemalt, und am Akku an der Sitzstange war ihr Kopf zu sehen.

Aus der ersten Sitzreihe hören das Trio auf der Bühne plus die nächsten zehn Sitzreihen ein lautes Krächzen: »Sakrafix. Schon wieder des vermaledeite Viech und wieder himmelblau. Ihr wollts mich fertigmachen, gell?«

Die Gemeindechefin freilich weiß gleich, wo der Zwischenruf herkommt, schaut zur Übeltäterin und hebt drohend den Zeigefinger in die Höhe. »Frau Katzinger, ich warne Sie! Die Linda bleibt hellblau, kommen Sie mit Ihren Spraydosen nicht in die Nähe. Alles klar?«

Die alte Frau winkt mit beiden Händen ab. »Alte Leute quälen, und wo ist der Dank für die Mordaufklärungen? Hä?«

Ein weiterer Tusch übertönt die Schimpftirade. »Wir schreiten zur Tat«, frohlockt die Bürgermeisterin, öffnet eine neben dem Rednerpult liegende kleine Schachtel und zieht zwei vergoldete Ringe heraus. »Hiermit verleihe ich euch im Namen des Gemeinderates den goldenen Ehrenring. Danke noch einmal für die Aufklärung der Fälle, teilweise unter akuter Lebensgefahr.«

Da der Pokorny schon bei seiner letzten Arbeitsstätte in einer Securityfirma nicht gern in der ersten Reihe gestanden ist, übernimmt die Toni und bedankt sich auch für ihr Bärli, vergisst aber nicht, die alte Frau zu erwähnen. »Eine Mitstreiterin, ohne die wir die beiden Fälle nicht hätten lösen können, ist die liebe Frau Katzinger. Wir sollten sie daher auch auf die Bühne bitten. Ich denke, Sie haben da nichts dagegen?« Damit stellt sie die überraschte Bürgermeisterin vor vollendete Tatsachen und hilft der alten Frau auf die Bühne.

Freilich ist die sonst so hartgesottene Pensionistin zu Tränen gerührt. Ohne die Politikerin eines Blickes zu würdigen, krächzt sie ins Mikrofon: »Ma Toni, ich dank dir so, wenigstens wissts ihr meinen Einsatz zu schätzen. Anders wie die Diener des Volkes, die uns Pensionisten sowieso am liebsten in Heime abschieben würden. Hauptsache, die unbequemen Alten halten ihr Maul. Danke.« Sie hakt sich hämisch grinsend bei der Toni ein.

Die vorhin noch gute Stimmung schwankt zwischen Bestürzung und spöttischem Lächeln.

»Hm, ich also … ja«, sagt die Bürgermeisterin, bemüht, die Wogen zu glätten. »Natürlich haben Sie auch dazu beigetragen …«

Sie wird durch die Katzinger unterbrochen: »Auch, auch, ich glaub, ich spinn. Alleine der blaue Funke beim Lieblich hätte sich einen Platinring verdient, wenn nicht gar ein kleines Häuserl, wo es nicht so zugig ist wie in meinem Wohnwagen. Oder zumindest eine Waldkabane im Sommer, ja, gell. Eine

Frechheit ... dazu beigetragen ...«, grantelt sie die Politikerin sowie die anwesenden Gemeinderäte an.

»Also, Geld für einen Ring haben wir leider keines mehr ... aber ich kann Ihnen gerne eine Urkunde ausdrucken.«

»Die Urkunde kannst dir rexen oder weißt eh wo aufhängen«, blafft die alte Frau zurück und klopft der Toni mit dem Stock auf die Wade. »Hilf mir bitte die Stufe runter, den Schwachsinn ertrag ich nicht mehr ...«

Die Ehrenbürgerin versucht, sie zurückzuhalten. »Aber so bleiben Sie doch da, wir trinken zusammen ...«

»Danke dir, Tonerl, mir reicht's, aus Maus.« Sie schlägt der Wirtschaftsgemeinderätin und der Finanzgemeinderätin beim Vorbeigehen noch aufs Knie und schlurft keppelnd davon: »Sicher sind die zwei Sparefrohs schuld, gierig aufs Geld. Null Imphate gegenüber alten Menschen.«

Die Zeremonie ist danach rasch zu Ende, Stimmung will nach dem theaterreifen Abgang der Katzinger keine mehr so recht aufkommen.

Nach Dutzenden von Selfies mit halb Bad Vöslau lassen sich die Pokornys in ihre reservierten Liegestühle fallen, Getränke und Essen geht aufs Haus, also auf die Stadtgemeinde. Nach einer Orgie aus warmen Schokoladenküchlein mit Vanilleeis – die Süßspeise wurde vom Chef des Restaurants Allerley extra für den Ehrenbürger gezaubert – überredet die Toni den vom vielen Veltliner leicht illuminierten Pokorny dazu, morgen ebenfalls im Parkhotel Schönbrunn einzuchecken. Weil die Fabeck und die Kocmanek im Hotel und die Zobel im Tiergarten daneben zu befragen, geht nirgendwo so unauffällig wie in Wien. Und dort haben die beiden wenigstens vor der Wehli ihre Ruhe.

Rasch schreibt die Toni dem Sprengnagl noch eine WhatsApp.

– *Fabeck und Kocmanek sind von DI bis SO im Parkhotel Schönbrunn eingebucht. Wir haben in der Wohnung der Fabeck einen Beleg gefunden. Wir werden uns eine Nacht*

dort gönnen, vielleicht treffen wir die zwei dort. Nachher
dann in den Tiergarten, die Zobel arbeitet am Wochenende.
So sind wir wenigstens aus dem Schussfeld der Wehli. Ciao

»Und die Katzinger? Was ist mit dem Umtrunk zu ihrem Siebziger?«, fragt der Pokorny mit gerunzelter Stirn.

»Tja, echt dumm. Auf ihren Geburtstag müssen wir wohl nächste Woche anstoßen. Weil wenn wir schon am Samstag nach Wien fahren, dann zeitig, den Flohmarkt am Naschmarkt lass ich mir nämlich nicht entgehen. Wir machen das so … Ich schreib ihr morgen eine SMS, wegen quasi Außeneinsatz in Wien. Für die Aufklärung unseres Mordfalles unumgänglich. Eine gemeinsame Feier ist erst nächste Woche möglich.«

»Könnte uns das Leben retten«, kichert er, mittlerweile mit Veltliner vom Großauer Weingut Riegler-Dorner gut abgefüllt.

»Dann los.« Die – auch nicht mehr ganz nüchterne – allerbeste Ehefrau der Welt hängt sich bei ihm ein.

»Wo ist eigentlich dein neues Elektrofahrrad?«

Die Toni schmunzelt. »Das nimmt der Joe wieder mit und lackiert es für mich auf Orangemetallic um. Bei allem Dank an den Gemeinderat, aber da verstehe ich die Katzinger, mit einer hellblauen Seekuh fahre ich sicher nicht durch die Gegend. Wenn schon überhaupt ein E-Bike, dann muss es zumindest was gleichschauen.«

»Du und ein Elektrofahrrad, dass ich das einmal erleben kann. Ist doch nur was für alte Leute, hast du immer gesagt, oder?«

»Schau, da geb ich dir schon recht. Ich hätte mir sicher keines gekauft, aber geschenkt, warum nicht? Also los, mir reicht es mit dem ganzen Trara«, meint seine sportbegeisterte Ehefrau, die nach drei Frizzantino an den Pokorny gelehnt mit beträchtlicher Schieflage nach Hause wankt.

Samstag, 29. Mai

Heute treffen die Pokornys schon um acht Uhr beim Bad Vöslauer Wochenmarkt ein, was für beide sehr zeitig ist. Am Wochenende frühstücken sie zu dieser Tageszeit gerade im Bett. Die Toni frische Semmerln und Vollkornbrot, mit selbst gemachter Mödlinger Marillenmarmelade von ihrer Mutter, und der Pokorny seine Kürbiskernweckerln mit Honig und Brombeermarmelade. Heute bleibt ihnen nur quasi ein Coffee to go, ausgiebig gefrühstückt wird später in einem der Lokale am Wiener Naschmarkt. Und weil die Toni halt den regionalen Wocheneinkauf um jeden Preis am Wochenmarkt erledigen will, heißt es zum Leidwesen beider früh aufstehen.

Nachdem sie die Maxime zur Hundepension Tatjana gebracht haben, brechen sie auf nach Wien. Der Pokorny, der es hasst, am Wochenende ohne Frühstück aus dem Haus zu gehen, schleppt sich gegen zehn Uhr ächzend über die Stufen der U-Bahn-Station Kettenbrückengasse hinauf zum Naschmarkt. Als wäre das nicht schon Stress genug, kann sich die Toni nicht entscheiden, wo sie frühstücken sollen. Wobei zu ihrer Verteidigung gesagt werden muss, dass die enorme Auswahl für jemanden, der weltoffen und gern abwechslungsreich isst, gerade am Wiener Naschmarkt sehr herausfordernd ist. Von Italienisch, Spanisch, Griechisch, Türkisch, Indisch bis zu Chinesisch und Japanisch ist alles dabei.

»Geh, Toni, bitte, setzen wir uns endlich wohin. Wieso wir nicht gleich mit dem Auto hergefahren sind, versteh ich ohnehin nicht«, grantelt er sie an.

»Hm«, murmelt sie, blättert lächelnd in einem Kulinarikführer und übergeht seinen Vorwurf. »Ja, da vorne ist das Café Pavillon, da soll es nett sein.«

Gerade als die freundliche Mitarbeiterin das Frühstück serviert, langt bei der Toni eine WhatsApp ein.

– *Gute Idee mit der Flucht nach Wien, Wehli macht wegen dem Kronenblatt mächtig Stress, war auf Hausbesuch bei euch*

– *Frühstücken gerade am Naschmarkt*

– *Recht so. Sie hat von der StA einen Beschluss für die Kocmanek-Wohnung erhalten. Durchsuchung am Nachmittag*

– *Auf einmal?*

– *Die Münze vom Pokorny könnte laut dem Tscholitsch wirklich von einem Anhänger von der Badetasche der Kocmanek stammen. Außerdem gab es von ihr jede Menge Drohungen. Seitdem ist sie verschwunden. Das mit dem Urlaub in Wien weiß die W freilich nicht. Der StA reicht das für eine Durchsuchung*

– *Machen ihr die Medien Stress?*

– *Richtig! Wenn wir auch eine Buchungsbestätigung finden, könnten eventuell Kollegen im Hotel auftauchen*

– *OK*

– *Toxikologiebefund sollte heute oder morgen fertig sein. Melde mich später. Viel Spaß*

– *Danke*

Der Pokorny beißt genüsslich in seinen mit Honig bestrichenen Kornspitz und genießt den angenehm warmen Frühlingstag. Ein laues Lüftchen weht eine Mischung der unterschiedlichsten Gerüche der Marktstände und Lokale zu ihnen herüber. Alles, was das Herz begehrt, wird zwischen dem Jugendstilgebäude der Wiener Sezession und dem eigentlichen Flohmarkt angeboten. Gewürze aus aller Herren Länder, Obst und Gemüse, Süßigkeiten, Fisch und Fleisch gibt es ebenso wie feinstes Gebäck und Kaffeespezialitäten in allen Variationen. Sosehr die Pokornys ihre neue Heimat lieben, der spezielle Geruch an lauen Frühlingstagen in Wien verbunden mit der Kulinarik kann schon was.

»Wenn die Wohnung am Nachmittag durchsucht wird, könnten wir tatsächlich abends im Hotel Besuch bekommen«, meint die Toni.

»Selbst wenn die Wehli in der Wohnung einen Hinweis auf

den Urlaub der Kocmanek findet, wird sie die Kollegen aus Wien die erste Befragung durchführen lassen und nicht selbst anrücken.« Der Pokorny schlürft genussvoll den letzten Rest von dem herrlich duftenden Kaffee, der, wie es sich für einen Espresso gehört, in tulpenförmigen, dickwandigen Tassen serviert wird. »Und da sie von unserem Ausflug nichts weiß, werden ihre Kollegen kaum nach uns Ausschau halten.«

»Wir sollten halt nicht mit den beiden Damen gesehen werden. Der Sprengi hat erzählt, dass sogar in Wien über uns berichtet wurde.«

Der Pokorny kratzt sich nachdenklich am Hinterkopf. »Wenn die Münze wirklich von der Kocmanek ist, dann steckt sie in ernsten Schwierigkeiten, egal, ob sie jetzt in Wien war oder nicht.«

»Würdest du bei einem Mord die Badetasche mitnehmen?«

»Meinst du, die Münze wurde dort platziert? Das ist aber weit hergeholt. Vielleicht ist der Anhänger ja doch von einem Schlüsselbund, und der Tscholitsch hat sich geirrt? Von einem Autoschlüssel zum Beispiel? Den hat sie eher dabei.«

Da die Toni nach ihrer Geldbörse greift, bestellt er rasch einen weiteren Espresso, gilt es doch, Zeit zu schinden. Wenn er neben dem männlichen Alptraum IKEA noch etwas nicht leiden kann, dann Flohmärkte. Ehrlich, was die Toni an dem angebotenen »Klumpert«, wie er sagt, findet, versteht er nicht. Vieles davon würde er eher der Caritas spenden, als es um einen lächerlichen Betrag irgendwelchen Schnäppchenheischenden zu verkaufen. Beim Umzug nach Bad Vöslau wurden allerhand Sachen aussortiert, die der Pokorny als Jäger und Sammler gern mitgenommen hätte, die allerbeste Ehefrau der Welt allerdings als entbehrlich ansah. Wobei ihm weniger die Trennung von nicht verwendeter Kleidung, CDs und so weiter schlaflose Nächte bereitet hat als die Ankündigung der Toni, am Wiener Naschmarkt selbst einen Stand zu nehmen. Mit Schaudern erinnert er sich an diesen heißen Sommertag, an dem er letztendlich mehr Sachen nach Hause als auf den Markt schleppte. Weil halt die Toni natürlich auch bei den anderen Standeln herumschaute und dabei selbst jede Menge unbedingt Notwendiges fand. Auch heute zerrt sie, mit vor Begeisterung leuchtenden Augen, ihr Bärli durch die engen Gänge, voll mit einer unglaublichen Menge an Leuten, die wie sie auf der Suche nach etwas unbedingt Notwendigem sind.

So wird es vierzehn Uhr, bis sie endlich im Parkhotel Schönbrunn eintreffen. Der Pokorny mit einer halb vollen Sporttasche, die Toni mit ihrem mittelgroßen Rollkoffer. Verwundert schaut er sie an. »Ziehst du um?«

»Ich, wieso?«

»Na wegen dem«, meint er mit einem Blick auf ihren Koffer. »Wir bleiben doch nur eine Nacht, oder?«

Sie streicht ihm liebevoll über die Wange. »Manchmal braucht Frau halt mehr ... du wirst schon sehen.«

»(En)joy ...«, flüstert er mit einem raschen Seitenblick auf die beiden Mitarbeiterinnen hinterm Empfangsschalter.

Sie küsst ihn zärtlich auf die Nasenspitze. »Lass dich einfach überraschen.«

Nachdem die Formalitäten geklärt sind und sie von der jungen dunkelhaarigen Rezeptionistin die Schlüsselkarte erhalten hat, fragt die Toni: »Sind unsere Freundinnen, die Frau Kocmanek und die Frau Fabeck, im Haus? Wir haben vereinbart, uns im Café zu treffen. Da sind sie aber nicht.«

Der Pokorny schaut ob der Schwindelei etwas überrascht drein. Freundinnen werden sie mit den beiden in dem Leben wahrscheinlich nicht. Aber wie heißt es so schön: Der Zweck heiligt die Mittel.

»Tut mir leid, über Hausgäste geben wir keine Auskunft«, antwortet die Dame.

»Hm, schade, wir wollten uns hier treffen«, seufzt die Toni mit herabhängenden Mundwinkeln durch.

Die theatralische Geste erzielt leider nicht den gewünschten Erfolg. »Wie gesagt, tut mir leid, aber da sind wir sehr streng. Die Privatsphäre unserer Gäste ist uns heilig.«

»Können Sie mir wenigstens sagen, ob es Sinn macht, hier in der Lobby auf die beiden zu warten? Bitte!« Die Toni atmet theatralisch aus. »Es ist so lange her, sie jetzt zu verpassen wäre echt schade.«

Die junge Frau lächelt. »Ich darf Ihnen leider nicht sagen, dass Sie dafür viel Geduld benötigen würden.«

Glücklich über den Etappensieg, fragt sie weiter: »Dann können Sie uns wahrscheinlich auch nicht sagen, wann die beiden frühstücken kommen?«

Wieder lächelt die Rezeptionistin. »Leider nicht, aber vor acht Uhr ist nie viel los.« Sie schielt auf das Ehepaar hinter den Pokornys. »Ich muss jetzt weitermachen, kann ich Ihnen sonst noch helfen?«

»Nein, vielen Dank … doch, eines noch. Könnten Sie uns bitte fürs Frühstück morgen einen Tisch in … hm, der Nähe reservieren? Danke.«

Nach einer kurzen Siesta beschließen die Pokornys, sich ein Eisstanitzel bei Della Lucia, dem Eisgeschäft gleich neben dem Hotel, zu kaufen und es auf einer Bank im Schönbrunner Schlosspark zu genießen. Der Pokorny nimmt wie immer vier Kugeln Haselnuss-Pistazie in einer Superwaffeltüte, die Toni gustiert und entscheidet sich für einmal Zitrone und grüner Apfel in einem Becher. Der Eingang zum Park ist gleich gegenüber vom Hotel, einmal rechts ums Eck geht ein breiter Weg in Richtung Tiergarten. Sie beschließen, sich mit dem Eis auf eine der Bänke beim Palmenhaus zu setzen und dabei Leute zu beobachten. Wegen dem Pokorny kommt die Toni ja nicht so leicht raus aus Bad Vöslau. Umso mehr genießt sie die Massen an Touristen, die in einer schier endlosen Schlange an ihnen vorbeiziehen. Am witzigsten sind für sie die Asiaten, die entweder einem aufgespannten Regenschirm oder einem hochgehaltenen Handystick mit farbigen Bändern folgen und alles fotografieren, was die Gegend hergibt.

»Wie die Lemminge«, witzelt der Pokorny. »Wenn die Führerin in den Löwenkäfig ginge, würden die glatt hinterherrennen. Die wirken alle irgendwie getrieben, richtig gestresst. Spaß schaut anders aus.«

Mitten hinein in die mehr oder weniger qualifizierten Bemerkungen vom Pokorny läutet sein Nokia mit ohrenbetäubender Lautstärke und dem Uralt-Klingelton »Tititi … tititi … tititi«. Eine gerade vorbeilaufende japanische Reisegruppe springt im kollektiven Gleichschritt verschreckt zur Seite.

»Hallo, Pokorny, na, habt ihr die Kocmanek schon gesehen?«, flüstert der Sprengnagl.

»Warum flüsterst du?«

»Na, warum wohl? Die O-Weh braucht von unserem Gespräch nichts mitzubekommen. Also?«

»Nein, die Vögel sind ausgeflogen, essen abends anscheinend auswärts. So wie es aussieht, können wir erst morgen beim Frühstück mit ihnen reden. Seid ihr bei der Kocmanek schon fertig?«

»Ja, war recht aufschlussreich. Wir haben die Badetasche gefunden, mit einem Schlüsselanhänger ohne …«

»Münze?«

»Nicht nur das. In einem kleinen Innenfach haben wir weißes Pulver gefunden.«

»Koks?«

Der Sprengnagl scheint zu überlegen. »Hm, könnte möglich sein. Ich glaub eher an Medikamentenrückstände. Wenn Tabletten ungeschützt in der Tasche hin und her rutschen, reiben sie sich ab, dann bleibt feines Pulver zurück. Das würde zu dem leeren Blister Morphiumtabletten passen.«

»Gleiche Firma?«

»Exakt die gleichen Medikamente, wie sie die Högerl geschluckt hat. Alles schon im Labor.«

Die Toni kuschelt sich zum Pokorny hin: »Habt ihr den Fingerabdruck auf der Münze schon identifiziert?«

»Noch nicht. Die Fingerprints in der Wohnung werden mit denen auf dem Schlüsselanhänger, dem Blister und der Schachtel in der Kabane verglichen.«

»Weiß die Wehli vom Aufenthaltsort der Kocmanek und Fabeck?«, fragt sie weiter.

»Am Eiskasten von der Kocmanek war ein Zettel mit dem Hinweis für die Putzfrau, wo sie im Notfall zu finden ist. Sie hat schon zwei Kollegen von der Inspektion verständigt. Die Streife müsste demnächst im Hotel eintreffen. Also aufpassen.«

Der Pokorny verzieht das Gesicht zu einer Grimasse. »Die gibt ordentlich Gas. Wir haben vorhin erst mit einer Rezeptionistin gesprochen. Wenn die den Beamten von unserem Interesse an den beiden erzählt, dann ...«

»Kommt uns die Wehli persönlich besuchen«, vollendet die Toni den Satz.

»Dann lasst euch besser nicht sehen. Ich muss jetzt, wenn sich was Neues ergibt, melde ich mich. Grüßt mir die Affen schön, servus«, witzelt er noch zum Schluss.

»Der hat gut lachen«, sagt der Pokorny. »Wenn die Mitarbeiterin von uns erzählt und die Beamten nach unserem Namen fragen ...«

»Dann müssen wir jetzt leider noch eine ausgedehnte Runde durch den Schlosspark machen. Schließlich wollen wir dem Auge des Gesetzes nicht direkt in die Arme laufen.«

Sehr zum Leidwesen ihres sportfaulen Ehemanns freut sich die Toni über den Spaziergang durch den knapp hundertsechzig Hektar großen Schlosspark, der heute als UNESCO-Welterbe gilt.

Nach einem schnellen Abendessen in der fünf Minuten vom Hotel entfernten »MARIO Pasta-Grill-Bar« nähern sie sich vorsichtig dem Hotel. Kein Streifenwagen zu sehen. An der Rezeption stehen diesmal zwei männliche Mitarbeiter, die freundlich grüßen und beim Anblick der Pokornys weder hektisch zu tuscheln beginnen noch verstohlen zum Telefonhörer greifen.

Die Toni hat sich nicht lumpen lassen und eine Juniorsuite reserviert. Das gut fünfzig Quadratmeter große, helle Zimmer geht hinaus in den Hotelgarten und wirkt im Gegensatz zum altehrwürdigen Erscheinungsbild des Hotels sehr modern. Lediglich die dunkle Holztäfelung am Betthaupt sowie der riesige Leuchter über dem Bett erinnern an längst vergangene Zeiten.

Müde lässt sich der Pokorny auf das Kingsize-Bett fallen. »Mir reicht's heute echt. War ein anstrengender Tag …«

Er wird von der Toni unterbrochen. »Na geh«, sie drückt mehrmals auf die Taste des Zimmertelefons, »funktioniert nicht.« Sie sieht seinen fragenden Blick. »Ich wollte uns einen Schlummertrunk bestellen. Hm, weißt du was, ich schau kurz runter. Gehst du duschen, dann kann ich …«

»Muss das sein? Geh du zuerst duschen. Ich kann jetzt nicht aufstehen, tut mir leid.«

»Hm.« Die Toni zögert, dann gibt sie sich einen Ruck und geht ins Bad, weil sie erkennt, dass sie so ihren Plan viel besser umsetzen kann. (En)joy-toy bietet derzeit keine wirklich interessanten Spielsachen an, deshalb möchte sie ihr Liebesleben als sexy Dienstmädchen ankurbeln. Zwar weiß sie nicht, ob ihr Bärli auf Verkleidungen steht, bei dem Outfit glaubt sie aber, nicht viel falsch machen zu können.

Während er nach ihr duscht, bestellt sie – natürlich funktioniert das Zimmertelefon – eine Flasche Sekt und beginnt, das erotische Equipment auszupacken. Sie weiß, ihr Bärli wird wie immer ewig duschen, so gehen sich die Lieferung sowie die Verwandlung locker aus.

Als der Pokorny aus dem Badezimmer kommt, findet er keine Spur von ihr. »Hm, ist sie doch runtergegangen. Pfau, bin ich erledigt.« Er kuschelt sich unter die Bettdecke, und während er langsam mit dem Sandmann ins Gespräch kommt, hört er es laut an der Tür klopfen.

»Zimmerservice!«, ruft eine weibliche Stimme.

»Na geh«, seufzt er und steht auf, schließlich will er der Toni nicht den Abend verderben. Was dann passiert, hätte er sich im Leben nicht träumen lassen. Gänzlich unnötig war die Sorge der Toni, dem Pokorny könnte der Zimmermädchenlook nicht gefallen. Seine Angebetete steht lasziv grinsend in einem Dienstmädchenkostüm, einem schwarzen Bodystocking mit Schürze, Kopfhaube mit weißem Haarreifen, zwei weißen Strumpfbändern sowie dreizehn Zentimeter hohen High Heels vor ihm. Ihr ohnehin schon genial erotischer Körper wird durch die enge Passform noch mehr zur Geltung gebracht. Lediglich die Schnürung auf der Rückseite sitzt verständlicherweise nicht so fest wie eigentlich vorgesehen.

Sie drängt ihn mit einem Staubwedel in der einen und der überschäumenden Sektflasche in der anderen Hand zum Bett. Da diese Art von Dienstuniform an den richtigen Stellen sowieso genug Platz lässt, braucht sie der Pokorny wenigstens nicht sofort aus dem Polyestermaterial zu befreien. Erst nachdem der Zimmerservice eine weitere Flasche Sekt vor der Tür deponiert hat und deren Inhalt ebenfalls vernichtet wurde, hilft er der Toni aus dem Plastikzeug heraus.

Nie und nimmer würden sie der Kocmanek einen Vorwurf für ihren Wien-Urlaub machen.

Gut, dass die Toni mit den Sektflaschen gleich einen Weckservice mitbestellt hat, sonst hätten die beiden nach ihrer Orgie das Frühstück sicherlich verschlafen. Die Dienstmädchenuniform ist nicht mehr zu gebrauchen, weil der Pokorny seine Gespielin mit der Nagelschere vorsichtig befreien musste. Sie war dermaßen verschwitzt, dass es ihr unmöglich war, sich selbst aus dem engen Kostüm zu schälen. Von Aufräumen im Zimmer war mitten in der Nacht keine Rede mehr gewesen. Als sie durch hartnäckiges Läuten des Zimmertelefons geweckt werden, haben beide einen ordentlichen Brummschädel.

»Pff, mir platzt der Kopf«, krächzt der Pokorny. »Wir sollten öfter in Wien übernachten. Wenn du überall so ein Service bietest, kommt sogar der verstaubte Ehemuffel mit dir mit.«

Die Toni staunt nicht schlecht. »Das aus deinem Munde … da muss ich gestern ja echt gut geputzt haben.« Sie grinst ihn liebevoll an. »Wir sollten möglichst schnell von hier verschwinden. Nicht, dass wir der Polizei doch noch über den Weg laufen.«

Schlussendlich treffen sie um acht Uhr zwanzig im Frühstückssaal ein und sehen schon von Weitem die Kocmanek am Büfett stehen. Mit einem griesgrämigen Blick schiebt sie mit einer Gabel die obersten Blätter vom frisch aufgeschnittenen Käse zur Seite. Ebenso geht sie mit dem Schinken um, und auch beim Gebäck wird mittels der Zange getestet, ob es auch wirklich frisch ist.

»Schau dir die an«, flüstert die Toni. »Viel fehlt nicht, und sie würde die Semmeln in die Hand nehmen und zusammenquetschen. So wie die schaut, kann die in ihrem Leben nicht viel Spaß haben.«

Der Pokorny nickt. »Ein super Büfett, mit allem, was Gott zu bieten hat. Mir rinnt schon das Wasser im Mund zusammen.«

»Na dann, leg los. Dann können wir uns wenigstens hinter deine angehäuften Teller und Brotkörbchen an den beiden zu unserem Tisch vorbeischwindeln.«

Und tatsächlich lässt er sich im Dienst der guten Sache nicht lumpen und lädt ordentlich Brot und Gebäck ins Körbchen. Dazu auf einen Teller Honig, Marmelade, ein weich gekochtes Ei und zwecks der Figur statt Butter halt Margarine. Kaffee gibt es, wie sie gesehen haben, direkt am Tisch zu bestellen.

Mit hektischen Bewegungen balanciert der Pokorny den Gebäckhaufen zwischen kopfschüttelnden Gästen durch. Sein Blick huscht zwischen der in seiner Richtung sitzenden Kocmanek, den anderen Tischen und seinem Frühstücksberg hin und her. Eigentlich wäre trotz seiner peinlichen Vorstellung alles gut gegangen, wäre er nicht knapp vor dem Tisch der beiden Damen über einen rosafarbenen Croc gestolpert. Während er im rechten Augenwinkel die Spitze eines Hutes hurtig hinter dem Kronenblatt verschwinden sieht, kommt er aus dem Gleichgewicht, und das weich gekochte Ei kippt nach rechts weg. In einem ungeschickten Versuch gegenzusteuern, verliert der Stapel dann endgültig die Balance und fällt mit lautem Getöse auf den Fliesenboden. Von einer geheimen Beobachtung vom eigenen Tisch aus kann keine Rede mehr sein.

Die Toni rollt betreten mit den Augen und würde sich am liebsten in Luft auflösen. Doch zu spät, die Kocmanek kneift genervt die Augen zusammen. »Was machen Sie denn hier? Spionieren Sie uns leicht nach?«

Ohne sie eines Blickes zu würdigen, zischt der Pokorny zum Nebentisch: »Frau Katzinger, ich weiß, dass Sie da sind, Sie brauchen sich nicht zu verstecken. Ihr Sombrero und die Crocs sind nicht zu übersehen. Mir einfach das Haxl zu stellen ist gelinde gesagt eine Frechheit.«

Die Situation ist auch wirklich peinlich. Es ist mucksmäuschenstill im Frühstücksraum, kein hektisches Geplauder mehr, kein Klirren von Tassen und Besteck.

»Pah, von Haxlstellen kann keine Rede sein. Ich hab die müden Knochen halt bewegt, was glaubst, wie's mir geht in dem Alter. Da rostet man schneller, als einem lieb …«

»Geschenkt, was machen Sie da? Uns nachspionieren?«, fragt der Pokorny, während er mit Unterstützung einer Servicemitarbeiterin ohrenwackelnd das Desaster beseitigt.

Die Kocmanek wirkt nach dem peinlichen Vorfall besser gelaunt. »Also, eigentlich waren das ja meine Fragen. Vielleicht wollen Sie die erst einmal beantworten? Dann kann die Frau Katzinger ihre Version erzählen?«

»Äh«, meint die alte Frau. »Die Idee ist nicht schlecht, also?«

»Frau Katzinger …«, stöhnt der Pokorny. »Ich …«

»Willi, lass gut sein. Das mit dem Seepferdchen klären wir später«, meint die Toni mit einem finsteren Blick zu der Fallenstellerin. Sie zieht einen Sessel unter dem Tisch der beiden Damen vor und setzt sich zwischen die beiden. »Also, wie kommen Sie auf die Idee, dass wir Ihnen nachspionieren? Wir haben ein Wien-Wochenende geschenkt bekommen. Was für ein Zufall, Sie hier zu treffen.«

Die Fabeck unterbricht sie. »Die Geschichte können Sie Ihrer Urstrumpftante erzählen. Zufälle gibt's keine. Nicht nach der Geschichte im Bad.«

Die Kocmanek ergänzt: »Dort haben Sie sich nicht für mich interessiert, jetzt tauchen Sie plötzlich hier auf und stören. Würden Sie uns bitte in Ruhe frühstücken lassen?«

Während der Pokorny unter den skeptischen Blicken der Gäste am Büfett den zweiten Versuch startet, schüttelt die Toni den Kopf. »Wo waren Sie am Dienstag gegen zweiundzwanzig Uhr?«

»Was geht Sie das an?«, blafft die Kocmanek.

»Sag ich Ihnen gleich. Sie waren sicher auswärts essen? Wo? Wahrscheinlich irgendwo im Ersten, oder? Do&Co, Plachutta, irgend so was, nicht wahr?«

»Warum wollen Sie das wissen?«, fragt die Fabeck.

Die Katzinger schaltet sich in bedächtigem Tonfall ein: »Hm, also, was ich weiß, haben die Herrschaften beim Plachutta in der Wollzeile ein Platzerl inseriert.«

»Woher wissen Sie das?«, erkundigt sich die Kocmanek genervt.

Die alte Frau antwortet trocken: »Ich hab so meine Quellen.«

»Die Högerl wurde am Donnerstag tot aufgefunden«, wechselt die Toni das Thema. Freilich würde auch sie interessieren, wer die Quelle der Katzinger ist. Vielleicht hat das Personal bezüglich Datenschutz doch geschwächelt?

»Tot? Wieso tot?«, fragt die Kocmanek.

»Die Polizei glaubt, dass Sie die Högerl mit einem Medikamentencocktail getötet und in der Box am Minigolfplatz versteckt haben. Durch Ihr Verhältnis mit dem Sommersacher hätten Sie auch Zugriff auf seinen Spind und damit auf allerlei starke Schmerzmittel«, blufft die Toni und sieht, wie die Kabanenmieterin in spe erbleicht.

»Waaaas? Ich verstehe nicht.«

Die Toni neigt den Kopf zur Seite. »Sie spielen das wirklich gut. Die Högerl wurde am Dienstagabend das letzte Mal lebend gesehen, am Donnerstag hat man sie dann in der 18er-Bahn tot aufgefunden. Sie hatten unmittelbar vor dem Verschwinden Streit mit ihr, klar gelten Sie jetzt als dringend tatverdächtig und werden von der Polizei gesucht«, provoziert sie die mit großen Augen dasitzende Kocmanek.

»Ich … äh, so ein Blödsinn. Meine Freundin und ich sind am Dienstag nach dem Streit gleich nach Wien gefahren. Irgendwer hatte mir Juckpulver auf meine Liege gestreut. Ich habe es bis oben satt mit den Idioten«, meint sie und nickt nachdenklich. »Jemand will mir da was anhängen. Warum sollte ich die Högerl … Wie ist es denn überhaupt passiert?«

»Das dürfen wir Ihnen aus ermittlungstaktischen Gründen nicht sagen«, mischt sich die Katzinger ins Gespräch. Weil so einfach kaltgestellt werden, geht mit ihr gar nicht. »Sie werden noch früh genug …«

»Frau Katzinger!«, unterbricht sie die Toni. »Nach Ihrem

Auftritt von vorhin halten Sie sich besser ein wenig zurück, in Ordnung?«

»Pah«, grummelt sie, verschränkt die Hände und reibt trotzig die Seepferdchen aneinander.

»Jetzt verstehe ich auch, wieso gestern die Polizei nach uns gefragt hat«, flüstert die Kocmanek der Fabeck zu. »Wir sollten verschwinden, ich hab echt keine Lust, mit denen zu sprechen.«

Die Toni faltet beschwichtigend ihre Hände zusammen. »Genau deshalb sollen Sie ja mit uns reden. Die Wehli wird Sie vermutlich präventiv in Untersuchungshaft nehmen. Einmal sind Sie ja schon geflohen. Wir könnten mit unseren Ermittlungen Ihre Unschuld beweisen.«

Die beiden Freundinnen tauschen einen raschen Blick aus. »Wieso geflohen? Die Reise war geplant …«

»Hm, das könnte der Mord auch gewesen sein!«

»Sie wollen mir nicht helfen«, stellt die Kocmanek mit zusammengezogenen Augenbrauen fest, »nie und nimmer. Sie wollen mich doch nur ausquetschen und danach alles brühwarm der Polizei erzählen.«

Die Toni übergeht den Vorwurf. »Wenn Sie es nicht waren – wer könnte einen Grund haben, Ihnen den Tod der Högerl anzuhängen?«

»Was weiß ich, da kommen viele in Frage.«

»Weil Sie sich so beliebt gemacht haben?«

Die Fabeck beugt sich nach vorn. »Lassen Sie meine Freundin in Ruhe. Ich hab ihr gleich gesagt, sie soll sich ein Appartement nehmen. Aber nein, es muss ja eine Waldkabane sein. Jetzt ist sie als Erste auf der Warteliste natürlich gleich die Mörderin. So ein Unfug.«

»Schauen Sie, die Chefinspektorin wird Ihnen die gleichen Fragen stellen. Halt ein bisschen unfreundlicher, achtundvierzig Stunden hat sie Zeit dafür, bei gratis Kost und Logis in der Justizanstalt Wiener Neustadt. Dann können wir Ihnen nicht mehr helfen. Also, wer käme in Frage?« Es stimmt ja, wenn die Wehli erst einmal Blut geleckt hat, können die Pokornys gar nichts mehr ohne Beobachter tun. Egal, ob die Kocmanek schuld ist oder nicht.

Nach längerem Zögern meint diese: »So unangenehm mir das jetzt ist, da gibt's schon ein paar, mit denen ich echte Probleme hab, aber einen Mord ... trau ich keinem von denen zu.«

»Dann bleiben nur Sie über?«

»Unfug! Das alte Elend umzubringen ist doch sinnlos, die wäre eh bald verreckt.«

»Guten Tag, die Damen!« Der Pokorny ist vom Büfett zurück. Er dreht seinen Sessel so, dass er die Katzinger im Rücken hat, und setzt sich mit einem dezent befüllten Brotkorb und ohne weiches Ei auf den vierten Stuhl am Tisch. »Wie weit bist du?«

»Ich hab den Damen gerade vom Tod der Högerl erzählt. Und da die Frau Kocmanek angibt, unschuldig zu sein, wollte sie mir gerade sagen, wer statt ihr dafür in Frage käme.«

Bevor die Kocmanek fortfährt, wirft sie der Toni noch einen abschätzigen Blick zu. »Ich habe Ihnen doch gerade gesagt, dass ich trotz diverser Unstimmigkeiten niemandem einen Mord zutraue.«

»Gut, dann andersherum. Mit wem haben Sie denn Probleme im Bad? Vielleicht schätzen Sie das Gefahrenpotenzial bei Ihren Streitpartnern auch falsch ein.«

Die Kocmanek verzieht das Gesicht. »Wenn Sie uns dann endlich in Ruhe lassen! Die aus den Waldkabanen sind alle gegen mich. Der Guschlbauer hat mich blöd angebraten, allerdings nur ein Mal, aber seitdem herrscht Eiszeit. Den Voitl habe ich beim Durchstöbern meiner Sachen erwischt. Angeblich ist das ein Süchtler, der Gäste im Bad bestiehlt. Ich hab das schon dem Direktor gemeldet. Das war's, und jetzt gehen Sie bitte. Demnächst kann ich ja endlich meine Kabane beziehen.« Sie tupft sich schmunzelnd die Lippen mit ihrer Stoffserviette ab. »Also, nachdem sie renoviert wurde. Weil für den Sauhaufen zahl ich sicher keine Miete.«

»Ihnen ist schon klar, dass das ein Mordmotiv ist? Die Högerl ist endlich weg, und Sie haben freie Bahn. Das wird die Wehli besonders interessieren«, blufft die Toni ohne Ass im Ärmel. »Übrigens hat die Polizei gestern Ihre Wohnung in Baden durchsucht.«

Endlich zeigt die Kocmanek einen Treffer und wird weiß im Gesicht. »Was macht die in meiner Wohnung? Eine Frechheit ist das! Die wird von meinem Anwalt hören.«

Der Pokorny beißt genüsslich in sein Dinkelweckerl, dick beschmiert mit Honig. »Den werden Sie sowieso bald brauchen, am Auffindungsort wurde eine Weißgoldmünze gefunden. So eine, wie Sie auf Ihrer Schickimickibadetasche haben, dort fehlt sie allerdings. Blöde Sache.« Er freut sich, dass der Kocmanek schlussendlich doch noch ihr überhebliches Grinsen vergeht. »Außerdem wurde in der Seitentasche …«

Gleichzeitig passieren zwei Dinge. Die Toni stupst ihn mit dem Fuß an und unterbricht damit seinen Redefluss. Zeitgleich trifft auf ihrem iPhone eine WhatsApp des Gruppeninspektors ein. Mit aufgerissenen Augen liest sie:

– *Die Wehli hat gerade im Hotel angerufen und vom Morgenauftritt vom Pokorny erfahren. Haut ab, Kollegen sind in 15 Min bei euch*

– *ok*

– *Die Högerl wäre an einer Medikamentenüberdosis gestorben, noch offen, welche*

– *Wäre?*

– *Ja, wäre. Sie ist in die Kiste eingesperrt worden und erstickt, war aber aufgrund der Überdosis wahrscheinlich schon bewusstlos. Melde mich, wenn es was Neues gibt*

– *ok*

Sie steckt ihr Handy ein und schaut in vier fragende Gesichter. »Meine Damen, wir müssen … äh«, stammelt sie und erntet fragende Blicke. »Also, wir müssen dringend nach Hause. Komm, Willi.«

»Warum, ich bin ja noch gar nicht mit dem Früh–«

»Das ist egal, ich erklär es dir am Weg, los!«, fordert sie ihn mit wedelnden Händen auf und übergeht sein mürrisches Gemurmel.

»Na dann, ein Wiedersehen wird ja vermutlich unvermeidbar sein«, sagt die Kocmanek mit einem Blick auf die Uhr. »Wir müssen noch packen, sonst tauchen die zwei Polizisten von gestern wieder auf.«

Wie von einer Tarantel gestochen, springt die Katzinger auf. »Nehmts mich mit. Mein Taxi ist weg, und ich … also wir sind doch ein unschlagbares Ermittlerteam und halten zusammen. Nicht wahr?«

Kopfschüttelnd nickt die Toni und deutet ihr, ihnen zu folgen. Den langen Weg zum Auto legen die drei größtenteils schweigend zurück, jeder verarbeitet für sich die neuen Informationen rund um den Tod der Högerl. Die tatsächliche Todesursache steht eindeutig fest: Ersticken. Aber woher stammt die Überdosis? Gegen einen Selbstmord spricht der Auffindungsort. Warum sollte ihr jemand Medikamente verabreichen und sie dann zusätzlich noch verstecken? Sie wäre unauffällig in ihrer Kabane verstorben. Viel Aufwand, bloß wofür?

Das gemeinsame Schweigen endet, als sich die Katzinger in immer kürzeren Abständen über den weiten Weg zum Auto beschwert. »Eine Hatscherei ist das, mit meinen Grongs ist das echt mühsam. Einer alten Frau so was anzutun.«

»Bei aller Liebe«, brummt der Pokorny. »Es hat Sie doch niemand gebeten, hier aufzutauchen? Hätten wir gewusst, dass Sie kommen, hätten wir natürlich direkt vor dem Hotel geparkt.«

»Ja, ja, schon gut. Sag's einer Pensionärin nur rein. Ich halt das schon aus.«

»Dann ist's ja gut«, beendet er die Konversation.

Die Katzinger hat natürlich recht, und der Pokorny reagiert auch nur deshalb so heftig, weil er an der Misere schuld ist. Er hat am Vortag darauf bestanden, den Mini nicht in der, wie er findet, sauteuren Hotelgarage, sondern außerhalb auf einem der spärlichen kurzparkzonenfreien Plätze abzustellen. Mehr als eine halbe Stunde lange musste die Toni einen Platz für ihr Auto suchen, aber da der Pokorny bezüglich des überraschenden Hotelaufenthaltes so entspannt war, hat sie nachgegeben und lediglich mehrmals die Stirn gerunzelt. Wie sein Vater ist er eben ein bisschen ein Sparmeister, wobei er sich eher auf eine sinnlose Geldverschwendung ausredet. Nun erwies sich seine Sparefroh-Mentalität einerseits als Vorteil, andererseits als Nachteil. Der Vorteil war, dass die beiden gerade noch rechtzeitig durch das Café flüchten konnten, aus der Parkgarage wären sie nicht mehr hinausgekommen. Mit Hinweis auf eine flüchtige potenzielle Straftäterin hatten die Wiener Polizisten den Streifenwagen vor der Garagenausfahrt abgestellt. Der Nachteil war monetärer Art. Die beiden hatten den Umstand, dass mittlerweile der ganze 13. Bezirk Kurzparkzone ist, als Ex-Wiener nicht mitbekommen und das Fahrzeug mehr als zwanzig Stunden ohne Kurzparkschein abgestellt. Die maximale Parkdauer ist mit neunzig Minuten beschränkt, der fleißige Kontrolleur hat sich für gestern und heute mit je einem Organmandat à sechsunddreißig Euro verewigt.

»Na, geh.« Die Toni zieht die in einer dünnen Hülle steckenden Grüße der zuständigen Magistratsabteilung unter dem Scheibenwischer hervor und grinst den Pokorny verzagt an.

»Marantana, warum habts euch denn nicht in der Hotelgarage gestellt. Teurer wär's dort auch nicht gewesen«, bringt sich die Katzinger ein.

»Eh, und als Draufgabe gleich eine Eskorte nach Bad Vöslau gewonnen«, widerspricht er verärgert. Weil von Geldersparnis kann jetzt natürlich keine Rede mehr sein. Und dass sich die alte Frau wichtigmacht, schmeckt ihm auch nicht.

»Grrr«, macht die Toni, wirft die Strafzettel neben die Katzinger auf die Rückbank und schiebt retour aus der Parklücke.

»Schau, andererseits haben wir echt Schwein gehabt«, bemerkt der Pokorny. »Die Wehli muss einen ordentlichen Grant haben, sonst hätten sich ihre Kollegen nicht direkt vor die Ausfahrt gestellt.«

»Dann nichts wie weg, sonst kreist gleich eine Streife und

sucht uns. Ich fahre zum oberen Eingang vom Tiergarten. Wo arbeitet die Zobel eigentlich?«

Grantelnd mischt sich die Katzinger ein: »Wenn wir uns dort oben hinstellen, kann ich ja gleich den Jakobusweg gehen. Das ist ja schon wieder so eine Hatscherei bis zum Becken. Mit meinen Hühneraugen schaff ich das nicht.« Sie seufzt laut. »Die Kugelstoßerin kümmert sich nämlich um diese stinkenden Seekühe im Zoo. Die leben wenigstens wirklich noch, und richtig angemalt sind s' auch. Bei der Milchbar ratscht die Tierwärterin ständig über den Fettwanst, der zum Abschluss der Fütterung immer ins Becken springt. Ihr erklärter Liebling.«

»Von welchen Seekühen reden Sie?«, fragt der Pokorny und geht in den Gedanken die unterschiedlichen Tierbecken durch. Er kann sich keinen Reim machen, wer wo runterspringen könnte.

»Du kennst dich wieder einmal gar nicht aus. Die Viecher wohnen doch gleich neben meinen Lieblingen, den Pinguinen.«

»Meinen Sie leicht die Mähnenrobben?«, fragt die Toni ungläubig.

»Bingo! Warum schaust jetzt so komisch?«

»Na, weil Sie die Linda anscheinend nicht loslässt. Das sind Robben und keine Seekühe. Jetzt weiß ich auch, wer der Fettwanst ist. El Commandante, aber der lebt doch nicht mehr.«

Die Katzinger schiebt beleidigt die Unterlippe nach vorn. »Ist das so wichtig, ob Kuh oder nicht? Eine Mähne haben die Viecher ja schließlich auch keine. Wurscht, wichtig ist doch nur, wo die Zobel arbeitet. Und das wisst ihr jetzt dank mir.«

»Bravo!« Der Pokorny stimmt ihr zu. »Dafür gibt's ein goldenes Sternchen ins Mitteilungsheft. Leider müssen Sie den Jakobsweg trotzdem antreten. Es gibt sonst keine Parkplätze, von denen aus wir unerkannt in den Zoo kommen. Aber als unschlagbares Ermittlerteam halten wir zusammen und schaffen das Unmögliche gemeinsam.«

»Bla, bla, zieht nur über mich her, mir egal. Allerhand, gell.

Da residenzieren die beiden Mörderinnen im Parkhotel und essen auswärts.«

Die Toni beobachtet die alte Frau im Rückspiegel. »Woher wissen Sie das? Nein, fangen wir von vorne an. Wieso sind Sie eigentlich da, und wie sind Sie hergekommen?«

»Na, glaubt ihr ehrlich, ich lass mich von euch aufs Abstellgleis schieben?« Die kleine Frau klopft verärgert mit ihrem Stock auf die Kopfstütze vom Pokorny, der sich rasch duckt. »Erstens geht ohne meiner einer bei den Ermittlungen sowieso nix weiter. Zweitens habts ihr mich gestern beim Heurigen Schachl vermodern lassen. Jawohl, vermodern! Eine Frechheit! Zuerst hast du noch auf verständnisvoll getan und gesagt, wir feiern gemeinsam am Samstag. Bla, bla. Und dann sitz ich allein wie ein Schwein bei einem Achterl. Na, danke schön. Wie ich dem Rosal mein Leid geklagt hab, hat sie mir vom Kurzurlaub der Fabeck erzählt. Hab ich eins und eins zusammengezählt.« Noch einmal klopft sie mit dem Stock auf die Kopfstütze.

Der Pokorny räuspert sich. »Hören Sie bitte damit auf! Tut uns leid, wir feiern das nach.«

»Wann?«

»Morgen«, schlägt die Toni vor.

»Nein, da hat der Heurige zu. Wir machen das heute Abend, dann sag ich Schwamm drüber, weil …«

»Na gut, und wie sind Sie nach Wien gekommen?« Der Pokorny unterbricht das Lamento, um aufs eigentliche Thema zurückzukommen.

Kurz ist es still, schließlich mag es die Katzinger nicht, abgewürgt zu werden. »Der Heini hat mich gefahren.«

»Der Heini!«, ruft die Toni erschrocken. »Der fährt noch mit dem Auto?«

»Na weißt eh, wie das ist. Ein B'soffener kann auch nicht mehr gehen, aber Auto fahren geht allerweil noch. Zeitig in der Früh hat er mich vorbeigeschoben, da ist wenig los. Sprich, kaum Fremdkontakte möglich. Also, ich hoffe halt, er ist gut nach Hause gekommen. Er wollte eh bleiben, aber bei unserem derzeitigen Klima, keine gute Idee.« Die Katzinger schneidet eine Grimasse.

Die Toni nickt und biegt von der Maxing-Straße links in den Seckendorff-Gudent-Weg ein, fährt bis zum Ende der Sackgasse und zwängt sich in die erste freie Parklücke hinein. »Aufpassen beim Aussteigen.«

»Ja, ja, bin ja nicht blind. Was wollt ihr denn eigentlich mit der Zobel beplaudern?«

»Hm«, murmelt der Pokorny.

»›Hm‹ ist nicht sehr üppig. Ich täte euch im Gegenzug erzählen, woher ich das mit der Abendgestaltung der Damen weiß. Gilt's?« Allen Ernstes hält sie den Pokornys die Hand hin.

Die Toni atmet tief ein, ergibt sich ihrem Schicksal und schlägt ein. »Wir wollen mit ihr über die Högerl reden. Wir haben vom Sprengi ein paar Neuigkeiten erfahren. Gehen wir, am Jakobusweg können wir darüber reden.«

»Fein, dann los. Eigentlich geht's mir eh prächtig. Dein Göttergatte schaut ein Wengerl angeschlagen aus. Habts leicht eine intensive Nacht gehabt?« Grinsend linst sie über ihre Fliege-Puck-Sonnenbrille drüber.

Der Pokorny läuft rot an. »Wie meinen S' das jetzt?«

»Na, sei mir nicht böse. Bei dem Gepäck vom Tonerl kann da nicht nur ein Unterhoserl für eine Nacht drinnen sein. Bei der ständigen Lieferung von Paketen in euer trautes Heim … Aber sei's drum. Schreitet hurtig voran, ich folge euch wie Sankta Panza seinem Don Quijote. Schön, dass wir einmal direkt als Team ermitteln.« Sie zwinkert den beiden noch verschwörerisch zu und watschelt auf das Eingangstor des Schönbrunner Schlossparks zu.

Nach einer Schrecksekunde über die Aussage der alten Frau haben sich die Pokornys gefasst und erzählen ihr von den Ereignissen seit ihrem letzten Gespräch am Freitag.

»Na, bumm, da haben wir ja Glück gehabt. Die zwei hätten uns leicht meucheln können.«

»Ja, ja, schon gut«, unterbricht der Pokorny. »Jetzt sind Sie dran. Wo waren die Kocmanek und die Fabeck am Dienstagabend essen?«

»Na, die zwei Herrschaften schnabulierten jeden Abend in einem anderen Spitzenrestaurant, ohne Hauberl geht da nix. Co. und Do., so halt. Am ersten Abend wollten sie gleich in den ersten Bezirk zum Plachutta in der Wollzeile. Der junge Mann am Empfangstresen im Hotel war echt gesprächig. Kinderspiel, er meinte, ich schau seiner Oma ähnlich. Da habe ich ihm geschmeichelt und gemeint, er schaut wie mein Enkerl aus. Dabei haben wir gar keine Kinder …« Sie bleibt stehen, hebt die Schultern, atmet tief ein und lässt sie mit einem Schnaufer fallen. »Leider war's dem Ferdl und mir nicht vergönnt. Dabei hätten wir so gerne welche gehabt.«

Der Pokorny schaut die Toni von der Seite an und denkt an ihren verzweifelten Kinderwunsch. Die allerbeste Ehefrau der Welt nickt der Katzinger zu und legt ihr mitfühlend die Hand auf die Schulter. »Tut mir sehr leid. Ich lenk Sie jetzt absichtlich ab. Wieso erinnert sich der Rezeptionist so genau daran?«

Die alte Frau streicht der Toni kurz über den Rücken. »Hoffentlich klappt's bei euch bald, gell. Deine Uhr tickt ja auch schon. Ich hab bei der letzten Maniküre bei der Fußpflegerin meines Vertrauens gelesen, dass die Samen unsportlicher Männer am Weg zum Ei schwächeln und quasi verrecken.« Sie presst die Augen zu schmalen Schlitzen zusammen, wirft dem Pokorny einen finsteren Blick zu und flüstert zur Toni: »Du musst deinem Faulsack Füße machen, sonst wird das nix mit einem kleinen Willi.«

»Ich bemühe mich eh«, flüstert sie grinsend zurück, um dann laut fortzufahren: »Warum hat sich der junge Mann beim Empfang an die beiden erinnert?«

»Na, wie schon gesagt, hätte der beim Plachi in der Wollzeile einen Tisch reservieren sollen. Leider war die Nobelhütte ausgebucht. Eine Angestellte hat ihm erzählt, die beiden Damen sollten einfach vorbeikommen. Es gebe immer wieder Personen, die trotz Reservierung nicht kommen. Daraufhin hat die Kocmanek ein riesiges Tamtam veranstaltet. Sie seien doch keine gewöhnlichen Touristen, die auf Verdacht wo hineinschneien. Die Fabeck hat aber darauf bestanden und gesagt, sie werde dort einen mordsdrummen Krawall machen. Ob sie ein Platzerl gekriegt haben, weiß ich nicht. Komisch nur, die sind angeblich erst in der Früh ins Hotel zurückgekommen.« Die Katzinger zuckt mit den Schultern. »Falls Ihr mich jetzt fragen wollts, mein Enkerl, also der junge Mann, wusste auch nicht mehr.«

Der Pokorny legt seinen Arm um die Hüfte der Toni. »Die Kocmanek hat dem Hinweis aufs Haubenlokal nicht widersprochen. Kann der Sprengi leicht überprüfen lassen.«

Vorbei an den Bienenvölkern und den Wölfen wandern die drei durch einen dichten Wald hinunter zu einer Plattform über dem Elefantengehege. Von dort ist es nur mehr ein kurzes Stück hinunter zu einer Imbissstation namens Jumbo Grillgarten, die zentral zwischen den Pinguinen, den Robben, dem Affenhaus und dem Elefantengehege liegt.

Um ihren Ehemann und die ächzende alte Frau von dem angepriesenen Jumbo-Burger abzulenken, drängt die Toni die beiden zum Pool der Mähnenrobben und sieht, dass beim oberen Rand des Geheges die Zobel auf einem überhängenden Felsen steht, den sie mit einem steifborstigen Besen schrubbt. Die Pokornys erinnern sich an das 2021 verstorbene Alphatier El Commandante, das sich zum Gaudium des Publikums tatsächlich nach jeder Fütterung mit seinem Körpergewicht von vierhundertvierzig Kilo aus einer Höhe gut und gern drei Meter in das Becken gestürzt hat. Was dazu führte, dass alle Besucher, die sich nicht hinter der Plexiglaswand versteckt hatten, bis auf die Unterhose nass gespritzt wurden.

Nach kurzem Widerstand stimmt die Tierpflegerin einem Treffen um elf Uhr dreißig beim Jumbo-Grillgarten zu. Was dem Pokorny sehr entgegenkommt und schon jetzt seinen Speichelfluss im Übermaß anregt.

Bis dahin gilt es aber noch knapp zwei Stunden zu überbrücken. Die Katzinger weigert sich beharrlich, den restlichen

Jakobsweg innerhalb des Zoos zurückzulegen, und lässt sich stöhnend auf einen der einladend aussehenden Sessel im Grillgarten fallen. Sehnsüchtig starrt der Pokorny auf den freien Sessel daneben. Die Toni allein durch den Tiergarten flanieren zu lassen ist allerdings keine Option. Zu gut weiß er, wie sich seine Ehefrau darauf gefreut hat, außerdem kann er so gegen sein Image als Bewegungsmuffel anarbeiten und nach der Tortur beim Essen ordentlich zuschlagen. So gesehen ist der Fußmarsch allemal keine schlechte Idee.

In Vorfreude auf den Burger lässt er zu, dass sich die Toni bei ihm einhängt, und macht sich auf den langen Weg durch den Zoo. Weil wenn die allerbeste Ehefrau der Welt schon einmal in ein Tagesticket für den Zoo investiert, dann muss selbstredend jedes einzelne Tier besucht, fotografiert und alles Wichtige von den Informationstafeln abgelesen werden. Die Lieblinge vom Pokorny sind neben den Elefanten vor allem die Koalas, die Pandas und die Nilpferde. Diese Tierarten bewegen sich auch so wenig wie möglich, sind hauptsächlich aufs Essen aus und verbringen den Tag gern mit Schlafen.

Als die beiden wieder beim Jumbo-Grillgarten ankommen, lässt er sich völlig erschöpft neben der Katzinger auf einen Sessel unter einem schattigen Baum fallen.

»Marandjosef, was hast denn mit deinem Gatten gemacht?«, fragt die Katzinger die Toni und wirkt ehrlich schockiert.

Die Angesprochene seufzt und greift sich an die Stirn. »Schon nach dem Regenwaldhaus, also gerade einmal zweihundert Meter entfernt, hat sein Bauch das erste Mal geknurrt. Ob der Willi das steuern kann, muss ich zukünftig beobachten.«

»Dabei hat er beim Frühstück doch zugeschlagen, als gäbe es kein Morgen. Tsssss.«

»Tja, hamma's dann, die Damen? Ich mag einfach in Ruhe was essen, die Leute anschauen und dann entspannt mit der Zobel reden.« Er verschränkt die Hände. »Hm, was haben Sie verspeist?«

Die Katzinger deutet mit dem Kinn zum Nebentisch. »Den

Jumbo-Burger, recht mürb und zahnfreundlich. Sehr zu empfehlen.«

Zwar schaut der Burger phantastisch aus, die Cevapcici mit Pommes frites und Zwiebelsenf, die der andere Gast am Tisch vor sich hat, sagen ihm dann aber doch mehr zu. In Kombination mit einem spritzigen Soda-Zitron sind sie allemal eine herzhafte und erfrischende Labung. Das stille Mineralwasser der Toni und ihr griechischer Bauernsalat mit Gebäck entlocken ihm nach dem anstrengenden Marsch nur ein flüchtiges Stirnrunzeln.

»Die Högerl wurde also tatsächlich umgebracht«, stellt die Toni an einem Salatblatt kauend fest. »Entweder wollte der Mörder sichergehen nach dem Motto ›Doppelt hält besser‹, also Überdosis plus Ersticken, oder er hat von der selbst eingenommenen Menge nichts gewusst und einen unnötigen Mord begangen. Unglaublich, oder?«

Im Zwiebelsenf vergraben, grunzt der Pokorny, nickt abwesend, schwingt im Einklang mit den Cevapcici. So wie die Toni die Exkursion, möchte er jetzt sein Essen in Ruhe genießen.

»Tonerl, das wird jetzt nix«, stellt die Katzinger fest. »Er kippt ja gleich in den Senf hinein. Müssen wir zwei halt die Ermittlungen übernehmen. Kannst du beim Plachi anrufen und das Alibi der Mörderinnen überprüfen?«

Jetzt seufzt die Toni gleich aus zwei Gründen. Erstens wegen der mangelnden Unterstützung ihres Ehemanns und zweitens, weil die alte Frau ebenso gern delegiert wie ihr Bärli. Trotz allem ist die Idee nicht schlecht, sie greift zum iPhone und googelt die Webpage vom Plachutta auf der Wollzeile. »Hm, die haben geöffnet, na schauen wir mal, ob die gesprächiger sind«, meint sie.

Der Mitarbeiter erinnert sich noch genau an das Telefonat mit der genervten Rezeptionistin des Parkhotels Schönbrunn sowie das Gezeter im Hintergrund. Nein, aufgetaucht sind die beiden Damen dann nicht. Ob er einen Irrtum ausschließen kann, will die Toni noch wissen. Ja, sagt er und legt auf.

Erfreut über die Vernachlässigung des Datenschutzes in der Spitzengastronomie fasst sie das Telefonat zusammen. »Da hat sie uns einen Bären aufgebunden. Die zwei waren nicht beim Plachutta essen.«

Der Pokorny wischt sich mit der Serviette den Mund ab und schiebt den leeren Teller auf die andere Tischseite. »Wird schon einen Grund gehabt haben. Für ein Alibi ist es allerdings eine dumme Idee.«

»Das werden wir schon noch herausfinden … Ah, hallo, Frau Zobel, schön, dass Sie für uns Zeit haben«, sagt die Toni und bietet der Tierpflegerin einen Sessel an.

»Unter anderen Umständen hätte ich Ihnen einen Korb gegeben«, meint sie und begrüßt mit einem kurzen Nicker die drei Besucher. »Die Mittagszeit ist ziemlich stressig, ich muss die Fütterung vorbereiten, noch alles sauber machen und vieles mehr. Eine halbe Stunde hab ich Zeit.« Sie beißt abwartend in eine mit einem Hühnerschnitzerl gefüllte Semmel.

»Danke, dass Sie uns reinpressen. Gibt es eigentlich schon einen Ersatz für den Commandante?«, fragt der Pokorny.

Die Zobel schüttelt den Kopf. »Nein, leider nicht. Er war schon ganz was Besonderes, mächtig alleine reicht für die Vorstellung nicht. Da gehört mehr dazu, ein Charakter.«

»Die Pokornys haben mich vorhin zurechtgeputzt«, mischt sich die Katzinger ein, »und gesagt, dass Sie bei den Robben und nicht bei den Seekühen arbeiten. Stinken tun alle, ist das nicht dasselbe?«

Entgeistert schaut die Zobel sie an. »Nein, ist es nicht. Seekühe haben keine Gliedmaßen und können sich gegensätzlich zu den Robben nicht an Land bewegen. Nur weil Sie mit der Linda so Ihre Probleme haben, brauchen Sie nicht über die Robben herziehen. Stinken tut bald einmal etwas.« Sie wirft einen Blick auf die Crocs der alten Frau, rümpft die Nase und wendet sich den Pokornys zu. »Aber Sie sind sicher nicht wegen ihm hier – was kann ich für Sie tun?« Ohne Bestellung bekommt sie von einer Mitarbeiterin ein alkoholfreies Bier serviert.

Die Toni schmiert mit dem restlichen Stück Ciabatta die Schüssel aus, lehnt sich zurück und beginnt zu erzählen. »Die Högerl ist im Abschlagkasten der Minigolfbahn Nummer achtzehn erstickt«, sagt sie. »Könnte sie eventuell doch noch Medikamente gehabt haben?«

»Was? Wieso? Das hab ich Ihnen doch schon im Bad erzählt. Die Volkshilfe war dafür zuständig. Die arbeiten sehr genau nach den Angaben des Arztes. Da gibt es keinen Spielraum. Wieso wollen Sie das eigentlich wissen?«, fragt sie misstrauisch.

»Weil die Högerl dermaßen mit Medikamenten vollgepumpt war, dass sie aufgrund der Dosis noch in der Nacht verstorben wäre«, sagt der Pokorny. »Das Versteck in dem Holzkasten war unnötig.«

Die Zobel reißt entsetzt die Augen auf. »Waa...s?«

»Sie haben richtig gehört, die alte Dame wäre vermutlich friedlich in ihrer Kabane verstorben«, antwortet die Toni. »Wir wissen nur nicht, woher die Tabletten stammen könnten.«

»Von mir jedenfalls nicht. Ich hab der Nichte alle Tabletten gegeben, ausnahmslos alle!«, versichert die Zobel, stockt und legt gedankenverloren die Schnitzelsemmel zur Seite. Nach einer kurzen Pause fährt sie fort: »Oder glauben Sie leicht, ich ...?«

Die Toni hebt beide Hände mit nach vorn aufgestellten Handflächen. »Wir glauben gar nichts. Wir wollen lediglich den Ablauf verstehen. Auf dem Boden der Kabane wurde eine leere Schachtel gefunden, bei der Kocmanek in der Badetasche ein leerer Blister ...«

»Na, da haben Sie ja Ihre Mörderin. Ich hab's doch gleich gewusst, irgendwann tut die der Högerl was an«, unterbricht sie die Zobel. »Dafür wird sie büßen.«

»Vielleicht war's auch ein Suzuka?«, schlägt die Katzinger vor.

Der Pokorny grinst. »Ja, könnte auch ein Suizid gewesen sein.« Während er den finsteren Blick der alten Frau absichtlich übersieht, geht er volles Risiko und bestellt bei der Kellnerin einen Cappuccino und einen Espresso. Gerade bei so einer Imbissbude liegt der Schwerpunkt üblicherweise eher auf deftigem Essen denn auf einem gepflegten Espresso. Und die mit Schlagobers garnierte Melange der Katzinger ist für ihn keinesfalls ein Garant für guten Kaffee.

Die Zobel schaut die drei an, als verstünde sie nicht. »Wieso hätte sie sich umbringen sollen? Es ist ihr um einiges besser gegangen als damals im Frühjahr, wie ich ihre Nichte verständigt hab. Nein, nein. Da hat die Kocmanek schon nachgeholfen.«

»Und wie soll das gegangen sein?«, fragt die Toni. »Außer ihrer Betreuerin hat ja niemand Morphiumtabletten. Und ich glaube, wir können zu Recht annehmen, dass die mit dem Tod der alten Dame nichts zu tun hat. Woher sollte sie die Tabletten also haben?«

»Was weiß ich? Übers Internet? Die Packung am Boden, da müssen doch Fingerabdrucke drauf sein, oder?« Die Zobel nimmt einen langen Schluck von ihrem alkoholfreien Bier und schaut sich abwartend in der Runde um.

Der Pokorny bedankt sich bei der Kellnerin für den Espresso, der überraschend gut schmeckt. »Warum hat immer noch die Volkshilfe rationiert, wenn es der Högerl wieder gut gegangen ist? Das verstehe ich nicht.«

»Schauen Sie, derzeit geht … ist es ihr gut gegangen, sie hatte frischen Lebensmut geschöpft. Die Zusammenarbeit mit der Betreuerin läuft … lief gut, das stoppt man nicht einfach so. Außerdem hätte sich die gesundheitliche Situation bei so einer heimtückischen Krankheit schnell ändern können, und dann …«

Der Pokorny nickt. »Wie Sie noch zuständig waren, hat da einmal eine Packung gefehlt? Oder wurde Ihnen eine gestohlen?«

»Nein, weder noch. Mein Apothekerschrank ist versperrbar.«

»Wie lange haben Sie die Pulver von der Verkrebsten eingeschachtelt?«, nuschelt die Katzinger und schlürft lautstark den letzten Gupf Schlagobers vom Löffel.

Die Zobel zieht ob der rüden Ausdrucksweise die Augenbrauen nach oben. »Eine Woche nach Beginn der Badesaison ist es ihr sauschlecht gegangen, da hat sie über Selbstmord gesprochen. Da hab ich mich bezüglich der Dosierung an ihren Hausarzt gewendet, ihr die Tabletten weggenommen und sie ihr entsprechend der Medikamentenliste gegeben. Danach hab ich ihre Nichte verständigt. Wenn Sie so wollen, war ich ein paar Tage dafür zuständig, vielleicht eine Woche, was weiß ich?«

Der Pokorny bestellt noch einen Espresso und für die Katzinger, die enttäuscht in ihrer leeren Tasse herumschert, einen Becher Schlagobers. »Das hat die Högerl sich gefallen lassen? Wir haben gehört, dass sie ein scharfes Regiment geführt hat. Ich kann mir nicht vorstellen, dass sie sich so einfach die Tabletten hat wegnehmen lassen.«

»Ganz freiwillig war's eh nicht, erst nach langem Hin und Her hat sie nachgegeben. Noch im letzten Jahr wäre das undenkbar gewesen. Scheißkrebs.«

»War die Kocmanek vom Anfang der Badesaison an da?«, erkundigt sich die Toni.

Die Antwort der Zobel kommt schnell: »Ja, war sie. Im Winter ist der Högerl ein Teil der Lunge entfernt worden. Woher der Kotzbrocken das erfahren hat, wissen wir nicht. Sie müssen sich das einmal vorstellen, die wollte allen Ernstes sofort die Kabane beziehen und hat am ersten Tag einen mordstrumm Wirbel veranstaltet. Sie war auch mehrmals bei der Högerl drinnen, gut möglich, dass sie ihr da Medikamente zugesteckt hat.« Sie hält nachdenklich inne, nickt und setzt fort: »Natürlich nur für den Notfall, haha. Notfall! Wo das hinführt, sehen wir ja jetzt. Später wird sie die dann einkassiert, die Högerl eine Überdosis verabreicht und sie zur Sicherheit in den Kasten ...« Sie schaut die Pokornys ungläubig an. »Sind Sie sicher, dass sie erstickt ist?« Als die beiden nicken, fährt sie fort. »So ein Schwein.«

»Nur einmal angenommen, die Kocmanek hätte damit nichts zu tun«, wirft der Pokorny ein, »wer käme sonst für einen Mordanschlag in Frage?«

»Ich weiß zwar nicht, warum Sie sich so auf die Seite der Kocmanek stellen, aber bitte, gehen wir mal davon aus. Probleme hatte die Högerl mit dem Voitl, der hat aus ihrer Kabane Sachen mitgehen lassen.«

»Wissen Sie, was für Sachen?«, fragt die Toni.

Nachdenklich kratzt sie sich am linken Handrücken. »Soviel ich weiß, den Ehering und eine Perlenkette, das hat sie erzählt. Wahrscheinlich, um seine Drogen kaufen zu können.«

»Er soll von den Drogen weg sein«, sagt die Toni. »Wozu sollte er sie bestehlen?«

»Na ja, einmal Junkie, immer Junkie, hab ich mal in der ›Gestern‹ gelesen«, sagt die Katzinger, nimmt der Kellnerin begeistert den Becher ab und beginnt schmatzend, das Obers rauszulöffeln.

Die Zobel greift nach ihrer Schnitzelsemmel und beißt ein kleines Stück ab. »Man soll nicht alles glauben, was man liest. Die Sache mit den angeblichen Diebstählen hätte ja beim Gespräch mit dem Direktor geklärt werden sollen. Aber dass er sie deswegen umbringt? Ich weiß nicht.«

Der Pokorny zuckt mit den Schultern. »Wie sagt der Kommissar Eisner im Tatort immer: Es wurden schon Leute wegen weniger umgebracht. Er hat eine Drogenvergangenheit, wenn da jetzt etwas hochkocht und er rückfällig würde, könnte ihn das seinen Job kosten.«

»Und dann gibt's da noch die Architektin Eckstadler«, fährt die Tierpflegerin fort. »Die möchte den Minigolfplatz schleifen und eine solo stehende große Waldkabane bauen. Die Högerl hat dort für ihr Leben gerne mit den beiden alten Herren Minigolf gespielt ...«

Sie wird von der alten Frau unterbrochen: »Ha, ich hab ja gewusst, dass die zwei Alten Lumpen sind. Mir hat der Heini auf seine alten Knochen geschworen, mit der verkrebsten Schachtel nicht mehr einzulochen. Wann war das?«

»Frau Katzinger, bitte! Das ist doch jetzt unerheblich«, wendet die Toni ein. »Ehrlich.«

Die Zobel schmunzelt. »Letztes Jahr. Dieses Jahr konnte die Högerl nicht mehr spielen. Bei der Eröffnungsparty wollte sie mir eigentlich mehr über die Eckstadler erzählen. Beim Umbau einer Kabane im Vorjahr soll nicht alles mit rechten Dingen zugegangen sein; angeblich hat die Architektin Dreck am Stecken, und sie könne das beweisen. Leider ist es ihr dann bald nicht mehr so gut gegangen, irgendwie ist das Thema dann eingeschlafen.«

»Wo finden wir diese Architektin?« Die Toni nippt an ihrem Cappuccino und löffelt den herrlichen Milchschaum vom Kaffee.

»Die haben in der Nähe vom Juwelier auf der Wiener Neustädter Straße das Geschäftslokal renoviert und sich dort eingerichtet. Wollten angeblich auch bei der Zentrumserneuerung mitmischen.«

»Soviel ich weiß, ist sie aber leer ausgegangen«, meint der Pokorny. »Schlecht vernetzt geht in Bad Vöslau halt gar nichts. Ich kann mich erinnern, der Sprengi hat über ihren Auszucker bei der Ausschreibungseröffnung erzählt. Der Dreck am Stecken, von dem Ihnen die Högerl erzählt hat, könnte die versuchte Bestechung der Bürgermeisterin gewesen sein.«

»Gut möglich, Beweise gibt es freilich keine.«

Die Toni, ehrenamtlich tätige Mitarbeiterin der Bürgerliste »Neues Zentrum für Bad Vöslau«, sagt: »Ja, von einem Mitbewerber wurde sie als Todesengel bezeichnet, politisch instrumentalisiert hat sie wiederum ihre Gegner genannt. Eine unschöne Sache, die möglicherweise im Bad ihre Fortsetzung findet.«

»Wie komme ich eigentlich zu einer Kabane?«, erkundigt sich der Pokorny.

»Nicht so wild, einfach eine E-Mail an die Büroadresse vom Thermalbad senden und angeben, welche Art von Kabane oder eben Appartement es sein soll. Allerdings stehen knapp achthundert Leute auf der Liste, da heißt es Geduld haben. Und zwar richtig viel.«

»Und die ist der Kocmanek offenbar ausgegangen«, mischt sich die Katzinger ein. »Das hat sie ratzfatz zur blutrünstigen Mörderin werden lassen. Tabletten rein, ab in die Kiste und aus Maus.«

Die Toni tut, als hätte sie die alte Frau gar nicht gehört. Nicht alles, was die Co-Ermittlerin von sich gibt, muss auch kommentiert werden. »Wie lange wartet sie eigentlich schon auf eine Kabane?«

»Gleich nachdem sie in Baden rausgeschmissen wurde, hat sie sich bei uns angemeldet, ist schon ein paar Jahre her. Seit letztem Jahr beehrt sie uns mit ihrer fragwürdigen Gegenwart.« Die Zobel wischt sich mit einem Papiertaschentuch den Mund ab, knüllt es zusammen und trinkt ihr Bier aus. »So, ich muss …«

»Halt!«, ruft die Katzinger. »Die Pokornys ratschen viel, vergessen aber die wichtigste Frage. Gut, dass ich da bin. Nur fürs Protokoll: Wo waren Sie in der Nacht von Dienstag auf Mittwoch?«

Die Zobel schüttelt verärgert den Kopf. »Sie glauben doch nicht wirklich … egal … Ich hab bei meiner Freundin übernachtet.«

»Der vom Bad?«, vermutet die Toni.

»Ja, ihr Name ist Herta Rie…«

Das aufdringliche Läuten des Nokias unterbricht das Gespräch. Irgendwie kommt dem Pokorny die Nummer bekannt vor, aber da er aufgrund seines Uralt-Telefons lediglich einen Klingelton zur Verfügung hat, kann er akustisch nicht erkennen, wer ihn anruft. Noch dazu, wo er sich beharrlich weigert, die Telefonnummer der Chefinspektorin einzuspeichern.

»Pokorny«, blafft ihre Stimme durch den Lautsprecher. »Wo sind Sie?«

»Wer möchte das wissen?«

»Hahaha. Also?«

»Was geht Sie das an?«

»Mehr, als Sie glauben. Ein Vogerl hat mir zugetragen, dass Sie mit landesweit gesuchten Personen frühstücken, wobei das bei Ihnen eher ein peinliches Fressgelage gewesen sein soll. Auch die ältere Dreikäsehoch soll in Wien und nicht in ihrem Wohnwagen sein. Egal, jedenfalls suchen wir die Kocmanek und die Fabeck seit Donnerstag, Sie kennen deren Aufenthalt und verschweigen ihn uns. Sieht ganz nach Vereitelung einer Straftat aus. Also noch einmal: Wo sind Sie?«

Bei der Chefinspektorin kann es der Pokorny halt nicht lassen, trotz Augenrollen der Toni legt er nach: »Reicht Ihr Arm doch nicht bis ins Parkhotel Schönbrunn? Knapp vorbei ist auch daneben ...«

»Haben S' wieder im Witzkisterl geschlafen?«, zischt die Wehli. »Ein letztes Mal: Wo sind Sie? Im Hotel ja leider nicht mehr.«

»Wir sind auf dem Weg nach Hause. Und noch eines, heute ist Sonntag, Sie brauchen bei uns gar nicht aufzutauchen, wir machen Ihnen nicht auf«, feixt er in Anspielung auf frühere unangekündigte Hausbesuche der Chefinspektorin. Das schadenfrohe Grinsen vergeht ihm in dem Moment, als ein paar Meter hinter ihm die Elefantenkuh laut trompetet.

»Soso, am Weg nach Hause? Weit haben Sie's bis jetzt nicht geschafft. Reden Sie leicht gerade mit der Zobel? Sie bleiben, wo Sie sind, eine Frechheit. Wahrscheinlich hauen Sie sich grade einen fetten Grillburger oder Cevapcici in die schwammige Figur, plaudern mit einer wichtigen Zeugin, tratschen ermittlungsrelevante – vom Habschi zugespielte – Infos aus, und dann lügen Sie mich über Ihren Aufenthalt unverfroren an. Bleiben Sie an Ort und Stelle«, verlangt sie.

Der Pokorny, der schon seit dem Hinweis auf sein Körpergewicht mit den Ohren wackelt, unterbricht das Telefonat, womit ihr Befehl ungehört verhallt. »Die Wehli hat einen echten Klescher. Wir machen einen Abgang, bevor ihre Kollegen auftauchen.«

»Trifft sich gut, meine Mittagspause ist vorbei. Ich nehme an, wir sehen uns morgen im Bad?«, will die Zobel abschließend wissen.

»Wissen wir noch nicht, das Wetter soll ja morgen umschlagen. Wenn's regnet, lassen wir's bleiben«, sagt er und zahlt an der Kasse.

Gerade noch rechtzeitig verschwinden sie über den Katzinger'schen Jakobusweg hinauf zum Tiroler Haus. Von der Plattform über dem Elefantengehege sehen sie, wie zwei Streifenbeamte vom Haupteingang und zwei hinter dem Affenhaus entlang zum Jumbo-Grillgarten laufen. Nur eine Minute später wären die Pokornys vermutlich per Streifenwagen nach Bad Vöslau überstellt worden.

»Und jetzt?«, fragt der Pokorny, nachdem sie die Katzinger bei ihrem Wohnwagen abgesetzt und für das Treffen beim Heurigen achtzehn Uhr vereinbart haben.

»Bring ich dich zur Zwatzl, vielleicht ist sie zu Hause und gesprächsbereit«, meint die Toni augenzwinkernd.

»Nicht dein Ernst, oder? Das Gruselkabinett letztens hat mir gereicht. Was soll das bringen? Die redet sicher nicht mit mir.«

Bei einer roten Ampel küsst sie ihn liebevoll. »Schau, die Zwatzl ist wieder einmal mit ihrer Ausrüstung zum richtigen Zeitpunkt am richtigen Ort. Was auch immer die aufgezeichnet oder abgehört hat, es könnte uns weiterhelfen. Denk an den Hinweis mit den Streitereien im Bad. Komm, lass deinen Charme spielen, dann wird das schon.«

»Hm, muss das wirklich sein?«, fragt er, aber er kennt die Antwort.

Zehn Minuten später steigt er beim Weingut Schlossberg aus, die paar Meter in die Bogengasse legt er auf Samtpfoten zurück. Das mit der Zwatzl war letztes Jahr eine blöde Sache. Jeden Schritt von ihm hatte sie beobachtet und über Funkboxen kommentiert. Dabei hat ihr die eine oder andere unschöne Bemerkung von ihm wohl nicht gefallen. Es sind also alles in allem keine guten Vorzeichen für ein amikales Gespräch oder gar ihre tatkräftige Unterstützung.

Dementsprechend vorsichtig nähert er sich ihrem Grundstück. Zu seiner großen Überraschung hängen tatsächlich ein Badeanzug und ein Handtuch auf einer Wäschespinne im Vorgarten des alten Backsteingebäudes. Bei der Zwatzl, die mit ihrer Vergangenheit im Reinen ist, sind die Insignien der DDR allgegenwärtig, offensichtlich hat sich ihre Heimatverbundenheit aufgrund der geballten Ablehnung der Vöslauer wegen ihrer Abhöraktionen noch verstärkt. Das manifestiert sich durch eine riesige, an einem frei stehenden Mast hängende Flagge, von der ihm die Farben Schwarz-Rot-Gold entgegenleuchten, mit Hammer, Zirkel und Ährenkranz als zentralem Element. Die sichtbaren Überwachungsaktivitäten, also zumindest die vor ihrem Haus, dürften offiziell genehmigt sein. Anders ist es nicht zu erklären, dass groß und mächtig eine schwenkbare Kamera über der Haustür thront und sich langsam mit ihm mitbewegt.

»Na, jetzt stehen Sie wieder da und glotzen. Wie vor einem Jahr. Die Kamera ist genehmigt, sogar der Postenkommandant war auf Hausbesuch. Sie brauchen also nicht gleich wieder den Sprengnagl anzurufen und zu petzen«, dröhnt die Stimme der Zwatzl aus einer silbereloxierten Gegensprechanlage mit rot leuchtendem Display. Bei ihrer technischen Ausrüstung hat sich wirklich viel getan. Die Boxen knarzen und knacken nicht mehr, mit sattem Dolby-Surround-Sound beschallt ihn die keifende Stimme der Zuwanderin.

In ihrer unmittelbaren Umgebung scheint die Zeit allerdings stehen geblieben zu sein. Das Haus vom Schöberl steht ebenso zum Verkauf wie die Ruine auf dem Grundstück der Lieblich und der Rohbau vom Baumeister Holler. Dafür holt sich die Natur Stück für Stück ihr Habitat zurück. Kopfschüttelnd erinnert sich der Pokorny an die Vorkommnisse im letzten Mai und ist einmal mehr froh, dass die Sache für die Toni und ihn gut ausgegangen ist.

»Na, was ist, sind Sie angewachsen oder übermannt von Erinnerungen?«

»Technisch sind Sie ja gut aufgestellt, aber beim Thema Höflichkeit gibt's noch Potenzial«, antwortet der Pokorny, während er einen Blick in die umstehenden Bäume und Sträucher wirft. »Haben Sie gar keine Wildtierkameras mehr montiert? Und wo sind Ihre Gartenzwerge hin? Der mit dem Fernrohr war mein persönlicher Liebling.«

Auch bei der Eingangstür ist irgendwas anders. Er glaubt ein »Klick, klick« zu hören und vermutet, dass die Zwatzl ihr Haus mit Sperrbalken versehen hat, die beim Öffnen typische Geräusche von sich geben. Breitbeinig steht sie vor ihm, in einem Trainingsanzug ebenfalls in den Farben der Flagge. Mittig auf ihrer Brust wölbt sich im runden Ährenkranz der Hammer. »Also, noch irgendwelche ollen Fragen, die mir die Zeit rauben?«

Ja, und da ist sie wieder, die typisch ostdeutsche Aussprache, die dem Pokorny durch Mark und Bein fährt. Gut, letztendlich will aber er was von der Zwatzl und nicht umgekehrt, also heißt es, freundlich zu bleiben und die wackelnden Ohren in Zaum zu halten. Er gibt sich einen Ruck: »Wir brauchen Ihre Hilfe … Sie wissen ja, dass die Högerl im Bad …«

Beim Wort »Hilfe« bricht die Zwatzl in ein Gackern aus, bei dem sich die Henderln vom Berti rein akustisch weit hinten anstellen könnten. »Warum zur Hölle sollte ich Ihnen und der werten Gattin helfen? Nach all den Schwierigkeiten, die ich Ihnen zu verdanken habe?«

»Na ja, die haben Sie sich mit Ihrer Spioniererei ja selbst eingebrockt. Und ein unbeschriebenes Blatt waren Sie bei der Polizei schon vor unserem Kennenlernen nicht.«

»Schon, aber …«

»Nix aber, ein bisserl unauffälliger wäre halt gut gewesen.

Sie haben's einfach übertrieben«, verteidigt er sich, legt den Kopf schief und grinst sie mit all dem Charme an, den er für notwendig hält.

Und siehe da, die Zwatzl, seit letztem Jahr in Bad Vöslau überall Persona non grata, freut sich über sein aufgesetztes Lächeln.

»Na gut, lassen wir halt die Vergangenheit ruhen. Wie kann ich Ihnen helfen? Mit den Zapfen hab ich übrigens nichts zu tun, längst überholte Technik. Heutzutage geht es viel kleiner«, meint sie und greift in ihre rote Bauchtasche. Sie schaltet eine Konsole ein und bewegt einen Joystick. Wenige Sekunden später hört der Pokorny ein leises Brummen, wie er es von seinen Insektenhotels her kennt.

»Was zum Teufel ...«, stößt er hervor, als sich ein kleines, rundliches Flugobjekt auf seine Nase setzt. Panisch springt er zurück und schlägt nach dem vermeintlichen Insekt.

Das schallende Lachen der Zwatzl tut weh, ungläubig starrt er auf die täuschend echt aussehende Hummel, die sich lediglich aufgrund des eigenartig surrenden Geräusches als Technikwunder erweist. Nach und nach entspannt er sich, fasziniert beobachtet er das unechte pelzige, zur Familie der Bienen gehörende Insekt. »Ihr Gesicht sollten Sie jetzt sehen. Tut gut, nachdem Sie sich bisher über mich nur lustig gemacht haben.«

»Was kann das Ding?«, fragt er, hebt die offene Hand und beobachtet die Landung der Minidrohne.

»Kamera, Mikro, Wlan. Nicht schlecht, oder? Glauben Sie mir jetzt, dass der olle Zapfen nicht von mir ist?«

»Aber von wem stammen die Dinger dann?« So weh es ihm tut, aber nach der Flugshow von eben ist er fast geneigt, der Zwatzl zu glauben. Andererseits wurde sie von der Zobel schon mehrmals im Bad gesehen. »Seien Sie mir nicht böse, aber außer Ihnen fällt mir da niemand ein.«

»Reden Sie mal mit der Eckstadler, die hat Kontakt zu einem deutschen Investor. Der möchte den Minigolfplatz planieren ...«

»Und eine Luxuskabane daraufstellen, wissen wir schon. Wie kommen da die Zapfen ins Spiel?«

»Ich bin ja noch nicht so lang im Bad als ... Konsulentin tätig, hab aber von meinem Auftraggeber gehört, dass die Högerl vehement dagegen war. Schon letztes Jahr hat sie ordentlich Stimmung gegen das Projekt gemacht.«

»Ist das leicht schon genehmigt?«

»Ach Mann, wie denn? Ich habe ein Gespräch belau… äh, die Högerl mit der Zobel reden gehört, weil sie selbst ja so krank ist … war. Die Zobel müsse den Kampf gegen den geplanten deutschen Irrsinn unbedingt weiterführen, hat sie gesagt.«

»Und Sie meinen, der deutsche Investor bespitzelt die Högerl deshalb mit Tannenzapfen? Das ist schon ein bisserl weit hergeholt.«

»Wieso der Deutsche?«

»Na ja, wer sonst …?«

»Hm, also …«

Das Gespräch kommt zum Erliegen. Natürlich ist nicht jeder Deutsche automatisch ein Spitzel, diese Diskussion aber mit der selbst spitzelnden Tochter eines Stasiführungsoffiziers zu führen erscheint dem Pokorny skurril. Wieder springt er über seinen Schatten: »Woher sollte die Eckstadler die Mikros haben?«

»Online bestellt, ist alles erhältlich. Die sollten Sie sich genauer angucken«, insistiert sie, sichtlich bemüht, vom eigentlichen Thema abzulenken.

»Wenn Sie damit nichts zu tun haben, wieso schleichen Sie dann ständig im Bad herum?«

»Sagt wer?« Sie kneift die dichten grauen Augenbrauen zusammen. »Die Kugelstoßerin neben der Minigolffleiche?«

Der Pokorny nickt. »Die Zobel sammelt täglich neue Zapfen ein, gehört zu ihrer Routine. Wenn die Attrappen nicht von Ihnen sind, was ich Ihnen nach dieser Vorführung sogar glauben würde, weiß ich nicht, was Sie dort wollen. Soviel ich mich erinnern kann, sind Sie keine besondere Freundin des Thermalbades. Und jetzt gehen Sie dort sogar schwimmen«, meint er mit einem Blick zur Wäschespinne.

»Wie schon erwähnt, braucht ein Klient meine Hilfe.« Sie nimmt ihm die Drohne von der Handfläche.

»Haben Sie dort auch solche im Einsatz?« Er deutet mit dem Kopf auf das Imitat, das sie zusammen mit der Konsole in ihrer Bauchtasche verschwinden lässt.

Langsam neigt sich die Auskunftsfreudigkeit der Zwatzl dem Ende zu. »Das ist nicht Ihr Ernst, oder? Ich hab Ihnen sowieso schon viel zu viel gezeigt. Insektenjäger brauch ich keine, die Drohne hier ist ein Prototyp, nach der brauchen Sie nicht Ausschau zu halten. Ich muss jetzt ...«

»Eines noch: Wenn Sie im Bad so gut vernetzt sind«, sagt er schmunzelnd, »können Sie mir was über die Streitparteien erzählen?«

»Wen genau meinen Sie? Lieb haben die sich alle nicht.«

»Högerl, Zobel, Kocmanek, Fabeck, Tscholitsch, Voitl, Guschlbauer.«

Die Zwatzl runzelt missmutig die Stirne. »Das sind aber jetzt ein bisschen viele auf einmal. Nur wegen der aufkeimenden deutsch-österreichischen Freundschaft bin ich noch kein Auskunftsbüro. Ein wenig müssen Sie trotz Ehrenbürgerschaft schon noch selbst leisten. So, ich muss dann, tschüss«, verabschiedet sie sich und stapft zurück in ihre Festung.

»Deutsch-österreichische Freundschaft! Die spinnt ja komplett. Da leg ich eher die Doppelhaushälfte mit der Hanifl zusammen, als mit der Stasitante Freundschaft zu schließen«, grummelt er und greift in die Jackentasche, um sich ein City-Taxi zu rufen. Geht an und für sich rasch und unkompliziert. Allerdings nur, wenn noch Saft im Akku ist. Verärgert marschiert er zum Weingut Schlossberg und bittet den Juniorchef, ihm ein Taxi zu rufen.

Bei der Tatjana fühlt sich die Maxime zwar wohl, trotzdem ist es für sie unverständlich, wenn sie eine Nacht ohne ihre Meute verbringen muss. Nach einer Runde Streicheleinheiten für die Beagelin fährt die Toni mit ihr nach Hause und lässt sich ein Bad ein.

Wenig später hört sie, wie der Pokorny bei der Eingangstür hereinkommt. »Na Bärli«, ruft sie erfreut, »komm rein, das Wasser ist noch warm. Wie war es bei der Zwatzl?«

Normal hat er beim Anblick der Toni, deren wohlgeformte Brüste vom Badesalz und den blubbernden Blasen sinnlich umspielt werden, anderes im Kopf, als über ostdeutsche Zuwanderinnen zu reden. Aber nach der gestrigen Nacht mit dem Dienstmädchen ist auch für ihn eine Auszeit in Ordnung. Er drückt einen Knopf am Rand des Pools, und während er ihr von dem Gespräch erzählt, macht er es sich in der Liegemulde bequem und genießt die wohlige Rückenmassage.

»Und du glaubst ihr wirklich, dass sie mit den Zapfen im Bad nichts zu tun hat?« Ungläubig schaut ihn die Toni an. »Vielleicht will sie mit der Hummel ja nur von der guten alten deutschen Qualitätsware ablenken.«

»Kann gut sein.«

»Das wäre schon ein unglaublicher Zufall, wenn da noch wer anderer spioniert, obwohl die Zwatzl im Bad herumschnüffelt. In ihren vielen Lagern im Wald werden sicher noch ein paar alte Geräte herumliegen.«

Der Pokorny nickt nachdenklich. »Wahrscheinlich. Die Drohne hättest du sehen sollen. Bei den Hintergrundgeräuschen im Thermalbad bekommst du von dem leisen Surren nichts mit, sie ist damit viel flexibler. Wer weiß, was die noch alles in petto hat.«

»Hat sich der Berti schon bei dir gemeldet?«

»Du meinst, wegen etwaiger Hinterlassenschaften von ihr?«, will er wissen und sieht die Toni nicken. »Hm, nein, ich glaub, der konsumiert zu viel von seinen Magic Mushrooms. Am Donnerstag hab ich ihn daran erinnert, kannst du ihm eine …«

Er wird durch das Läuten der Glocke unterbrochen. Die Maxime stürmt ins Vorzimmer und bellt aufgekratzt die Eingangstür an. Auch mehrmalige Aus-Rufe der Chefin in der Doppelhaushälfte helfen nichts. Das dritte Familienmitglied ist die wahrscheinlich freundlichste und friedlichste Beagelin der Welt, wenn sie so einen Radau macht, können sich die Pokornys schon denken, wer der unliebsame Besucher ist.

Während der Pokorny genervt aus dem Whirlpool steigt, schlüpft die Toni in ihren Bademantel und läuft zum Schlafzimmerfenster. »Das glaub ich jetzt nicht. Die spinnt ja!«

»Die O-Weh?«, rät er und bekommt volle Punkte.

»Wieso ausgerechnet immer am Sonntag? Hat die gar kein Privatleben?« Die Toni zieht verärgert die Kordel um ihre weiblichen Hüften zusammen.

»Wahrscheinlich schon, halt ein unbefriedigendes.« Er schmunzelt, nimmt sie in den Arm; als er sie küssen will, hämmert die Wehli laut an die Tür.

»Pokorny, machen Sie sofort auf! Ich weiß, dass Sie zu Hause sind. Ersparen Sie mir und sich eine peinliche Versteckaktion wie beim letzten Mal. Besten Dank!«, ruft sie mit hämischem Unterton.

Die Toni fängt augenrollend zu schnauben an, überprüft im Spiegel noch einmal den Sitz des Mantels, dann läuft sie die Stufen hinunter. »Aus, Maxime. Auf deinen Platz, sofort!« Die Beagelin akzeptiert notgedrungen den Befehl, schleicht trotzig wie ein kleines Kind in Schlangenlinien zu ihrem Körbchen, bleibt aber immer wieder stehen und wirft einen vom Leben und ihrer Meute enttäuschten Blick zurück zu ihrem Frauchen.

Demonstrativ gelassen öffnet die Toni die Eingangstür. Davor steht breitbeinig, pechschwarz gekleidet und mit hochgeklapptem Visier, die Chefinspektorin und schaut sie zornig an. Ihre smaragdgrünen Augen sind zu schmalen Schlitzen zusammengepresst. Schon seit Längerem fragt sich die Toni, ob die Augenfarbe natürlich ist oder die Wehli Linsen trägt. Weil grüner geht nicht mehr, allerdings hätte sie auf den Sehbehelfen dann wahrscheinlich auch silberfarbene Totenköpfe drauf, so wie auch auf der Rückseite ihres Helmes. Hinter ihr läuft die BMW am Stand, dahinter stehen eine Polizeistreife und der Gruppeninspektor in Uniform. Sie hat die Vorliebe, den eigentlich in Zivilkleidung arbeitenden Sprengnagl öffentlichkeitswirksam in Uniform auftreten zu lassen.

»Die liebe Frau Chefinspektorin, welch eine Freude, dass Sie sich gerade am Sonntag wieder einmal ungefragt bei uns einladen. Was verschafft uns die Ehre? Und nein, weder dürfen

Sie hineinkommen, noch folgen wir Ihnen auf die Polizeiinspektion.«

»Wieso sind Sie schon wieder mitten in meinen Ermittlungen drinnen?«, fragt die Wehli, ohne auf die Provokationen einzugehen.

»Wir haben uns nicht in Ihre …«

Die Chefinspektorin verschränkt die Arme, hebt die Schultern und lässt sie stöhnend wieder fallen. »Oh doch, haben Sie! Hören Sie mit dem Unfug auf, wenigstens Sie, liebe Frau Pokorny.«

Der Pokorny umarmt die Toni von hinten. »Wir konnten doch nicht wissen, dass die Kocmanek und die …«

»Oh doch, konnten Sie durchaus. Weil Sie sich nämlich unerlaubt Zugang zur Wohnung der Fabeck verschafft haben. Das wird für Sie und die werte Frau Fratelli noch ein Nachspiel haben.«

»Dann waren wir halt in der Wohnung, na und?«, meint er. »Schließlich waren wir über den Verbleib der beiden Damen besorgt. Sie bekommen ja nichts auf die Reihe … aua«, stöhnt er und zieht den Fuß unter der Ferse der Toni weg.

»Entschuldige, mein Schatz, das wollte ich nicht.«

Die Wehli schüttelt den Kopf. »Netter Versuch. Keine Sorge, ich lass mich von Ihrem Gatten nicht mehr provozieren. Das führt bei ihm zu nichts, er ist einfach unbelehrbar. Eines Tages wird er dafür die Rechnung bekommen.«

»Wollen Sie mir drohen?«

»Ich will gar nichts, außer dass Sie sich aus den Ermittlungen heraushalten.«

Da Angriff oft die beste Verteidigung ist, fragt die Toni: »Haben Sie die beiden Damen noch angetroffen?«

»Sie kapieren wirklich gar nichts. Ich bin kein Auskunftsbüro für Sie …«

Der Pokorny ist wieder einmal schneller mit dem Mund als mit dem Hirn. Ein wiederkehrendes Phänomen bei ihm. »Das hat die Zwatzl auch gesagt.«

»Was hat die Zwatzl auch gesagt?«, blafft jetzt die Wehli, nun doch ein wenig gereizt.

»Dass sie kein Auskunftsbüro ist. Letztens ist sie mir zufällig über den Weg gelaufen.« Er grinst wegen der häufig auftretenden Zufälle bei den letzten beiden Mordermittlungen und sieht dabei, wie bei der ungebetenen Besucherin die Mauer der Beherrschung merkbar bröckelt. »Also, nachdem ich ihr ... bei der Waldandacht begegnet bin, dachte ich mir, vielleicht hat die mit ihren Zapfenmikros irgendwas mitbekommen. Vielleicht sogar den heimtückischen Mord mit einer versteckten Kamera gefilmt ...«

»Woher wissen Sie, dass es ein Mord war?«, schreit die Wehli gut hörbar bis zur Hauptstraße hinauf. »Hat der Sprengnagl wieder geplaudert, oder was?« Sie dreht sich zum Gruppeninspektor um und zieht ihn am Uniformärmel neben sich, um alle drei gleichzeitig im Auge behalten zu können. »Kollege, wollen Sie dazu etwas sagen?«

»Nein«, erwidert er schmunzelnd, »ich denke, dass der Pokorny mittlerweile erfahren genug ist, aufgrund der Auffindungssituation der Leiche und der Umstände die richtigen Schlüsse zu ziehen.«

»Aufgrund der Auffindungssituation, bla, bla, bla. Wollen Sie mich für blöd verkaufen, oder was? Er könnte es vermuten, aber nicht fix davon ausgehen, nicht wahr, Herr Freizeitpolizist?«

Die ungeliebte Doppelhausnachbarin öffnet die Haustür und schlurft mit Mops Wendulin an der Leine in Birkenstock-Schlapfen zu den Pokornys hinüber. »Was gibt's denn da am Sonntagnachmittag für einen Radau? Gerade schau ich die letzte Sendung »Reich und Schön« in der ARD, fünftausendsiebenhundertfünfundvierzig Folgen habe ich gesehen, mein Videorekorder ist im Eimer, und ausgerechnet bei der letzten plärren Sie mir rein. Können S' nicht drinnen palavern?«

»Mischen Sie sich nicht in eine Amtshandlung ein«, erwidert die Wehli.

»Um das Ganze abzukürzen: Die Dame des Hauses ist vor einer Stunde mit ihrem ewig haarenden Köter nach Hause gekommen.« Die Hanifl bückt sich ächzend und streichelt ihrem eigenen vierbeinigen Gefährten zärtlich über den Rücken. Völlig unberührt von der Anwesenheit der Pokornys hebt er sein Beinchen und pinkelt auf die beiden anthrazitfarbenen Töpfe im Vorgarten der Doppelhausnachbarn. Das Schnaufen der Toni übergeht die Hanifl angesichts des Polizeischutzes ungerührt. »Der Gemahl kam vor knapp zwanzig Minuten. Bis zu Ihrer Störung hat wieder einmal der Whirlpool gelärmt.« Sie zieht die Augenbrauen vielsagend nach oben. »Sonst hab ich leider nicht viel gehört und gesehen.«

»Na, dann möchte ich Sie auch nicht aufhalten, auf Wiedersehen«, sagt die Wehli, hebt die Hände und scheucht die Hanifl zurück ins Haus.

Froh zu hören, dass die Nachbarin aus dem Badezimmer lediglich den Whirlpool blubbern hört, fragt die Toni die Chefinspektorin mit einem schelmischen Augenaufschlag: »Wir würden gerne … weiterbaden, war es das?«

»Vorerst. Mischen Sie sich nicht mehr in die Mordermittlungen …« Sie verdreht die Augen, das Grinsen der Pokornys trägt nicht zur Verbesserung ihrer Stimmung bei. »Ihr Mann ist kein guter Umgang für mich, jetzt red ich auch schon schneller, als ich denke.«

Der Pokorny lächelt trotz der Beleidigung. »So rasch kann's gehen, nicht wahr? War's also doch ein Mord.«

»Und überhaupt, wieso plaudern Sie denn schon wieder mit dem vermaledeiten Journalisten des Kronenblattes? Hat Ihnen der nicht schon genug Schwierigkeiten eingebrockt?«, möchte die Wehli mit schneidender Stimme wissen. Allen Anwesenden ist klar, dass gleich Schluss mit lustig ist.

»Erstens reden wir mit diesem Journalisten freiwillig kein Wort mehr. Zweitens hat uns der Schmierfink im Bad absichtlich vorgeführt. Ohne Aufforderung hat er sich zu uns gesetzt, gewartet, bis Sie herschauen, und mir dann provokativ die Hand auf die Schulter gelegt. Mehr war da nicht, sein Geschreibsel nehmen Sie doch nicht wirklich ernst, oder?«

Die Wehli verzieht zweifelnd das Gesicht. »Ein bisserl was wird schon dran sein ... Also gehen Sie mit Ihrem Hund Gassi und genießen Ihren Urlaub woanders, aber nicht im Bad. Da haben Sie Zutrittsverbot.«

»Das können Sie vergessen«, erwidert die Toni. »Wir haben von der Gemeinde Saisonkarten geschenkt bekommen, ich lass mir sicher nicht durch Ihre stockenden Ermittlungen das Thermalbad verderben. Schönen Tag noch.« Ohne die verblüffte Ermittlerin noch eines Blickes zu würdigen, schließt sie die Tür und tippt sich zweimal an die Stirn.

»Komm, Zuckerschnecke«, raunt der Pokorny ihr ins Ohr und zieht sie an der Hand hinauf ins Schlafzimmer. »Du schaust so verspannt aus ...«

Sie lächelt ihn liebevoll an. »Ja wirklich, nach dem Gespräch könnte ich schon eine Massage brauchen ...«

Da die Hanifl die letzten sonnigen Stunden für Gartenarbeiten nutzt, bleiben die beiden lieber im Haus. Heute muss der immergrüne Kirschlorbeer herhalten. Auf der Leiter stehend, schnippelt sie so inbrünstig an der einen Meter langen und zwei Meter hohen Hecke herum, als wollte sie einen Bonsai maniküren. Dass sie dabei immer wieder neugierige Blicke in den Nachbargarten wirft, entgeht ihnen nicht. So verzichten sie trotz des schönen Wetters auf ein Sonnenbad, weil in ein mühsames Gespräch mit der Nachbarin verwickelt zu werden ist nach dem Auftritt der Wehli keine Option.

Gegen fünfzehn Uhr brechen die beiden dann genervt auf. Gestern hat ein Mitarbeiter vom Fahrradshop Kreuzer das umlackierte, orange glänzende E-Bike der Toni vorbeigebracht, höchste Zeit, es auszuprobieren. Die vierundzwanzig Kilo Aluminium hängen sich auf der Forststraße zur Harzberghütte ordentlich rein. Vor allem, wenn man, wie die Toni, mit minimaler elektronischer Unterstützung fährt. Für den Pokorny geht es sich, mit wieder einmal nahezu leerem Akku, zum Glück gerade noch so aus, mit maximaler Betriebsleistung kommt er so eben noch den Berg hinauf. Gut, retour geht es dann eh nur mehr bergab, deshalb hat er sich da nicht viel angetan.

Wie üblich besteigt die Toni allein die einundzwanzig Meter hohe Jubiläumswarte, der Pokorny reserviert unterdessen zur Sicherheit einen Platz im Gastgarten der Harzberghütte.

Müde von der anstrengenden Auffahrt bestellt er gewohnheitsgemäß das Blunznrösti, bestehend aus einer gebratenen Blutwurst mit Kren und warmem Kraut, dazu ein Soda-Zitron. Entspannt und kein bisschen erschöpft gönnt sich die Toni ein Franzosenrösti, das ihr von der Tatjana empfohlen wurde. Und wirklich, der zwanzig Zentimeter große, in einer soliden Pfanne servierte Erdäpfelrösti mit zerschmolzenem französischen Brie und mit Wildpreiselbeeren und Walnussherzen überbacken, schmeckt einfach göttlich. Dazu trinkt sie einen naturtrüben gespritzten Apfelsaft. Nachmittags sind weniger Besucher da, die lärmenden Kinder in der riesigen Hüpfburg sind nach dem Mittagessen abgezogen, so können die beiden ihre Pause in Ruhe genießen. Eine Ruhe, die seit der medialen Berichterstattung über die Ermittlungserfolge und der Ehrung von letztem Freitag weniger geworden ist.

»Ob du es glaubst oder nicht, oben am Turm wollten zwei Ehepaare von mir ein Autogramm und ein Selfie«, erzählt die Toni. »Autogramm ja, Selfie hab ich abgelehnt, weil mit dem Helm schauen meine Haare fürchterlich aus. Nächste Woche hab ich einen Termin bei der Conny.«

»Ja, so in der Auslage zu stehen hat halt auch seinen Preis. Sogar für dich«, meint er augenzwinkernd.

Nach dem Essen setzt sich die Wirtin auf einen Kaffee zu den beiden und erzählt vom Familienzuwachs in ihrer Kängurufarm. Die weithin bekannten Tiere am Harzberg sind ein Besuchermagnet, vor allem Kinder lieben die niedlichen Rotnacken- und Parma-Kängurus.

»Ich habe gehört, ihr seid wieder mittendrinnen in Ermittlungen?«

»Woher weißt du davon?«, fragt die Toni.

»Wenn uns mal das Brot knapp wird, rutsch ich bei der Annamühle vorbei. Am Freitag hab ich dort die Frau Katzinger getroffen.«

»Ja, ja, die Katzinger, immer bestens informiert. Sag, kennst du die Mieter der Waldkabanen?«

»Der Tscholitsch war früher oft bei uns. Seit er betrunken im Harzbergturm über die Stiegen runtergefallen ist, lässt er die Ausflüge bleiben und betrinkt sich lieber gleich im Bad.«

»Högerl, Zobel, Voitl, Guschlbauer ... kennst du die auch?«, fragt der Pokorny.

Die Wirtin schiebt die Unterlippe nach vorn. »Kennen ist zu viel gesagt. Die Högerl ist die Tote, oder?« Als die Pokornys im Gleichklang nicken, fährt sie fort: »Die war letzten Sommer ein paarmal mit ihrer Nachbarin aus dem Bad da. Obwohl die eine recht stämmige Erscheinung ist, wurde sie von der zierlichen Dame herumkommandiert. Den Voitl und den Guschlbauer kenne ich gar nicht. Dann gibt es da noch die Architektin, die die neuen Kabanen bauen will ...«

»Du meinst die Eckstadler?«, vermutet die Toni.

»Kann sein, die hatte vor Kurzem hier mächtig Streit mit einem Deutschen. Mein Mann musste dazwischengehen.«

Der Pokorny schüttelt den Kopf: »Schon wieder jemand aus Deutschland. Die Zwatzl, der Vermieter der Kabane vom Ludwig und Heini und jetzt noch ein ...«

»Nein«, unterbricht ihn die Wirtin, »nicht noch einer. Das ist derselbe. Er heißt Schwertfeger, vermietet die Kabane und möchte die Luxusvariante beim Minigolfplatz bauen.«

»Hast du gehört, worüber die gestritten haben?«

»Über die Högerl. Die hat alles unternommen, um den Minigolfplatz zu retten. Zig Briefe an den Direktor, sogar an die Bürgermeisterin und den Landeshauptmann hat sie sich gewandt. Der Deutsche wollte die alte Frau loswerden, egal wie, er hat die Architektin unter Druck gesetzt, das Problem schnell zu lösen. Ihre Info, dass die Högerl eh demnächst stirbt, war ihm zu wenig. Er hat eine sofortige Lösung ohne Aufschub verlangt. Ansonsten würde er das Projekt mit jemand anderem durchziehen.«

»Dann hätte die Eckstadler ein Motiv für einen Mord, sehe ich das richtig?«, stellt die Toni fest, greift hektisch nach ihrem iPhone und schreibt dem Sprengnagl eine WhatsApp.

– *Der deutsche Investor heißt Schwertfeger und wollte die Högerl loswerden. Hat die Eckstadler unter Druck gesetzt. Schaut euch die zwei genauer an. Laut der Zobel hat die Högerl herumerzählt, dass die Architektin Dreck am Stecken hat.*

– *Danke, mach ich. Seid ihr gegen 19.00 Uhr zu Hause?*

– *Ja*

– *Bin im Dienst, komm dann auf einen Sprung vorbei, gibt Neuigkeiten!*

– *ok*

»Kann sein, dass sich die Polizei bei dir meldet. Die durchleuchten den Deutschen und die Architektin.«

»Alles klar, ich muss dann. War schön, euch wiedergesehen zu haben«, meint die Hüttenwirtin abschließend und huscht ins Lokal.

»Bin schon neugierig, was der Sprengi erzählt«, sagt der Pokorny, während er die Zeche bezahlt.

Die Toni entsperrt ihr iPhone. »Apropos Sprengi. Er hat gerade geschrieben, dass er doch erst gegen zwanzig Uhr kommt, die Wehli braucht ihn noch für was auch immer. Und ich soll … Ich zitiere: ›Nimm den Tatort auf, sonst lässt mich dein Bärli nicht hinein.‹«

Sein bester Freund, der Sprengnagl, spielt darauf an, dass die Pokornys jeden Sonntagabend um zwanzig Uhr fünfzehn ausnahmslos die Serie Tatort schauen. Besuche sind um diese Zeit ebenso unerwünscht wie lästige Telefonate.

»Dass er sich deswegen immer über mich lustig machen muss. Noch dazu, wo heute Thiel und Boerne dran sind.« Neben den österreichischen Kommissaren, die ja eigentlich Inspektoren sind, sind die Münsteraner noch vor den Münchnern die Lieblinge der Pokornys. Da zu stören kommt fast einem Verbrechen gleich. Allerdings lassen die realen Ermittlungsergebnisse des Gruppeninspektors das Drehbuch eines jeden Tatorts leicht mal verblassen.

»Ja, ja, schon gut. Also los, müder Krieger, mit deinem Blunzenrösti geht es gewichtstechnisch rascher nach Hause als herauf.«

Pünktlich um zwanzig Uhr läutet der Sprengnagl an der Haustür und lässt sich müde auf die Couch im Wohnzimmer fallen.

»Echt mühsam mit der Wehli. Ausgerechnet während meiner Dienstzeit gibt's immens wichtige Sachen, die nur ich erledigen kann. Haha!«

»Magst du etwas essen?«, fragt ihn die Toni.

»Nein danke, bitte einen starken Espresso«, sagt er zum Pokorny, dem Herrn über den Kaffeevollautomaten.

Während der Kaffee hinunterläuft, lässt der Gruppeninspektor die Bombe platzen: »Die Wehli hat die Kocmanek festgenommen und nach Wiener Neustadt überstellen lassen.«

»Festgenommen? Wieso?«, will die Toni wissen.

»Die Münze vom Tatort passt exakt in den Anhänger hinein, der Teilfingerabdruck darauf ist von ihr. Am Blister und auf der Medikamentenpackung, die wir in der Kabane der Högerl in Verwahrung genommen haben, sind ihre vollständigen Abdrücke drauf.«

Der Pokorny wundert sich. »Und das reicht für U-Haft? Die Münze gehört ihr ja, und die Medikamentenpackung kann sie auch bei einem anderen Anlass in der Hand gehabt haben.«

»Der Blister in ihrer Badetasche und das Pulver, übrigens zerriebenes Morphium, belasten sie schwer. Für eine Verwahrungshaft reicht's, über eine U-Haft wird noch entschieden.«

Die Toni wiegt zweifelnd den Kopf. »Hm, bei den restlichen Indizien geb ich dir recht, aber die Münze direkt bei dem Kasten ist mir einen Tick zu viel. Die wird doch die Högerl nicht mit der Badetasche am Arm reingelegt haben?«

»Was weiß ich? Erschwerend kommt hinzu, dass sie uns bezüglich ihres Alibis angelogen hat.«

»Waren sie also doch nicht beim Plachutta«, sagt der Pokorny und erzählt von den Informationen durch die Frau Katzinger. Der Sprengnagl schmunzelt.

»Sondern?« Während sich die Toni einen Zitrone-Ingwer-Tee aufbrüht, schaut sie ihn neugierig an.

»Zuerst wollte sie ja nicht darüber reden, war ihr wohl zu peinlich«, meint er grinsend. »Dann ist sie doch mit der Wahrheit rausgerückt. Sie waren in einem Stripclub im ersten Bezirk.«

»In einem was?« Der Pokorny schaut ihn ungläubig an. »Die zwei kann ich mir beim besten Willen nicht mit einem Stripper auf dem Schoß vorstellen. Will ich auch gar nicht.«

»Ich auch nicht, aber es kommt noch besser. Laut einem Mitarbeiter im Parkhotel sind die Fabeck und die Kocmanek erst gegen sechs Uhr morgens ins Hotel zurückgekehrt. Auch das hatte sie zuerst bestritten und wollte schon um Mitternacht in ihrem Bett gelegen sein. Bett stimmt auch, allerdings dürften den Damen die Stripper zu gut gefallen haben.« Der Sprengnagl prustet los: »Der Jonny hat ausgesagt, dass sie gegen dreiundzwanzig Uhr in sein Separee gegangen sind und sich dort vergnügt haben. Der geile Jonny, so wird er gerufen, ist nach seinem Arbeitseinsatz dann recht rasch eingeschlafen. Er gibt an, von einem auf den anderen Moment wie ausgeknockt gewesen zu sein. Dass die Kocmanek die ganze Zeit bei ihm war, kann er nicht bestätigen. Sie haben noch Gin Tonic getrunken, dann Filmriss.«

»Schon wieder Gin Tonic?«, stellt der Pokorny fest.

»Ja, aber eine andere Marke als die Högerl, haben wir schon überprüft.«

»Wurden bei der Kocmanek K.-o.-Tropfen gefunden?«, erkundigt sich die Toni.

»Nein, in der Wohnung und im Gepäck vom Hotel nicht. Leider hat der Stripper einer Blutabnahme nicht zugestimmt. Deshalb wissen wir nicht, was ihn ausgeknockt hat.«

Der Pokorny zieht die Mundwinkel auseinander. »Verständlich, wer weiß, was der Jonny sonst so alles eingeworfen hatte. Der Polizei einen möglicherweise positiven Drogentest frei Haus zu liefern wäre dumm von ihm.«

»Du sagst es. Die Separees haben übrigens einen Hinterausgang, damit die illustren Gäste unauffällig verschwinden können. Kameras negativ. Es weiß also niemand, wann die Kocmanek und die Fabeck wirklich rausgegangen sind.«

»Stopp«, ruft die Toni. »Wenn die Kocmanek wirklich weggefahren ist, wie ist sie danach dann wieder hineingekommen? Der Hinterausgang wird ja wohl nicht auch ein Eingang sein, oder?«

»Leider doch, nicht alle Gäste wollen durchs Lokal gehen, und so ist es diskreter. Die Gäste bekommen bei der Buchung der Separees einen Nummerncode, der für die entsprechende Zeit gültig ist.«

»Dann wäre ja leicht nachzuvollziehen, ob sie raus und wieder rein ist.«

»Die Wehli hat die Auswertung bei der Staatsanwältin schon beantragt. Der Geschäftsführer ist bis Dienstag auf den Malediven, die IT-Fritzen vom Alterbauer bekommen erst dann einen Zugriff.«

»Gibt es keine Vertretung?«

»Schon, aber der Mitarbeiter will sich nicht in die Nesseln setzen, indem er private Kundendaten herausgibt.«

Die Toni runzelt die Stirn. »Und die Fabeck, was sagt die?«

»Die ist da viel entspannter als ihre Freundin. Sie hat angegeben, nach dem besten Orgasmus ihres Lebens tief und fest geschlafen zu haben. Um halb fünf hat sie dann ihr russischer Hengst, der Igor, geweckt und die letzte Runde eingeläutet. Sie hat null mitbekommen, ob die Kocmanek den Club verlassen hatte oder nicht.« Der Sprengnagl klopft sich mit den Händen lachend auf die Oberschenkel. »Kannst du mir bitte noch einen Espresso machen?«

»Schon unterwegs.« Auch der Pokorny lacht über beide Ohren. »Da tun sich Abgründe auf, und alles nur, weil sie beim Plachutta keinen Platz bekommen haben.«

»Letztendlich ja. Frustriert sind sie vor dem Club stehen geblieben, die Fabeck fand das doppeldeutige Angebot von ›Frankfurter zum Bestaunen und Verkosten‹ ansprechend, dann hat sie die Kocmanek überredet. Laut ihr ist ihre Freundin seit dem Tod vom Sommersacher an anderen Männern nicht interessiert. Aber nach einer Flasche Sekt und einem Tabledance vom geilen Jonny war's auch um sie geschehen.«

»Der geile Jonny und der russische Hengst Igor. Ich pack's nicht, da spielen die beiden auf feine Damen und dann das«, bemerkt der Pokorny und stellt dem Sprengnagl seinen Espresso auf den Couchtisch.

»Danke! Der tut jetzt echt gut. Ich finde ja, dass die Wehli bezüglich der Festnahme diesmal einen Schnellschuss macht. Nach den Blamagen vom letzten Jahr will sie offenbar auf Nummer sicher gehen.«

Ja, das Jahr war für die leitende Ermittlerin tatsächlich kein Ruhmesblatt. Im Fall des Ehepaars Lieblich hätte sie sich einen ordentlichen Rüffel von ihrem Vorgesetzten erspart, wenn sie gleich zugegriffen hätte. Zu zögerlich sei sie vorgegangen, hatte es geheißen, auch bei den Maklermorden habe sie die Lage falsch eingeschätzt. Einen solchen Fehler will sie diesmal nicht machen, deshalb lieber einmal schneller in Verwahrungshaft nehmen, als zu lange zu warten.

»Wieso Schnellschuss?« Die Toni sieht den Sprengnagl verwundert an und setzt sich mit ihrem Tee zu den beiden an den neuen Bambustisch, der hervorragend zum Echtholzparkett aus Eiche passt.

»Der Hammerschmied hat im toxikologischen Befund angegeben, dass die Högerl eine Mischung aus Morphium und Fentanyl zu sich genommen hat. Fentanyl haben wir bei ihr nicht gefunden. Trotzdem hat's der Chefinspektorin für eine Verhaftung gereicht.«

»Fentanyl?«, fragt der Pokorny.

»Da steht's.« Er drückt ihm eine Kopie des gerichtsmedizinischen Berichts in die Hand. »Laut dem Onkel Doktor war die Dosierung tödlich.«

»Aber die Högerl hatte doch gar kein Fentanyl verschrieben bekommen. Oder hab ich da etwas verpasst?«, will die Toni wissen.

»Nein, hatte sie nicht«, bestätigt der Pokorny. »Außerdem hätte uns die Zobel davon erzählt.«

»Jedenfalls war sie nach der Medikamentenmischung zu nichts mehr fähig.«

»Ich hab zu den Schmerzmedikamenten bei Dr. Google und Wikipedia recherchiert und bin bei Krebsbehandlungen auch auf Fentanyl gestoßen«, erzählt der Pokorny. »Dieses Schmerzmittel ist der echte Hammer, wirkt hundertmal stärker als Morphium. Beide gehören zur Gruppe der synthetischen Opioide, fahren die Atem- und Herztätigkeit hinunter, bei einer Überdosis hört die Pumpe dann irgendwann auf zu schlagen.«

Der Sprengnagl berichtet: »Laut dem Hammerschmied hat sie die Medikamentenmischung definitiv mit dem Gin Tonic und den Butterkeksen eingenommen, damit war sie ratzfatz weggetreten. Eine halb volle Flasche Gin sowie ein benutztes Glas mit der tödlichen Opioidmischung wurden in ihrem Abwasch gefunden. Auf dem Glas sind unterschiedliche Fingerabdrücke drauf, die von der Högerl und von einer anderen Person, leider verwischt. Die Flasche hingegen weist seltsamerweise keinerlei Abdrücke auf.«

»Habt ihr bei der Högerl noch andere Medikamente gefunden?«, erkundigt sich die Toni.

»Nichts Auffälliges, Aspirin und eine Packung Mexalen.«

Der Pokorny schenkt sich ein Achterl Veltliner ein. »Und bei der Kocmanek in Baden?«

»Anwaltspost, Gerichtsvorladungen, Schreiben an den Direktor des Bades. Die Gute hat sich wirklich mit Gott und der Welt angelegt.«

»Es gäbe also genug Personen, die ihr die Tat in die Schuhe schieben könnten?«, meint die Toni und rührt gedankenverloren in einem großen rosafarbenen Häferl ihrer Oma. Die dunkelblaue Aufschrift »Manner mag man eben« erinnert sie an viele wunderschöne Wanderungen mit ihren geliebten Großeltern in den Bergen Österreichs.

»Schon, aber keinerlei Hinweise auf konkrete Personen, also mit Ausnahme der wechselseitigen Drohungen und Beschimpfungen mit der Högerl, der Zobel und auch mit der Eckstadler.«

»Wie passt die Architektin eigentlich da rein? Die war zwar mit der Högerl im Clinch, hat aber mit der Kocmanek nichts zu tun«, sagt die Toni.

Der Sprengnagl nickt. »Nicht direkt, das stimmt, allerdings betrachtet sich die Kocmanek schon länger als legitime Nachmieterin der Högerl-Kabane und braucht weder eine Baustelle noch irgendeinen überheblichen Mieter einer Luxuskabane in unmittelbarer Nähe.«

»Gerade sie regt sich wegen einer Überheblichkeit auf!« Die Toni lacht. »Die sollte einmal vor der eigenen Tür kehren.«

»Habt ihr endlich die Spinde des Personals im Bad untersucht?«

»Nein. Es gibt keinerlei Hinweis, dass ein Mitarbeiter in den Todesfall verwickelt ist. Auch nicht der Voitl …« Der Sprengnagl wird durch den Song »Herr Inspektor« von Seiler und Speer unterbrochen und verzieht verärgert das Gesicht. Nicht wegen der Musikgruppe, die er rauf und runter hört. Nein, er hat den personalisierten Klingelton der Chefinspektorin zugeordnet, schaut auf die Uhr und schüttelt den Kopf. »Wer spricht?«

»Haha, wer spricht … Gute Frage!«

»Haben Sie nicht längst frei?«

»Beim LKA ist man beziehungsweise frau immer im Dienst, vielleicht können Sie sich ja an früher erinnern, wo Sie noch dabei waren?«

»Sie wollen mit mir sicher keine Vergangenheitsbewältigung betreiben«, brummt er.

»Das nicht, aber ich frage mich, wo mein mir zugeteilter Mitarbeiter abgeblieben ist.«

»Spionieren Sie mir wieder nach?«, erwidert er, steht auf und schiebt mit der linken Hand die geschlossenen Lamellen ein wenig auseinander. Keine Wehli weit und breit.

»Nein, nicht notwendig. Am Weg nach Hause fahre ich gerne beim ›Allerley‹ vorbei, da fällt mir der Streifenwagen auf dem Parkplatz bei der Hauptstraße natürlich auf. Und von dort ist es ja nicht weit zur Doppelhaushälfte. Haben Sie sich eigentlich schon einmal überlegt, gemeinsam mit Ihrem Habschi eine Privatdetektei aufzumachen? Da könnten Sie viel leichter Informationen austauschen und kämen nicht immer mit dem Gesetz, also halt der Wahrung des Amtsgeheimnisses, in Konflikt. Egal, lassen Sie mir den Freizeitpolizisten samt Gattin schön grüßen, vielleicht geht sich für Sie dann ja noch ein Besuch in der Inspektion aus? Die Kollegen werden es Ihnen danken. Wir sehen uns morgen um acht Uhr.« Sie beendet das Gespräch.

Betretenes Schweigen macht sich breit. Die Toni durchbricht schließlich die Stille: »Was war eigentlich mit der Druckstelle am Hinterkopf, von der du erzählt hast?«

»Gut, dass du mich erinnerst. Die Gewebeverletzung ist zu Lebzeiten entstanden. Könnte von einem leichten Schlag mit einem Stock herrühren. Der Hammerschmied geht eher davon aus, dass der Högerl nach dem Gin Tonic schwindlig geworden ist. Sie ist nach hinten umgefallen und dürfte sich dabei den Kopf angeschlagen haben. Nichts Dramatisches, sie wird das nicht einmal mehr gemerkt haben.«

»Wisst ihr, wo?«, will der Pokorny wissen.

»Nein, war ein dumpfer Aufprall, keine Platzwunde zu sehen.«

Der Pokorny steht auf und holt sich aus der Getränkelade des Eiskastens eine weitere Flasche Veltliner. »Zusammenfassend wissen beziehungsweise vermuten wir über den Tod der Högerl also Folgendes: Erstens, sie hat einen Medikamentencocktail aus Morphium und Fentanyl zu sich genommen. Ob sie sich umbringen wollte, ist ebenso unklar wie die Frage, ob ihr jemand die Medikamente heimlich in den Gin getan, sie also ermorden oder zumindest betäuben wollte. Ebenso ist offen, woher das Fentanyl stammt. Zweitens, an diesem Cocktail wäre sie verstorben, ist sie aber nicht, sie ist erstickt. Drittens, die Druckstelle am Kopf dürfte von einem Sturz oder Schlag herrühren, war aber nicht tödlich. Viertens, wenn ihr wer die Überdosis untergejubelt hat, ist fraglich, warum die Högerl dann noch in den Holzkasten gelegt wurde. Fünftens die Frage: Waren es einer oder mehrere, voneinander unabhängige Täter? Und sechstens: Die Kocmanek hat ein Alibi. Ob es hält, wissen wir nach der Auswertung des Zeitprotokolls vom Stripclub. Das war's in aller Länge.«

»Wobei wir uns nicht nur auf einen Täter konzentrieren sollten, es könnte auch gut eine Täterin …«

Die Toni unterbricht den Sprengnagl: »Ja, eh, aber bitte, ich will mich zur Aufklärung nicht immer durchgendern müssen. Bleiben wir im internen Gespräch beim Täter oder Mörder, ja?« Beide nicken. »Ihr müsst die Alibis aller Personen prüfen, die mit der Högerl Probleme hatten. Das deckt sich ziemlich mit der Problemliste der Kocmanek.«

»Die Zobel hat in der Mordnacht bei ihrer Freundin geschlafen«, erinnert sich der Pokorny. »Von den anderen wissen wir nichts.«

Der Sprengnagl steht ächzend auf. »Ihre Freundin heißt Herta Riebenbauer und ist übers Wochenende zu ihren Eltern ins Waldviertel gefahren. Wir kontaktieren sie morgen. Einige Alibis haben wir schon überprüft. Der Tscholitsch ist beim Heurigen Sunk auf der Stiege gelegen, der Wirt hat ihn ins Bett verfrachtet. Den Heini und den Ludwig hat die Nachricht über den Tod der Högerl dermaßen aus der Bahn geworfen, dass sie bis zur Aufklärung des Mordes im Pflegeheim bleiben. Man weiß ja nie, ob nicht wer alte Leute meuchelt. Für die Mordnacht haben beide ein Alibi, im Pflegeheim gab's eine Geburtstagsfeier. Beide haben kräftig zugeschlagen und den Rausch in ihren Zimmern ausgeschlafen. Die anderen Alibis werden wir morgen prüfen.«

»Kannst du uns die Nummer von der Riebenbauer geben? Die erreichen wir als Einzige nicht im Bad.«

»Schick ich euch. So, liebe Leute, jetzt pack ich's, wer weiß, vielleicht lauert ja die Wehli noch wo und wartet, wie lange ich bei euch bin. Servus.«

»Dem Sprengi sind bezüglich der Spinde die Hände gebunden, wir müssen morgen mit dem Guschlbauer reden. Der kann uns sagen, ob beim Sommersacher im Spind Medikamente, vielleicht sogar Fentanyl, drinnen war«, resümiert die Toni.

Der Pokorny nickt. »Und was zwischen der Kocmanek und dem verstorbenen Bademeister wirklich gelaufen ist. Vielleicht lässt er uns sogar bei seinem Mitarbeiter reinschauen. Möglicherweise tut das der Voitl sogar selber.«

»Gute Idee. Gehen wir noch schnell mit der Maxime die Runde, es fängt gleich zu regnen an«, meint die Toni mit einem Blick auf die rabenschwarzen Wolken. »Vorbei ist es mit dem schönen Wetter.«

»Du musst morgen eh wieder arbeiten, gut erwischt.«

Die Toni grinst. »Dann los, nachher schauen wir, ob Thiel und Boerne unsere Hilfe brauchen.« In Vorfreude wird die Runde mit dem dritten Familienmitglied rasch abgewickelt.

Der Regen, der die Pokornys am gestrigen Abend doch noch erwischt hat, ist abgezogen, es hat auf knapp fünfzehn Grad Celsius abgekühlt. Grantig stemmt sich der Pokorny mit der Maxime gegen den unangenehmen Westwind, der über den Hohen Lindkogel und den Harzberg herunterweht. Normalerweise legt er den Weg bergauf über die Hügelgasse zur Hochstraße gemächlich an, denn die Beagelin liest währenddessen gemütlich die täglichen hündischen Neuigkeiten an den Hausecken und Laternenständern. Heute jedoch reicht es bei seinem energischen Schritt lediglich für den Teletext. Nach den angenehmen Temperaturen der letzten Tage sehnt er sich nach der Wärme im Café Annamühle, versüßt von einem aufmunternden Gespräch mit der Karin.

Seine Laune sinkt gegen null, als er die Tür zu seinem Stammcafé aufstößt und in das verdrossene Gesicht der Dagmar blickt. Gegensätzlich zur Karin ist sie von Kundenfreundlichkeit so weit weg wie der Pokorny von der Vorstellung, einen Marathon zu laufen. Überhaupt fragt er sich, wie eine dermaßen schweigsame und übellaunige Person in der heutigen Zeit als Verkäuferin arbeiten kann. Gut, in der Früh geht er es ja grundsätzlich auch ruhiger an, aber dermaßen griesgrämig dreinzuschauen muss man auch erst mal zusammenbringen. Ihre Begrüßung besteht aus einem raschen Zucken ihres feisten Kinns, gefolgt von einem Kopfnicken hin zu den Semmerln und den Kürbiskernweckerln. Er beschließt, sich anzupassen, erwidert den Kinngruß und bestätigt nickend den Vorschlag des Empathiebündels hinter der Theke. Zu seiner großen Überraschung reicht sie ihm nach der Bezahlung einen Notizzettel herüber und verabschiedet ihn mit ihrer Lieblingsgrußvariante, um gleich darauf eine gestresste Kundin mürrisch anzuschweigen.

Er faltet den von der Karin beschriebenen Zettel auseinander. »Die Katzinger hat sich am Samstag über die Bürgermeisterin beschwert und überlegt, die Linda doch anzumalen. Lasst euch was einfallen, sonst gibt es mächtig Ärger. Lieben Gruß, Karin«.

Kopfschüttelnd schlurft er zurück nach Haus und weckt die Toni früher als notwendig auf. »Da schau, die Karin warnt uns vor der Katzinger.«

»Die Katzinger!«, ruft die Toni entsetzt und schlägt sich mit der flachen Hand auf die Stirn. »Willi! Wir hätten sie gestern Abend beim Schachl treffen sollen. Um endlich ihren Geburtstag nachzufeiern. Jetzt haben wir sie noch einmal versetzt. Das verzeiht sie uns nie.«

»Notfalls musst du das Diätkonzept unserer Süßen in der Annamühle einmal vergessen«, meint der Pokorny und krault die Beagelin hinter den Ohren. »Das bricht sicher das Eis.«

Die Toni seufzt tief. »Da wird die Maxime nichts dagegen haben. Was gehst du an?«

»Hm«, meint der Pokorny, der aufgrund des Vormittagsdienstes der allerbesten Ehefrau der Welt auf sich allein gestellt ist. »Ich werde versuchen, die Eckstadler zu erreichen. Was da wirklich mit den Luxuskabanen läuft, ist schon wegen des Streits mit der Högerl wichtig. Ums Bad machen wir uns dann mittags Gedanken.« Nach dem anstrengenden Wochenende und den Scherereien im Bad ist er trotz der Urlaubswoche erholungsbedürftig.

Seit Anfang März liefert der Pokorny für den Berti täglich Waren aus. Von einem stressigen Job kann bei den Arbeitszeiten – sechzehn bis achtzehn Uhr – nicht die Rede sein. Trotzdem, für ihn bedeutet diese fixe Verpflichtung einen Eingriff in seine Komfortzone. Aus ist es mit den mehr oder weniger entspannten Gesprächen mit der Katzinger, die bisher ab fünfzehn Uhr stattgefunden haben, denn will er mit seinem Freund in Ruhe plaudern, muss er schon vor Arbeitsbeginn bei ihm sein. Nicht auszudenken, wenn die Sollinger Herta in Großau den weithin bekannten Ziegenkäse vom Berti verspätet geliefert bekäme.

Sehr zum Missfallen der Katzinger wurde das Kaffeekränzchen beim Café Annamühle daher auf vierzehn Uhr dreißig vor-

verlegt und so wiederum der Zeitplan der alten Frau durchein-
andergebracht. Sie behauptet, dass sie jetzt beim Mittagsmenü
einen extremen Stress und in der Folge eine Gastritis aufgerissen hat. Theatralisch keuchend hat sie sich zwei Wochen lang
mit schmerzverzerrtem Gesicht, vorwurfsvollem Blick sowie
einer Hand am Bauch von der nahen Kurkonditorei ins Café
Annamühle geschleppt. Erst eine Woche Gratis-Melange sowie
die nachfolgende Drohung, den Kaffee dann eben ohne sie zu
trinken, haben die Wogen einigermaßen geglättet.

Freilich kennt die Toni ihren Ehemann bestens, küsst ihn
zärtlich und grinst über beide Ohren. »Hast recht, geh es ruhig
an. Gleich so loszulegen ist wahrlich hart. So, ich muss, danke
fürs Frühstück.« Sie küsst ihn, schnappt sich ihre Handtasche
und verlässt immer noch grinsend das Haus.

»Die hat leicht lachen, geht arbeiten, und ich hab die Streit-
hansln im Bad alleine am Hals«, raunzt er mitleidheischend
zur Maxime, die völlig stressbefreit ein Vormittagsschläfchen
eingelegt hat.

Zwei Espressi und drei Kürbiskernweckerln mit erstklassigem
Waldbienenhonig später, betritt er mit der Beagelin das Büro
der Eckstadler. Direkt neben dem Juwelier war vor Jahren ein
Drogeriemarkt ansässig, der aber in das große Center am Rande
von Bad Vöslau gewechselt ist. In bester Lage gelegen, gab es
mehrere Interessenten für das Lokal, leider waren sowohl die
horrenden Miet- als auch die Renovierungskosten ein Hindernis.
Erst die Eckstadler Luxus-Immobilien GmbH hat investiert und
aus dem vormals feuchten, dunklen Raum, dem Namen entsprechend, ein Luxusbüro aus Glas und Chrom gezaubert. Die
Inhaberin der Firma selbst schaut einer mäßig sympathischen
Politikerin ähnlich, ihre tiefblauen Augen erinnern den Pokorny
an einen Gletschersee, das aufgesetzte Eiskastenlächeln an eine
Vampirlady. Die freundlichste Beagelin der Welt, sonst ein Sonnenschein, knurrt leise und sträubt ihr Fell. »Alles gut, Maxime.«

»Sie wissen schon, dass Hunde bei uns nicht hineindürfen?«,

fragt die Eckstadler, was den anwesenden Sonnenschein sogar zu einem Bellen animiert.

Dem Pokorny schaudert es ob des diabolischen Grinsens der Vampirin, die ihre Eckzähne zum Glück im Griff hat, aber so wirkt, als würde sie diese gegebenenfalls auch blutsaugend einsetzen. »Ich bin gleich wieder weg. Haben Sie von der Leiche im Thermalbad gehört?«

»Natürlich. Eine weniger, die Schwierigkeiten macht«, erwidert sie und bleibt ihrer empathiebefreiten Linie treu.

»Wieso?«, spielt er auf ahnungslos.

Sie wiegt den Kopf. »Als Ehrenbürger und Privatermittler werden Sie doch wissen, was da im Bad so abgeht, oder?«

»Sagen *Sie* es mir doch. Wieso hat Ihnen die Högerl Probleme bereitet? Die konnte doch keiner Fliege etwas zuleide tun.«

»Ich sage Ihnen gar nichts. Wie käme ich dazu? Was kann ich für Sie tun?«

Der Pokorny überlegt und wagt den Versuch, das Eis mit ein bisschen negativem Geplauder über die Kabanenmieter zu brechen. »Ein wenig über die Bagage im Bad plaudern. Die verlieren kein gutes Wort über Sie. Vor allem die Högerl soll sich regelrecht auf Sie eingeschossen und nur an ihre eigenen Vorteile gedacht haben. Als würde ihr das Bad alleine gehören.«

Und tatsächlich, die Gesichtszüge der Eckstadler entspannen sich. »Seit dem Krebs war sie ruhiger, vorher war die noch ganz anders aufgestellt. Die hat sich als Chefin aufgespielt und die anderen Mieter gegängelt und gegen mich aufgehetzt. Die Alte war eine echte Plage, wo es nur ging, hat sie mir das Leben schwer gemacht.«

»Wegen der Luxuskabane?«, verspricht sich der Pokorny.

»Also doch«, vermutet sie und hebt die Augenbrauen an. »Sie sind hier, um mich auszufratscheln.«

»Schauen Sie, eine Ihrer Gegnerinnen ist tot, und bei einigen der anderen Mieter kommen Sie und Ihre Ideen gar nicht gut an.«

Die Architektin winkt ab. »Geh, die Spießer sind mir doch egal. Das Projekt wird umgesetzt werden, fraglich ist nur, wann.«

»Worum geht es eigentlich? Außer dass Sie den Minigolfplatz schleifen und Luxuskabanen hinbauen wollen, weiß ich nicht viel.«

»Warum sollte ich Ihnen das erzählen?« Sie hält einen Moment nachdenklich inne. »Aber gut, es ist eh kein Geheimnis. Vielleicht bin ich Sie dann schneller los. Es wird nur eine Kabane, ebenerdig, mit eigenem Gartenbereich, abgeschirmt von den restlichen Gästen und mit einem kleinen Schwimmbiotop. Neider gibt es da viele. Minigolf spielt auf den desolaten Bahnen außer den zwei Gruftis eh niemand mehr, also was soll's, weg damit.«

Der Pokorny lässt seinen Blick im Raum kreisen. In dem Lokal wurden alle Zwischenwände beseitigt und die Fenster vergrößert. Der Umbau muss eine Lawine gekostet haben, die Geschäftsmiete wird dadurch auch nicht günstiger geworden sein. Sein Blick bleibt auf einem sündteuren Kaffeevollautomaten hängen, dem Traum seiner schlaflosen Nächte. Allein der Preis von mehr als zweitausend Euro lässt ihn weiter träumen.

Die Eckstadler sieht seinen Blick, ihre Augen blitzen, ein geradezu freundlicher Zug legt sich um ihre Lippen. »Wollen Sie einen Espresso? Was man so hört, gibt's ja Ihrer Meinung nach in Bad Vöslau nicht allzu viel gute.«

»Ja, bitte«, antwortet er und nickt. »Dafür sind die Weine verdammt gut.«

»Viel Zeit hab ich allerdings nicht«, erklärt sie, während sie den Espresso brüht. »Fragen Sie, gleich kommt ein Kunde.«

»Das Bad gehört doch der Vöslauer Thermalbad GmbH. Und die lässt Sie so einfach dort bauen?«

»Kontakte, Kontakte, Kontakte, in der Branche unumgänglich. Der Bereich des derzeitigen Minigolfplatzes wird nach der Schleifung an meine Firma verpachtet. Die Baugenehmigung ist noch ausständig; wie in solchen Fällen üblich, gibt es Proteste, die das Projekt verzögern.«

»Ist mit dem Projekt so viel Geld zu verdienen?«

»Natürlich«, antwortet sie trocken. »Ruhelage, eigenes Biotop, dazu das Flair des altehrwürdigen Bades. Ich habe gute

Kontakte, es gibt Kunden, die würden glatt das ganze Bad kaufen. Was natürlich nicht zur Diskussion steht. Ein Bieterverfahren wird zeigen, wer den Zuschlag bekommt.«

»Es geht für Sie also um eine satte Provision, nicht wahr? Die Sie nach den Schwierigkeiten mit der Högerl vielleicht nie hätten lukrieren können.«

»Was wollen Sie damit andeuten?« Der See in ihren blauen Augen beginnt zu vereisen.

»Die Högerl wurde ermordet«, fährt er fort. »Sie hätten also ein Motiv dafür. Irgendwann springen alle Investoren ab.«

»Wieso ermordet? Ich dachte, die ist am Krebs verreckt«, meint sie, weiß im Gesicht.

»Wäre sie, wenn nicht vorher wer nachgeholfen hätte.«

Die Architektin bläst die Wangen auf, mit großen Augen sieht sie ihn ungläubig an. »Und Sie denken, ich war das? Sie spinnen ja, wann wurde sie …? Und wie?«

»In der Nacht von Dienstag auf Mittwoch letzter Woche. Am Donnerstag wurde sie dann tot in einem Abschlagkasten der Minigolfbahn gefunden«, antwortet er ausweichend. »Würde doch passen, ihr Grab an dem Ort, für den sie so gekämpft hat. Wo waren Sie in der Dienstagnacht?«

Sie zeigt auf einen gläsernen Schreibtisch im hinteren Teil des Büros. »Hier, und falls Sie fragen, Zeugen gibt es keine. Es kommt öfters vor, dass ich eine Nacht durcharbeite.«

»War die Polizei schon bei Ihnen?«

»Nein, warum sollte sie?«

»Sie haben kein Alibi, aber ein Motiv«, stellt er fest. »Wer könnte sonst noch einen Grund haben?«

»Was weiß ich, mit dem Bademeister und seinem drogensüchtigen Mitarbeiter hatte die Högerl Probleme. Letztes Jahr hat sie auch mit den anderen Mietern ihre Wickel gehabt. Seit sie krank geworden ist, war es wie gesagt ruhiger.«

Der Pokorny fragt weiter: »Was wissen Sie über den Deutschen, der die letzte Kabane an zwei alte Herren kostenlos vermietet, angeblich aus hehren Gründen?«

»Welcher Deutsche?«

»Schwertfeger, sagen Sie bloß, Sie kennen ihn nicht?«

»Nein, woher?«

»Das stimmt doch nicht. Sie arbeiten sogar mit ihm zusammen. Er hat Sie aufgestachelt, Sie sollten für die Högerl eine rasche Lösung finden. Falls nicht, wären Sie das Kabanenprojekt los. Dann ging's plötzlich schnell, und die alte Dame lag tot im Holzkasten. Also haben Sie eine Lösung gefunden, nicht wahr?«

Die Eckstadler wirkt sichtlich angeschlagen. »Was erlauben Sie sich? Verschwinden Sie sofort …«

»Kennen Sie die Zwatzl?«, unterbricht er sie.

Die Eckstadler runzelt die Stirne. »Ist das nicht die Deutsche von der Waldandacht? Was hat die mit mir zu tun?«

»Na, die spioniert im Bad herum. Für den Schwertfeger. Kann es sein, dass er Ihnen misstraut und Sie überwachen lässt?«

»Es reicht!«, blafft sie ihn an. »Nehmen Sie Ihren Hund und verschwinden Sie aus meinem Büro! Eine Frechheit ist das. Wenn Sie das herumerzählen, verklage ich Sie wegen Rufschädigung.«

Sehnsüchtig schaut er zu dem fertig gebrühten Espresso hinüber. »Wegen des Espressos brauch ich Sie nicht mehr …«, setzt er an und gibt sich aufgrund des Gefrierschranklächelns selbst die Antwort: »Ah eh, also danke. Schönen Tag.«

Pünktlich um zwölf Uhr holt er mit der Maxime die Toni zu Fuß von der Stadtbücherei ab. »Bärli, ich habe Lust auf einen kleinen Imbiss bei der Bäckerei Mann. Die Tatjana hat mir von einer neuen Karte erzählt.«

Während sie der Pokorny beim Hinunterschlendern zu dem Lokal auf den neuesten Stand bringt, fängt es leicht zu tröpfeln an. Gerade noch rechtzeitig schaffen sie es unter die große anthrazitfarbene Plane, die die Terrasse über gut fünfzehn Meter Länge und sechs Meter Breite überspannt. Der Himmel ist mit pechschwarzen Wolken bedeckt, ein unangenehm kühler Wind bläst über die Hochstraße nach unten in Richtung Schlossplatz.

»Brr«, meint die Toni und zieht ihn zum letzten Tisch, der windgeschützt liegt. »Glaubst du wirklich, die Eckstadler weiß nichts von den Spionagetätigkeiten der Zwatzl?«

»Schaut so aus. Sie war über die Nachricht ziemlich überrascht. Vielleicht spielt der Schwertfeger ein doppeltes Spiel?«

»Du meinst, er arbeitet mit ihr zusammen und lässt sie gleichzeitig überwachen?« Die Toni winkt einer Mitarbeiterin. »Ist das nicht ein bisschen viel Aufwand?«

Er hebt abwehrend die Hände. »Nicht, wenn es um viel Geld geht.«

Die Toni bestellt sich einen Lachs-Avocado-Salat mit zwei Chiaweckerln, der Pokorny schlägt kräftig zu mit einem üppigen Omelett, aus drei Eiern, Putenschinken, Speckwürfeln und Goudakäse, sowie zwei Salzstangerln. Die Toni scheint entweder durch den stärker werdenden Regen oder durch die neuen Informationen abgelenkt zu sein, anders ist der ausbleibende Hinweis auf seine schlechten Cholesterinwerte nicht zu erklären.

Während die beiden ihr Essen serviert bekommen, fängt es wie aus Kübeln zu schütten an. »Mit Guschlbauer und Co. reden wir morgen. Bei dem Wetter werden die schon Feierabend haben.«

»Wahrscheinlich ja«, bestätigt die Toni. »Morgen möchte ich sowieso bei der Verwaltung des Thermalbades vorbeischauen. Ich wüsste zu gerne, wie das mit der Warteliste funktioniert und wer aller draufsteht.«

»Wieso?« Wieder einmal als Erster fertig mit dem Essen, bestellt er bei der Kellnerin einen Espresso.

Die Toni knabbert nachdenklich an der Innenseite ihrer Wange. »Mir geht das mit der Kocmanek einfach zu glatt von der Hand. Was ist, wenn die wirklich reingelegt wurde, wer würde dann profitieren?«

»Um dich zu zitieren: Wäre das nicht ein bisschen viel Aufwand? Der Nummer eins auf der Warteliste einen Mord anzuhängen, nur damit der oder die Nächste auf der Warteliste zum Zug kommt?«

»Was weiß ich«, meint sie schulterzuckend. »Hast du einen besseren Vorschlag?«

»Nein«, meint er und ruft der Kellnerin zum Zahlen. Trotz dicker, bauchiger pechschwarzer Wolken hat der Regen eine Pause eingelegt, die gilt es zu nutzen. »Die Katzinger wartet auf uns. Schnell, bevor wir nass werden.«

Schon von Weitem sehen sie, dass es mit der alten Frau heute anstrengend wird. Komplett schwarz gekleidet, meidet sie sogar ihren Stammstehtisch und sitzt unter der ausgezogenen Markise am äußersten Tisch, versteckt hinter der Speisekarte. Um die Trauer und den Ärger zu verdeutlichen, hängt über dem dunkel eingefärbten Sombrero ein schwarzer Schleier herab, der offensichtlich aus einem Insektenschutznetz herausgeschnitten ist. Die Pokornys werden ignoriert, als wären sie Luft. Durch das Netz und die dunkle Sonnenbrille ist von ihren Augen nichts zu sehen. Die beiden beschließen, das Theater mitzuspielen, und stellen sich wie immer zum Stehtisch hin. Ein frischer Gupf Schlagobers auf dem fleckigen Tischtuch zeigt ihnen, dass die alte Frau den Tisch fluchtartig verlassen haben muss, dunkle Kaffeetropfen weisen den Weg zu ihrem Schmolltisch. Nicht einmal ihren vierbeinigen Liebling beachtet sie, was auf maximalen Ärger schließen lässt.

Die Dagmar schaut verwundert vom Sitzplatz zum Stehtisch und wieder zurück, bläst genervt die Backen auf und bringt der Katzinger einen kleinen Mocca mit einem Putenschinkensemmerl.

Spätestens jetzt ist beiden klar, dass nur mehr die Maxime die verfahrene Situation retten kann. Weil wenn die Katzinger öffentlichkeitswirksam auf eine Melange mit viel Schlagobers und Schokostreusel sowie ein Speckstangerl verzichtet, ist Feuer am Dach. Die Toni lässt die Hündin von der Leine und schubst sie zur Katzinger. Eine gute Weile lang leckt die Beagelin an der hinunterhängenden Hand der alten Frau, bis die nicht mehr anders kann, als ihren vierbeinigen Liebling anzustrahlen. Während sie ächzend aufsteht, schickt sie den Pokornys noch einen grimmigen Blick, mit zusammengekniffenen Augenbrauen wackelt sie auf ihren Stock gestützt zum Stehtisch.

»Dass ihr euch überhaupt hertraut! Zum zweiten Mal innerhalb von vierundzwanzig Stunden bin ich gestern Abend mutterseelenalleine beim Schachl gesessen. Das ist letztklassig von euch, echt!«

Die Toni schneidet eine Grimasse. »Tut uns echt leid.«

»Wer's glaubt, wird selig.«

Verärgert über die eigene Vergesslichkeit, erzählt die Toni der alten Frau von den Gesprächen mit dem Sprengnagl, der Zwatzl und der Eckstadler und hofft, damit die Wogen endgültig glätten zu können.

Tatsächlich erzielt sie den gewünschten Erfolg. »Na, bumm, und das ohne meine Hilfe. Da kracht's ja ordentlich im Gebälk«, grunzt die Katzinger. »Ich glaub ja, dass mit dem Guschlbauer was nicht stimmt. Der soll angeblich eine Frau belästigt, halt begrapscht soll er sie haben. Den müsst ihr euch anschauen. Und falls der nicht der Mörder ist, dann halt sein Knecht, der Drogensüchtige.«

Die Toni schmunzelt wegen des immer wiederkehrenden Phänomens: Schneller, als die Maxime ihre Futterschüssel leeren kann, serviert ihnen die alte Frau neue Mörder, am liebsten Männer.

»Und warum lachst du jetzt?«

»War nicht böse gemeint. Ihre Kreativität bezüglich der Täterauswahl fasziniert mich jedes Mal aufs Neue.«

»Ja, gell, da schaust, ich hab eben das Ganze und nicht nur das Wenige im Blick. Wie könnten wir sonst so erfolgreich sein?«, meint sie lächelnd. »Also offiziell ja nur ihr, weil ich …« Ihr Gesicht wird wieder düster.

Die Toni legt ihr die Hand auf die Schulter. »Ich hab Ihnen versprochen, mich für Sie einzusetzen. Auf offener Bühne hab ich die Bürgermeisterin auf Ihre Mitarbeit hingewiesen, was ihr gar nicht geschmeckt hat. Mehr konnte ich doch nicht tun, oder?«

»Schwamm drüber, die krall ich mir schon noch. Was anderes – die Chefpolitesse hat dem Rosal Schwierigkeiten gemacht. Ihr wart ja nicht greifbar, drum ist sie bei der Armen vorbeigefahren. Woher die weiß, dass sie euch in die Wohnung gelassen hat, ist dem Rosal ein Rätsel. Wahrscheinlich hat irgendein Neider sie angeschwärzt, weil sie halt so viele Putzaufträge hat. Jetzt sitzt sie ordentlich in der Bretanie.«

»Können wir für die Frau Fratelli etwas tun?«, erkundigt sich die Toni besorgt. Schließlich haben sie ihr die Probleme eingebrockt.

»Was denn? Es ist zu spät, in den Appartements schwarz putzen geht jetzt nicht mehr. Die Wehli wird aufpassen wie eine Haftelmacherin.«

»Na ja«, sagt der Pokorny versöhnlich. »Wegen ein bisserl Schwarzarbeit wird die Chefinspektorin nicht hinter ihr her sein.«

Die Katzinger kneift die Augenbrauen zusammen, beide hören die Zahnräder in ihrem Kopf knarzen. »Wahrscheinlich hast du recht, trotzdem eine blöde Sache.«

Die Dagmar serviert ihr ungefragt das normale Menü und erntet dafür einen anerkennenden Blick. »Hm, schau an, vielleicht wird das mit der Schläferin doch noch was.« Während die Katzinger mit der rechten Hand gierig das Schlagobers von der Melange löffelt, fährt sie mit der linken unter der löffelnden Hand durch hin zu ihrer gerade servierten Lieblingsspeise. Was fatale Folgen hätte, würde die Toni die alte Frau nicht so gut kennen und blitzschnell nach dem herabfallenden Speckstangerl greifen.

»So ein Glück, jetzt wär es fast hinuntergefallen«, meint sie grinsend.

Ihre nicht ernst gemeinte Einschätzung ringt der Essensspenderin freilich lediglich ein verärgertes Schnaufen ab. Die Maxime stupst die Katzinger fordernd an, die, bevor die Toni noch reagieren kann, mit dem Löffel den auf der Kaffeetasse liegenden Mürbteigkeks hinunterschnippt. Damit steht es beim Schnaufen zwischen ihr und der Toni eins zu eins. Um weiteren Ärger zu vermeiden, wechselt die alte Frau das Thema.

»Schauts euch den Badewaschl auf jeden Fall an. Vielleicht hat ihn die Minigolfleiche ja auch einmal beim Grapschen erwischt. Dann hätte der ein glasklares Motiv, die zu erdrosseln.«

»Aber sie wurde nicht erdrosselt, sondern ist erstickt«, bringt sich der Pokorny ein.

»Auch egal, ich spür's in meinen Hühneraugen, der hat Dreck am Stecken und sein Hilfsarbeiter gleich dazu. Nein, kein Scherz, ich mein das ehrlich. Ich hab den Voitl schon ein paarmal beim Fladern erwischt.« Sie klappt das Insektenschutznetz nach oben, bedeutungsschwanger zieht sie die Augenbrauen hoch.

»Wo?«, fragt die Toni.

»Na, der wohnt doch in meiner Nähe, in so einem alten Haus in der Nähe vom Kinderspielplatz. Dort, wo's so laut ist. Weil während die Gören alles hinmachen und rund um die Uhren lärmen, haben die Eltern nix Besseres zu tun, als am Telefon herumzufummeln. Eine Frechheit.«

»Ja, ja, die arme Lin…«

Rechtzeitig vor der Nennung des Namens der hellblauen Seekuh wird er von der Toni unterbrochen. »Bärli, musst du nicht zum Berti fahren?«

Der grimmige Blick der Katzinger motiviert ihn zuzustimmen. »Richtig, also, dann packen wir's«, meint er, und geht hinein ins Lokal, um bei der Dagmar zu bezahlen.

»Wo haben Sie den Voitl beim Stehlen erwischt?«, fragt die Toni.

»Na, gleich beim Spielplatz ist ein Ständer vom Kronenblatt, da seh ich vom Fenster aus hin. Der glaubt, ich bin blind, klopft zweimal auf die Büchse drauf, und weg ist die Zeitung. Schwerer Diebstahl, laut der Sendung ›Anklage aktuell‹ kriegst da glatt zehn Jahre schweren Kerker dafür. Also schaut euch den genau an, dem ist alles zuzutrauen.«

»Ich werde sofort die Wehli anrufen«, meint die Toni schmunzelnd, hängt sich beim Pokorny ein und legt der alten Frau die Hand beschwichtigend auf den Arm. »Die soll den Voitl auf der Stelle verhaften, weil so geht es ja wirklich nicht. Auf Wiedersehen.«

Die Katzinger verzieht das Gesicht. »Wie meinst denn das jetzt? Ihr könnt doch nicht einfach so gehen! Wir haben nicht einmal einen neuen Termin für meine Purzltagsfeier ausgemacht«, krächzt sie den winkenden Pokornys hinterher. »Doch, können sie, mit einer alten Frau geht ja alles.«

Zu Hause trennen sich die Wege der beiden. Während sich der Pokorny sein E-Bike schnappt und mit der Maxime nach Großau radelt, fährt die Toni mit dem Mini nach Baden, um schnell noch ein paar Einkäufe zu erledigen. Anschließend geht es ab ins Top-Fit zum Spinningtraining. Was sie regelmäßig dazu bringt, freiwillig auf eine Art umgebauten Hometrainer zu steigen und dermaßen wahnsinnig in die Pedale zu treten, dass sich unter dem Rad eine riesige Schweißlacke bildet, entzieht sich der Vorstellung vom Pokorny. Einmal hat sie ihn dazu überredet, eine lockere Runde mitzufahren. Das erste und das letzte Mal! Knapp vor einem Herzinfarkt hat er mit hochrotem Gesicht tapfer ums Überleben gekämpft. Spaß macht ihm das jedenfalls keinen. Wenn er für den Berti ausliefert, bestimmt er das Tempo und muss sich nicht dem Gruppendruck beugen.

Er hängt sein Fahrrad an der Schnellladestation an und betritt den rustikal eingerichteten Bioladen. »Servus, Berti, hast du wegen der Zwatzl nachgeschaut?«

Der Berti nickt. »Nichts entdeckt, gestern hab ich alles ausgeräumt. War gut so, ich hab nämlich ein leeres Hummelnest gefunden.«

»Hummelnest?«, ruft der Pokorny alarmiert und zieht ihn, wie schon letzten Donnerstag, aus dem Geschäft hinaus. Während er dem Berti die Geschichte mit der Hummeldrohne erzählt, scannt er die nähere Umgebung nach fliegenden Insekten ab. Außer ein paar Fliegen beim Ziegenstall nimmt er keine ungewöhnlichen Aktivitäten wahr. Da kann er nur hoffen, dass die Entwicklung der Kameratechnologie vor Fliegen haltgemacht hat.

»Das leere Nest war echt, kein Nachbau. Beim Renovieren bin ich mal auf ein bewohntes Hummelnest gestoßen, war nicht so lustig. Die Viecher können ziemlich aggressiv werden. Die Zwatzl war heute Vormittag übrigens schon wieder da. Schaut nach einer neuen Stammkundschaft aus.« Er grinst schief. »Eine österreichisch-deutsche Geschäftsverbindung quasi. Aber was soll ich machen, das Geld kann ich brauchen.«

»Was wollte sie?«

»Hm, Hanftee, Ziegenkäse, Mohnkuchen und ein Sackerl Walnüsse. Da ist sie ziemlich pingelig gewesen, hat nur die sauberen und größten Nüsse ausgewählt. Angeblich will sie damit einen Likör machen.«

»Angeblich?«

»Na ja, die glaubt, ich bin blöd. Walnusslikör wird aus grünen, unreifen Früchten gemacht. Der Reifegrad wird mit einer Stricknadel getestet, dann werden sie halbiert und eingelegt. Aus essfertigen Nüssen macht die garantiert keinen Likör mehr.«

Der Pokorny nickt nachdenklich. »Dann sollten wir uns die Nüsse einmal anschauen. Wer weiß, vielleicht war die pingelige Suche nur ein Vorwand.«

Kurz vor der Ladentür bleibt der Berti stehen. »Wir müssen das aber möglichst rasch und unauffällig durchziehen, sonst kriegt sie das mit und weiß, was los ist. Vorschlag: Wir packen gesprächig alle in eine Kiste, die Toni braucht im Winter eh immer wieder Nüsse von mir. Also warum nicht vorsorgen?«, meint er lächelnd.

Zehn Minuten später sind die Walnüsse aus der Steige im Laden in einen Umzugskarton umgelagert, gut verstaut fristen sie ein einsames Leben im hintersten Eck vom Berti seinem Lager. Eine hatte tatsächlich mehr Gewicht und hat beim Reinwerfen in die Kiste auch anders geklungen als die restlichen. Mehr so ein Klonck statt des regelmäßigen Klack-klack der anderen Nüsse. Sie beschließen, sich, wenn die Sache mit der toten Högerl geklärt ist, die Schalenfrüchte einzeln vorzunehmen.

Wenn schon paranoid, dann ordentlich. Unter der Laube beschallt Falco die beiden Freunde, um eine sichere Kommunikation zu gewährleisten.

»Irgendwo ist die Scheiße wohl ordentlich am Dampfen. Der Zwatzl hätte ich ja viel zugetraut, nicht aber einen Abhörversuch in feindlichem Gebiet. Die wagt sich da weit vor. Was übersehen wir? Die Waldandacht zu verwanzen ist ein Ding, aber das hier …?« Ratlos dreht der Pokorny sein Wasserglas mit der schwimmenden Zitronenscheibe im Kreis.

»Angenommen«, sagt der Berti, »sie spioniert wirklich für den Schwertfeger die Kabanesen und die Architektin aus. Was hat der Deutsche davon?«

»Die Kontrolle über seine Geschäftspartnerin. Die Eckstadler war von den Aktivitäten der Zwatzl überrascht, möglicherweise macht die wirklich ihr eigenes Ding und will den Schwertfeger bescheißen. Der ahnt das und sichert sich mit der Zwatzl ab?«

»Schon, aber im Bad wird die bezüglich der Architektin nicht viel zu spionieren haben. Da wäre es schon besser, das Büro zu verwanzen. Wenn die Eckstadler wo Pläne schmiedet, dann doch wohl dort. Aber vielleicht hat sie dort schon was untergebracht.« Er deutet mit dem Kinn zum Laden hin. »Wie bei mir, bloß halt ohne Nüsse.«

»Außer sie trifft sich im Bad mit potenziellen Kunden, dann würde das Sinn machen. Wir werden uns dort umschauen. Wir könnten eine gemeinsame Minigolfpartie mit Ludwig und Heini dafür nutzen. Da hätten wir dann genug Zeit zum Schauen.« Der Pokorny grinst bis über beide Ohren. »Andererseits, nach dem, was da passiert ist, wird dort wahrscheinlich keiner mehr spielen wollen.«

»Apropos umschauen, ich hab dir die Bestellungen zusammengepackt.« Er deutet auf mehrere gut gefüllte Jutesackerl mit dem Aufdruck »Bio-Berti's Spezialitäten«.

»Bald musst du in einen Anhänger investieren. Das bring ich nur so grade noch in die Box«, meint der Pokorny skeptisch. »Die restliche Woche kann ich übrigens nicht mehr ausliefern. Es spitzt sich im Bad gerade zu.«

»Passt schon, deshalb habe ich dir auch heute mehr eingepackt. Die restliche Woche übernehme ich.«

Der Pokorny nickt erleichtert. »Die Maxime muss ich dir hierlassen. Halt dich bitte mit dem Füttern zurück.«

»Ja, ja, ich weiß eh, sonst müsste sie bald einmal auch in die Höhe und nicht nur in die Breite wachsen. Ich bring sie euch nach Geschäftsschluss vorbei.«

»Genau. Alsdann, ich bin unterwegs, baba.«

Die Toni kommt erst knapp vor zwanzig Uhr nach Hause, heute war so ein Spinningmarathon angesagt. Sprich dieselbe Quälerei, nur halt doppelt so lange. Deshalb ergänzt sie doppelt so hungrig ihren »Kraftsalat«, bestehend aus Chinakohl, Feldsalat, Käferbohnen und gerösteten Kürbiskernen, noch mit gerösteten Vollkornsemmelbröckerln, zwei weich gekochten Eiern und einer Stange ofenwarmem Nussbrot.

Der Pokorny staunt nicht schlecht. Dann verringert er für sich das überschätzte Gemüse, ergänzt es um ein drittes Ei und greift ordentlich beim Nussbrot zu.

Mit einem kritischen Seitenblick auf sein Bäuchlein meint sie: »Wir sollten wieder einmal beim Arzt vorbeischauen. Jedes Mal, wenn wir in Ermittlungen verstrickt sind, kommt unser Ernährungsplan komplett durcheinander.«

Damit sich ihr Ehemann einigermaßen vernünftig ernährt, hat die Toni ein ausgeklügeltes Konzept entwickelt. In einem Drei-Tages-Rhythmus wechseln sich Gemüse, Fleisch und Süßspeisen ab. Je nach Laborbefund kann sich dieses Verhältnis zugunsten des Gemüses verschieben, was dem Pokorny nicht behagt.

»Du könntest morgen wirklich beim Doktor vorbeischauen. –

Nicht wegen mir«, schiebt er nach, »sondern wegen der Högerl. Ihre Wohnung ist in der Bahnstraße. Gut möglich, dass sie dort in Behandlung war. Der Tscholitsch meinte, sie wäre sterbenskrank gewesen und hätte nicht mehr lange gelebt, die Zobel hat uns von einer guten Phase erzählt. Was stimmt jetzt?«

»Inwiefern ist das wichtig? Der Hammerschmied hat bei der Obduktion von einem Riesentumor gesprochen. Mehr als das geht ja nicht, oder?«

»Schau, im Nachhinein ist man immer klüger. Mich würde einfach die Prognose des Arztes interessieren und wie viele Medikamente sie wirklich genommen hat.«

»Weil sie dann Tabletten hätte verstecken können, um sich damit ...«

»Umzubringen«, führt er den Satz fertig. »Ja, was natürlich den Abschlagkasten nicht erklärt. Aber das ist eine andere Geschichte. Wobei ich nicht glaube, dass wir vom Arzt eine Auskunft erhalten werden.«

»Vor allem nicht als Freizeitpolizisten.« Die Toni räumt den Tisch ab, umarmt ihn von hinten. »Du schaust nach der Auslieferung sehr müde aus, ein bisschen Relaxen im Pool würde uns guttun. Komm, Bärli ... ich bin vom Training soooo verspannt«, gurrt sie neckisch. Die Maxime ist mit vollem Bauch – der Berti hat trotz des Verbots seinen abgelaufenen Keksvorrat an sie verfüttert – längst im Körbchen eingeschlafen. Und ja, der Whirlpool ist sein Geld wert, auch wenn er sauteuer war. Die vielen Düsen rundherum bringen den müdesten Krieger wieder auf Vordermann, die Toni bekommt ihre Massage. Als beide schlussendlich müde und glücklich ins Bett fallen, ist jede Stelle am Körper gebührend durchgeknetet worden.

Dienstag, 1. Juni

So gut die Nacht begonnen hat, so schlecht fängt der Morgen für die Toni an. Ein Föhn kündigt sich an, die ersten Vorläufer haben Bad Vöslau schon erreicht und bescheren ihr ordentlich Kopfweh, was dazu führt, dass sie mit dem Pokorny aufsteht und verdrossen ins Café Annamühle schlurft.

Wenigstens scheint im Lokal die Sonne, weil die Karin heute Frühdienst hat. Besorgt schaut sie die Toni an. »Guten Morgen, alles in Ordnung mit dir?«

»Nein.« Die Patientin schüttelt langsam den Kopf. »Der Föhn, mir zerreißt es gleich das Hirn. Gib mir bitte einen doppelten Espresso.« Damit ist klar, wie schlecht es ihr tatsächlich geht. Weil sie halt den Milchschaum auf dem Cappuccino über alles liebt; wenn sie darauf verzichtet, ist das kein gutes Zeichen. »Ausgerechnet jetzt sind die Thomapyrin aus.« Der grimmige Seitenblick zum Pokorny zeigt, wer offensichtlich die letzte genommen und keine neuen besorgt hat.

Die Karin nickt. »Das kenn ich gut.« Sie greift in eine Lade hinter sich und reicht der Toni eine Packung Schmerztabletten über das Verkaufspult. »Deshalb bin ich auch immer gut versorgt.«

»Danke dir.«

»Gestern war ich mit einer Freundin im Café Sisi«, meint die Karin augenzwinkernd. »Der Chef mag Besuch bei der Konkurrenz nicht besonders, aber hie und da brauche ich mal Abwechslung.«

Zwar liebt der Pokorny die weithin bekannten, unglaublich geschmackigen Bananenschnitten im Mitbewerbscafé, trotzdem ist er maximal unflexibel. Er lässt sich von der Toni zwar manchmal eine mitbringen, hineingehen mag er aber nicht. Das ist für ihn, als würde er sein Stammcafé verraten. Nur bei der Bäckerei Mann macht er gönnerhaft eine Ausnahme. Dort ist der Platz auf der Terrasse einfach zu gut zum Beobachten der Leute, um sich über den Verrat am Café Annamühle Gedanken zu machen.

»Gestern hab ich dort die Wehli mit einem Kollegen bei Kaffee und einer Malakofftorte sitzen gesehen.« Sie freut sich über die gelungene Überraschung und genießt den entgeisterten Blick der Pokornys. »Da ihr so gut wie nie dort seid, hat sie vermutlich geglaubt, nicht entdeckt zu werden. Leider Pech gehabt, gut, dass sie mich nicht gesehen hat.«

Die Toni schiebt die Unterlippe nach vorn. »Schau an, schau an. Und das mit ihrer Gastritis, da kann es ja nur weiter bergab gehen.« Nie und nimmer würde sie diese in Österreich sehr beliebte Kalorienbombe zu sich nehmen. Die Torte besteht nahezu ausschließlich aus Creme – einer Mischung von Butter, Staubzucker, Schlagobers, Eiern und geriebenen Mandeln – sowie aus in Rum und Milch getränkten Biskotten.

»Und zu der Gastritis kommt ja noch der Candida-Pilz dazu. Die Diät scheint beendet zu sein. Und dann redet sie sich wieder auf mich raus. Worüber haben die beiden gesprochen?«

»Über die Kocmanek. Wenn die Wehli der Staatsanwältin bis heute Nachmittag keine stichhaltigen Beweise bringt, wird sie freigelassen. Zu wenig für eine U-Haft.«

Der Pokorny lacht auf, trommelt mit den Fingern auf den Stehtisch gegenüber dem Tresen. »Der Sprengi hat's von Anfang an gesagt, das ist viel zu wenig. Aber die Wehli macht lieber einen Schnellschuss, als eine Leiche zu viel am Buckel zu haben.«

»Sie haben noch über den Geschäftsführer von einem Stripclub gesprochen, wisst ihr da was drüber?«

Rasch ist die Karin auf den neuesten Stand gebracht, und auch sie kann es kaum fassen. »Stille Wasser sind tief. Wobei bei dem unmöglichen Auftreten der Kocmanek von still eigentlich keine Rede sein kann. Trotzdem tun sich manchmal Sachen auf, die hätte man nie im Leben geglaubt.«

Der Pokorny greift nach dem Espresso, nimmt einen Schluck

und beißt von seinem Pariser Kipferl ab. Sein Standardmenü, wenn er morgens in Laune ist und den Tag schon hier kulinarisch beginnt. »Solange der Inhaber keine Informationen über seine Gäste herausrückt, sprechen ihre Angaben eher für als gegen die Kocmanek«, meint er.

»Und das kann dauern. Ohne Beschluss der Staatsanwaltschaft wird der sicher keine Daten herausgeben. Wer weiß, wer dort aller so ein und aus geht.« Die Toni trinkt ihren Espresso aus, verzieht dabei das Gesicht. »Wie du einen Kaffee ohne Milch trinken kannst, ist mir ein Rätsel.«

»Tja, Übungssache, wenn du es einmal geschafft hast, dann nie wieder mit Milch. Worüber haben die sonst noch geplaudert?«

»Sie suchen den Voitl, der hätte gestern Nachmittag auf die Polizeiinspektion kommen sollen, ist aber nicht erschienen.«

»Warum wird er gesucht?«, fragt der Pokorny.

Die Karin begrüßt eine ältere Frau. »Weiß ich nicht. Ein Paar hat sich neben sie hingesetzt, da haben sie aufgehört zu reden. Ich muss jetzt, bis am Nachmittag.«

Zu Hause angekommen dreht der Pokorny sein Nokia auf. Eigentlich früh für ihn, normal wird es leicht neun Uhr, bevor er Störungen zulässt, aber im Ermittlungsstress macht er schon Ausnahmen. Postwendend ertönt der nervige Retro-SMS-Ton »Tititi, tititi«.

»Der Sprengi mit der Nummer von der Riebenbauer. Kannst du …?«

»Nein, Bärli, dein Freund hat *dir* eine SMS geschrieben, also rufst auch du bei ihr an«, antwortet die Toni dem Weltmeister im Delegieren von unerwünschten Aufgaben.

Und das ist auch so eine Sache mit dem Pokorny. Mit Personen, die er nicht kennt, mag er so gar nicht telefonieren. Da kommt sein misanthropischer Anteil zum Vorschein. Sonst recht aufgeschlossen gegenüber Mitmenschen, wird er bei Fremden, wie er sagt, manchmal direkt zaghaft.

»Ich mag nicht telefonieren, ich schick ihr eine Nachricht.«
– *hallo frau riebenbauer   ich bin ein bekannter von der frau*
  zobel   haben sie zeit für ein treffen   danke pokorny
»Wenn du die SMS so versendest, kannst du den Termin
alleine machen. Einer Wildfremden eine von deinen verstümmelten SMS zu schicken! Bei aller Liebe …«, rüffelt ihn die Toni.

Der Pokorny weiß, wann er verloren hat und sich außer
Ärger nichts einhandeln kann. Die Toni hat schon recht, mit
seiner SMS hätte die Riebenbauer nie verstanden, was er will,
wer er ist und warum sie sich überhaupt mit ihm treffen soll.

»Dann schreib halt du«, mault er und drückt ihr sein Nokia
in die Hand.

Grummelnd beginnt die Toni auf dem Uralt-Handy die
Nachricht zu schreiben und erinnert sich an vergangene Tage,
wo das mehrmalige Drücken ein und derselben Taste zur Auswahl des richtigen Buchstabens beziehungsweise Zeichens er-
forderlich war. »Echt mühsam.«

»Siehst, genau deshalb …«

»Ja, ja«, unterbricht ihn die Toni. »Machst du halt einen
Schritt in die technische Neuzeit, dann ist das alles kein Problem.«

Prompt langt eine Antwort ein.
– *Bin unterwegs, 12.00 Uhr Gerüchteküche im Wasserschloss*
  geht sich aus.
– *ok*
Um weitere Unstimmigkeiten mit der Toni zu vermeiden,
hält sich der Pokorny mit der Beantwortung bewusst kurz.

Kurz vor zwölf Uhr treffen die Pokornys im Restaurant »Gerüchteküche« im Wasserschloss Kottingbrunn ein. Der Chef
begrüßt die Ehrenbürger der Nachbargemeinde persönlich und
geleitet sie zu einem ruhig gelegenen Tisch im Wintergarten mit
Blick auf den Schlossteich. Das Ambiente des Lokals ist gedie-
gen, sofort stellt sich ein Gefühl des Wohlbefindens ein. Rasch
sind die Getränke bestellt, für den Pokorny auf Empfehlung

des Wirten einen Heggenberger Rotgipfler, für die Toni einen Limoncello Spritz.

Zehn Minuten später betritt die Riebenbauer das Lokal und steuert zielstrebig auf die beiden zu. Der Pokorny liebt die allerbeste Ehefrau über alles, ist null an anderen Frauen interessiert und steht sowieso nicht auf Blondinen. Aber die hübsche junge Frau in der engen Jeans und einem hüftlangen hellblauen Shirt ist eine Augenweide. Zahlreiche Blicke begleiten sie auf dem Weg zum Tisch.

»Schön, dass Sie es einrichten konnten«, begrüßt die Toni sie und stellt den Pokorny und sich vor.

Die Riebenbauer deutet zum Kellner, zeigt auf den Limoncello Spritz und atmet tief durch. »Gerne, entschuldigen Sie die Verspätung. Ich hab beim Herfahren mit meiner Freundin telefoniert. Wofür braucht sie ein Alibi?«

»Sie haben von ihr sicher vom Tod der Frau Högerl im Thermalbad gehört?«, vermutet der Pokorny, fasziniert vom sinnlichen Mund der Blondine. Als er sie nicken sieht, fährt er fort: »Wir haben die Leiche bei der Minigolfbahn entdeckt und stecken jetzt wieder einmal in Ermittlungen privater Natur drinnen.«

Die Toni übernimmt: »Und deshalb fragen wir alle im Umfeld der alten Dame, wo sie in der Nacht von Dienstag auf Mittwoch letzter Woche waren. Die Zobel gibt an, bei Ihnen geschlafen zu haben.«

Die Riebenbauer nickt wieder. »Ja, sie war bei mir, wir haben gegessen, ferngesehen und nach dem einen oder anderen Gläschen Rotwein miteinander geschlafen.« Sie zwinkert dem Pokorny zu und streicht sich eine blonde Strähne aus dem Gesicht. »Am nächsten Tag ist sie von mir weg. Reicht das?«

Während der Pokorny ob des erotischen Geständnisses rot wird, bilden sich Falten auf der makellosen Stirne der Toni, die er nur zu gut zu deuten weiß. Vor ihren Augen mit ihrem Ehemann zu flirten, das ist sogar der sonst lockeren Toni zu viel des Guten. Egal, ob die Riebenbauer lesbisch oder beidseitig interessiert ist. Noch vor dem eigentlichen Gespräch wird sie ihr schlagartig unsympathisch.

»Wann ist sie gekommen, und was haben Sie sich angesehen?«, fragt die Toni angespannt.

»Also, gekommen ist sie öfter. Ist bei Ihnen alles okay?« Die Blondine lächelt kokett. Einem Mann wäre das Provokante an den Fragen schon wegen ihres Aussehens nicht aufgefallen, Frauen untereinander haben da feinere Antennen.

Während die Toni einen Schluck von ihrem gerade servierten Limoncello Spritz nimmt, fährt die Riebenbauer fort: »Gegen neunzehn Uhr, was mich überrascht hat. Wir waren erst für einundzwanzig Uhr verabredet. Sie müssen wissen, wir hatten uns ein paar Tage nicht gesehen, da staut sich eine Menge auf.«

»Muss ich das?« Kopfschüttelnd trinkt die Toni ihr Getränk auf ex, winkt mit dem leeren Glas zwecks Nachfüllung.

Dem Pokorny ist das zwischen den Frauen alles ein bisschen zu viel. Wenn die Blondine, warum auch immer, so weitermacht, wird aus dem Essen nichts, da kennt er seine Ehefrau nur zu gut. »Tja, die Damen, wie sieht es mit dem Essen aus? Ich bin hungrig«, stellt er fest und blättert wild in der Karte hin und her.

Mit dieser grundsätzlich harmlosen, für ihn aber absolut ungewöhnlichen Handlung bringt er die Toni zum Schmunzeln. In der Gerüchteküche schwört er auf den Zwiebelrostbraten mit Bratkartoffeln und gerösteten Zwiebeln. Nie würde er hier etwas anderes essen, daher holt er sie mit seiner scheinbar schwierigen Suche aus dem Eck der Verärgerung heraus.

Als wäre nichts gewesen, flötet sie: »Ja, ja, wir kennen das, das gehört einfach abgebaut, wir machen das nahezu täglich im Whirlpool oder in der Liebesschaukel. Da staut sich dann nicht so viel auf. Kann ich Ihnen nur empfehlen.«

Der Pokorny läuft tiefrot an, das geht für ihn zu weit. Er räuspert sich und blättert weiter hektisch in der Karte herum.

»Na, Bärli, weißt du schon, was du isst?«

»Äh, ja, also … ich …« Er verstummt, überlegt kurz und beschließt, in das Spiel einzusteigen. Augenzwinkernd legt er ihr eine Hand auf den Schenkel. »Ich schlage heute beim Filetsteak zu, schön blutig muss es sein.«

Die Riebenbauer fühlt sich um ihr Theater betrogen und kommt zum eigentlichen Thema zurück: »Die Eli hatte zwei Flaschen Blauen Portugieser mitgebracht. Auch ungewöhnlich, sonst trinkt sie nur Bier. Sie meinte, sie müsse sich wegen der Kocmanek betrinken. Gut, das ist uns dann auch gelungen. Irgendwann sind wir umgekippt. Gegen sechs Uhr war ich kotzen, da ist die Eleonore schnarchend neben mir im Bett gelegen, am Nachtkasterl eine leere Flasche Rotwein. Der nächste Tag war zum Vergessen. Hat gut gepasst, dass ich an dem Tag einen Labortermin geplant hatte. Komplettes Blutbild, irgendwas stimmt da ganz und gar nicht. Auf den Befund warte ich noch.«

Der nette Kellner nimmt die Bestellung auf. Neben dem blutigen Rindersteak vom Pokorny wählt die Toni einen gebratenen Zander mit mediterranem Grillgemüse und Petersilerdäpfel, die Riebenbauer entscheidet sich wie zum Trotz für den Zwiebelrostbraten.

Er schiebt den aufkeimenden Ärger zur Seite. »Seit wann sind Sie ein Paar?«

»Was spielt das jetzt für eine Rolle? Sie hat bei mir geschlafen, der Rest ist privat«, meint sie.

»Der Hinweis auf Ihren Hormonstau war für Sie ja auch nicht privat«, stellt die Toni fest. »Übernachten Sie immer bei Ihnen oder auch mal im Bad?«

»Meistens bei mir. Die Kabanenwände sind dünn, der Tscholitsch daneben ist ein Geilspecht. Einmal hab ich gesehen, wie er sich einen runtergeholt hat. Nur weil die Eli und ich uns geküsst haben.«

»Die Högerl ist erstickt, wahrscheinlich Mord. Trauen Sie das im Bad wem zu?«, fragt die Toni weiter.

Nachdem der Kellner die bestellten Speisen serviert hat, herrscht eine Zeit lang Ruhe am Tisch. Der Pokorny genießt das Steak, kann sich aber einen sehnsüchtigen Blick zum Zwiebelrostbraten nicht verkneifen.

Schließlich beginnt die Riebenbauer zu erzählen: »Nein, das kann ich mir nicht vorstellen. Die Kocmanek bringt die alte Frau doch nicht wegen der Kabane um, die Högerl wäre ja eh bald gestorben.«

»Ihre Freundin meinte, sie wäre wieder gut drauf gewesen?«, widerspricht der Pokorny.

»Sie hat sich da was eingeredet. Aus Panik, weil dann die Kocmanek neben ihr einzieht. Und jetzt wird der Alptraum wahr.«

Der Pokorny wiegt den Kopf. »Nicht, wenn sie wegen Mordes eingesperrt wird. Dann rückt wahrscheinlich der Nächste auf der Warteliste nach.«

»Die Nächste«, wirft die Riebenbauer zögerlich ein, »nicht der. Nach der Kocmanek bin ich dran.«

Wieder herrscht Schweigen am Tisch, die beiden müssen die neue Information verarbeiten. Der Pokorny legt sein Besteck auf den leeren Teller, lehnt sich zurück und stellt mit einem nachdenklichen Gesichtsausdruck fest: »Hm, derzeit ist unklar, ob die Kocmanek wirklich die Mörderin ist oder ihr jemand die Tat unterschieben will. Als Nächstgereihte kommt Ihnen dann eine neue Rolle zu. Verstehen Sie, was ich meine?«

»Nicht Ihr Ernst, oder? Wegen einer Kabane jemanden umbringen? Geht's Ihnen noch gut?«, blafft die Riebenbauer, legt das Besteck quer über den nur halb aufgegessenen Rostbraten und dreht sich mit der Geldbörse zum Kellner. »Bitte zahlen!«

»Aber so war das doch nicht gemeint …«

Die Riebenbauer springt auf. »Doch, das war's, Sie unterstellen mir einen Mord wegen einer Badehütte! Das muss ich mir nicht anhören, ich zahl an der Bar«, zischt sie im Abgang.

»Na, bumm, die ist ordentlich resch unterwegs.«

»Na ja, du hast ihr quasi einen Mord unterstellt, was erwartest du dir?« Die Toni steckt mit verzücktem Blick ein Stück des zarten Zanders in den Mund. »Traumhaft, der Fisch, übrigens super, wie du geschaltet hast. Die Barbiepuppe flirtet mit dir, da musste ich einfach zurückschlagen. Dass du dann sogar auf den Zwiebelrostbraten verzichtet … bist einfach mein Bärli«, raunt sie und küsst ihn liebevoll.

»Die Liebesschaukel sollten wir wirklich wieder einmal verwenden. Wo ist die eigentlich? Seit wir die Blubberbadewanne haben, ist mein Spaßzimmer direkt verwaist«, meint er voller Bedacht, um nur ja keine Anglizismen einzustreuen. Weil der Pool ist ja auch nichts anderes als eine Badewanne, halt mit Blubber.

»In irgendeinem Kasten im Schlafzimmer. Langsam brauchen wir zusätzlichen Stauraum für das ganze (En)joy-toy-Zeugs.«

Der Pokorny schmunzelt. »Andererseits ist deine Dienstmädchenuniform sowieso viel handlicher.«

»Übrigens hat mir die Julia nach der Yogastunde erzählt, dass der Postzusteller fristlos entlassen wurde. Angeblich hat der Pakete abgezweigt … vor allem in unserer Gegend. Unsere Nachbarin hat also mit dem Verschwinden unserer (En)joy-toy-Pakete nichts zu tun.«

Erleichtert atmet er durch. »Besser er als die Hanifl.«

»Lass uns aufbrechen, dann geht sich noch eine gemeinsame Runde mit der Maxime aus.« Sie nimmt die Leine der Beagelin, die sofort aufspringt. Hauptsache, mit der Meute unterwegs.

Nachdem der Pokorny die Toni zur Bücherei gebracht hat, geht er durch den Park hinunter zur Kabane 21, einem Restaurant im Thermalbad, und machte es sich mit Maxime auf der überdachten Terrasse bequem. Im Bad herrscht striktes Hundeverbot, die Gäste des Restaurants dürfen ihre Vierbeiner bis zur Abzäunung laufen lassen, die das Lokal vom Bad trennt. Der Espresso hier kann gut mit dem von der Milchbar mithalten, genüsslich schlürft er an dem Kaffee und betrachtet das malerisch vor ihm liegende, menschenleere Areal. Dabei sieht er, wie der Guschlbauer auf der Insel im Grünen Becken mit einem Kescher Blätter aus dem Wasser fischt.

Zehn Minuten später setzt sich der Bademeister mit einem Seiterl Bier in der Hand zu ihm.

»Wenig los heute«, eröffnet der Pokorny das Gespräch.

»Bei dem Wetter sind nur die Kabanesen da, keine Tagesgäste. Urlauber schauen sich die Gegend an oder fahren nach Wien rein.«

Der Pokorny bestellt einen weiteren Espresso. »Auch in Ordnung, mal einen Tag durchschnaufen zu können. Die letzten Tage ist es sowieso rundgegangen, die ganze Aufregung um die Högerl.«

»Ja, war mühsam. Stimmt das mit der Verhaftung der Kocmanek?«

»Derzeit sitzt sie in Wiener Neustadt, könnte aber heute Abend freikommen«, erzählt der Pokorny, während er neugierig auf die Reaktion seines Gegenübers achtet.

»Wie das?«

»Sie dürfte ein Alibi haben, mehr weiß ich auch nicht.« Der Pokorny wechselt das Thema. »Stimmt es, dass Sie mit der Högerl Probleme hatten?«

Der Guschlbauer stellt sein Bierglas hart auf den Tisch zurück. »Mit der Högerl hat jeder Probleme gehabt. Was konkret meinen Sie?«

»Sexuelle Belästigung? Diebstahl?«

»Lächerlich, die alte Schachtel belästigen? Nach dem Tod vom Sommersacher hab ich den Job übernommen. Unter normalen Umständen geh ich damit in zwanzig Jahren in Pension. Außer ich würde mir was zuschulden kommen lassen. Das setze ich sicher nicht aufs Spiel«, erklärt er stolz und deutet mit der Hand in die Runde. »Schauen Sie sich um, ich kenne viele Freibäder, aber das Vöslauer Thermalbad schlägt alle.«

»Da haben Sie recht. Wer hat nach dem schrecklichen Tod vom Sommersacher seinen Spind ausgeräumt?«

»Ich, hauptsächlich mit dem Voitl. Der Tscholitsch und die Zobel haben uns geholfen. Als langjähriger Bademeister hatte der Sommersacher fünf Spinde für sich. War ein ziemlicher Saustall, aber wenn's dir dermaßen dreckig geht, legst halt nicht mehr so viel Wert auf Ordentlichkeit. Einige Zeit war er ja mit der Beißzange …« Er unterbricht, überlegt und fährt fort: »Sie werden's ja sowieso herausfinden. Die Kocmanek und er waren eine Zeit lang zusammen, sie hat ihn aber aufgrund seiner Krankheit dann abserviert. Sterbenskrank, und dann lässt die ihn fallen wie einen heißen Erdäpfel. Unglaublich.«

»Könnte die Kocmanek Medikamente abgezweigt haben?«, will der Pokorny wissen, kennt aber nach der Bestätigung des Verhältnisses die Antwort schon.

Der Bademeister denkt nach und nickt. »Hm, in der Garderobe hab ich die beiden mehrmals erwischt. Eigentlich nicht erlaubt, Zutritt nur fürs Personal. Die Gelegenheit war also da. Genaueres kann ich Ihnen nicht sagen.«

Der Pokorny notiert sich, die Info an den Sprengnagl weiterzugeben. »Warum haben Sie der Polizei nur vom Voitl erzählt? Wenn doch mehrere am Räumen beteiligt waren.«

»So halt«, antwortet er ausweichend.

»Was so halt? Mir haben Sie's ja auch gesagt.«

»Weil es eigentlich verboten ist, also, dass andere Personen außer Mitarbeiter vom Bad mithelfen. Spielt ja auch keine Rolle. Warum sollte ich es an die große Glocke hängen. Ich hoffe, Sie …«

Der Pokorny wiegt den Kopf. »Könnte durchaus eine Rolle spielen. Haben Sie Tabletten gefunden?«

»Jede Menge, wurden in die Apotheke gebracht. Warum fragen Sie?«

»In welche?«

»Keine Ahnung, wieso wollen Sie das wissen?«

Der Pokorny überlegt, wie viel er preisgeben soll. »Die Högerl wurde vor ihrem Tod mit einer Überdosis Tabletten abgefüllt. Fraglich, woher sie die Menge hatte, weil verschrieben wurden ihr nur Morphiumtabletten und kein Fentanyl.«

»Ich dachte, die ist erstickt«, meint der Guschlbauer mit weit aufgerissenen Augen.

»Schlussendlich ist sie das auch. Was ist mit Ihrem Mitarbeiter, dem Voitl? Der hat keine so rühmliche Vergangenheit. Könnte er beim Ausräumen was mitgehen …«

»Einmal süchtig, immer süchtig, oder? Bitte!«, unterbricht ihn der Guschlbauer harsch und schlägt stöhnend die Handflächen zusammen. »Bitte, lasst den Burschen doch in Ruhe. Der hat seine Strafe abgebüßt, hat seine Diversion absolviert und die Drogen hinter sich gelassen. Bleibt leicht der Dreck ein Leben lang an einem picken?«

»Legen Sie für Ihren Mitarbeiter die Hand ins Feuer?«

Der Guschlbauer kratzt sich nachdenklich an der Stirn. »Außer für mich kann ich für niemanden die Hand ins Feuer legen. Ich erleb ihn als aufgeschlossen, ehrlich und dankbar für die Chance, die er von mir und dem Direktor bekommen hat.«

»Apropos Direktor, so freundlich ist er dem Voitl nicht mehr gesinnt, oder? Denken Sie bloß an das geplante Sechs-Augen-Gespräch Ihres Mitarbeiters mit Ihrem Chef und der Högerl.« Der Pokorny bestellt ein Soda-Zitron, nach dem üppigen Steak und den zwei Espressi ist ihm nach etwas Spritzigem.

»Wäre er ihm nicht freundlich gesinnt, hätte er ihn schon längst hochkant rausgeschmissen. Die Anschuldigungen gibt's ja nicht zum ersten Mal, der Chef wollte einfach beide an einem Tisch, um zu sehen, wie die im Mediationsgespräch agieren, ob was Wahres dran ist.«

Nachdenklich beobachten die Männer, wie ein Entenpaar über das Grüne Becken zischt und tollpatschig auf der knapp dreihundertfünfzig Quadratmeter großen Insel landet. Bevor die Veranstaltungsreihe – der sogenannte »Schwimmende Salon« – auf die danebenliegende große Liegewiese verlagert wurde, fanden dort vor Hunderten Besuchern jeden Sommer Lesungen, Theateraufführungen und Liederabende statt. Eine wunderschöne, riesige Platane bietet Schutz vor der herabbrennenden Sonne, die Insel ist lediglich über eine schmale Holzbrücke zu erreichen.

Der Pokorny räuspert sich: »Tut mir leid, wenn ich das jetzt sagen muss. Da die Högerl tot ist, erspart sich der Voitl das

Gespräch, was ihn in den Fokus der Exekutive rückt. Er hätte gestern in die Polizeiinspektion kommen sollen, ist aber nicht erschienen. Wissen Sie, wo er ist?«

»Ja, er ist von Mittwoch bis heute in Mörbisch auf Urlaub. Morgen um sieben Uhr ist er wieder bei der Arbeit.«

»Er soll in der Nähe des Kinderspielplatzes wohnen. Wissen Sie, wo genau?«

Der Guschlbauer schüttelt den Kopf. »Da müssen Sie schon den Direktor fragen.«

Der Pokorny erkennt, dass er so nicht weiterkommt, und ändert die Strategie. »Hat sich die Riebenbauer mit der Högerl gut verstanden?«

»Ich glaub schon, großartige Streitereien wären mir da nicht aufgefallen. Schon wegen der Zobel waren beide bemüht, dass es gut läuft. Wieso fragen Sie?« Er schaut sich um, bestellt dann noch ein Seiterl. »Wenn schon einmal nichts los ist, wird ein bisserl Bier im Dienst erlaubt sein. Da kann mich wenigstens niemand verpetzen.«

»Wer hat Sie …?«

»Anonym, offen ins Gesicht traut sich ja niemand was sagen. Aber hinterrücks richten sie mich aus.« Er beugt sich nach vorn. »Letzte Woche bin ich mit dem Tscholitsch im Café Post gegenüber vom Bad versumpft. Er wollte nicht alleine sein, den Tod seiner Frau hat er nicht verkraftet. Bier, Wein, der Wodka ist dem Wirten dann sogar ausgegangen.«

»Wann war das?«

»Pff, Montag … nein, da war ich zu Hause. Ich glaub, Dienstag oder Mittwoch.«

»Trinkt der Tscholitsch regelmäßig?«, will der Pokorny wissen, kann sich die Frage aber nach dessen Auftritt vor dem Café Annamühle eigentlich selbst beantworten.

Der Guschlbauer überlegt, verzieht das Gesicht und nickt. »Ja, er ist ein Spiegeltrinker, darum hat's mich gewundert, dass er sich dermaßen dichtgemacht hat. Angeblich hat ihn der Sunk beim Heurigen gefunden.«

»Dann war's fix der Dienstag. Die Geschichte hab ich schon irgendwo gehört.«

»Na bitte, dann Dienstag. Ist das wichtig?«

»Weiß ich noch nicht, es war jedenfalls die Mordnacht, aber wenn Sie zusammen waren, passt's ja für Sie beide glücklicherweise mit dem Alibi.«

Der Guschlbauer hat es plötzlich eilig. »Ich muss jetzt los. Aufzuräumen gibt's immer genug. Auf Wiedersehen.«

Er sieht wieder zu, wie der Guschlbauer in regelmäßigen Zügen mit dem Kescher Blätter aus dem Becken fischt. Eigentlich, denkt sich der Pokorny, ist es genau umgekehrt. Es passt nicht mit dem Alibi. Zwei Betrunkene können sich schlecht gegenseitig ein Alibi geben. Leider betrifft diese Situation mittlerweile einige Personenkonstellationen in dem Fall, schließlich waren die Zobel und die Riebenbauer genauso außer Gefecht wie wahrscheinlich auch die Kocmanek und die Fabeck.

»Vertrackte Sache«, murmelt er vor sich hin. »Wir wissen noch zu wenig über den Tod der Högerl. Hm, der Sprengi muss da ran.« Er zückt sein Nokia und schreibt seinem Freund eine SMS.

– *nimm bitte den autopsiebericht die krankenakte und die tatortbilder zum berti mit   wir uebersehen was*

– *Wird schwierig, die Wehli sitzt quasi auf den Unterlagen drauf, ich bemüh mich*

– *die soll lieber ihre arbeit richtig machen statt uns zu blockieren*

– *Meine Worte ;-)*

Der Pokorny zahlt und steht auf. Beim Hinausgehen sieht er den Direktor Jacobi in einem türkisen Pullover mit V-Ausschnitt und einer legeren Jeans am hintersten Tisch des Lokals sitzen. Kurz entschlossen geht er zu ihm hin.

»Guten Tag, mein Name ist …«

Der geschätzt vierzig Jahre alte Chef des historischen Bades lädt ihn mit einer freundlichen Geste zum Hinsetzen ein.

»Pokorny, ich weiß. Ich war am Freitag bei Ihrer Ehrung dabei. Eine nette Veranstaltung, bis halt auf den Auftritt der Frau Katzinger, wobei ich sie sogar verstehe«, meint er verschmitzt grinsend. »Dass die Bürgermeisterin sie so ganz links liegen lässt, ist nicht okay.«

»Sie ist noch immer verärgert, aber das legt sich schon.« Der Jacobi lächelt. »Kann ich Ihnen weiterhelfen? Ich hab Sie mit dem Guschlbauer plaudern gesehen.«

»Ja. Es gibt eine Menge Ungereimtheiten, in die Sie vielleicht Licht bringen können«, meint der Pokorny, froh über das Angebot, weil er sich so weder aufdrängen noch einen Extratermin bei der Badverwaltung vereinbaren muss. »Wie funktioniert das mit der Warteliste konkret? Wir wissen nur, dass die Kocmanek auf Position eins steht, und die Riebenbauer hat uns gestern erzählt, sie wäre auf zwei. Würde die Kocmanek in U-Haft kommen, könnte die Riebenbauer dann nachrutschen?«

»Wenn eine Person auf der Warteliste rechtskräftig verurteilt wird, dann könnte eine Streichung erfolgen. Das hängt allerdings von dem Delikt und auch von der Art und der Höhe der Strafe ab. Eine Pauschalierung kann hier nicht vorgenommen werden. Wir hatten das noch nie.«

»Woher weiß die Kocmanek von ihrer Reihung auf der Warteliste?«

Der Direktor winkt ab. »Die hat nahezu wöchentlich meine Sekretärin traktiert.«

»Wissen Sie, warum die Nichte die Kabane ihrer Tante nicht übernehmen wollte? Da gibt's so ein Gries, und die verzichtet freiwillig drauf?«

»Keine Ahnung, aber wir sind froh darüber, sonst gibt es gar keine Bewegungen auf der Warteliste. Sie glauben gar nicht, wie oft meine Mitarbeiter und Mitarbeiterinnen deswegen gequält werden.«

»Wie geht es mit der Kabane jetzt weiter?«

»Sie wird geräumt, renoviert und weitervermietet. In diesem Fall an die erwähnte Kocmanek, was mich nicht froh stimmt.«

Mit sorgenvoller Miene deutet er der Kellnerin und bestellt für sich einen Cappuccino, der Pokorny entscheidet sich für ein weiteres Soda-Zitron.

»Wegen der Scherereien, die nicht weniger werden, oder?«, vermutet der Pokorny.

Der Jacobi nickt. »Im Gegenteil, jetzt geht es erst so richtig los. Die Kocmanek, die Zobel daneben, dazu der Tscholitsch, dem schon das eine oder andere Mal die Hand ausgekommen ist …«

Er wird vom Pokorny unterbrochen: »Der Tscholitsch ist gewalttätig geworden?«

»Wenn er so richtig betrunken war, dann ja. Die Zobel ist nicht immer da, zweimal hat die Kocmanek ihn wegen einer Ohrfeige angezeigt. Die Sache ist im Sande verlaufen. Glück für ihn, die Kocmanek mag niemand, und die Ohrfeigen hat angeblich niemand gesehen.«

»Ich habe von einem bevorstehenden Mediationsgespräch gehört, zu dem Sie die Högerl und den Voitl geladen haben. Angeblich alles nicht so wild, amikales Plaudern halt«, behauptet der Pokorny in der Hoffnung, durch den Bluff mehr Infos zu bekommen.

Der Jacobi denkt nach, scheint im Zwiespalt zu sein. »Können Sie mir versprechen, unser Gespräch vertraulich zu behandeln?« Er schaut seinen Gast abwartend an. Als dieser nickt, fährt er fort: »Ich erzähle Ihnen das, damit die polizeilichen Ermittlungen möglichst bald abgeschlossen werden können und wieder Ruhe einkehrt. Amikale Gespräche gab es zwischen den beiden schon lange nicht mehr. Die Högerl hat mehrere Fotos vom Voitl, wie er in ihre Kabane hineingeht und herauskommt«, erzählt der Jacobi. »Mit Tagesstempel, teilweise von der Zobel bestätigt. Angeblich wurden ihr vom Voitl Morphiumtabletten gestohlen. Kennen Sie seine Vergangenheit?«

»Die Drogensache?«

»Wir stehen zu unseren Mitarbeitern. Er hat seine Substitutionstherapie schon lange abgeschlossen. Trotzdem ist kein Tag vergangen, an dem ihn die Högerl nicht damit konfrontiert hat. Unabhängig davon muss ich die Vorwürfe der alten Dame prüfen. Wenn der Voitl keine glaubhafte Erklärung für seine heimlichen Kabanenbesuche liefern kann, muss ich ihn kündigen.«

»Das Gespräch wird es nun ja nicht mehr geben. Werden Sie ihn jetzt kündigen? Ich mein, die Högerl …« Er wartet gespannt auf die Reaktion.

Der Jacobi rührt den Milchschaum in den Cappuccino ein, löffelt den an der Oberfläche verbliebenen Rest herunter. »Der Guschlbauer hat mich bekniet, den Voitl nicht vorschnell zu kündigen. Gute Mitarbeiter zu finden ist heutzutage extrem schwer. Außerdem soll die Högerl ja auch über ihn falsche Gerüchte verbreitet haben. Die Vorwürfe wegen sexueller Belästigung konnten nicht bewiesen werden. Sie wollte mir aber zu dem Gespräch Beweise über die behaupteten Diebstähle mitbringen.«

»So gesehen passt dem Voitl der Tod der alten Dame gut in den Kram«, stellt der Pokorny fest und nippt an dem herrlich erfrischenden Soda-Zitron. Als sein Gegenüber mit verkniffenem Gesicht mit den Schultern zuckt, fährt er fort: »Der Guschlbauer hat ja den Sommersacher ersetzt. Muss eine schlimme Sache gewesen sein. Knochenkrebs, furchtbar.«

»Ja, von der Diagnose bis zum Tod nur wenige Monate. Braun gebrannt, topfit und dann das. Als die Schmerzen anfingen, war's leider zu spät.« Bedrückt erzählt der Direktor weiter: »Er ist elendiglich zugrunde gegangen, die Durchbruchschmerzen müssen unerträglich gewesen sein. Ohne seine Tabletten war er unfähig, auch nur einen Schritt zu machen.«

»Wissen Sie, welche Tabletten er genommen hat?«

»Nein, da fragen Sie am besten den Guschlbauer oder den Voitl, die waren beim Ausräumen der Spinde dabei.«

»Ein ehemaliger Drogensüchtiger, der beim Ausräumen der Spinde hilft, in denen bei einem schwer kranken Krebspatienten sehr wahrscheinlich Morphiumtabletten oder noch Stärkeres zu finden sein könnte? Das muss für den Voitl wie ein Selbstbedienungsladen gewesen sein«, fasst der Pokorny zusammen, gespannt darauf, ob sein Gegenüber die Vergangenheit des Mitarbeiters ähnlich beurteilt wie der Guschlbauer.

Der Direktor öffnet die am Tisch liegenden Hände mit der Handfläche nach oben. »Was soll ich dazu sagen? Zwar bleibt ein trockener Alkoholiker sein Leben lang ein solcher, aber ob er rückfällig wird, entscheidet die jeweilige Person selber. Es ist also nicht gesagt, dass er Tabletten gestohlen hat.«

»Das wollte ich ihm auch nicht unterstellen. Es ist nur völlig unklar, woher die Überdosis der Högerl stammt. Der Spind vom Sommersacher wäre eine unauffällige Bezugsquelle. Die letzten Habseligkeiten auszuräumen ist eine unangenehme Sache, die gerne ratzfatz erledigt wird. Im Trubel fällt der eine oder andere Diebstahl nicht auf, und wen juckt's, wenn …«

»Einen Moment«, unterbricht ihn der Jacobi bestimmt. »Sie können meinen Mitarbeitern keinen Diebstahl vorwerfen, nur weil die alte Dame auf grausame Weise zu Tode gekommen ist und unklar ist, woher die Medikamente gekommen sind. Dagegen möchte ich mich verwehren!«

»Tut mir leid, wenn das so rübergekommen ist.« Der Pokorny hebt beschwichtigend die Hände. »Vielleicht sollte ich das mit dem Voitl selbst besprechen. Können Sie mir sagen, wo er wohnt?«

Der Direktor schüttelt entschieden den Kopf. »Kann ich nicht, ich helfe Ihnen gerne, aber das geht zu weit. Gerne kann die Polizei mit einem Beschluss der Staatsanwaltschaft vorbeikommen. So lange bleiben die persönlichen Daten meiner Mitarbeiter intern.«

»Könnte ich wenigstens einen Blick in seinen Spind werfen«, fragt der Pokorny, kennt freilich die Antwort.

»Nein, und jetzt müssen Sie mich entschuldigen.« Er steht auf. »Ihre Getränke gehen auf mich, auf Wiederschen.«

Pünktlich um vierzehn Uhr dreißig trifft der Pokorny beim Café Annamühle auf die Katzinger, die gerade mit versteinerter

Miene ihren Sombrero aufsetzt. Gestern hatte er bei der ganzen Aufregung übersehen, dass die alte Frau den farbenfrohen Hut schwarz eingefärbt hat.

»Was haben Sie denn mit Ihrem Hut aufgeführt? War der nicht bunt?«, fragt er verwundert.

»Ma, was ich mich schon den ganzen Tag ärgere! Doppelt nämlich, weil ich erstens meine Zigaretten vergessen hab und auf meine Reserven zurückgreifen muss«, grunzt sie, greift sich hinter das rechte Ohr und zieht eine Marlboro hervor, was zur Folge hat, dass der Sombrero seitlich abrutscht und ihr halbes Gesicht verdeckt. »Siehst, was ich mein? Wenn ich die letzte Zigarette auch noch rauche, verschwinde ich ganz in der Versenkung. Wobei ich zweitens den Hut eh stanzen kann, weil die blöde Schuhcreme pickt wie Sau. Schau.« Sie tippt auf die Stulpe. »Da, den Dreck krieg ich nicht mehr weg, aber nicht, dass du glaubst, auf meinen Krokodilschuhen würden der Schmarrn so gut halten wie am Hut.« Sie zeigt mit ihrem Stock auf die vormals rosafarbenen Crocs, die passend zum Sombrero eine wilde Mischung aus blitzender Farbe und ausgewaschenem Grau aufweisen. Lediglich die hellblauen Seepferdchen hatten Glück im Unglück und blieben vom Umfärbedesaster verschont. »Also bitte keine Fisimarenten.«

»Fisimarenten?«

»Ma, Fisimarenten kennst nicht, dann halt Flausen, Blödsinn, Sperenzchen, such's dir aus.« Sie hebt den Hut seitlich an und klemmt den heruntergerutschten Rand bei ihrer Sonnenbrille ein.

»Ah so, würde ich mich eh nie trauen«, meint er grinsend.

»Wer's glaubt, wird selig. Habt ihr die zwei Sexualtäter schon verhört?« Mit gerunzelter Stirne linst sie über ihre tellergroße Sonnenbrille. »Den Badewaschl und seinen Knecht.«

Der Pokorny begrüßt die Karin, die ihm beim Vorbeihuschen seinen Espresso und ein Pariser Kipferl hinstellt. »Reden Sie doch nicht so einen Unsinn. Was Sie da machen, ist Rufschädigung.«

»Geh, wie heißt es so schön: Ist der Ruf einmal ruiniert, gibt's im Leben keinen, der sich geniert, oder so halt.«

»Haha, nicht in diesem Fall.« Er erzählt ihr rasch von den Gesprächen mit dem Guschlbauer und dem Jacobi. Natürlich unter dem Gelöbnis zu schweigen. Was für die Gemeinde-Tratschtante Katzinger selbstredend kein Problem darstellt und wahrscheinlich von nur geringem Erfolg gekrönt sein wird.

»Hm, na gut. Wahrscheinlich hat die Leni, Gott hab sie selig, ein bisserl übertrieben und ihre Freundin auch. Aber der Voitl, der Voitl ist ein ganz, ganz schlimmer Kerl. Da kann der Badewaschl sagen, was er will.«

Der Pokorny beißt genüsslich in das herrlich flaumige Plunderkipferl hinein. »Ja, ja, ich weiß, weil er die Sonntagszeitung stiehlt. Tsss, das macht doch halb Österreich. Also, außer Ihnen natürlich.«

»Natürlich mach ich das nicht, was glaubst du denn? Trotz Minimumpension bleib ich eine gesetzestreue Bürgerin.«

»Wieso schießen Sie sich denn so auf ihn ein?«

Die Katzinger verzieht das Gesicht. »Geh, schau den doch bloß an, unrasiert, ausgewaschene, schmuddelige Sachen hat er an, und dann erst der Blick von ihm. Richtig böse, wie der von der Chefpolitesse, nur halt männlich statt weiblich. Verstehst du, was ich mein?«

»Nein. Alles muss ich aber auch nicht verstehen. Wenn Sie nichts Handfestes zum Voitl haben, dann lassen Sie's bleiben.«

»Pah. Ihr werdet schon noch sehen. Vorhin bin ich mit dem Huber-Bauern wegen Erdäpfel unterwegs gewesen«, erzählt sie, übergeht dabei sein schelmisches Hochziehen der Augenbrauen. »Da hab ich den ostdeutschen Nachrichtendienst um den Bioladen schleichen gesehen.«

»Was, die Zwatzl war beim Berti?«

»Ob sie bei ihm war, kann ich nicht sagen. Mit ihrem Tarngewand hätte ich sie fast nicht gesehen. Weißt, meine Gucker sind hie und da schlecht geputzt. So wie jetzt, aber da gibt's ein Hilfsmittel.« Sie nimmt die Brille herunter und beginnt, die Gläser zwischen Daumen und Zeigefinger zu reiben. Der Pokorny greift sich ungläubig an den Kopf. So hat es seine Oma auch immer gemacht, seine Hoffnung, sie würde den nächsten Schritt seiner Großmutter bleiben lassen, löst sich in Luft auf. Die Katzinger stößt stöhnend die Luft aus. »Na geh, da hilft jetzt nur mehr Trick siebzehn.«

Wie ein Hase vor der Schlange starrt er gebannt auf das, was kommen wird. »Die sind eh schon sauber, lassen S' das bitte bleiben, das ist grauslich!« Doch sein Einspruch bleibt vergeblich.

»Ma, was du mit deinem grauslich hast«, nuschelt sie, steckt Daumen und Zeigefinger der linken Hand in den Mund. »Hilft's nix, schadet's auch nix, bisher hat es immer gepasst.« Wild rubbelt sie mit den feuchten, speckstangerlfetten Fingern auf den ohnehin verschmierten Brillengläsern hin und her. Freilich bleibt die positive Wirkung überschaubar, sie verzieht das Gesicht, setzt die Brille wieder auf. »Das ist der Vorzeigeffekt, sonst klappt das immer. Wurscht, ich kenn dich ja eh. Also wo war ich, ah ja. Bei der alten Zwatzl. Die ist mir unheimlich. Eigentlich wollte ich beim Berti wegen Eiern vorbeifahren, aber wie ich die dann gesehen hab, hab ich dem Huber-Bauern auf den Kopf geklopft, prompt hat er vor Schrecken einen Begrenzungspfeiler umgefahren. Jedenfalls war dann nix mehr mit Stehenbleiben. Wollte dich nur vorwarnen, wer weiß, was die so treibt.«

Der Pokorny lacht grimmig. »Die wollte wahrscheinlich nach ihrer Walnuss schauen.« Als er ihr die Geschichte erzählt hat, legt die Katzinger den glänzenden Zeigefinger der linken Hand quer über die Lippen und zieht ihn mit der anderen am Arm zu sich heran.

»Da schau«, flüstert sie ihm ins Ohr, zeigt mit dem Stock auf eine zerbrochene Walnussschale, die halb unter dem Steher des Tisches versteckt ist. »Die war gestern noch nicht da. Ist mir gleich komisch vorgekommen, jetzt im Mai eine Nuss. Das hätten bei dem heftigen Winter doch die süßen Eichhörnchen ratzfatz verputzt.«

Mit ungläubiger Miene beugt er sich hinunter, sammelt die Reste der Walnuss zusammen. Kopfschüttelnd legt er das zerstörte Mikrofon auf den Stehtisch. »Die Alte spinnt ja wirklich, jetzt wird's langsam entrisch. Wieso spioniert die mir nach?«

Die Katzinger verzieht das Gesicht und reibt mit dem Stock über die eingebundenen Schienbeine. »Passt nur auf, dass die euch nicht auch das Haus verwanzt. Ist der zuzutrauen.«

»Langsam werde ich böse«, zischt der Pokorny mit heftig wackelnden Ohren. »Bisher war's ja eher lustig mit ihren Spielereien, aber jetzt übertreibt sie es.«

Die alte Frau grinst verschmitzt. »Hui, hui, so verärgert hab ich dich ja schon lange nicht mehr gesehen.«

Er nickt. »Ja, wenn bei uns zu Hause was herumliegt, spreng ich ihr die Hütte weg. Ich muss jetzt los, das ist wichtig. Wer weiß, was die außer Nüssen, Zapfen und Hummeln noch alles im Einsatz hat.«

Mühsam beherrscht zahlt er und meint abschließend: »Schauen Sie sich bitte noch einmal hier um, vielleicht fällt Ihnen ja noch was auf. Baba.«

Der Herrenabend steht diesmal unter dem Stern der Zwatzl. Irritiert starren die drei Männer auf den Elektronikschrott auf dem Pokertisch vom Berti.

»Die Teile ähneln dem Rest vom Zapfen im Bad«, meint der Sprengnagl. »Ich hab den Alterbauer schon verständigt. Morgen holt er sich den Schrott ab, schaut nach Fingerabdrücken und vergleicht die Teile miteinander.«

»Berti, hol die Schachtel mit den Nüssen aus dem Lager. Mittlerweile muss ihr klar sein, dass wir von ihren Abhöraktivitäten wissen, wir brauchen also nicht mehr auf heimlich tun.«

Sein Freund steht auf, verschwindet im hinteren Ladenbereich, gleich darauf ist er mit dem Umzugskarton zurück und wispert: »Trotzdem sollten wir schweigend suchen.« Einzeln holt er die Schalenfrüchte heraus.

»Pst«, flüstert der Pokorny und legt die Attrappe mit einem

Taschentuch auf die Tischplatte. Nach kurzer Suche ist klar, es gibt nur die eine. Er winkt die beiden nach draußen.

»Folgendes: Wir werden jetzt offen über die aufgeflogenen Abhöraktivitäten reden. Mir reicht's ehrlich, vielleicht reißen ihr die Nerven, und sie sammelt die Dinger ein. Wir könnten sie dann in flagranti erwischen.«

Der Gruppeninspektor verzieht das Gesicht. »Lasst mich vorher mit der Wehli reden. Dass die Zwatzl mit dem Mord etwas zu tun hat, glaub ich nicht. Die spioniert zwar, aber ein Gewaltverbrechen würde sie weder begehen noch verheimlichen … denke ich halt«, meint er, als gleich beide Freunde den Kopf hin- und herbewegen. »Trotzdem müssen wir das behutsam angehen, sonst lässt sie die Beweise verschwinden, und wenn dann doch was dran ist, kann ich endgültig Strafzettel verteilen.«

»Und was tun wir mit der Nuss?«, fragt der Berti.

»Wieder einpacken«, antwortet der Sprengnagl. »Die Kollegen werden das Ding untersuchen. Dann sehen wir weiter. Wenn die Elektronik dieselbe ist, können wir loslegen. Bis dahin halten wir den Ball flach.«

Zurück im Laden wickelt der Pokorny die Nussattrappe in mehrere Geschirrtücher ein, steckt alles in ein Jutesackerl vom Berti und legt das Ganze außen vor der Tür ab. »Hast du die Krankenakte von der Högerl mit?«

»Nein, leider nicht. Wie ich dir geschrieben hab, passt unsere Freundin auf wie eine Haftelmacherin.«

»Hoffentlich kriegt die Toni was raus. Sie schaut beim Hausarzt der Högerl vorbei.«

»Diesmal meint es die Wehli wirklich ernst. Autopsiebefund, Bericht der Spurensicherung, alles läuft direkt über ihren Tisch.« Genervt klopft er mit den Knöcheln der rechten Hand auf den Tisch.

Der Berti legt den Kopf schief. »Du kennst doch die Kollegen gut. Ein bisserl was wirst ja trotzdem erfahren.«

»Natürlich. Laut dem Alterbauer könnten die Flusen von

einem Teppich stammen, der in der Kabane der Högerl gelegen ist.«

»Gelegen ist?«, fragt der Pokorny.

»Das amtliche Siegel wurde aufgebrochen, und der Teppich ist futsch. Ein Mitarbeiter der Spusi hat am Donnerstag bei der Untersuchung Flusen gefunden. Der Alterbauer wollte heute Vergleichsproben nehmen. Nur deshalb ist uns der Einbruch überhaupt aufgefallen.«

Der Berti, beim Herrenabend immer alkoholfrei, schenkt sich ein Mineralwasser ein. »Wer stiehlt denn einen Teppich aus der Kabane einer Toten? So viel kann der doch nicht wert sein, oder?«

Der Sprengnagl zuckt mit den Schultern. »Der Hammerschmied hätte der Högerl vielleicht noch einen Monat gegeben. Laut der Medikamentenliste, die wir in der Kabane gefunden haben, war die Dosierung der Medikamente ausgereizt, mehr konnte ihr Arzt nicht verschreiben.«

»Weil er sonst in die Nähe einer Sterbehilfe gekommen wäre, oder?«, vermutet der Pokorny. »Irgendwann bist du austherapiert, dann bleibt dir nur der Weg in eine Palliativstation, die können einen Schritt weiter gehen und das Leid der todkranken Patienten lindern.«

»Ja, so ähnlich hat er es mir erklärt.«

»Die Zobel hatte aber den Eindruck, dass es der Högerl besser gegangen ist. Das versteh ich nicht. Kannst du mir bitte einen Espresso machen?«, fragt der Pokorny. »Der Fall macht mich mürbe. Krankheit, Krebs, ein qualvoller Tod, keine schönen Themen.«

Der Gruppeninspektor wechselt das Thema: »Seid ihr mit der Riebenbauer und dem Guschlbauer weitergekommen?«

Der Pokorny zuckt mit den Schultern. »Wie man's nimmt. Mehrere Betrunkene, die sich gegenseitig Alibis geben. Die Riebenbauer hat sich mit der Zobel vergnügt und zwei Flaschen Wein vernichtet, der Guschlbauer ist mit dem Tscholitsch im Café Post versumpft«, meint er und erzählt beiden die näheren

Details zu den Gesprächen. »Weißt du schon was vom Stripclub?«

»Noch nicht, der Geschäftsführer sagt nichts ohne Beschluss der StA. Wie vermutet redet er sich auf den Datenschutz aus. Die Kocmanek wurde deshalb um siebzehn Uhr entlassen. Zu wenig stichhaltige Beweise, für eine U-Haft reicht's nicht. Solange der Inhaber die Daten zurückhält, bleibt sie jedenfalls auf freiem Fuß.«

»Na, bumm, da wird's morgen im Bad ja rundgehen. Die Kocmanek wird den anderen sicher unterstellen, sie gelinkt zu haben. Das wird lustig«, sagt der Berti und sieht die verdrossene Miene des Gruppeninspektors. »Vielleicht regnet es ja eh wieder?«

»Haha. Lustig ist was anderes, ich hab wieder Dienst beim Eingang.«

»Da müssen wir fix um dreizehn Uhr im Bad sein. Übrigens hab ich nach dem Bademeister noch mit dem Direktor gesprochen.« Der Pokorny erzählt seinen Freunden von dem zufälligen Zusammentreffen. »Im Bad ist die Luft für den Voitl schon recht dünn. Zwar hält sein Chef noch zu ihm, das Högerl-Gespräch hätte aber mehr als unangenehm werden und in einer Kündigung enden können.«

Der Berti serviert ihm den Espresso mit einem der beliebten Kipferl. »Damit hätte er doch einen guten Grund, die alte Dame zu beseitigen.«

»So wie die Kocmanek wegen der Kabane, ebenso die Riebenbauer wegen der Warteliste, die Architektin und der Schwertfeger wegen der Luxuskabane ... der Voitl ist halt ein Weiterer davon«, meint der Pokorny.

»Heute ist er nicht erschienen«, sagt der Sprengnagl. »Wir befragen ihn morgen.«

»Der hat heute frei, morgen ist er wieder im Dienst. Der Inhalt seines Spinds wäre schon interessant. Schließlich hat er beim Räumen mitgeholfen. Der Sommersacher hatte Fentanyl genommen, und die Högerl war mit einer Mischung aus beiden Medikamenten zumindest schwer beeinträchtigt.«

»Laut deinen Erzählungen waren sie zu viert«, schaltet sich der Berti ein. »Neben dem Guschlbauer haben neben dem Voitl noch die Zobel und der Tscholitsch mitgeholfen. Der Guschlbauer meinte, die Tabletten wären in einer Apotheke abgegeben worden, in welcher, weiß er nicht. Ob der Voitl da so auskunftsfreudig sein wird, weiß ich nicht. Bleiben noch die Zobel und der Tscholitsch über.«

Der Pokorny nickt. »Es wartet noch eine Menge Arbeit auf uns, aber für heute reicht es mir, morgen geht's dann weiter ...« Er verstummt und legt den Finger quer über die Lippen. »Psst, ich glaube, da ist wer draußen. Den kralle ich mir.« Er springt auf, stößt dabei seine Espressotasse um, die mit einem klirrenden Geräusch am Holzboden zerschellt. Verärgert reißt er die Tür auf, doch im Wäldchen bei der aufgelassenen Tankstelle sind nur mehr vage die Konturen einer flüchtenden Person zu erkennen. »Mist, zu spät.«

Der Berti spitzt die Ohren. »War das ein Motorrad?«

»Verdammt!«, flucht der Pokorny, ohne auf die Frage einzugehen. Er deutet auf die leere Stelle am Boden. Mit dem ungebetenen Besucher hat sich auch das Jutesackerl mit der Nussattrappe verabschiedet. »Jetzt fehlt uns das Beweisstück, die Zwatzl hat schnell reagiert. Vorhin hat die Katzinger erwähnt, dass sie gesehen hat, wie der ostdeutsche Nachrichtendienst um deinen Laden herumschleicht. Ich Idiot hab ihr die Nuss am Serviertablett gereicht. Leichter geht's gar nicht.«

»Noch einmal«, insistiert der Berti. »Ich hab ein Motorrad gehört.«

»Du meinst, das war die Wehli?«, fragt der Sprengnagl. »Nein, die hätte das Sackerl geöffnet, die Nuss entdeckt und mit ihrer freundlichen Art und Weise gleich einmal Stress gemacht.«

»Andererseits sind fix meine Fingerabdrücke drauf, beim Suchen am Montag waren wir nicht so vorsichtig wie heute. Der Zusammenhang mit der Zwatzl war ja nur ein Verdacht. Die Wehli weiß von unserem Pokerabend, es wäre also nicht schwer, einfach mal vorbeizufahren. Vielleicht hat sie gesehen, wie ich das Sackerl vor die Tür gelegt hab, und es mitgenommen«, meint der Pokorny verstimmt. »Jetzt macht sie einen Abgleich der Fingerabdrücke und klopft dann wieder einmal bei uns an. Diesmal mit einer Vorladung.«

Der Gruppeninspektor seufzt: »Wie auch immer, beides ist zum Haareraufen. Wenn's die O-Weh war, dann kriegen wir das morgen serviert, bei der Zwatzl hoffentlich nie.«

»Burschen, seid mir nicht böse, aber mir reicht's für heute. Ich fahr nach Hause und gehe schlafen. Baba.«

Irgendwie fällt die Stimmung nach dem flotten Abgang vom Pokorny ganz in den Keller.

Der Sprengnagl steht nach längerem Schweigen auf. »Wer weiß, was die alles gehört hat … Mir graut jetzt schon davor. Servus«, verabschiedet auch er sich.

Die Toni sieht sofort, dass es ihrem Bärli schlecht geht, so schlecht, dass ihn nicht einmal die aufgehängte Liebesschaukel aufrichten kann. Nach seiner Erzählung lässt sie ihm einen heißen Whirlpool ein und serviert ihm dort trotz des Gelages beim Italiener zwei flaumig weiche Schokoladepalatschinken, was ihm zumindest ein zufriedenes Grunzen entlockt.

Zuerst wollte der Hausarzt von der Högerl keine Informationen über eine ehemalige Patientin rausrücken. Erst nachdem er erfahren hatte, was mit der alten Dame passiert ist, wurde er dann doch ein wenig gesprächig. Da sei nichts mehr zu machen gewesen, sie sei kommende Woche auf die Palliativstation des Landeskrankenhauses Sankt Pölten gekommen. Er habe das schon länger angeregt, aber die Högerl, unterstützt von der Zobel, wollte bis vor Kurzem nichts davon wissen. »Die Zobel wollte so lange wie möglich verhindern, dass die alte Dame die Kabane aufgeben muss«, fasst die Toni zusammen.

»Dann säße nämlich die Kocmanek neben ihr auf der Terrasse. Muss ein Alptraum sein, die Freundin sterben sehen und die Nachfolgerin quasi schon im Nacken spüren.«

»Und was macht ihr jetzt wegen der Sache mit der Zwatzl oder der Wehli?«

»Ehrlich, über die beiden mag ich heute nicht mehr nachdenken. Gerade jetzt, wo ich mich langsam entspanne …«

Sie leckt ihm zärtlich die restliche Schokolade von der Oberlippe. »Ich glaube, da hätte ich noch was in petto …«, meint sie und taucht vor ihm unter.

Mittwoch, 2. Juni

Der gestrige Abend ist für die Pokornys eher unbefriedigend zu Ende gegangen. Wie sehr sich die Toni auch bemüht hat, der Pokorny war nicht bei der Sache. Der Gedanke, dass die Zwatzl unbemerkt auch bei ihrer Doppelhaushälfte vorstellig gewesen sein könnte, hat ihm den Spaß verdorben. Schließlich hat die Toni eingesehen, dass es keinen Sinn macht, und beschlossen, sich wieder in den Ermittlungsprozess einzuschleusen. Per WhatsApp hat sie die Tatjana um einen freien Tag ersucht. Die war nach dem Urlaub zwar nicht begeistert, aber aufgrund der sich zuspitzenden Lage dann doch bereit, den Dienst der Toni zu übernehmen.

Da der stellvertretende Wetterfrosch Manfred Bauer erst für Nachmittag Sonnenschein prognostiziert hat, schlafen die beiden heute länger und schieben mit aufgebackenen Semmerln und Kürbiskernweckerln quasi einen falschen Sonntag ein.

Als sie um zwölf Uhr im Bierhof eintreffen, lugen die ersten Sonnenstrahlen durch die Wolkendecke.

Sehr zur Verwunderung der beiden werden sie von der netten Kellnerin nicht zu ihrem Stammtisch, sondern in den ersten Stock hinaufgeführt. Der Bereich ist sonst geschlossen; erst wenn das Lokal voll ist, wird auch das Obergeschoss bespielt. Durch eine Glasscheibe sieht man direkt auf die Bar hinunter. Bevor sich der Pokorny, das Gewohnheitstier, ärgern kann, sieht er seinen Freund im hinteren Bereich des lang gezogenen Obergeschosses sitzen. Weit von der Scheibe entfernt, ganz so, als wollte er nicht gesehen werden.

Die Toni und der Sprengnagl schließen sich der Einfachheit halber dem Standardmenü vom Pokorny an und bestellen dreimal Gulasch mit Semmelknödel, dazu ein Soda-Zitron, ein Seiterl Ottakringer Helles und ein Null-Komma-Josef-Bier für den Beamten am Tisch.

Die Toni nippt an ihrem Seiterl. »Wieso sitzen wir oben, bist du in geheimer Mission unterwegs?«

»Quasi. Die Kollegin Stabeldorfer wird immer zugänglicher. Sie hat mir gestern die Ermittlungsakten kopiert. Tatortfotos inklusive, sogar in Farbe. Schwer in Ordnung von ihr. Mit euch unten zu sitzen und in den Unterlagen zu blättern, das kann nur Probleme bringen. Wir erwarten die Wehli allerdings erst am Nachmittag auf PI.« Er nimmt einen Schluck von seinem alkoholfreien Bier und verzieht das Gesicht, aber da muss er als Beamter in der Kriminaldienstgruppe Leib und Leben durch. Alkohol im Dienst geht, mit wenigen Ausnahmen, gar nicht. Vor allem in so einer heiklen Situation heißt es, wachsam zu bleiben.

»Dann war es doch die Zwatzl, die mein Missgeschick ausgenutzt hat.«

Der Sprengnagl zuckt grinsend mit den Schultern. »Anzunehmen. Die Wehli hätte sicher schon bei euch zu Hause vorbeigeschaut.« Er unterbricht, als die Kellnerin drei Gulasch serviert. »Hm, das duftet herrlich! Mahlzeit.«

Während der Pokorny wieder einmal kämpft, vor Gier nicht kopfüber ins Gulasch zu kippen, betrachtet die Toni die Tatortfotos. »Die Münze unter den Pflanzen, die liegt komisch da.«

»Ist mir auch schon aufgefallen«, antwortet der Sprengnagl. »Egal, wie du es anstellst, die würde beim Runterfallen kaum so liegen bleiben.«

»Ja, die muss dort platziert worden sein. Das sind Funkien, an den robusten Blättern würde die Münze würde quasi abprallen und wegrollen«, meint der Pokorny, der für die wichtige Neuigkeit sogar den Kopf zu den Fotos gedreht hat, aber sofort wieder Gulasch in sich hineinschaufelt.

Die Toni nickt. »Der Willi hat recht. Ist sie am Rand der Bahn aufgeprallt?«

»Hm, warte … Es gibt jede Menge Kratzer, die wahrscheinlich vom Rein- und Rausnehmen der Münze aus der Halterung stammen. Kaum Steinpartikel, keine Kerbe vom Aufprall, auch keine Lackspuren vom Eisenring, der die Bahn umgibt.«

»Dann würde ich meinen, die Kocmanek wurde höchstwahrscheinlich reingelegt«, stellt der Pokorny fest und wischt sich zufrieden den Mund ab. »Irgendwer will ihr den Mord anhängen. Die Münze wird man ihr im Bad gestohlen haben, schon in Vorbereitung der Tat.«

»Wer hätte das tun sollen?«, fragt die Toni.

Der Sprengnagl lehnt sich entspannt zurück. »Die üblichen Verdächtigen, daran hat sich nichts geändert. Für mich bleibt aber der Voitl schon wegen seiner Drogenvergangenheit auf Position eins, er hatte jede Gelegenheit, beim Ausräumen die Tabletten mitgehen zu lassen.«

»Der würde die Münze doch eher verkaufen, als sie dort hinzulegen. Das Geld könnte er sicher gut gebrauchen«, erwidert die Toni.

»Mag sein«, antwortet der Gruppeninspektor. »Warum aber Drogen kaufen, wenn er sie mit den Fentanyl-Tabletten oder vielleicht sogar Pflastern sowieso parat hat? Die könnte er leicht auskochen und sich spritzen. Wenn er erwischt wird, sitzt er nach der Diversion ein. Vielleicht wäre das beim Sechs-Augen-Gespräch sogar auf den Tisch gekommen. Er hatte also einen guten Grund, um abzulenken, mit der Münze und dem Blister in der Tasche.«

»Da halte ich dagegen«, erklärt die Toni. »Wenn er die Högerl wirklich umbringen und es der Kocmanek anhängen wollte, wozu sie dann noch im Kasten verstecken? Warum der Aufwand? Die Münze hätte er doch auch in die Kabane legen können. Und sich das Risiko erspart, von einem der anderen Mieter beim Transport beobachtet zu werden.«

»Viele Fragen, auf die er uns hoffentlich eine Antwort geben kann. Wir gehen von hier gleich ins Bad und schnappen uns den Burschen. Mit dem ist was faul, das spür ich«, sagt der Pokorny.

»Ich hab mir heute extra freigenommen, bei dem Wetter werden die Kabanenmieter wohl alle da sein. Liebster Ehemann, du wirst wohl noch einmal bei der Zwatzl vorbeifahren müssen«, sagt sie zum Pokorny.

Der Sprengnagl summt mit einem ironischen Lächeln auf den Lippen den berühmten Trauermarsch von Chopin: »Ta, ta, tata, tatatata, tata ta.«

»Wirklich witzig, kannst gerne mitkommen.«

»Nein, wo ihr euch jetzt so gut versteht, werde ich doch nicht reinpfuschen. Schau«, sagt er, klopft seinem Freund auf die Schulter. »So kannst du wegen der Nüsse nachhaken. Unsere Kriminaltechniker werden ihr Abhörequipment vom letzten Frühjahr aus der Asservatenkammer holen und mit den Zapfen und Nüssen vergleichen. Spätestens dann ist es eh aus mit ihren Geschichten.«

»Und das soll ich ihr so sagen?«

»Warum nicht, einen Versuch ist es wert. So, meine Lieben, ich muss wieder Eintrittskarten überprüfen, passt bitte gut auf die Unterlagen auf … Servus!«

Als die Pokornys an der Bar zahlen, springt ihnen von der Titelseite des Kronenblattes eine Schlagzeile entgegen:

»**KALTBLÜTIGE MÖRDERIN ENTHAFTET!!!** (mehr auf der Folgeseite)«.

»Toni, schau, der Hackstock hat sich wieder ausgetobt.« Nervös blättert er um und liest laut vor.

»Nicht nachvollziehbar: Die ermittelnde Chefinspektorin W. hat ohne Begründung gegenüber der freien Presse die kaltblütige Mörderin K. aus der U-Haft entlassen. Dabei wurde am Tatort sogar eine wertvolle Münze gefunden, die aus dem Eigentum der vermutlichen Verbrecherin stammt. Was muss noch passieren, damit sich rechtschaffene Bürger wieder ohne Angst vor körperlicher Gewalt im berühmten Thermalbad von Bad Vöslau erholen können? Wie aus gut informierten Kreisen zu erfahren ist, wurde auch das Ermittlerehepaar P. zuletzt mehrmals beim Herumschleichen im Bad gesehen. Laut einer anonymen Informantin soll von den beiden auch Abhörequipment dort versteckt worden sein.

Was haben diese frischgebackenen Ehrenbürger noch zu verbergen? Gehen ihre zweifellos guten Aufklärungsergebnisse in Wirklichkeit auf illegale Methoden zurück? Und wieso unternimmt die Chefinspektorin W. nichts dagegen? Wieso ist der grausame Mord an der schwer krebskranken H. noch immer nicht aufgeklärt, und welche Rolle spielt der suchtgiftkranke Drogendealer V.? Sie sehen, es gibt viele offene Fragen. Ihr Reporter bleibt für Sie am Ball.«

»Ich glaub, ich spinn? Unterstellt der Schmierfink uns, die Leute zu bespitzeln. Pressefreiheit gut und schön, aber das ist Rufmord. Wer zum Teufel ist diese Informantin?«, zischt er mit bedrohlich wackelnden Ohren.

Die Toni kratzt sich nachdenklich am Ellbogen. »Wer hätte ein Interesse, uns zu bremsen? Offensichtlich sind wir jemandem auf die Füße getreten. Unsere Probleme mit der Wehli sind stadtbekannt, und mit dem Artikel wird das nächste Gespräch mit ihr eher unerfreulich verlaufen.«

Verärgert schmeißt er die Zeitung auf die Theke, und sie machen sich auf den Weg ins Bad. Aufgrund der aktuellen Entwicklung beschließen sie, den Besuch bei der Zwatzl noch zu verschieben. Nach der Entlassung der Kocmanek ist heute mit einer explosiven Stimmung im Thermalbad zu rechnen. Außerdem könnte er etwaige weitere Zapfen gleich zur Zwatzl mitnehmen und sie damit konfrontieren. Nicht nur der Pokorny hofft, dass der Fall bald gelöst ist, nein, auch die Maxime freut sich darauf. Da sie nicht ins Bad darf, die Toni aber nach dem Extra-Urlaubstag der Tatjana die Beagelin nicht schon wieder vorbeibringen will, muss das dritte Familienmitglied heute allein zu Hause ausharren.

Um den Frust über den Zeitungsartikel zu lindern, kauft sich der Pokorny im Eissalon am Schlossplatz noch vier Kugeln von seinem Lieblingseis, aber so richtig schmeckt es ihm heute nicht. »Sogar das Eis vergällt mir der depperte Journalist«, knurrt er.

»Vielleicht hat die Kocmanek geredet? Nach dem raschen Abgang im Hotel und unseren Verdächtigungen ... wäre schon vorstellbar. War sie noch da, als der Hackstock dir auf die Schulter gegriffen hat?«

»Hm, nein, soviel ich mich erinnern kann, war die schon vorher wutentbrannt verschwunden.«

»Wer weiß alles von den Wanzen der Zwatzl? Sie streitet doch ab, damit etwas zu tun zu haben.«

Beim ehemaligen Café Thermalbad, in dem in den nächsten Jahren die Firmenzentrale der Vöslauer Mineralwasser AG ansässig sein wird, bleibt der Pokorny stehen. »Die Zobel behauptet was anderes. Sie sammelt täglich Zapfen ein, sagt sie, und hat außerdem die Zwatzl dort herumschleichen gesehen.«

»Wir werden die anderen darauf ansprechen, mal schauen. Wir müssen uns beeilen. Wenn die Wehli den Artikel sieht, ist Feuer am Dach, dann sollten wir nicht mehr im Bad sein und mit Zeugen plaudern«, meint die Toni, küsst ihr Bärli und schubst ihn zum Eingang des Thermalbades.

Der Voitl ist heute nicht zum Dienst erschienen, der sonst so gutmütige Guschlbauer ist verärgert und enttäuscht zugleich. Nicht einmal angerufen hat er, und zu Hause hebt er nicht ab. Unzufrieden gehen die Pokornys weiter zum Waldbecken. Die vorneweg marschierende Toni sieht die Zobel mit dem Tscholitsch auf ihrer Kabanenterrasse sitzen, winkt und dreht sich zu ihrem schnaufenden Ehemann um. Tja, das Gulasch plus dem üppigen Eis hängen sich beim Pokorny ordentlich hinein. »Los, Willi, zwei auf einen Streich dürfen wir uns nicht entgehen lassen.«

»Stören wir Sie?«, fragt sie die beiden, die sich an einem kleinen quadratischen Tischchen gegenübersitzen und eine Jause in Form eines Marmorgugelhupfs sowie zwei Tassen Kaffee genießen.

»Nein, geht schon. Was gibt's Neues?«, fragt die Zobel, öffnet ein neben dem Teller liegendes Klappmesser mit Elfenbeingriff und schneidet sich eine dicke Scheibe Kuchen herunter.

»Für Sie eine schlechte Nachricht«, antwortet der Pokorny. »Die Kocmanek wurde gestern Abend aus der Haft entlassen.«

Die Zobel schiebt den Kopf nach vorn. »Ich hab's gelesen. Die Hexe hat die Högerl umgebracht, wieso geht die frei?«

»Mangels stichhaltiger Beweise. So einfach ist das«, antwortet der Pokorny.

»Wie viel stichhaltiger sollen die Beweise denn noch sein?«, blafft die Zobel. »Fingerabdrücke auf der Schachtel, ein leerer Blister, ihre Weißgoldmünze beim Holzkasten ... und dann lässt die Polizei die Mörderin frei.«

Die Toni lehnt sich an den Holzpfeiler, der die kleine Terrasse der Kabane seitlich begrenzt. »Woher wissen Sie, dass es sich um eine Weißgoldmünze handelt?«

»Aus der Zeitung, woher sonst? Haben Sie den Artikel nicht gelesen?«

»Schon«, meint der Pokorny und runzelt die Stirn. »Im Kronenblatt wird nur eine ›wertvolle Münze‹ erwähnt.«

Die Zobel zuckt mit den Schultern. »Blöd bin ich nicht. Der Schmierfink hat von einer ›kaltblütigen Mörderin K-Punkt‹ geschrieben. Wer wird das bloß sein? Hä! Von der Weißgoldmünze am Anhänger bei der Kocmanek hab ich Ihnen sogar erzählt.«

»Haben Sie in letzter Zeit den Voitl gesehen?« Die Toni erkennt, dass sie hier nicht weiterkommt, und wechselt das Thema.

»Nein, und er geht uns auch nicht ab, nicht wahr, Tscholi?«, sagt die Zobel bestimmt.

»Sag nicht immer Tscholi zu mir«, murrt er. »Auch wenn ich zu viel trinke, bin ich kein Vollidiot, merk dir das endlich.« Er steht auf, nickt den Pokornys zu und schlurft zur Milchbar hinüber.

Na, bumm, denkt sich der Pokorny. Paradiesisch ist bei den Waldkabanen auch nur noch die Aussicht. Nach und nach bröckelt die Fassade der netten Nachbarschaft.

Die Toni schaut dem Tscholitsch irritiert nach. »Wussten

Sie, dass die Högerl nächste Woche auf die Palliativstation nach Sankt Pölten gekommen wäre?«, fragt sie dann die Zobel.

»Natürlich, wir hatten keine Geheimnisse voreinander.«

»Ihr Hausarzt meinte, Sie hätten das mit aller Kraft verhindern wollen?«

Die Zobel faltet die Hände vor der Brust zusammen. »Endet die Schweigepflicht mit dem Tod? Die Högerl hat mir leidgetan, ins Krankenhaus abgeschoben, da wäre die Arme doch nie wieder rausgekommen. Das wollte ich nicht.«

»Wegen der Kocmanek?«

»Wieso?«

»Na ja, weil die dann zügig die Kabane der Högerl übernommen hätte. So konnten Sie die Vergabe rauszögern«, erklärt der Pokorny.

»Aber auch nicht ewig. Was soll das werden?« Sie steht auf und holt aus ihrer Kabane ein Notizbuch. »Da, hier haben Sie die Aufzeichnungen, von denen wir im Tiergarten gesprochen haben. Die Medikamente, die ich übernommen habe, die Verwendung und die Übergabe an die Nichte.«

Die Toni setzt sich auf den angebotenen Sessel, fährt auf der Liste mit dem Zeigefinger nach unten. »Hm, ist so weit nachvollziehbar. Wenn Ihnen die Högerl wirklich alle Medikamente gegeben hat.«

»Ich bleib dabei, auch wenn die Zahlen wegen der Höhe der Dosierung etwas anderes sagen. Es ist ihr nicht so schlecht gegangen, wie alle getan haben.«

Die Pokornys werfen sich einen Blick zu, weil ihr Wissen aus dem Obduktionsbericht können und wollen sie hier nicht preisgeben.

»Die Aufnahme im Krankenhaus Sankt Pölten sagt aber ganz was anderes, ohne entsprechende Diagnose kommt niemand so einfach auf die Palliativstation. Da geht es ja nur mehr um einen würdigen Abgang«, sagt der Pokorny wenig feinfühlig, was ihm ein Augenrollen der allerbesten Ehefrau der Welt und einen finsteren Blick der Zobel einbringt.

»Eine andere Frage«, sagt die Toni. »Wissen Sie, wer die Spinde vom verstorbenen Sommersacher ausgeräumt hat?«

»Federführend war der Guschlbauer, klar, als Nachfolger. Der hat nach Wertgegenständen gesucht.« Sie sieht die hochgezogenen Augenbrauen der Toni. »Nicht, weil er etwas stehlen wollte, im Gegenteil. Er wollte verhindern, dass Sachen verschwinden und es deswegen später Probleme gibt. Zwar hat sich niemand um den Schwerkranken gekümmert, wenn's aber dann ums Erben geht, kriechen sie alle aus ihren Löchern und wollen Geld sehen. Beteiligt waren noch der Voitl, der Tscholi und ich. Die Vergangenheit vom Voitl werden Sie ja kennen.«

»Ist uns bekannt. Waren auch Medikamente in den Spinden drinnen?«, will der Pokorny wissen.

Die Zobel nickt. »Jede Menge, der Arme hat unterschiedlichste Schmerzmittel genommen. Gefunden haben wir auch ein Jutesackerl mit Hanftee und getrockneten Pilzen von Ihrem Freund aus Großau.«

»Vom Berti?«, fragt der Pokorny mit großen Augen. Sein Freund hat seine Verkaufsaktivitäten im Thermalbad bisher mit keiner Silbe erwähnt. Wie um aus einem bösen Alptraum zu erwachen, reibt er sich hektisch über sein Gesicht. »Was wurde aus den Medikamenten und den Drogen?«

»Haben wir weggeschmissen oder in der Apotheke abgegeben.«

»War auch Fentanyl dabei?«, fragt die Toni.

Die Zobel denkt nach, nickt dann. »Ja, jede Menge, Pflaster und Tabletten. Dazu noch dasselbe Morphium, wie es die Högerl eingenommen hat.«

»Wer hat die Medikamente in die Apotheke gebracht?« Der Pokorny weiß, dass es hier um den alles entscheidenden Punkt geht, deshalb versucht er, vorsichtig vorzugehen. »Und in welche?«

»Wollen Sie ein Achterl Wein oder ein Bier?«, erkundigt sich die Zobel und steht auf. Kurze Zeit später kommt sie mit einem kleinen runden Silbertablett mit zwei Weingläsern und einem

Bierglas für die Toni zurück. »Der Tscholi wollte das machen, dann hat sich der Voitl vorgedrängt. Er wolle seinem Chef helfen, was gutmachen aus Dank für die Unterstützung. Ha. Der Guschlbauer ist naiv, meiner Meinung nach hat der Voitl die Medikamente für sich abgezweigt, vor allem die Pflaster, die ja …«

Der Pokorny unterbricht sie: »Ausgekocht werden können, wissen wir. Sonst hat niemand was mit den Medikamenten zu tun gehabt?«

»Nein, das hat der Voitl alleine geregelt, wie auch immer«, presst sie abfällig hervor. »Wieso fragen Sie nach Fentanyl?« Während sie einen langen Schluck nimmt, beobachtet sie die Reaktion der Toni.

»So wie es aussieht, könnte die Högerl mit einer Mischung aus ihren Tabletten und Fentanyl außer Gefecht gesetzt worden sein.«

»Aha«, sagt die Zobel. »Sie meinen, der Voitl hat die Högerl …?«

»Wir meinen gar nichts«, unterbricht der Pokorny.

»Die Chefinspektorin sollte das aber schon interessieren. …«

Die Zobel wird durch die Wehli unterbrochen, die in Begleitung des Gruppeninspektors hinter dem nahe liegenden Toilettengebäude hervorkommt.

»Was uns zu interessieren hat oder nicht, lassen Sie unsere Sorgen sein«, sagt die leitende Ermittlerin ungewöhnlich sanft, ohne den üblichen Stress in der Stimme. Der Pokorny weiß sofort, dass es gleich dick kommt, weil es immer verdächtig ist, wenn sich die Wehli amikal gibt.

»Und Sie, werte Familie Pokorny, wieso plaudern Sie ermittlungsrelevante Details aus, und … woher haben Sie die eigentlich?« Theatralisch atmet sie tief ein, stößt langsam die Luft aus und dreht sich zum Sprengnagl. »Wobei … ist doch klar, woher der Wind weht, nicht wahr, Herr Kollege? Trotz der von Ihnen ins Treffen geführten kriminaltechnischen Weiterentwicklung des Freizeitpolizisten, der ja aufgrund einer komplexen Auf-

findungssituation alle möglichen Rückschlüsse ziehen kann ...
auf Fentanyl kommt er nicht so mir nichts, dir nichts, oder?
Irgendeine Wortmeldung dazu?«

Da jedes Wort sinnlos und gefährlich ist und ihm im Mund
verdreht würde, schweigt der Gruppeninspektor und schüttelt
den Kopf.

»Ah, so schweigsam heute, ich reime mir die Verletzung des
Amtsgeheimnisses trotzdem zusammen. Und Sie verschwinden«, sie deutet den Pokornys, sich zu erheben, »gehen Sie
von mir aus ins Grüne Becken schwimmen oder arbeiten Sie
mit einem Eiskaffee mit viel Schlagobers an Ihren Cholesterin-
werten, was auch immer. Hier kann ich Sie nicht gebrauchen.
Die Frau Zobel war ja bisher nicht greifbar, zumindest nicht
für die Exekutive. Also auf Wiedersehen.«

Die Verlockung für den Pokorny, ihr die emphatische An-
wandlung mit gleicher Münze zurückzuzahlen, kann von der
Toni rechtzeitig unterbunden werden. »Alles klar, dann wün-
schen wir Ihnen noch einen schönen Tag. Eines noch: Haben
Sie den Voitl schon gefunden? Seltsam, dass der so einfach verschwunden ist, aber ich denke, da sind Sie fest dahinter.«

»Bitte verschonen wenigstens Sie mich mit weisen Ansagen«, pariert die Wehli den Angriff, seufzt und beantwortet
überraschenderweise die Frage dennoch: »Wir suchen den
Voitl, zu Hause ist er nicht. Einen Durchsuchungsbeschluss
für seine Wohnung und den Spind kriegen wir in Kürze.« Sie
deutet mit dem rechten Zeigefinger zu den Stufen, die hinunter
zum Grünen Becken führen. »Und jetzt lassen Sie uns bitte
alleine!«

Diese relativ freundliche Aufforderung, gepaart mit den Informationen über den Voitl, bewegen sogar den Pokorny, mit
einem kurzen Nicken zu seinem Freund und ohne wackelnde
Ohren abzugehen. Freilich nur, bis sie aus dem Blickfeld der
Wehli sind, sehen sie doch bei der Milchbar den Tscholitsch
neugierig zu den Waldkabanen starren.

Mit einer einladenden Handbewegung winkt er die beiden zu sich, deutet auf zwei freie Liegestühle und bestellt ohne Rückfrage für den Pokorny einen Espresso, für die Toni ein Glas Prosecco. Da für die Pokornys nach den letzten Gesprächen noch einige Fragen offen sind, nehmen sie die freundliche Einladung gern an.

Rasch ist der Tscholitsch über den Auftritt der Wehli informiert. »Mit der haben Sie sich einen ordentlichen Nagel eingetreten, tut mir leid, wenn ich das so sage.«

»Besser hätte ich es nicht ausdrücken können«, antwortet der Pokorny schmunzelnd. »Wieso hat der Voitl und nicht Sie das Morphium und Fentanyl aus dem Spind vom Sommersacher in die Apotheke gebracht?«

»Der Voitl ist ein hilfsbereiter Kerl. Mir ist es an dem Tag dreckig gegangen, darum hat er das erledigt. Warum?«

»Die Högerl wurde vor ihrem Tod mit Medikamenten außer Gefecht gesetzt und ist danach in dem Holzkasten erstickt«, erklärt die Toni.

Der Tscholitsch wird weiß wie die Wand und umklammert sein Bier, ganz so als brauche er was zum Anhalten. »Ich …« Entsetzt schlägt er die Hände vor dem Gesicht zusammen und schließt die Augen. »Ich … aber wieso … erstickt?«

»Sie wäre an der hohen Dosierung noch in der Nacht gestorben«, erklärt der Pokorny. »Ihren letzten Atemzug hat sie laut der Obduktion aber erst im Kasten gemacht.«

»Ich verstehe das nicht … ich dachte …«

»Was dachten Sie?«, will der Pokorny wissen. Der Tscholitsch trinkt sein halb volles Bier auf einen Zug aus. Ohne nach der Kellnerin zu schauen, hebt er das Glas über seinen Kopf, dreht es hin und her und bekommt wenig später ein weiteres großes Bier serviert.

Gedankenverloren nimmt er einen ausgedehnten Schluck, es wirkt fast, als hätte er die Anwesenheit der Pokornys vergessen. »Und jetzt glauben Sie, der Voitl hätte etwas abgezweigt und ihr eine Überdosis verabreicht? Weshalb?«

Die Toni hebt die Arme mit aufgestellten Handflächen. »Das haben wir nicht gesagt.«

»In der Mordnacht waren Sie ziemlich betrunken«, wechselt der Pokorny das Thema.

»Wegen dem Guschlbauer, der hatte zu Hause Probleme und wollte sich dichtmachen. Nachdem er gesagt hat, dass er die Zeche im Café Post übernimmt, bin ich mit ihm hin, es wartet ja niemand mehr auf mich«, erklärt er, und seine rot geränderten Augen füllen sich mit Tränen.

Der Pokorny stutzt. »Moment, *er* wollte, dass Sie mit ihm trinken gehen, nicht umgekehrt?«

»Genau, weil ich war schon vorher gut durch. Bier und Wein gemischt haben mich fertiggemacht, der Sunk hat mich dann aufgesammelt und heimgebracht.«

»Und dann erst die Wodkas dazwischen«, meint der Pokorny und erinnert sich an die Aufzählung vom Guschlbauer.

Der Tscholitsch schüttelt den Kopf. »Wieso Wodka? So was trink ich nicht.«

»Spannend, er hat mir was anderes erzählt. Sie hätten erst aufgehört, als die letzte Flasche Wodka leer war.«

»Der Hundling hat mir Wodka ins Bier geschüttet? Aber warum …?«

»An was können Sie sich erinnern?«, fragt die Toni.

»An nichts, Filmriss und jetzt weiß ich auch, warum. Trotz meiner Sauferei, Wodka vertrag ich gar nicht.«

Der Pokorny hebt fragend die Schultern. »Warum sollte uns der Guschlbauer die Geschichte anders erzählen?«

»Weiß ich nicht.« Der Tscholitsch zeigt mit dem Finger zu den Kabanen. »Ihre besondere Freundin dürfte mit der Zobel fertig sein.«

»Scheiße, wenn die uns sieht, wird's wieder mühsam«, murmelt der Pokorny.

Der Tscholitsch deutet mit einer Kinnbewegung zum Minigolfplatz. »Da oben geht's auch raus.«

Tatsächlich kommen sie haarscharf davon. Just als die Pokornys die Tür hinter sich schließen, erreicht die Wehli den Tisch vom Tscholitsch. Das Letzte, was die beiden sehen, ist der grimmige Blick der Chefinspektorin, nachdem sie das leere Proseccoglas und die Espressotasse bemerkt hat. Eins und eins ist nun einmal zwei, sie weiß genau, wer da gesessen ist und sich wieder einmal nicht an ihre Anweisungen gehalten hat.

»Pfff«, stöhnt der Pokorny. »Das war knapp.«

Die Toni schaut auf die Uhr. »Geht sich für die Annamühle gut aus. Sag, hast du auch das Gefühl, dass sich unsere Gesprächspartner gegenseitig anschwärzen? Wem sollen wir glauben, dem Guschlbauer oder dem Tscholitsch?«

»Das Gefühl hab ich auch. Beide Geschichten wirken auf mich glaubhaft. Der Filmriss bei einem gestandenen Alkoholiker erscheint mir trotzdem realistischer.«

»Vielleicht erreiche ich im Café Post jemanden.« Sie greift nach dem iPhone, nach einem kurzen Telefonat legt sie nachdenklich auf. »Der Mitarbeiter kennt die beiden Herren. Es gab eine Streiterei, daraufhin hat der Chef die beiden hinauskomplimentiert.«

Der Pokorny bleibt stehen. »Wann?«

»Die sperren um dreiundzwanzig Uhr zu, knapp vorher hat es dem Inhaber gereicht.«

»Worüber haben die gestritten?«

»Über den Voitl. Der Tscholitsch hat sich über den Junkie ziemlich ausgelassen und seinen Saufkumpan mehrmals als naiven Badewaschl bezeichnet. Die Leute würden schon hinter seinem Rücken reden, der Voitl nütze seine Gutmütigkeit nur aus. Das Gespräch mit dem Direktor war auch Thema.«

»Und das hat sich der Guschlbauer gefallen lassen?« Ächzend bleibt er am oberen Ende der Stufen der Pfarrkirche Sankt Jakob stehen. »Hügelige Landschaft gut und schön, aber ich hab das Gefühl, den ganzen Tag nur Stufen rauf- und wieder runterzulaufen.«

Sie klopft ihm zärtlich aufs Bäuchlein. »Ja, ja, die vielen Stufen, die vielen Kilos. Gleich ist der Anstieg zu Ende, dann kannst du zur Annamühle runterrollen.«

Ganz so einfach wird es für den Pokorny dann doch nicht. Von schlechtem Gewissen geplagt, holen die Pokornys nämlich vorher noch die Maxime von zu Hause ab und machen sich danach erst auf den Weg zu ihrem Stammcafé.

»Ha, da seid ihr ja endlich. Es gibt Neuigkeiten von der Front«, begrüßt die Katzinger die beiden, beugt sich zu der Beagelin hinunter und streicht ihr ein paarmal ums Maul. »Da ist das Hunderl ja endlich, da ist es ja. Haben s' dich zu Hause eingesperrt?« Mit zusammengekniffenen Augen linst sie über den Brillenrand. »Ihr könnt das Hunderl doch auch bei mir vorbeibringen.« Sie stützt sich mit einer Hand auf den Stock, die andere lässt ein Mürbteigkeks fallen und verschwindet danach hinter ihrem Rücken. »Ups, das war ein Missgeschick, aber jetzt sag ich euch eines. Ich schwöre, dass das Hunderl bei mir nix extra zum Fressen kriegt. Sogar auf meinen Ferdinand schwör ich das.« Mit feierlicher Miene reißt sie die Hand mit dem Stock in die Höhe und spreizt Zeige- und Mittelfinger. »Schwöre, so wahr mir der Ferdinand und der liebe Gott helfen.«

Der Pokorny dreht verdutzt den Kopf zur Toni, weil auf ihren verstorbenen Ehemann zu schwören, das macht die alte Frau nicht so einfach. Freilich durchschaut die allerbeste Ehefrau den Schwindel. »Nicht in diesem Leben«, sagt sie bestimmt, beugt sich zu ihm und flüstert: »Schau in die Fensterscheibe, die Katzinger verkauft uns für dumm.«

Mit einem raschen Blick erkennt er, dass die durchtriebene alte Frau Zeige- und Mittelfinger der versteckten Hand überkreuzt hat und der Maxime damit eine Gewichtszunahme ins Haus stehen würde.

»Sagen S', Frau Katzinger«, brummt der Pokorny. »Haben Sie in der Hand grade einen rheumatischen Anfall, oder was? Sonst müsste ich glauben, Sie verkaufen uns grade für dumm. Glauben Sie, wir sind blind?«

Die alte Frau zieht die Mundwinkel auseinander, lässt die Hand fallen. »Was bleibt einem denn noch als alte …«

»Was für Neuigkeiten gibt es denn von der Front?«, fragt die Toni, während sie die Maxime aus dem kulinarischen Niederschlagsgebiet zieht.

»Die ganze Welt sucht doch den Voitl, nicht wahr?«, meint sie, beugt sich vor und schlürft das mittlerweile zusammengefallene Schlagobers von ihrer Melange.

»Ja und?«, fragt der Pokorny mit leichtem Ohrenwackeln. Weil er es halt nicht um die Burg ausstehen kann, wenn sich seine Gesprächspartner alles aus der Nase ziehen lassen.

Die Katzinger schnauft theatralisch. »Ma, wennst jetzt unfreundlich wirst, mach ich einen Sitzstreik am Klo und warte, bis du weg bist.«

»Was ist mit dem Voitl?«, fragt die Toni sanft, während sie ihrem Bärli die Hand tätschelt.

»Na, ich hab ihn gesehen.«

»Wahrscheinlich am Sonntag beim Fladern der Zeitung?«, meint der Pokorny. »Sonst irgendwelche Neuigkeiten?«

»Weißt was?«, krächzt die Katzinger, dreht sich um und verschwindet im hinteren Bereich des Cafés, wo sich die Toiletten befinden.

Die Toni rollt mit den Augen. »War das wirklich notwendig? Sie meint es doch nur gut.«

»Geh, die soll einfach graderaus erzählen, was sie weiß. Das ist echt mühsam.«

»Ihr zwei! Was sich liebt, das neckt sich. Geh rein, vielleicht beruhigt sie sich.«

Der Pokorny schüttelt entrüstet den Kopf. »Sicher nicht, ich klopf doch nicht an der Klotür an und bitte sie um Verzeihung.«

»Herr Pokorny!«, schnaubt die Toni, und er weiß, dass Schluss mit lustig ist.

Grummelnd schlurft er ins Lokal hinein, wenige Augenblicke später kommt er ohne die Katzinger zurück. »Sie überlegt sich's.«

»Ihr zwei macht mich narrisch«, sagt die Toni, geht rein und kommt eine Minute später mit der Beleidigten aus dem Café. Ein letztes Mal muss sie noch mit den Augen rollen, dann herrscht wieder Frieden.

Also fast halt, weil die alte Frau den Pokorny keines Blickes würdigt. Die Toni atmet tief durch. »Also von vorne. Wann haben Sie den Voitl das letzte Mal gesehen?«

»Am Sonntagabend, da waren die Zeitungen schon …«

»Es reicht! Irgendwann ist es genug! Entweder Sie erzählen sofort alles in Ruhe, ohne Spitzen gegen meinen Mann, oder wir gehen. Dafür hält er sich jetzt vornehm zurück, nicht wahr, Willi?« Wieder lässt sie ihm keinen Spielraum für einen Widerspruch, er nickt verärgert. »Gut, dann also?«

Der ungewöhnlich scharfe Ton bringt die alte Frau auf Schiene, sie beginnt zu erzählen: »Grade als der Tatort vorbei war, hab ich aufs Klo müssen, von da seh ich genau zum Haus vom Voitl. Da ist er raus, mit einem Koffer in der Hand, und in ein Taxi gestiegen. Ich wollte euch das schon gestern erzählen, hab aber ganz drauf vergessen.«

»Was für ein Koffer? Ein Aktenkoffer?«

»Nein, nein, so ein Rolldings, wie die jetzt modern sind, für den Urlaub.«

»In welches Taxi ist er gestiegen?«

»Was weiß ich, die Rostlaube stand mit dem Popsch zu mir.«

»Ist er wieder zurückgekommen?«

»Gesehen hab ich ihn nicht, Licht war aber auch keines zu erkennen.« Die Katzinger winkt der Dagmar mit dem Stock, hält beide Zeigefinger circa fünfzehn Zentimeter auseinander und macht eine schmatzende Kaubewegung.

Die Mitarbeiterin legt langsam den Kopf schief, runzelt die Stirn, nach einer gefühlten Ewigkeit zuckt sie mit den Schultern.

»Alter Schwede«, krächzt die Katzinger. »Wie die jeden Tag ins Geschäft findet, frag ich mich schon. Weil viele Möglichkeiten gibt's bei mir ja wirklich nicht, und eine Zigarre werde ich bei ihr wohl kaum bestellen.«

»Ein Speckstangerl, oder?«, fragt der Pokorny und geht, ohne eine Bestätigung abzuwarten, hinein ins Café.

Ungläubig schaut ihm die Katzinger nach. »Schau an, ich glaube, er will Frieden schließen.«

»Und ich glaube, Sie werden das Angebot auch annehmen!«, fordert die Toni.

»Sodala, bitte, war kein guter Beginn heute, starten wir noch einmal«, stellt der Pokorny fest, der mit einem Speckstangerl bewaffnet zurückkommt. »Der Voitl könnte verreist sein, heute hätte er arbeiten müssen.«

»Ich schreib dem Sprengi eine WhatsApp.«

– *Die Frau Katzinger hat den Voitl am Sonntagabend mit einem Rollkoffer wegfahren gesehen. Er ist in ein Taxi gestiegen. Retour ist er nicht gekommen*

– *Laut dem Guschlbauer ist der seit Mittwoch in Mörbisch. Welches Taxi?*

– *Weiß sie nicht*

– *Ich telefonier die Firmen durch, geht aber erst später*

– *Ich fang gleich an*

– 👍

»Wir müssen los«, sagt die Toni. »Ich will mir die Nummern von den Taxigesellschaften raussuchen. Und Bärli, du wirst dir deinen Freund wegen seiner Geschäfte im Bad vorknöpfen.«

Zu Beginn läuft das Gespräch beim Berti dann nicht wirklich harmonisch, weil der Pokorny über die Aktivitäten seines Freundes mehr als verärgert ist.

»Gestern habe ich geglaubt, mir haut's den Vogel raus. Seit einer Woche laufen wir uns im Bad die Beine wund, und du kommst nicht auf die Idee, uns von deiner Drogendealerei zu erzählen«, echauffiert er sich.

»Geh bitte, du bist ja schon so unentspannt wie der Sprengi. Dem Sommersacher ist halt echt bescheiden gegangen, der war mit seinen Tabletten bis oben zu. Die Schwammerln und das bisserl Hanftee haben ihm gutgetan.«

»Es geht doch nicht darum, ob ihm die Schwammerln geholfen haben oder nicht. Aber warum verschweigst du uns das? Vielleicht waren bei der Högerl auch deine Drogen mit im Spiel?«

Der Berti kratzt sich an seinem Bart, den er sich immer länger wachsen lässt. Mittlerweile erinnert er die Freunde ein wenig an den Kabarettisten, der bis vor ein paar Jahren mit Kugeln im Gesicht herumgelaufen ist. »Und ich soll sie jetzt umgebracht haben, oder was?«

»Red keinen Blödsinn. An wen alles hast du dein Zeug noch verhökert?«

»Setz dich unter die Laube, ich komme gleich nach«, antwortet er, schubst den Pokorny nach draußen und bereitet zwei aufgespritzte Apfelsäfte zu.

Die Idee mit der Laube kommt nicht von ungefähr. Nicht nur, dass es im Außenbereich der schönste Sitzplatz überhaupt ist, nein, auch der Duft des dunkelvioletten Blauregens ist ein Traum. Als ihm sein Freund kurze Zeit später den Saft serviert, schmunzelt der Pokorny schon wieder. »Ich stell mir gerade das Gesicht vom Sprengi vor, der wird sich an den Schädel greifen. Berti, du bist unverbesserlich.«

»Hat der Hammerschmied bei der toxikologischen Auswertung auch nach Psilocybin-Substanzen gesucht?«

»Hättest du uns davon erzählt, hätten wir ihn darauf angesprochen.«

Der Berti lächelt. »Wisst ihr schon, was im Spind vom Voitl drinnen ist?«

»Du bist mir noch eine Antwort schuldig. An wen im Bad hast du deine Sachen verklopft?«

»Hm, also … Sommersacher, Voitl, Högerl.«

Der Pokorny greift sich an die Stirn. »Du spinnst echt. Wenn die Wehli deine Sachen findet und du da mit drinnen hängst, kannst deinen Laden zusperren. Das ist dir schon klar?«

»Ja, ja. Aber die soll sich um ihre Sachen kümmern, ich weiß schon, was ich mach. Also, was ist im Spind vom Voitl drinnen?«

»Wissen wir noch nicht«, antwortet der Pokorny, immer noch verärgert. »Der Beschluss für die Durchsuchung sollte auf dem Weg sein.« Rasch sind auch die letzten Informationen von der Katzinger weitergegeben.

»Dass der Voitl in dieser heiklen Phase einfach so abtaucht, finde ich irgendwie komisch. Als Verdächtiger verbessert sich damit seine Lage nicht wirklich.«

»Die Toni telefoniert gerade die Taxigesellschaften durch.«

»Gibt's Neuigkeiten von unserer Nuss? Ich bin mir ziemlich sicher, dass es die Wehli war.«

»Wegen des Motorrads? Das war Zufall, denk ich. Ich glaube dem Gefühl vom Sprengi, die Wehli hätte sich bemerkbar gemacht. Ich tippe auf die Zwatzl. Hast was von ihr gehört?«

Der Berti winkt ab, steht auf und kommt mit einem Teller zurück, auf den er zwei Stück Topfen-Brombeer-Kuchen gelegt hat. »Seit dem Fund ward sie nicht mehr gesehen.«

»Die Nuss ist meines Erachtens nicht gerade der letzte Stand der Technik. Verglichen mit der Hummel-Vorführung kommt die recht banal daher. Und von der Nuss zu den Tannenzapfen ist es dann nicht mehr so weit.« Er greift nach einem der Dreiecke der ihm hinlänglich bekannten Süßspeise. Allein für den Mürbteig könnte er sterben und kommt regelmäßig ins Schwärmen. Die hinter dem Haus in sonniger Lage gepflanzten Brombeeren verkauft sein Freund vor allem als Marmelade, friert sie aber auch ein, zum Beispiel für einen Kuchen. Trotzdem kann er sich die Fragen nach etwaigen neuen Zutaten nicht verbeißen. Schließlich ist der Berti immer für Überraschungen gut.

Erst nachdem sein Freund die bisherige Rezeptur bestätigt hat, beißt er genüsslich hinein. »Hm, phantastisch, den Mohnkuchen kannst ruhig einstampfen und öfters Brombeerkuchen machen.«

»Ja, ja, ein bisserl Abwechslung …«

Er kann den Satz nicht vollenden, der Pokorny unterbricht: »Abwechslung bietet eh das Wetter genug, gell. Ich weiß, was mir schmeckt, also komm mir nicht so. Reicht schon, wenn die Toni …«

»Passt schon«, unterbricht ihn jetzt sein Freund und wechselt zurück zum eigentlichen Thema. »Du glaubst also nicht an die Geschichte der Zwatzl, an ihre Ausrede mit der veralteten Technik.«

»Nein, glaub ich nicht. Gerade im Osten, mit den wirtschaftlichen Einschränkungen, sind die gezwungenermaßen sparsam aufgewachsen. Die wirft doch nicht so einfach ihre technische Ausrüstung weg. Auch wenn das Zeug veraltet ist, fürs Ausspionieren bei der Annamühle reicht's allemal.«

Grinsend meint der Berti: »Wäre da nicht das Adlerauge von der Katzinger.«

»Ich glaube eher, dass sie zufällig draufgelatscht ist. Sei bitte trotzdem wachsam, vielleicht kommt die Stasi doch noch einmal auf Besuch.«

»Mach ich. Sag, waren die Kollegen vom Sprengi schon bei euch zu Hause? Wegen eventueller Wanzen.«

»Nein, warte, ich schreib ihm gleich.«

– *bitte kollegen wegen wanzen bei uns vorbeischicken   danke*
– *Sind gerade bei euch*
– *gut   bin unterwegs*

»Wir sehen uns morgen, die anderen Kollegen werken gerade bei uns, baba.«

Eine Stunde später ist klar, dass zumindest im näheren Umkreis der Doppelhäuser keine Wanzen zu finden sind. Nachdem die Toni der Hanifl die Situation erklärt hatte, durften die Kollegen auch in ihrem Haus und Garten nach versteckter Elektronik suchen.

»Wolltest du nicht noch zur Zwatzl fahren?«, fragt die Toni.

»Von Wollen kann keine Rede sein. Mach ich morgen, der heutige Tag war lang genug. Was sagen die Taxler?«

»Es gab Sonntagabend um zweiundzwanzig Uhr tatsächlich eine Fuhre zum Bad. Wie die Katzinger gesagt hat. Die Fahrerin hat auf die Frage nach dem Voitl verärgert reagiert. Angefragt war sie für eine Fuhre nach Wien-Schwechat, mit einem Zwischenstopp beim oberen Eingang zum Thermalbad.«

»Warum verärgert, ein Transport von Bad Vöslau nach Schwechat bringt doch gutes Geld. Erinnere dich, wir hätten bei einem anderen Unternehmen damals siebzig Euro bezahlen sollen. Wucherer!«

Die Toni nickt, hat sie doch das abschließende Gespräch vom Pokorny mit dem unfreundlichen Lenker noch gut in Erinnerung. Er wolle doch keine Beteiligung an dem Unternehmen, sondern lediglich einen fairen Preis für den Transport zahlen. Nach längerem Hin und Her haben sie sich statt der geforderten siebzig Euro auf vierzig und die sofortige Einstellung jedweder Geschäftsverbindung auf die nächsten Jahre geeinigt.

»Ja, allerdings ist der Voitl nicht mehr aufgetaucht.«

»Was heißt, nicht mehr aufgetaucht?«

»Er hat die Fahrerin ersucht zu warten. Er sei in ein paar Minuten wieder zurück und lasse zur Sicherheit seinen Koffer im Auto. Als er nach dreißig Minuten nicht wieder da war, hat sie sich akustisch bemerkbar gemacht, ohne Erfolg. Ein paar Bewohner der Wohnhausanlage gegenüber der Residenz haben sich über den Lärm nach zweiundzwanzig Uhr beschwert. Wobei dieser laut der Fahrerin aus dem Umfeld vom Florahof gekommen ist, deshalb musste sie ja schreien. Sie ist dann in die Zentrale zurückgefahren und hat den Koffer ins Depot gelegt.«

»Wo ist der Voitl hin? Der lässt doch nicht so einfach seinen Koffer im Auto liegen. Da ist was passiert«, meint der Pokorny, springt auf und geht nervös hin und her. »Wurde von der Fahrerin eine Anzeige erstattet?«

»Nein, in der Nacht war nichts los, und die tatsächlichen Kosten waren minimal. Außerdem gibt es ja immer noch den Koffer.«

»Komm, wir fahren dort vorbei. Die Wehli hat noch nicht einmal die Beschlüsse für das Haus und den Spind, vom Koffer weiß sie sicher noch nix. Ich sag dir, die pfuscht schon wieder.«

Die Toni springt auf. »Hat halt nicht jeder eine Katzinger als Informationsquelle«, stellt sie fest und nimmt sich fest vor, mit der Bürgermeisterin wegen einer nachgeholten Ehrung für die alte Frau zu reden.

Fünfzehn Minuten und fünfzig Euro später öffnet ein geldflexibler Mitarbeiter des Taxiunternehmens den schwarzen Hartschalenkoffer. Nein, allein lassen könne er sie nicht, wer weiß, was drinnen ist. Eigentlich dürfe er das ja gar nicht. Aber für die gute Sache und gutes Geld mache er eine Ausnahme. Mit dem Gewand, einem kleinen Beutel mit Waschzeug, zwei Paar Sneakers und Flipflops unterscheidet sich der Inhalt nicht von anderen x-beliebigen Kofferinhalten für Urlaubsreisen.

»Schau an«, sagt der Pokorny. »Der wollte tatsächlich abhauen. Von wegen Mörbisch. Pass und das Ticket wird er bei sich haben. Wo auch immer er ist.«

Nachdenklich schließt die Toni den Koffer. Im Auto seufzt sie tief. »Auf die Gefahr, die Wehli zu erwischen … ruf den Sprengi an. Das ist eine Nummer zu groß für uns. Entweder wollte er eine falsche Spur legen oder er …«

»Er wurde ins Bad gelockt. Meinst du das?«, vollendet der Pokorny den Satz.

»Was auch immer, ruf an.« Sie macht mit ihrem rechten Zeigefinger eine kreisende Bewegung. »Aber auf seinem Diensthandy, falls die Wehli da ist.«

Die Neuigkeiten sind nach anfänglichen Unmutsbekundungen sogar für die Chefinspektorin interessant, so sehr, dass nach Badeschluss das Thermalbad durchsucht wird. Auch ein Taucher ist am Werk, mit einem Kollegen durchtaucht er neben dem Waldbecken auch das Grüne Becken. Kollektives Aufatmen, besser, den Voitl später lebend als gleich tot im Becken zu finden.

Die Wehli lässt, wegen Gefahr im Verzug, vom eilig herbeigerufenen Guschlbauer den Spind seines Mitarbeiters öffnen. Schlussendlich würde es für den Berti ein Nachspiel geben. Neben Morphium und Fentanyl finden die Ermittler getrocknete Zauberpilze, Hanftee und die berühmte Kipferl-Adventsmischung, die den Pokornys inklusive der Maxime zu Weihnachten eine schnelle Bekanntschaft mit dem Sandmann beschert hat. Weiters sind noch ein angebrannter Edelstahl-löffel sowie Spritzen vorhanden. Also alle Utensilien, die für das Auskochen von Fentanyl-Pflaster und den anschließenden intravenösen Konsum benötigt werden. Damit ist die Hoffnung auf einen drogenfreien Voitl und ein positives Ende der Sub-stitutionstherapie Geschichte.

Während der aufwendigen Suchaktion werden die Pokor-nys von der Inspektorin Stabeldorfer zu einem Kaffee in die Kabane 21 eingeladen. Was einerseits natürlich erfreulich ist, dient andererseits lediglich dem Festhalten der renitenten Pri-vatermittler an Ort und Stelle.

Glücklicherweise hat der freundliche Mitarbeiter des Taxi-unternehmens der Wehli nichts von den fünfzig Euro erzählt und auch nicht, dass das Ehepaar schon mal im Koffer gestöbert hat.

»Was mach ich nur mit Ihnen?«, stöhnt die Wehli. Sie lässt sich auf den Stuhl fallen und bestellt bei der vorbeikommenden Kellnerin einen Kamillentee.

Der Pokorny lächelt. »Einfach Danke sagen für die Infor-mation, mehr braucht es nicht.«

»Wofür denn? Sie wollen mir doch nicht weismachen, Sie hätten aufgrund der Beschreibung einer fehlsichtigen alten Frau den Koffer vom Voitl wiedererkannt und dann ganz auf brave Staatsbürger sofort die Polizei gerufen, ohne vorher einen Blick hineinzuwerfen. Nein, oder? Wobei alleine der Hinweis auf den Voitl schon gereicht hätte, uns anzurufen.«

»Frau Chefinspektorin«, schaltet sich jetzt die Toni ein, weil wenn das Ruder zwischen den beiden einmal in die falsche Rich-tung zeigt, gibt es kaum eine Chance auf Korrektur. »Ja, hätten wir können, haben wir aber nicht. Wir wollten auf Nummer sicher gehen und Sie erst kontaktieren, wenn es konkrete Beweise gibt. Deshalb haben wir auch in den Koffer hineingesehen. Sofort danach haben wir den Gruppeninspektor angerufen. Was wollen Sie noch?«

Die Wehli greift zornig nach dem Teehäferl, schlürft vom heißen Tee und verbrennt sich prompt die Lippen. »Aua, verdammt«, ruft sie mit verzerrtem Gesicht. »Klar sind Sie bezüglich illegaler Aktivitäten flexibler als die Polizei. Unsereins muss sich ja an die Gesetze halten und vor der Durchsuchung des Gepäckstücks eines möglichen Tatverdächtigen einen Beschluss der Staatsanwaltschaft beantragen. Ihnen ist schon klar, dass der Koffer damit als Beweismittel unbrauchbar ist, oder? Wobei Sie Glück im Unglück haben, weil ja nichts Wesentliches drinnen ist. Das Rätsel ist alleine die Tatsache, dass er überhaupt dort ist.«

»Tut uns leid«, sagt die Toni, um die Situation zu entspannen.

»Nichts tut Ihnen leid. Sie würden das genauso wieder machen, wie bei den anderen Fällen. Also kommen Sie mir nicht so.« Kurze Zeit herrscht betroffenes Schweigen, die Anwesenden beobachten den nächsten Versuch der Chefinspektorin, einen Schluck Tee zu trinken.

Die Toni zuckt mit den Schultern. »Hatte der Voitl einen Flug oder ein Bahnticket gebucht?«

»Kein Kommentar. Noch was: Ich hoffe sehr, dass Sie mit dem abartigen Artikel im Kronenblatt nichts zu tun haben.«

»Nein«, zischt die Toni entrüstet. »Wir kommen noch schlechter weg als Sie! Oder meinen Sie wirklich, wir würden Bespitzelungsmaterial im Bad verstecken? Woher der Schmierfink die Infos mit der Münze und dem tatverdächtigen Voitl hat, weiß ich nicht. Irgendwer spielt dem Hackstock Infos zu. Ich vermute, dass derjenige aus dem Bad kommt und beim Auffinden der Leiche dabei war. Entweder hat er die Münze gesehen, oder es ist sogar …«

»Der Täter selbst«, vollendet die Wehli den Satz, grübelt. »Der weiß auch vom Voitl und bedient zur Ablenkung das Schmierblatt, um uns unter Druck zu setzen.«

»Oder uns alle zu diffamieren und gegeneinander aufzuhetzen«, sagt der Pokorny. »Was ihm bisher ja bestens gelungen ist. Pressefreiheit hin oder her, jeder Journalist hat Kontakte zur Polizei und umgekehrt. Eine Hand wäscht die andere, ob Sie das jetzt hören wollen oder nicht. Vielleicht können Sie in Erfahrung bringen, woher er die Infos hat?«

»Nicht Ihr Ernst«, stöhnt die Chefinspektorin, während sie sich mit der Hand auf den Bauch greift. »Wir sollen mit dem Schmierblatt zusammenarbeiten?«

»Davon kann nicht die Rede sein. Wenn der Hackstock erfährt, dass ihm ein potenzieller Mörder Infos weitergibt, wird er vielleicht anders denken.«

Die Wehli schüttelt den Kopf. »Glaub ich nicht. Wie auch immer, ich entlasse Sie jetzt nach Hause …«

Der Pokorny ist noch nicht fertig. »Wieso haben Sie die Kocmanek überhaupt gehen lassen? Hat sie leicht ein Alibi für Dienstagnacht?«, fragt er scheinheilig, weil er wissen will, ob der Stripclubinhaber die Unterlagen herausgegeben hat.

»Fragen Sie doch den Herrn Gruppeninspektor. Der ist bestens informiert, und Sie beide sitzen sowieso pausenlos zusammen. Hat Ihnen das gemeinsame Gulasch im Bierhof geschmeckt?« Sie zieht die Mundwinkel auseinander, genießt die verdutzten Gesichter der Pokornys. »Tja, Sie werden es vermutlich nicht glauben, aber es gibt tatsächlich Leute, die mich sogar ein bisserl mögen, Ihre Neider eingeschlossen. Und die plaudern halt auch über konspirative Treffen im Obergeschoss Ihres Stammlokals. Vielleicht sollte ich den Sprengnagl einmal verwanzen? Würde mich schon interessieren, was sich so hinter meinem Rücken abspielt.« Sie weidet sich an den ungläubigen Blicken ihrer Gesprächspartner. »Keine Sorge, war nur ein Spaß … andererseits, zur Zwatzl müsste ich eh, vielleicht borgt die mir ja einen Zapfen. Erst kürzlich hab ich einen Bericht über Apfel- und Birnenattrappen gelesen, auch Nüsse wurden in der DDR verwendet. Außerdem reicht's jetzt mit der Plauderei. Wir suchen großräumig nach dem Voitl, und Sie gehen nach Hause. Heute läuft der neueste Landkrimi von der Claudia Rossbacher, verwirklichen Sie sich dort. Auf Wiedersehen, ah ja, die Getränke gehen auf uns.«

Freilich zahlen die Pokornys ihre Zeche selbst, weil nach Abfuhr auch noch eingeladen zu werden geht gar nicht.

Wieder einmal ist der Whirlpool der ideale Ort für allerlei Aktivitäten. Aber zuerst wird selbstredend der Tag analysiert.

»Wo könnte der Voitl sein?«, fragt die Toni.

»Ich habe echt ein schlechtes Gefühl. Gut, Pass, Führerschein und Geld sind nicht im Koffer, hat er vermutlich bei sich … wo auch immer …«

»Wenn er mit dem Tod der Högerl etwas zu tun hat, wäre eine Flucht vorstellbar. Trotzdem, selbst wenn er Medikamente im Spind hat, ist das zu wenig, um ihm ernsthafte Schwierigkeiten zu bereiten.« Die Toni lehnt sich mit einem Glas Frizzantino zurück, schließt die Augen und genießt den ersten prickelnden Schluck.

Der Pokorny prostet ihr mit seinem Achterl Veltliner zu. »Ich hoffe nur, es ist nichts passiert. Der lässt nicht einfach zur Täuschung den Koffer im Taxi zurück.«

»Ob er das ist, könnten uns die Buchungssysteme des Flughafens oder der ÖBB zeigen.«

»Das geht wieder nur mit Beschluss der StA, und da brauchen wir es gar nicht versuchen. Datenschutz und so.«

»Bärli, mir reicht es für heute, schauen wir noch ein bisschen Rossbacher und dann ab ins Bett«, schlägt sie gähnend vor.

»Zuckerschnecke, du schaust so verspannt aus, so kannst du unmöglich schlafen gehen. Ich hab eine bessere Idee …«, flüstert er, rutscht auf die Seite der allerbesten Ehefrau der Welt, küsst sie … und diesmal taucht er unter.

Die Müdigkeit der beiden war nach dem ersten Tauchgang vom Pokorny wie weggeblasen, der Landkrimi wurde aufgezeichnet und auf einen anderen Tag verschoben. Erst als es im Whirlpool langsam kühler wurde, die Toni die Flasche Frizzantino und der Pokorny noch einen weiteren Veltliner ausgetrunken hatten, ging es gegen dreiundzwanzig Uhr ab ins Bett. Wenige Sekunden später waren beide eingeschlafen.

Leider währt die Ruhe nur kurz, knapp nach zwei Uhr morgens klingelt das iPhone der Toni.

»Wer zur Hölle ruft da mitten in der Nacht an?«, stöhnt der Pokorny und klopft der Toni auf die Schulter. Wenn die Frau des Hauses einmal schläft, kann die Feuerwehr ins Haus eindringen, sie würde es nicht mitbekommen. »Kannst du das depperte Telefon nicht wenigstens in der Nacht ausschalten?«

Schlaftrunken rechtfertigt sie sich murmelnd: »Was ist, wenn es meinen Eltern schlecht geht? Also hör bitte auf. So einfach quält uns niemand in der Nacht.« Eine Störung durch eine Handynummer mit deutscher Vorwahl ist ihnen schon im Lieblich-Fall untergekommen, und die Toni knurrt: »Nicht schon wieder, ich glaube, deine Freundin ist dran.« Sie reicht ihm das Handy rüber.

»Warum ich? Mit der Wehli kannst selber ...«

Die Toni unterbricht ihn. »Die Wehli ruft sicher unter keiner deutschen Telefonnummer an.«

»Die Zwatzl?«, flüstert er.

»Wahrscheinlich«, antwortet sie. »Woher hat die überhaupt meine Nummer?« Ihr Kopf verschwindet unter dem Polster.

»Na endlich«, blafft ihm die Zwatzl ins Ohr. »Lassen Sie sich doch noch einmal dazu herab, mit einer wichtigen Informantin zu reden.«

»Schon, aber nicht mitten in der Nacht. Rufen Sie morgen wieder an«, brummt er und legt auf.

Diese Rechnung hat er ohne die deutsche Beharrlichkeit gemacht, gleich darauf läutet das iPhone wieder. »Was?«

»Auf der Baustelle vom Parkhaus wurde wahrscheinlich gerade eine Leiche entsorgt«, zischt die Zwatzl. »Machen Sie draus, was Sie wollen.« Jetzt ist es an ihr, grußlos aufzulegen.

»Toni!« Er setzt sich panisch auf.

»Was ist denn?«

»Die Zwatzl hat von einer Leiche auf der Baustelle beim Schlosspark geredet. Hat nicht nach einem Scherz geklungen.« Er stöhnt, greift sich an die Stirn und blickt auf die Uhr. »Verdammt, mir platzt der Schädel!«

»Ruf sie zurück«, sagt die Toni, während sie sich die Augen reibt. »Auch wenn sie nervig ist, wir brauchen sie. Denk an die Nuss und an mögliche Infos aus dem Bad. Los!«

»Ja, ja«, grummelt er. »Ist schon gut.«

»Bitte ganz langsam von vorne«, ersucht er die Deutsche, nachdem sie seinen Anruf nach zwanzig Mal Läuten endlich angenommen hat. »Was genau ist auf der Baustelle passiert?« Nachdem er die Zwatzl zwar atmen hört, aber keine Antwort erhält, setzt er nach: »Jetzt reden Sie schon! Auch wenn wir nicht beste Freunde sind, weiß ich, dass Sie uns um diese Zeit nicht zum Spaß anrufen.«

»Was auch immer Sie damit machen, ist Ihre Sache. Ich halte mich da raus, von mir haben Sie die Info nicht. Ich bin weder mit Ihnen noch mit der Wehli und Konsorten befreundet und möchte verhindern, dass mir die wieder das Haus ausräumen und den Garten umgraben. Haben wir einen Deal?«, fragt sie.

Viel Zeit, sich über den englischen Ausdruck zu ärgern, bleibt ihm nicht. »Ich werd's versuchen.«

»Zu wenig, ich brauche Ihr Versprechen, sonst leg ich auf.«

»Gut, es sei. Also?«, antwortet er und spürt Bauchweh bei dem, was jetzt kommt.

»Ich weiß nicht, ob Sie davon gehört haben, auf der Baustelle für das neue Parkhaus beim Schlosspark verschwindet immer wieder Baumaterial im großen Stil. Die Überwachung durch die Uniformierten hat kurzzeitig was gebracht, aber irgendwann haben die ihre Leute abgezogen, und jetzt geht es von vorne los.«

»Und wie kommen Sie da ...«

»Sagen wir so, gewisse Amtsträger, die mich für meine Beobachtungen schätzen und nicht verurteilen, wie Sie es machen, haben mich um Hilfe gebeten.«

»Haben Sie dort leicht Ihre Hummeln im Einsatz?«

»Blödsinn, wäre ein bisschen auffällig, eine Hummel mitten in der Nacht.«

»Was für ...?«

»Ist nicht wichtig, weder Sie noch die Polizei werden dort etwas finden. Meine Sachen habe ich vorübergehend abgezogen.«

»Haben Sie was aufgezeichnet?«

»Leider nein. Da dort Material in größeren Mengen Füße bekommt, hab ich mich hauptsächlich auf die Zufahrten konzentriert. Den Bereich hinter dem Kinderspielplatz hab ich nur rudimentär überwacht.«

»Was genau haben Sie gesehen?«

»Ich habe mir zuerst wenig gedacht, Kleinmaterial verschwindet immer wieder, nicht der Rede wert. Erst im Nachhinein ist mir aufgefallen, dass die Person etwas auf die Baustelle gebracht hat, anstatt etwas mitzunehmen. Mit einer Schubkarre, wie eine Teppichrolle hat das Ding ausgesehen. Die gestrige Suche nach dem Voitl im Bad hab ich mitbekommen, jetzt habe ich eins und eins zusammengezählt und nachgeguckt. Wer oder was auch immer in der Verschalung liegt, er ist rein geruchstechnisch gut abgelegen.«

»Verschalung?«

»Bevor eine Säule betoniert werden kann, wird eine Art Holzummantelung hergestellt. Die wird dann später mit Stahl und Beton gefüllt. Und bevor Sie fragen, meine Kameras sind top, trotzdem war nicht mehr als ein Schatten zu sehen.«

»Wann war das?«

»Vor circa zwei Stunden, dazwischen war ich meine Sachen abbauen.«

Der Pokorny seufzt. Schon wieder jemand, dem er alles aus der Nase ziehen muss. »In welche Verschalung hat die dunkle Gestalt den Gegenstand hineingeworfen?«

»In eine von den hinten gelegenen, die sich knapp vor dem Zaun zum Kindergarten befinden. Ich würde mich aber beeilen, um sieben Uhr früh kommt der Betonmischer, dann ist die Leiche Bestandteil der Parkgarage.«

»Besteht wirklich keine Chance, dass Sie das der Polizei erzählen?«

Er hört die Zwatzl schnaufen. »Nicht in diesem Leben und … wenn Sie mich verpetzen oder meine Nummer weitergeben, war's das auch für uns. Auf …«

»Eine Frage noch: Sitzen Sie nachts vor Ihren Bildschirmen und beobachten die Baustelle?«

»Mensch, das weiß doch jedes halbwegs interessierte Kind. Wenn sich etwas tut, bekomme ich von der Kamera automatisch ein Anruf, alles ganz einfach, deutsche Qualitätsware. Auf Wiederhören!«

»Was tun wir jetzt?«, fragt die Toni, die sich während des Gesprächs zum Pokorny hingekuschelt hat.

»Ich ruf den Sprengi an«, meint er. Während er wählt, zieht sich die Toni an. Auch nach mehr als zwanzig Ehejahren ist er von dem erotischen Körper der allerbesten Ehefrau der Welt begeistert. Den Blick auf sein Bäuchlein und die Frage, wie sie das wohl sieht, erspart ihm zum Glück der Sprengnagl.

»Noch nicht genug vom Ermitteln?«, gähnt er. »Hat dich wieder einmal ein nächtlicher Geistesblitz getroffen?«

Der Pokorny, mittlerweile wieder putzmunter, grinst. »Nein, eher ein deutscher Nachrichtenblitz.« Er erzählt seinem Freund von dem Telefonat, am anderen Ende der Leitung geht es nicht mehr spaßig zu.

»Uns bleibt auch nichts erspart. Ich schätze, die Arbeiter kommen gegen sechs Uhr dreißig. Viel Zeit haben wir also nicht zum Nachschauen. Ich frag mich nur, wie ich das der Wehli beibringen soll?«

»Dass mich die Zwatzl angerufen hat, kann ich beweisen. Wir fahren also hin, kontrollieren, und du rufst die Chefinspektorin dann an«, schlägt der Pokorny seinem Freund vor. »Damit sind wir auf der sicheren Seite.«

»Sicher ist relativ«, wirft die Toni ein, die den letzten Satz mitgehört hat. »Die Wehli wird sagen, sie hätte vor der Besichtigung verständigt werden sollen.«

»Außerdem vergisst du dein Versprechen an die Deutsche. Die macht zu wie eine Auster, und aus ist es mit weiteren Infos«, vermutet der Gruppeninspektor.

Bei der Toni dringt trotz ihres schweren Frizzantino-Kopfs die dunkle Seite durch. »Sprengi, schick dem Willi eine SMS mit unterdrückter Nummer. Tipp ein paar Fehler hinein. Text: ›Ein schwarze Gestald hat ein teppichrollengroßen Gegenstant in ein Holzverschallung beim Parkhaus geworfen. Morgen wird bedoniert!‹ Das klingt nach einem dummen Scherz. Als brave Staatsbürger kontrollieren wir das freilich, bevor wir das Auge des Gesetzes bemühen. Damit haben wir auch mein iPhone aus der Schusslinie. Was meinst du?«

»Gute Idee, aber ich mach das mit meinem alten Wertkartenhandy direkt von der Baustelle aus. Denk an eine Funkzellenauswertung, die Wehli ist ja nicht blöd. Dann hätten wir wirklich ein Problem.«

»So machen wir es, Treffpunkt in zwanzig Minuten am Kinderspielplatz. Wir kommen ohne Auto, sonst petzt die Hanifl.«

»Bis gleich, zieht Kapuzenpullover an, erkennen braucht uns niemand. Wer weiß, ob die Zwatzl wirklich alles verräumt hat. Servus.«

Die Gefahr, in Bad Vöslau mitten in der Nacht aufzufallen, ist nahezu null. Schon knapp nach achtzehn Uhr wird es langsam ruhig, spätestens um zwanzig Uhr wird dann der Gehsteig eingerollt. Daher ist es nicht verwunderlich, dass den Pokornys zur nachtschlafenden Zeit niemand begegnet. Im Schatten einer großen Eiche wartet schon der Sprengnagl.

»Die Zwatzl ist mir echt unheimlich. Überall hat die ihre Finger drinnen«, stellt der Gruppeninspektor fest.

Die Toni nickt. »Mich würde interessieren, wer die ›gewissen Amtsträger‹ sind, die sich nicht scheuen, mit ihr zusammenzuarbeiten. Bezahlen die sie mit Schwarzgeld?«

»Aus der eigenen Tasche sicher nicht«, meint der Pokorny. »Wahrscheinlich hat sie dadurch mehr Freiheiten, die Gegend zu verwanzen, und wird weniger kontrolliert, das lässt sich ja alles steuern. Im Gegenzug überwacht sie gratis die Baustelle und wer weiß was sonst noch.«

»Wie auch immer, los jetzt«, fordert die Toni die beiden Männer mit kreisenden Handbewegungen auf.

Der Bauzaun lässt sich leicht zur Seite heben, der Boden ist an dieser Stelle vom Öffnen und Schließen zerkratzt, in eine Staubschicht hat sich ein Reifenprofil gepresst. Die drei schauen sich an und wissen, die Zwatzl hat mit den illegalen Aktivitäten recht. Offiziell ist die Baustelle lediglich von der gegenüberliegenden Seite zugänglich, bei der Edgar-Penzig-Franz-Straße. Wer hier durchgeht, hat nichts Gutes im Sinn.

»Wo sind diese Verschalungen?«, fragt die Toni mit zusammengekniffenen Augen.

Trotz der angespannten Situation müssen die beiden Männer grinsen; der Pokorny bringt es auf den Punkt: »In die erste läufst du mit fünf Schritten hinein.«

»Danke, die Herren, freut mich, dass ihr Spaß habt«, knurrt das in der Nacht stark sehbeeinträchtigte Mitglied des Ermittlungsteams.

»Tut mir leid, Zuckerschnecke. Kannst du deine Taschenlampe einschalten?«, fragt er. Zwar ist er ein hartnäckiger Verweigerer von Smartphones, aber so hin und wieder wäre es schon von Vorteil.

Der Sprengnagl schaltet sich ein: »Negativ. Wenn in den Gemeindebauten einer schlaflos herumtaumelt und runterschaut, kann ich meinen Kollegen erklären, warum ich um die Zeit da bin.«

»Was schlägst du vor?« Blinzelnd bemüht sich die Toni, in der Dunkelheit etwas zu sehen. »Zu dumm, gerade heute verdecken die Wolken den Mond.«

»Hast du dein Telefon mit?«, will der Gruppeninspektor vom Pokorny wissen und spielt dabei auf das leistungsstarke Display vom Nokia seines Freundes an. Vor langer Zeit entwickelt, mittlerweile fast vom Markt verschwunden, haben die Finnen in der ewigen Dunkelheit im Winter mehr als andere in die Beleuchtung der Anzeige investiert. Schon im Harzbergturm hat das dem Pokorny sehr geholfen. Und es geschehen noch Zeichen und Wunder, sein Akku ist voll aufgeladen.

»Ja, ja, da ist retro plötzlich wieder gefragt«, antwortet er schmunzelnd. Sekunden später beleuchtet ein orangegelbes Flimmern die Umgebung. Also die ganz nahe Umgebung, weil zwar das Display gut lesbar, die Helligkeit aber keinesfalls mit der Taschenlampen-App auf den modernen Handys vergleichbar ist. So schleichen die drei eng aneinandergedrängt zu den Verschalungen hin. Ein leicht süßlicher Geruch wabert durch die Gegend.

»Pfui, was riecht denn da so ekelerregend?«, fragt die Toni angewidert.

Der Sprengnagl hebt die Hände und dreht die geöffneten Handflächen nach außen. »Das, wonach wir suchen ... riecht leider nach Leiche.«

»Zwei Schaltafeln übereinander, da reden wir von gut und gerne vier Meter bis zur Oberkante«, stellt der Pokorny fest, zippt den Pullover bis über die Nase zu. »Wie sollen wir da rauf?«

»Irgendwo muss eine Leiter liegen, die dunkle Gestalt wird die Teppichrolle kaum raufgeschmissen haben«, meint der Sprengnagl.

Suchend drehen sich die drei im fahlen Licht des Nokias im Kreis. Die Toni stellt ernüchtert fest: »Entweder wir verwenden unser Handy, oder wir lassen es bleiben. So brechen wir uns alle Knochen, wer weiß, was da rumliegt, vielleicht gibt es offene Schächte. Mir ist das zu gefährlich.«

»Sehe ich auch so«, meint der Pokorny, mit einer raschen Bewegung zieht er sich die Kapuze über den Kopf. »Das Risiko müssen wir eingehen.«

Kurz darauf schleichen drei vermummte Gestalten über die Baustelle, zwei mit nach oben abgeschirmten LED-Handylampen und eine mit einem Grablicht. Die Toni sollte recht behalten. Sicherheitsvorschriften sind für jede Art von Bauprojekt wichtig, noch dazu bei so einer riesigen Baustelle. Dass hier dermaßen geschlampt wird und es keinerlei Absicherung für Schächte und Stiegenabgänge gibt, überrascht die nächtliche Truppe.

»Da«, flüstert der Sprengnagl, »eine Leiter.« Er bückt sich und lehnt die Aluminiumleiter an die erste Verschalung an. Der Pokorny nickt ihm mit vorgerecktem Kinn aufmunternd zu. Gern überlässt er seinem Freund den Vortritt, weil in einer Verschalung nach einer Teppichrolle zu suchen, bei der es sich nie und nimmer nur um die Entsorgung einer ausgedienten Fußbodenabdeckung handelt, dazu ist er dann doch zu sehr Freizeitpolizist.

Der Kripobeamte der Kriminaldienstgruppe Bad Vöslau seufzt, steigt langsam hinauf und lugt in den Schacht hinein. »Leer«, flüstert er. Bei der dritten Säule ist der Gestank penetrant, selbst der erfahrene Kriminalist verzieht angewidert das Gesicht, klettert die Leiter empor und leuchtet in den Schacht. Tatsächlich dürfte es sich um einen zusammengerollten Teppich handeln, über den jemand von beiden Seiten je einen großen schwarzen Müllsack gezogen hat. Oben, in der Mitte und unten wurde das Paket mit einem grauen Spanngurt fixiert. Der untere Sack ist vermutlich durch den Aufprall aufgeplatzt, ein blauer, mit Flüssigkeit getränkter Teppich lugt ein Stück heraus.

Der Gruppeninspektor springt von der Leiter hinunter, er kämpft sichtbar, das noch nicht verdaute Abendessen bei sich zu behalten.

»Da liegt fix wer drinnen, so wie der stinkt, ist er schon länger ex«, berichtet er.

Die Toni geht hastig ein paar Schritte auf die Seite. »Und was machen wir jetzt?«

»Gibt es außer dem Voitl in Bad Vöslau weitere Vermisstenmeldungen?«, fragt der Pokorny seinen Freund.

»Nicht dass ich wüsste.«

»Der Mörder muss kräftig sein«, meint die Toni. »Ich stelle es mir schwierig vor, mit der Rolle über die Leiterstufen hinaufzusteigen und die Leiche hineinzuwerfen. Wie schwer ist der Voitl?«

Der Pokorny zeigt auf eine Palette mit Zementsäcken. »Sicher schwerer als ein Fünfzig-Kilo-Zementsack. Was ist, mein starker Freund, versuch's mal. Natürlich nur, um das Täterprofil einzugrenzen.«

»Bla, bla, bla«, meckert der Sprengnagl, aber er lädt sich einen Sack auf die Schulter und geht zur Leiter. »Na gut, fürs Protokoll.« Ächzend steigt er hinauf, ständig in Gefahr, das Gleichgewicht zu verlieren.

»Und ich dachte, ihr seid über das Alter hinaus. Also, einander etwas beweisen zu müssen«, unkt die Toni, was gravierende Folgen hat.

»Also, ich sicher nicht ...«, keucht der Gruppeninspektor, verliert wegen der Drehbewegung zu ihr das Gleichgewicht und stürzt neben der Leiter auf den Boden. Explosionsartig platzt der Sack auf, binnen einer Sekunde sind die drei in eine Zementwolke gehüllt. Hustend taumelt die Toni zur Seite und stößt die Leiter um, die mit lautem Getöse auf der betonierten Bodenplatte aufschlägt. Schlagartig gehen in dem Wohnhaus einige Lichter an, erste Rufe nach der Polizei werden laut. Die drei Zementstaubgestalten verlassen fluchtartig die Baustelle und verstecken sich im Schutz der Baumkrone.

»Verdammter Mist«, flucht der Sprengnagl. Wie seine beiden Komplizen beginnt er, sich den Staub vom Gewand zu klopfen, und zieht sich die Kapuze vom Kopf. »Wir sind geliefert, mehr Spuren können wir nicht hinterlassen. Am besten, ich ruf gleich direkt die Wehli an.« Trotz der Aufregung und der Sorgen, in welche Probleme sie sich damit gebracht haben, müssen die drei lachen. Der verschmierte Bereich um die Augen im restlichen, sauberen Kopfbereich sieht skurril aus.

Die Polizeiinspektion in Bad Vöslau ist in der Nacht unbesetzt und wird zentral durch die Dienststelle in Baden betreut. Der Gruppeninspektor weiß, ihm bleiben maximal fünfzehn Minuten für das Gespräch mit der Wehli.

»Ich habe auf der Baustelle beim Schlosspark eine Leiche entdeckt«, eröffnet der Sprengnagl zur Begrüßung das Telefonat.

»Sie haben was?«, ruft die Wehli verärgert über die nächtliche Störung. »Es ist drei Uhr morgens! Sie haben frei, wovon reden Sie?«

Der Gruppeninspektor überlegt, wie er es schafft, den Kopf der Pokornys und den seinen aus der Schlinge zu ziehen. Allerdings kann er sich das sparen, weil ihn die Wehli aufgrund der langjährigen Zusammenarbeit zu gut kennt. Als er zögert, stöhnt sie laut: »Bitte, bitte, bitte, nicht schon wieder. Zaubern Sie mir ein Lächeln ins verschlafene Gesicht. Vielleicht fragen Sie sich jetzt, wie Sie das tun können? Ganz einfach, indem Sie mir sagen, dass Sie *alleine*, also ohne die Familie Pokorny, auf der Baustelle sind. Sprengnagl, können Sie das? Mich einmal zum Lächeln bringen?«

Doch leider wird sie von ihm enttäuscht. »Diesmal eher nicht«, meint er betroffen. So wie die Chefinspektorin geklungen hat, tut sie ihm fast leid. »Bevor Sie explodieren, können Sie bitte einfach nur zuhören? Ich erzähl Ihnen, was passiert ist. Geht das?«

»Sprengnagl, Sprengnagl, Sprengnagl«, meint sie. Er öffnet den Mund, schiebt mehrmals das Kiefer hin und her, bis es in

merschmied dürfte er 3 bis 4 Tage tot sein, Schädelfraktur,
mehr mittags. Esst ihr in der Bücherei? Versuche um 12.00
Uhr zu kommen
– ja
– Bis dann
»Ich glaub, der Sprengi hat durchgemacht.« Mit krächzender
Stimme liest der Pokorny der Toni die Nachricht vor. Seine
Zunge mag ihm nicht so recht gehorchen, er weiß nicht, ob
dies dem Alkohol oder doch der Mischung mit dem Zement
geschuldet ist.

Die Toni zieht sich die Decke über den Kopf. »Es ist noch
mitten in der Nacht, Willi, ich bin müde. Reden wir später.«

Jetzt ist es halt so, wenn der Pokorny aus dem Schlaf gerissen
wird und es draußen schon hell ist, hilft ihm die Decke über
dem Kopf nichts mehr. Da ist er putzmunter, egal, wie gut der
Veltliner war. So bleibt ihm nur, alleine aufzustehen.

Nachdenklich schlurft er die Hügelgasse hinauf zum Café
Annamühle. Obwohl er den Voitl gar nicht gekannt hat, ist
die Vorstellung, brutal erschlagen und dann in einem Müllsack
gesteckt zu werden, für ihn kaum vorstellbar. »Wer macht so
etwas? Und warum?«, murmelt er vor sich hin. Normal nervt
es ihn ordentlich, wenn die Maxime statt gemütlich die Zeitung
zu lesen, einfach am Teletext schnuppert und wie wild an der
Leine zieht. Heute ist er über den Gratis-Schlepplift erfreut, zu
schlapp ist er von der aufregenden und viel zu kurzen Nacht.

Er trifft auf die schaumgebremste Dagmar, die zu seiner
Überraschung ruckartig die linke Augenbraue nach oben reißt
und auf ihre Armbanduhr starrt. Sie zieht jeden Tag stoisch ihr
Programm durch, und der Pokorny ist halt für sechs Uhr und
nicht für sieben Uhr dreißig eingeplant. Als er dann noch einen
Espresso bestellt und sich auf den Hocker beim Stehtisch im
Lokal setzt, folgt die rechte Augenbraue. In seinem Zustand
kann er sich nicht um die überschäumende Gefühlsäußerung der
Mitarbeiterin kümmern, zu sehr ist er mit sich selbst beschäftigt.

Nachdem er an dem viel zu heiß gebrühten Kaffee nippt, weiß er wieder, warum er den Espresso nur bei der Karin trinkt. Weil ehrlich, den hervorragenden Kaffee in seinem Stammcafé dermaßen zu ruinieren, das muss man auch erst einmal schaffen. Außerdem hat er das Gefühl, dass es heute nicht so gut riecht. Ob das an der Dagmar oder dem Restzement in der Nase liegt, vermag er nicht zu sagen. Verärgert grunzt er, greift nach dem Sackerl mit dem frischen Gebäck, zahlt und schlurft heimwärts.

Trotz der Tatsache, dass die Toni am Donnerstag erst um zehn Uhr arbeiten geht, verzichtet sie nach der Nacht komplett aufs Frühstück, schläft bis halb zehn und macht sich nach einer Katzenwäsche sofort auf den Weg.

Gerade, als der Pokorny knapp vor zwölf Uhr vor der Stadtbücherei die Maxime aus der Transportbox seines E-Bikes hüpfen lässt, sieht er, wie der Sprengnagl den schmalen Verbindungsweg zwischen der Hochstraße und der Hermanngasse heraufkommt. Da die Bücherei mittags für eine Stunde geschlossen ist, setzen sich die drei ins Leseeck. Während es sich der Pokorny wie immer auf dem zerknautschten, rissigen dunkelbraunen Ledersofa gemütlich macht, lassen sich die beiden anderen in die zwei weiß-beige gestreiften Stofffauteuils fallen. Auf der Rauchglasplatte des modernen Edelstahltischs stehen drei doppelte Espressi, ohne die alle drei wahrscheinlich sofort eingeschlafen wären. Mit einer Vorahnung auf das Gespräch mit der Wehli hat die Toni beschlossen, den – für den Pokorny sowieso entbehrlichen – Salat auszulassen.

»Der Voitl ist brutal erschlagen worden, von seinem Kopf war nicht mehr viel über«, erzählt der Gruppeninspektor. »Der Hammerschmied tippt auf mehrere Schläge mit einem runden Gegenstand, vermutlich einem Holzstock oder einem Pflock.«

Der Pokorny wirkt überrascht. »Wurde der Voitl leicht schon obduziert?«

»Nein, eine oberflächliche Beschau hat dafür gereicht, die Leiche wurde nach Wien überstellt. Obduktion morgen.«

»Du schaust müde aus«, stellt die Toni fest, hält sich selbst eine Hand vor den Mund und gähnt.

Der Gruppeninspektor nickt. »Zwei Stunden Schlaf ist zu wenig. Ich bin erst gegen vier Uhr dreißig ins Bett gekommen. War noch ein bisserl mühsam mit der Kollegin. Ihr seid aber auch nicht die Frischesten.«

»Wie denn auch?«, sagt der Pokorny, der sich bemüht, auf dem gemütlichen Sofa nicht einzuschlafen. »Eine nächtliche Leichensuche führen wir eher unregelmäßig durch.«

»Was war noch los?«, will die Toni wissen.

»Ein Anschiss vor versammelter Mannschaft ist sich jedenfalls ausgegangen. Den hat sie sich nicht nehmen lassen. Und irgendwie versteh ich sie sogar. Der verdammte Zementstaub hat sich überall abgesetzt, es waren nur mehr unsere Spuren zu sehen. Zum Glück ist oben in die Verschalung nichts hineingekommen. Der Alterbauer hatte ganz schön zu tun, den Voitl da rauszukletzeln. Die Ratschen, mit denen die Spanngurte zusammengezogen wurden, haben sich ins Holz hineingearbeitet und beim Bergen der Leiche verkeilt.«

Der Pokorny verzieht das Gesicht. »Sag bloß, ihr musstet ihn rausschneiden?«

»Ja, war Feinarbeit von den Kollegen, einfach so mit der Flex drauflosschneiden ging ja nicht. Echt eine Sauerei, der Müllsack dürfte aber schon vor der Einbringung aufgeplatzt gewesen sein. Der Geruch war entsetzlich.«

»Brr«, keucht die Toni und weiß einmal mehr, wieso sie nach dem Frühstück auch noch das Mittagessen auslässt. »So genau will ich es gar nicht wissen. Gibt es Hinweise, wer das getan hat?«

Der Sprengnagl trinkt mit einem langen Schluck seinen Espresso aus und lehnt sich seufzend zurück. »Die Kollegen haben die komplette Holzverschalung und ein Stück von der Betonplatte mitgenommen. Weiters wurden Fingerabdrücke genommen, freilich hat die Wehli auf einen Abgleich mit meinen bestanden. Weil ich ja alles abgegriffelt hab. Die spinnt einfach«, stellt er fest und klopft sich zweimal mit dem Zeigefinger an die Schläfe. »Egal, jedenfalls durfte ich gemeinsam mit einer Kollegin zehn Quadratmeter fein säuberlich zusammenkehren, um etwaiges Beweismaterial zu sichern. Zum Glück war es windstill. Ich bin zu Hause eine Viertelstunde lang mit einem Schnorchel in der Badewanne unter Wasser gelegen, nur um den Zement runterzuschwemmen. Trotzdem hab ich das Gefühl, dass meine Nasenhaare einbetoniert sind. Scheißzeug.«

»Wann rechnet der Alterbauer mit den ersten Ergebnissen?«, fragt die Toni.

»Morgen, spätestens übermorgen, fix ist bei dem angerichteten Chaos aber nichts. Leider, da haben wir echt einen Bock geschossen.«

Die Toni stützt ihre Ellbogen auf die Sessellehnen, faltet die Hände. »Ich hab es ja gesagt, nur weil ihr euch etwas beweisen wollt. Kindereien, vielleicht merkt ihr euch das ja«, sagt sie ruppig. Die wackelnden Ohren ihres Ehemanns würdigt sie dabei keines Blickes.

»Gibt's was Neues zum Alibi der Kocmanek?«, fragt der Pokorny, um Änderung des ungünstigen Gesprächsverlaufs bemüht.

»Ja, der Beschluss für die Übermittlung der Zutrittsdaten des Clubs wurde am Vormittag an die Wiener Kollegen weitergeleitet. Die fahren heute Nachmittag vorbei. Dann wissen wir hoffentlich mehr.«

»Und können den Fall Högerl hoffentlich abschließen«, meint die Toni.

»Womit wir zur nächsten Leiche kommen. Jetzt ist auch klar, warum der Teppich verschwunden ist«, sagt der Gruppeninspektor. »Das Siegel wurde aufgebrochen, der Voitl in der Kabane der Toten, die praktischerweise leer steht, erschlagen, in den Teppich eingerollt und irgendwo versteckt.«

»Aber wo? Wo kann eine eingepackte Leiche versteckt werden?« Die Toni schaut die beiden Männer fragend an.

Der Sprengnagl streicht sich nachdenklich über die Bartstoppeln. Derzeit bleibt ihm nicht viel Zeit zum Rasieren, außerdem ist seine Haut dermaßen trocken, dass er mit den Stoppeln vermutlich gleich ein Stückchen von der Wange abgehobelt hätte. »Irgendwo in der Nähe, ich kann mir nicht vorstellen, dass die mit einer Scheibtruhe weit gefahren sind.«

»So ein Gewaltakt geht doch nicht geräuschlos über die Bühne.« Der Pokorny klopft nachdenklich mit den Fingerspitzen auf den Tisch.

»Du vergisst die laute Party beim Florahof. Die Taxifahrerin musste schreien, um sich bemerkbar zu machen. Da wäre das schon denkbar«, entgegnet die Toni.

Er zuckt mit den Schultern. »Dann werden wir uns im Bad durchfragen müssen. Vielleicht hat dort wer was gehört!«

»Meine Herren, damit reden wir meines Erachtens fix von nur einem Täter, der beide umgebracht hat. Vorschlag: Wir konzentrieren uns auf den Voitl. Wenn wir seinen Mörder finden, könnte damit auch der Mord an der Högerl geklärt sein.«

Der Gruppeninspektor springt auf. »Das hat oberste Priorität. Ich muss los, servus und danke für den Kaffee.«

»Und was geht mein Bärli jetzt an?«, fragt die Toni, während sie das Kaffeegeschirr in die kleine Küche stellt.

»Dein Bärli widmet sich zu Hause ein wenig dem schon wieder alles überwuchernden Klee.« Er beugt sich zu ihr und küsst sie liebevoll. »Wir sehen uns bei der Annamühle.«

Letztendlich hat der Klee aufgrund eines kleinen Nickerchens einen Aufschub erhalten. Um vierzehn Uhr fünfunddreißig bremst er sich mit der Beagelin knapp vor der Toni beim Café Annamühle ein.

»Hallo, Frau Katzinger«, begrüßt er die alte Frau, die ihren Sombrero gegen eine »Wings for Life World Run«-Schirmkappe getauscht hat. »Eine fesche Kappe haben Sie da auf.«

»Äh, meinst das ernst, weil ansonst …«

Bevor sie ihre unvermeidliche Schimpftirade starten kann, steigt die Toni die Stufen zur Terrasse hinauf, küsst ihren Ehemann, streichelt die Maxime und räuspert sich ob der für die Beagelin am Boden bereitliegenden Krümel. »Sind Ihnen da zufällig ein paar Kekse runtergefallen?«

»Ich ... äh, also ...«

Die Toni schüttelt den Kopf. »Vergessen Sie es. Wo haben Sie Ihren Sombrero gelassen?«

»Ah, ich muss mir einen neuen übers Internetz kaufen, die Flecken sind nicht rausgegangen, vielleicht hätte ich das Danclor doch verdünnen sollen. Der Hut schaut aus wie ein Schweizer Käse.« Sie streichelt unter strenger Beobachtung die Maxime, deren kulinarische Aussichten sich seit dem Erscheinen ihres Frauchens in Luft aufgelöst haben.

Die Toni schaut den Pokorny fragend an. »Wie ist es mit dem Klee gelaufen?«

»Die Bienen müssen bei uns im Garten nicht verhungern. Ich war einfach zu erledigt, ein paar Minuten nur ausruhen und ...«

»Dann bist du für den Sechzehn-Uhr-Termin mit der Wehli bestens gerüstet.«

»Will sie euch wieder einsperren?«, fragt die Katzinger neugierig.

»Nein«, meint die Toni. Die beiden erzählen ihr von der gestrigen Suche im Bad und dem Fund der Leiche des Voitl.

Die alte Frau schlägt die Hände vor dem Gesicht zusammen. »Marantana, so einen Abgang hat sich nicht einmal der Dealer verdient. Wenn der wirklich vier Tage eingerollt in einem Teppich und in Mistsäcken gesteckt ist, muss das beim Auspacken ja eine ordentliche Schweinerei gewesen sein. Wahrscheinlich hat er sogar vorher schon danebengesaftelt, und der Leichengeruch geht ja nirgendwo mehr raus. Einmal ist am Campingplatz einer gestorben, war ein ruhiger Kerl, drum ist es dem Ferdl und mir nicht aufgefallen. Den Wohnwagen haben wir verschrotten müssen. Da hat kein Vanillebaum mehr geholfen. Meiner Seele, wo ist denn der in der Zwischenzeit herumgelegen? Der Gestank muss doch jemandem aufgefallen sein?«

Die Toni beschließt, die aufgewühlte Stimmung der Katzinger für einen Tinder-Angriff zu nutzen. »Was anderes … Ich brauche ganz dringend Ihre Hilfe.«

»Dann leg los, für meine Freunde hab ich immer ein offenes Ohr, und helfen tu ich sowieso gerne. Bin ja quasi eine Samareiterin.«

»Das weiß ich, deshalb komm ich mit dem Problem einer Freundin zu Ihnen. Wie soll ich sagen, es ist ein wenig delikat, Sie müssen mir versprechen, dass das unter uns bleibt«, sagt sie und weiß, dass der Fisch an der Angel hängt.

Die Katzinger zieht die Augenbrauen nach oben, hebt beide Hände mit weggespreiztem Zeige- und Mittelfinger. »Schwöre doppelt, bei Gott und meinem Ferdinand.«

»Danke«, stöhnt die Hilfesuchende erleichtert. »Also, diese App auf Ihrem Handy, Sie wissen schon, wo man wen kennenlernen kann … wie funktioniert das? Ich hab da keine Ahnung, und meine Freundin ist frisch geschieden und weint die ganze Nacht. Da wollte ich ihr helfen.«

Der Pokorny staunt nicht schlecht, wie die Toni unter der Angel schon das Netz bereithält. Ihm ist aber auch klar, dass das ein Gespräch unter Frauen ist. »Ich geh mit der Maxime eine Runde, bin gleich wieder da.« Er schnappt sich die Leine und sieht, wie ihn die Toni angrinst.

»Hm, das ist wirklich nicht einfach, es Rosal hat mir da geholfen, sie ist ja auch alleine wie ich …« Sie verstummt, schaut betreten auf ihre zitronengelben Crocs. »Äh, also ich …«

Die Toni legt ihr beruhigend die Hand auf die Schulter. »Sie müssen mir gar nichts erklären, was auch immer Sie auf Tinder machen, ist Ihre Sache. Hätte ich nicht mein Bärli, ich würde wahrscheinlich auch …«

»Eh, was bleibt einem denn heutzutage über, überall nur alte Leute, ewig die gleichen verrunzelten Gesichter. Da braucht Frau ja Abwechslung. Wunder darf sich deine Freundin freilich nicht erwarten. Also, es Rosal hat ein schönes Bild von mir ins Internetz geschickt, vorm Wohnwagen, mit meiner Tonika und dem Hut. Echt fesch. Und dann haben wir nach Männern im reifen, also nicht überreifen Alter gesucht. Aber vielleicht waren zehn Kilometer um meine Ranch, so hab ich mein Zuhause im Tinder bezeichnet, zu wenig.«

»Und dann? Waren Sie erfolgreich?«

»Was hat das jetzt genau mit deiner Freundin zu tun?«, fragt sie misstrauisch.

»Na ja, wenn nichts dabei rauskommt, dann erspar ich ihr eine weitere Enttäuschung«, meint die Toni. »Sonst mach ich ihr umsonst Hoffnungen.«

Die Katzinger nickt. »Ja, ja, Hoffnungen hab ich auch gehabt. Bis sich dann ein angeblich sechzigjähriger ehemaliger Schiffskapitän gemeldet hat, der im Sommer auf einer Hazienda mit grandiosem Ausblick wohnt. Klar war ich da interessiert, hab also am Schirm nach seitlich rechts geschoben und …«

»Und?«, fragt die Toni flüsternd nach. »Wer …«

»Na, was glaubst, weshalb ich letztens so ruppig mit den zwei Muppets umgegangen bin.«

»Nicht wahr, der Ludwig ist auch auf Tinder.«

»Geh, das untergroße Walross lockt mich nicht hinter meinem elektrischen Ofen hervor. Der Heini war's, der Lump. Dann schlagt er ausgerechnet den Heurigen Herzog-Fürlinger in Großau fürs erste Teteretete vor. Weit weg vom Wohnwagen. Sogar in ein Taxi hab ich investiert! Den Huber-Bauern hab ich ja schlecht anrufen können.«

»Und was ist dann passiert?«

»Was soll ich sagen, es gibt keine Chance für den zweiten Blick. Besser dargestellt hatte er sich halt. Ich bin mit schlechtem Gewissen wegen dem Ferdinand …« Sie greift nach den Händen ihrer Gesprächspartnerin. »Glaubst du, er verzeiht mir das?«

»Wer?«

»Na, der Ferdinand, der schaut doch von oben zu.«

»Ich bin mir sicher, er hätte sich darüber gefreut. Was gäbe es Schöneres, als wenn er Sie glücklich gesehen hätte.«

Die Katzinger schaut die Toni dankbar an. »Von vollem Haar

hat der Heini geschrieben … gut, den Rollator hab ich falsch verstanden, mehr so in Richtung Roller. Ich bin schon beim zweiten Achterl gesessen, man muss sich ja Mut antrinken, da ist er mit seiner Gehhilfe reingerollt. Ich gleich unter den Tisch, er hat sich zum Glück ums Eck hingesetzt. Ma, was war ich froh, hab die Zeche liegen lassen und bin unerkannt raus. Pfu, jetzt hab ich erst einmal genug von dem Kennenlernen im Internetz.«

»Das versteh ich gut, ich werde meine Freundin warnen. Trotzdem, auch wenn er übertrieben hat, geben Sie ihm doch eine Chance. Wir kennen ihn nicht gut, aber er scheint mir ein sympathischer Mann zu sein. Vielleicht hat er Ihre Angabe wegen der Ranch falsch verstanden«, meint sie und zwinkert schelmisch.

Die Katzinger läuft rot an. »Na ja, vielleicht … Schauen wir mal, was die Zeit bringt. Das mit der Muttertagstorbola hat schon wehgetan.«

»Ich kann ja einmal den Ludwig fragen, ob er nicht mal alleine im Heim übernachten kann, dann könnten Sie …«

»Marandjosef, Madel, so schnell schießen die Preußen nicht! Wenn ich ihm eine Chance gebe, dann zuerst bei Kaffee und Kuchen. Gleich mit ihm ins Bett zu hüpfen ziemt sich nicht«, stellt sie trocken fest und drischt zweimal mit dem Stock ans Tischbein. Nicht nur, dass dadurch der Espresso vom Pokorny über den Rand auf die Untertasse und das Tischtuch schwappt, nein, ihre ausgetrunkene Melangetasse kippt vom Tisch, schlägt auf den schmiedeeisernen Zaun, der den kleinen Kräutergarten der Erlöser-Apotheke vom Café trennt, und fällt in diesen hinein. »Sakrafix, so ein Malheur. Geh, Tonerl, kannst die Tasse bitte rausholen?«

Die Toni ist recht froh, abtauchen zu können. Bei der Pensionistin tun sich Abgründe auf, und ihren verwunderten Gesichtsausdruck kann sie bei der Suche nach der Tasse gut verbergen. Als Kundin bei (En)joy-toy ist sie nicht prüde, aber die Katzinger mit dem Heini im Bett, nein, das mag sie sich gar nicht vorstellen.

»Wo ist denn die Toni?«, fragt der Pokorny, als er mit der Maxime von der Gassigehrunde zurück ist.

»Da bin ich«, antwortet die allerbeste Ehefrau der Welt, steigt über den Zaun des Kräutergartens, in der einen Hand die Melangetasse und in der anderen eine Walnussattrappe. »Die Zwatzl kommt mir vor wie ein Eichhörnchen, überall liegen ihre Nüsse herum.«

»Gib mal her«, fordert der Pokorny, legt die Nuss auf den Boden und macht Anstalten, mit seinem rechten Sneaker draufzusteigen.

Die Katzinger zieht die Nuss mit dem Griff ihres Stockes zu sich, bückt sich und schlägt mehrmals mit dem Stockende auf die Attrappe. Die Einzelteile verteilen sich im Umkreis von zwei Meter Radius um den Kollisionspunkt. »So, wenn die Deutsche mitgelauscht hat, rennt sie die nächsten Tage mit einem Tunnitis durch die Gegend.«

»Tinnitus heißt das«, korrigiert der Pokorny, erkennt seinen Fehler und beginnt, die Einzelteile einzusammeln. »Schau an, also hat sie uns doch belauscht. Eine SIM-Karte, so ein Gfrast. Verzeihen Sie, dank Ihres genialen Schlages haben wir ein wichtiges Indiz entdeckt. Die Zwatzl hat uns wahrscheinlich mit einer Nussabhörwanze bespitzelt.«

»Hm«, brummt die alte Frau, »dann fahr bei der Zwatzl vorbei. Wenn die wie betrunken durch ihren Bunker torkelt, ist der Tunni ... Tinni ... bei ihr angekommen, und sie hat uns akut belauscht.«

»Wird der Willi später machen, jetzt müssen wir leider zur Chefinspektorin ...« Sie unterbricht den Satz, als sie sieht, wie bei der nahe gelegenen Polizeiinspektion die Tür aufgerissen wird, die Wehli, der Sprengnagl und die Stabeldorfer in den Streifenwagen springen und mit Blaulicht bergab davonbrausen. »Was war das jetzt?«

»Sieht nach einem Einsatz aus, unsere Vorladung auf der PI fällt demnach aus«, stellt der Pokorny zufrieden fest.

»Wir schauen trotzdem vorbei, vielleicht bekommen wir

heraus, was los ist. Frau Katzinger, wir müssen, danke für den Tinder-Tipp.«

»Ja, ja, schon gut, ich hoffe nur, die Zwatzl plaudert unser Gespräch nicht aus oder erpresst mich, nicht auszudenken. Babatschi, ich muss eh auch, hab einen Termin bei der Fußpflegerin, wegen meiner Hühneraugen, da.« Sie bückt sich, nimmt den rechten Crocs in die Hand, streckt den Fuß aus und merkt, dass sie allein am Tisch steht. »Fixlaudon, lassen die mich in meinem Elend schon wieder alleine.«

Aufs Neue muss die Maxime wegen des Hundeverbots im Bad auf die Meute verzichten und wird bei der Tatjana abgegeben. Dank des Hinweises des Beamten in der Polizeiinspektion erreichen sie wenige Minuten später die Milchbar und werden Zeuge, wie ein Rettungswagen mit Blaulicht bei der oberen Ausfahrt das Thermalbad verlässt. Als sie sich den Waldkabanen nähern, sehen sie, wie der Sprengnagl kurz den Kopf schüttelt und ihnen zur Milchbar deutet.

»Sie können sich gerne zu uns setzen«, schlägt der Heini vor, der neben seinem Kompagnon Ludwig an einem Tisch sitzt und hinüber zum Ort des Geschehens linst. »Die Sicht ist leider nicht gut, aber es muss reichen, die Chefinspektorin hat uns nicht zu unserer Kabane gelassen.«

Die Pokornys nehmen Platz, drehen ihre Sessel, um besser zu sehen, und stellen fest, dass alle schon besetzten Sessel in Richtung der Kabanen ausgerichtet sind. Hälse strecken sich in die Höhe, Köpfe schwenken gegengleich zum Vordermann nach links und rechts, leises Stimmengemurmel zieht sich durch die Reihen.

»Danke«, meint die Toni. »Was ist denn passiert? Wir haben die Rettung wegfahren gesehen.«

»Hm, schlimme Sache, die Zobel hat's erwischt«, antwortet der Ludwig.

»Wie, erwischt?«

»Na, zuerst haben sie nur miteinander geplärrt, dann geschubst, und zum Schluss hat ihr die Kocmanek eine geprackt, volle Breitseite. Die Zobel ist trotz ihrer imposanten Erscheinung umgefallen wie ein gefällter Baum.«

Der Heini nickt. »Bei der Nase und einem Ohr hat sie geblutet, hat nicht gut ausgesehen.«

»Wahrscheinlich hat sie auch eine Gehirnerschütterung, an der Schläfe war ein Cut«, stellt der Ludwig fest.

»Das haben Sie von hier aus … ach, ich versteh schon …« Der Pokorny schmunzelt. Um den Hals tragen die beiden Rentner einen Riemen, daran angeknüpft ihre ständigen Begleiter, die Feldgläser. Beinahe synchron heben sie diese und starren mit zusammengekniffenen Augen hindurch.

Sie sehen, wie sich die Wehli mit der Kocmanek auf der Terrasse der Högerl niederlässt und mit ihr redet. Die Inspektorin Stabeldorfer unterhält sich zwei Kabanen weiter mit dem Tscholitsch, der fahrig mit den Händen fuchtelt, zur Kocmanek deutet und sich zweimal auf die Stirn tippt.

»Der Tscholitsch ist schon um die Zeit wieder fett wie ein Radierer«, lispelt der Ludwig. »Grad, dass er noch stehen kann. Klar hat der so der Zobel nicht helfen können.«

»Wieso haben die zwei Frauen überhaupt gestritten?«, fragt die Toni ungeduldig.

Seufzend legt der Heini das Fernglas auf seinen Knien ab. »Die Kocmanek ist die Zobel angegangen, sie hätte ihr den Mord an der Högerl anhängen wollen, nur damit sie die Kabane nicht bekommt.«

»Und die Zobel wiederum hat der Kocmanek vorgeworfen, die Högerl mit einer Überdosis Medikament betäubt und dann in den Kasten der Minigolfbahn gesteckt zu haben«, assistiert ihm der Ludwig.

»Genau, der Tscholitsch hat sich am Anfang noch für die Zobel starkgemacht, aber je mehr sich die beiden Frauen gestritten haben, desto mehr hat er von seinem Tetrapak-Wein getrunken, bis er nur mehr dagesessen ist und im Dauertakt mit dem Kopf gewackelt hat.«

»Und das wissen Sie woher?«, will die Toni wissen. »Nicht einmal ich höre, was dort gesprochen wird.«

Der Heini kneift die Augenbrauen zusammen. »Nur weil wir alt sind ...«

»Entschuldigen Sie, war nicht böse gemeint«, unterbricht ihn rasch die Toni.

»Der Heini kann Lippenlesen und hat das meiste gesehen.« Der Ludwig legt seinem Kompagnon beruhigend die Hand auf die Schulter. »Fast alles, den Rest reimen wir zusammen.«

Bei einer der netten Mitarbeiterinnen bestellt die Toni einen Aperol Spritz und für ihr Bärli seinen obligaten Espresso mit einem großen Glas Leitungswasser und einen Apfelstrudel.

»Weil Sie schon da sind ... stimmt das Gerücht, dass der Voitl einbetoniert worden ist?«, will der Heini wissen.

»Nein«, sagt die Toni. »Woher haben Sie das?«

»Der Schmierfink war vor einer Stunde da, hat Werbung für das morgige Kronenblatt ausgeteilt. Sie kommen wieder einmal nicht gut weg. Hier.« Er reicht der Toni ein Blatt Papier, Größe A4.

VORANKÜNDIGUNG: MORD AUF DER BAUSTELLE!
Zur Wahrung öffentlicher Interessen und der befürchteten Unterdrückung der Pressefreiheit geht das Kronenblatt einen neuen Weg. In dieser Kurzausgabe informieren wir Sie über die neuesten Entwicklungen rund um die mörderischen Aktivitäten im Thermalbad, die jetzt auch die umstrittene Parkgarage am Rand des Schlossparks erreicht haben. Wie uns von vertraulicher Quelle zugespielt wurde, fanden das bekannte Ermittlerehepaar P. und der Gruppeninspektor Sp. in einer nächtlichen Aktion die einbetonierte Leiche des drogensüchtigen V. in einem Schacht der Parkgaragenbaustelle. Wir berichten in der morgigen Ausgabe des Kronenblattes vollinhaltlich über die Gründe für die nächtlichen Privatermittlungen.

»Verdammte Scheiße, der Typ will uns fertigmachen«, zischt der Pokorny und beugt sich zur Toni. »Woher weiß der davon? Gibt uns die Zwatzl den Tipp und liefert uns dann ans Messer?«

»Nein, das glaub ich nicht. Sie riskiert damit, dass wir sie verraten. Nein, aber wer hätte sonst noch die Möglichkeit?« Sie gibt dem Heini das Blatt zurück, deutet darauf. »Weiß die Chefinspektorin schon davon?«

»Da sie von oben rein ist, mit viel Glück noch nicht. Der Weg von der Kasse rauf ist damit zugepflastert. Schauen Sie sich um, auf jedem Tisch und Sessel liegt der Dreck herum.«

Jetzt aufzustehen und die Zettel einzusammeln würde die Wehli erst recht anlocken.

Der Ludwig schaut die beiden mitleidig an. »Ich weiß, Sie haben damit nichts zu tun, aber vielleicht sollten Sie bei gutem Wind verschwinden, sonst gibt's wieder Stunk mit Ihrer Freundin.«

Die Idee ist gut, kommt aber leider zu spät. Die Chefinspektorin deutet dem Gruppeninspektor, bei der Kocmanek zu bleiben, mit versteinerter Miene stapft sie auf den Tisch zu. »Eh klar, kaum gibt's wo Stunk, schon hocken die Pokornys erste Reihe fußfrei und gaffen. Was machen Sie da?«

Um ihr gleich den Wind aus den Segeln zu nehmen, antwortet die Toni: »Nachdem Sie nicht wie vereinbart in der Inspektion anzutreffen waren und der Kollege von einem Einsatz im Bad gesprochen hat, haben wir eins und eins zusammengezählt, um das Gespräch hier mit Ihnen führen zu können.«

Wieder einmal staunt der Pokorny über ihre Schlagfertigkeit, freilich hat sie die Rechnung ohne die Wirtin gemacht.

»Haha, das können Sie Ihrer Urstrumpftante erzählen, nie und nimmer rennen Sie mir wegen einer für Sie sowieso lästigen Befragung hinterher«, erwidert sie, stockt und greift mit offenem Mund nach dem A4-Blatt und liest den Text. »Was zur Hölle bedeutet das? Woher hat der Hackstock diese Insiderinformationen? Kommen Sie bitte auf einen Sprung mit«, ersucht sie die Pokornys und brüllt quer zwischen die

Schwarzföhren, Hängematten und staunenden Schaulustigen durch hin zu den Kabanen: »Kollegin Stabeldorfer, passen Sie auf die Kocmanek und den Tscholitsch auf, es sind keine Gespräche erlaubt. Und Sie, Herr Gruppeninspektor, kommen bitte mit.«

Beim leeren Minigolfplatz ist das Quartett ungestört, sie drückt dem Sprengnagl das Blatt in die Hand. Ihm bleibt ebenso der Mund offen, er öffnet die Arme mit nach oben gedrehten Handflächen und zuckt mit den Schultern. »Keine Ahnung, ehrlich, weder die Pokornys noch ich haben mit dem Schmierfinken gesprochen. Ich schwöre Ihnen, irgendwer will uns da anschwärzen.« Er dreht sich zu seinen Freunden. »Habt Ihr eine Idee?«

»Nein«, antwortet die Toni. »Wir haben es gerade erst gelesen. Frau Chefinspektorin, wir haben uns auf der Baustelle ziemlich dumm angestellt, ja, das geben wir zu, aber es war gut gemeint. Mit dem da«, meint sie und zerknüllt verärgert das Blatt, »haben wir nichts zu tun.«

Die Wehli schaut die drei nacheinander stumm an, ihr Blick bleibt beim Pokorny hängen. Wenn sie wo Informationen bekommt, dann von ihm. Zu gut kennt sie ihn, ein bisschen provozieren, dann wird er impulsiv und sagt unüberlegte Sachen. »Wir haben die SMS zurückverfolgt, der Tippgeber muss ganz in Ihrer Nähe gewesen sein. Komisch, oder? Und Sie haben wirklich niemanden gesehen?«, fragt sie zynisch. »Das glaube ich Ihnen nicht.«

»Schauen S', mir ist eigentlich egal, was Sie glauben oder nicht. Wir haben schon geschlafen, als mein Telefon geläutet hat und …«

Er kann den Satz nicht fertig sprechen, an der Reaktion der Wehli erkennt er, dass er einen Fehler gemacht hat. Die Toni schließt verdrießlich die Augen, wieder hat die Chefinspektorin durch eine Provokation ihr Ziel erreicht.

Die Beamtin hat nur auf diesen Schnitzer gewartet und fährt den Pokorny an: »Auf Ihrem Handy wurde in der Nacht nicht angerufen, also wohl am iPhone Ihrer geschätzten Gattin, nicht wahr? Von welcher Nummer?«

Zähneknirschend wegen seiner Dummheit antwortet er: »Anonym, keine Ahnung, wer das war.«

»Brrr, Lügen über Lügen«, zischt sie. »Dreimal wurde mit dem iPhone telefoniert, und zwar *vor* der SMS. Ja, ja, zwei kurze Anrufe, ein langer Rückruf. Wollen Sie mich verscheißern? Wie wollen Sie denn eine anonyme Nummer zurückrufen, ha? Aber stopp, Sie haben sich da sicher unabsichtlich geirrt, weil die Anrufe waren ja gar nicht anonym, sondern von einer deutschen Nummer. Tsss, nur die SMS wurde dann anonym versendet. Was sagen Sie dazu?«

»Äh … ich, also …«, stammelt der Pokorny.

»Einen ganzen Satz bringen Sie nicht zusammen?«

Lediglich das beruhigende Handauflegen der Toni verhindert eine Beamtenbeleidigung, die sicherlich bis zum Harzbergturm zu hören gewesen wäre. »Woher haben Sie die Informationen?«, fragt sie.

Die Wehli grinst und legt den Kopf schief. »Sagen wir mal, das wurde mir von einem Vögelchen zugetragen, einfach so.«

Der Pokorny greift ein: »Einfach so! Dass ich nicht lache. Legen Sie die Grenzen der Staatsgewalt also doch flexibel aus? Eine amtliche Rufdatenauswertung werden Sie sicher nicht in der Tasche haben.«

»Wie auch immer. Sie schleichen des Nachts auf der Baustelle herum und finden aufgrund einer mehr als mysteriösen SMS eine Leiche. Damit krieg ich leicht einen Beschluss für das iPhone. Dann haben wir's halt offiziell. Wollen Sie es darauf ankommen lassen?«, meint sie süffisant. Die Toni schüttelt den Kopf. »Dachte ich mir doch. Wissen Sie was? Ich werde einfach bei der Zwatzl vorbeifahren. Eine Verwanzung der Baustelle mit ihren unsäglichen Zapfen oder Steinimitaten würde ich ihr zutrauen. Vielleicht kam die SMS ja auch von ihr? Da fällt mir noch was ein. Gestern soll ein Kollege aus Sankt Pölten ohne mein Wissen bei Ihnen zu Hause gewesen sein. Er hat im Auftrag des Herrn Gruppeninspektor das Doppelhaus und die Gärten nach Wanzen untersucht. Wieso das?«

Der Sprengnagl zögert, entschließt sich dann aber, die Karten auf den Tisch zu legen. »Sie erinnern sich doch an die Zapfenattrappe im Bad?«

»Freilich, von der Zwatzl, und?«

»Na ja, die hat auch andere Gegenstände in Verwendung. Walnüsse zum Beispiel«, sagt er und erzählt der Wehli von der einen Attrappe beim Berti und den zwei anderen vor dem Café Annamühle.

Die Wehli atmet tief ein, bläst dann langsam die Luft aus und greift sich an den Bauch. »Sie machen mich fertig, alle drei, und die Zwatzl gleich obendrauf. Zum Teufel noch einmal, warum erfahre ich das erst jetzt?«

»Weil es keinen Grund gegeben hat, Sie zu informieren«, antwortet der Pokorny. »Bei aller Liebe zwischen uns, sagen Sie mir, weshalb wir das hätten tun sollen? Wir wissen ja selber nicht, was sie damit bezweckt.«

Die Toni stimmt zu: »Außerdem ist fraglich, ob es einen Zusammenhang zwischen dem Zapfen und der Nuss gibt. Hat Ihr Vögelchen da schon etwas feststellen können? Die zertrümmerte Nuss von der Annamühle liegt schon beim Alterbauer im Labor.«

»Und die andere Nuss ...«, sagt der Pokorny, »wurde uns vor der Tür vom Herrn Braun gestohlen. Fällt Ihnen dazu was ein?«

»Was soll mir dazu einfallen? Von welcher Nuss reden Sie?«

»Wir haben ein Motorrad wegfahren gehört. Ein Zufall?«

»Kollegin Stabeldorfer«, ruft die Wehli genervt. »Bitte nehmen Sie die Aussage der Pokornys zum nächtlichen Einsatz auf. Die Lügerei mit den Telefonaten und der SMS bitte ganz genau protokollieren. Bei der Kabane vom Schwertfeger ist es ruhig. Sie, Kollege Sprengnagl, bringen die verkappten Minigolfprofis zurück ins Heim. Vorerst gibt's Gratiswohnen nur mehr im Pflegeheim. Los!«

Kaum bei der Kabane des Deutschen eingetroffen, ruft die Stabeldorfer aufgeregt: »Frau Chefinspektorin, die Zeugenaussage muss ich woanders aufnehmen, wir brauchen hier die Spurensicherung. Da riecht's …«, keucht sie, »nach Leiche.«

»Verdammt«, bestätigt die Wehli die Entdeckung der jungen Polizistin und hält sich die Hand vor Mund und Nase. »Sprengnagl, rufen Sie den Alterbauer an, der soll mit seinem Team flugs herkommen. Und sichern Sie das Gelände. Da darf niemand mehr in die Nähe. Werte Familie Pokorny, ich melde mich wegen der Zeugenaussage, auf Wiedersehen«, meint sie abschließend.

Von der Entwicklung völlig überrascht, verlassen die beiden das Thermalbad durch den oberen Ausgang und holen die Maxime aus der Bücherei ab. Um der neugierigen Katzinger nicht über den Weg zu laufen, nehmen sie den Umweg über den Capitulare-Garten beim Schloss Gainfarn. Doch für die Schönheit der Schwertlilien, Ringelblumen, Madonnenlilien, Heilkräuter und des knorrigen, riesigen alten Apfelbaums haben die Pokornys heute keinen Blick. Entsetzt über die Schlägerei und den potenziellen Leichenfund, müssen sie die Vorkommnisse erst einmal verdauen.

Zu Hause angekommen, schenkt sich die Toni einen Frizzantino ein. »Den kann ich jetzt dringend brauchen. Du auch?«

Der Pokorny schaut auf die Uhr, wiegt den Kopf ob der frühen Stunde. »Warum eigentlich nicht? Glaubst du, der Voitl ist vier Tage in der Kabane gelegen?«

»Wo sonst? Die steht leer, hat sich für den Mörder gut getroffen. Bei der Högerl wäre es zu riskant gewesen, wer weiß, ob die Spurensicherung nicht noch etwas braucht.«

»Was ja dann auch der Fall war. Wären der Heini und der Ludwig früher zu ihrer Kabane gegangen, dann hätten sie die Leiche gefunden. Nicht auszudenken, in dem Alter.« Die Toni trinkt kopfschüttelnd ihr Glas aus und schenkt sich nach.

»Der Sack ist demnach fix vor dem Abwurf in die Grube aufgeplatzt gewesen. Wenn die Kabane nicht mit Fliesen ausgelegt ist, kannst du sie glatt schleifen. Blut und andere Körperflüssigkeiten sickern als Leichensaft durch jede noch so kleine Ritze. Verunreinigte Teppiche, Beton- oder Parkettböden müssen abgeschliffen, ausgeschnitten oder entfernt werden«, doziert der Pokorny, der erst kürzlich eine Dokumentation über Tatortreiniger gesehen hat. »Wundert mich, dass dem Tscholitsch so gar nichts aufgefallen ist.«

»Ich frag mich nur, warum der Mörder vier Tage gewartet hat? Das Risiko, erwischt zu werden, ist doch riesig. Noch dazu bei so warmen Temperaturen.« Die Toni verdreht die Augen und schenkt beiden nach.

Das ist auch so eine Sache mit den Pokornys. Gut, dass sie nicht Woche für Woche Leichen finden und Mordfälle lösen müssen, sonst wären beide bald Alkoholiker.

»Vielleicht wusste er nicht, wie er die Leiche loswerden soll?«

»Und dann wirft er sie ausgerechnet in die Verschalung der Baustelle, die von der Zwatzl überwacht wird, und hat dann noch das Pech, dass wir von ihr einen Tipp bekommen. Zwei Sachen sind für mich offen. Erstens, wer hat uns an den Hackstock verraten? Die Zwatzl meiner Meinung nach nicht, die will nichts, als in Ruhe gelassen zu werden. Zweitens, wie hat der Mörder die Leiche dort überhaupt hineinbekommen? Die fünfzig Kilo über die Leiter waren für den Sprengi schon mühsam. Der Voitl in der Rolle ist noch wesentlich unhandlicher. Geht das überhaupt alleine?«

»Das werden die Leute vom Alterbauer sicher testen. Ich kann es mir nicht vorstellen. Du musst die Rolle ja ein gutes Stück über den Kopf halten, um sie überhaupt in die Schalung hineinschieben zu können. Das geht nur zu zweit oder mit technischer Hilfe.«

»Zum Beispiel einem Kran?«

»Mitten in der Nacht? Nein, zu laut, der Dieselmotor hebt die Bewohner aus dem Bett. Bei uns hat die Aluleiter für einen

Aufstand gereicht.« Die Toni leert im Rekordtempo das dritte Glas Frizzantino.

»Hubstapler? Hm, nein, auch zu laut. Nein, mit Geräten geht da nix.«

»Die Zwatzl hat aber nur einen Schatten gesehen.«

»Geh, wer weiß, was die alles gesehen oder nicht gesehen hat. Die erzählt uns doch nur, was für sie gut ist.« Der Pokorny nimmt noch einen Schluck. »Weißt, je mehr ich darüber nachdenke, desto mehr glaub ich, sie arbeitet doch noch mit ihren alten Hilfsmitteln wie den Zapfen oder den Nüssen und gibt mit ihrem technischen Pipapo bloß an.«

»Die Hummel hat dich schon beeindruckt.«

»Da hast du auch wieder recht, aber eine Hummelarmada wird sie auch nicht in petto haben. Altbewährtes reicht manchmal auch. Irgendwie ist das alles nicht rund, passt nicht zusammen. Das fängt schon mit der Frage an, warum uns die Zwatzl überhaupt ausspionieren sollte?«

»Was, wenn sie gar nicht dahintersteckt?«

»Wer dann? Irgendwelche Vorschläge? Ich kenn nur eine bekennende Stasiangehörige.«

»Nein, hab ich nicht. Aber wer könnte derzeit davon profitieren? Wer weiß, was die Zwatzl so treibt, und hat Interesse, über unsere Ermittlungen im Bild zu sein?«

Der Pokorny grinst. »Die Wehli.«

»Wer noch?«, fragt die Toni, ebenfalls grinsend.

»Wenn wir schon auf Mörderinnen wechseln, dann die Zobel, die wusste auch von den Zapfen.«

»Schon, aber die Högerl war ihre Freundin. Wenn wir von einem Mörder für beide Toten ausgehen, dann scheidet sie aus. Was ist mit der Kocmanek? Die hat einen Zapfen nach dir geworfen.«

»Wir wissen immer noch nicht, ob das Alibi bestätigt wurde. Der Sprengi kann uns das sicher sagen«, meint er und schenkt sich nach. »Wenn's die Zwatzl nicht war, muss uns wer gesehen, erkannt und an den Schmierfinken verraten haben.«

»Vielleicht sogar der oder die Mörder? Die Zwatzl hat zwar ihre Ausrüstung dazwischen abgeholt, kann dabei beobachtet worden sein, und dann sind wir gekommen.«

»Hm.«

»Was ›hm‹?«

Er seufzt, verzieht das Gesicht und trinkt aus. »Schenk nach, wir müssen zur Zwatzl. Und zwar, bevor die Wehli bei ihr auftaucht. Sonst geht da gar nix mehr, die glaubt sicher ...«

»Dass wir sie verraten haben.« Sie schenkt ihm nach, und wieder wandert eine leere Flasche in den Glascontainer. »Mein Bärli, zur Zwatzl fährst du aber alleine.«

»Na geh, muss das sein, warum drückst du dich immer davor?«, raunzt er bei der Vorstellung an die Gefahr, doch noch in eine deutsch-österreichische Freundschaft zu kippen. Wer weiß, was der Stasitante alles einfällt.

»Schau, ihr habt doch eine mehr oder weniger gute Gesprächsbasis gefunden. Wenn ich da plötzlich auftauche, macht sie sicher zu wie eine Auster. Ich hab da so ein Gefühl.«

»Ha, du und deine Gefühle«, meint er schmunzelnd. »Na gut, dann pack ich's am besten gleich. Die O-Weh wird zurzeit im Bad genug zu tun haben. Die Maxime lass ich da, die hat's nicht so mit ihr, Bussi.«

Mit dem E-Bike steht er in wenigen Minuten vor deutschem Hoheitsgebiet und schaut sich um. Er kann beim besten Willen keine verdächtigen Objekte entdecken, auch keine Hummel.

»Was gibt's denn noch?«, hört er die vertraute Stimme der Zwatzl.

Wie schon oft in der Vergangenheit kann er die Inhaberin örtlich nicht exakt zuordnen. Die Stimme kommt von irgendwo unten, aber weder liegt die Deutsche am Boden herum, noch kann er Nüsse, Zapfen, Gartenzwerge und ähnliche Abhörgeräte erkennen. »Wo sind Sie? Ich hätte ein paar Fragen.«

»Fragen Sie«, schlägt sie vor, ohne dabei ihre Tarnung aufzugeben.

»Können Sie bitte rauskommen? Ins Leere zu reden ist mühsam und für ein gutes Gesprächsklima nicht förderlich.«

Abrupt endet der Redefluss, er bildet sich ein, eine Bewegung im Gras zu erkennen, und tatsächlich sieht er eine der allgegenwärtigen Weinbergschnecken zum Zaun kriechen. Daran ist grundsätzlich nichts auszusetzen, würde sie sich nicht rückwärts bewegen und rasch einmal um die eigene Achse drehen. Die technische Entwicklung hat bei der Zwatzl also auch am Boden stattgefunden. Die vermeintliche Abhörschnecke legt den Turbogang ein, rasend schnell bewegen sich ihre Fühler im Kreis. Die zwei Meter bis zum wahrscheinlich verminten Staatsgebiet legt die Schneckenattrappe in satten fünf Sekunden zurück.

»So, da bin ich«, stellt die Zwatzl fest und taucht über beide Ohren grinsend hinter einem Bambushorst auf. »Wie bei der Hummel, da haben Sie ähnlich meschugge geguckt.«

Der Pokorny beschließt, sich gar nicht auf das Geplänkel einzulassen. »Warum haben Sie uns an den Schmierfink des Kronenblattes verraten? Das versteh ich nicht. Sie riskieren einen Besuch der Exekutive, der Ihnen übrigens demnächst ohnehin ins Haus steht«, erzählt er und freut sich wiederum über den Gesichtsausdruck der Zwatzl. »Jetzt sollten Sie Ihr Gesicht sehen, sehr originell.«

»Sie haben mir versprochen, mich nicht zu verraten!«, zischt sie.

»'tschuldigung, das haben Sie sich selbst zuzuschreiben. Die Toni von einem deutschen Handy anzurufen war selten dämlich. Woher hatten Sie überhaupt ihre Nummer? Nein, eigentlich will ich's gar nicht wissen. Die Wehli hat eins und eins zusammengezählt. Wir haben ihr nichts verraten. Mit dem Tipp an den Journalisten …«

»Stopp! Welchen Tipp meinen Sie? Ich rede grundsätzlich mit keinem Journalisten.«

Er winkt ab und beschließt, aufs Ganze zu gehen. Entweder sie macht jetzt – wie die Toni gemeint hat – zu wie eine Auster, oder sie redet. Einen Mittelweg lässt er nach dem Leichenfund und der verseuchten Kabane nicht mehr zu. »Ich glaub Ihnen sowieso gar nichts mehr. Schon wegen der Lügerei mit den Zapfen und den Nüssen, die sicher von Ihnen stammen. Von wem sonst? Warum belauschen Sie uns?«

»Mal langsam, ich belausche Sie nicht, und von welchen Nüssen reden Sie?« Heute trägt sie den schon bekannten Tarnanzug aus dem Wald, darüber eine Hausschürze mit dem DDR-Logo.

»Geh bitte, jetzt tun S' doch nicht so«, grantelt er sie an. »Sie wissen genau, wovon ich rede. Die Nuss beim Berti, wo Sie zufällig nach unserem Treffen im Wald aufgetaucht sind. Weitere zwei Walnüsse bei der Annamühle … Na, klingelt's bei Ihnen?«

»Ich war beim Herrn Braun wegen …«

»Ja, weil Sie einen Nusslikör machen wollen, und dabei haben Sie ganz unauffällig ein Erbstück unter die Nüsse gemischt. Für wie blöd halten Sie uns eigentlich?«

Die Zwatzl zuckt mit den Schultern. »Darauf wollen Sie jetzt sicherlich keine Antwort haben? Ich hab Ihrem Freund jedenfalls nichts untergejubelt, und bei der Annamühle war ich eine Ewigkeit nicht mehr. Mir schmeckt es bei der Bäckerei Mann besser.«

»Nach dem toten Voitl hab ich grad echt keine Lust auf einen kulinarischen Vergleich. Außerdem hat die Polizei im Bad wahrscheinlich den Ort von dessen viertägiger Zwischenlagerung gefunden.«

Neugierig starrt sie ihn an, anscheinend ist diese Information noch nicht durchgedrungen. »Wo?«

»In der Kabane Ihres Landsmanns, dem Schwertfeger. Dort stinkt's wie Sau. Überall liegt Ihr Dreck herum, und Sie spielen auf ahnungslos. Haben Sie beim Heimaturlaub einen Schauspielkurs gemacht? Die Wehli wird ihre Freude haben, ich würde schon mal packen.«

Die Zwatzl schiebt die Unterlippe nach vorn, rollte diese ein und stöhnt. Dann sagt sie: »Ob Sie mir jetzt glauben oder nicht, ist mir schnurz. Vor drei Wochen wurde in einem Depot im Wald eingebrochen und allerlei altes Zeugs gestohlen. Ja, auch die Zapfen und die Nüsse waren dort gelagert.«

»Ma, das ist aber billig, so kommen Sie aus der Nummer nicht raus. Jetzt, wo's eng wird, fällt Ihnen das ein?«

»Hätte ich zur Polizei gehen sollen, oder was?«

Da hat die Zwatzl natürlich recht, sie hätte das Depot herzeigen und eventuell weitere Lager preisgeben müssen.

»Ha, die Stasi wurde bestohlen, wer soll das glauben?«

»Hören Sie auf mit den ewigen Diffamierungen. Mein Vater hat einen guten Job gemacht, fürs Vaterland … Aber was red ich da mit Ihnen, einem Ösi.«

»Wir waren bei den billigen Ausreden«, erinnert er die in ihrer schönen Ostblockvergangenheit schwelgende Spionin und übergeht die Provokation mit leichtem Ohrenwackeln.

»Sie müssen mir glauben … Ich weiß, Sie müssen gar nichts. Ich *bitte Sie*, mir zu glauben. Ja, ich war im Bad, und ja, ich hab dort spioniert, aber nicht mit den Zapfen. Als Sie davon erzählt haben, war mir klar, dass Sie bei mir auftauchen werden.«

»Womit haben Sie dann spioniert?«, will er wissen. »Und ist das Bad immer noch verwanzt? Falls ja, schicken wir einen Spezialisten vorbei. Und warum haben Sie das getan? Wenn ich Ihnen glauben soll, müssen Sie die Karten auf den Tisch legen. Und zwar alle.« Er blickt auf die Uhr. »Viel Zeit bleibt Ihnen nicht, wenn die Chefinspektorin im Bad fertig ist, wird die ratzfatz bei Ihnen aufschlagen.«

Sichtlich ringt sie mit sich, letztendlich geht es um die neueste Technologie, die sie gerade erst in Verwendung genommen hat und die nun möglicherweise ebenso schnell eingezogen wird. »Verdammt, was kann denn ich für die Kacke im Bad!« Der Pokorny dreht den Finger im Kreis, schaut auf die Uhr. »Ja, ja, schon gut.« Sie geht ins Haus und kommt mit einem dünnen Ästchen zurück, besetzt mit Nadeln einer Schwarzföhre.

»Und?« Er schaut sie fragend an.

»Die Nadeln, neueste Technologie, noch in der Testphase. Mikro in den Nadeln, die Kamera am Ende des Astes, am breitesten Stück ist die Nano-SIM-Karte drin«, erklärt sie, greift in die Tasche, nimmt ein Handy Marke Eigenbau heraus, berührt eine App und hält dem Pokorny das Display hin. Er sieht sich selbst mit offenem Mund, die Zwatzl zieht das Handy weg. »So, jetzt haben Sie mich am Arsch. Glauben Sie mir jetzt, dass der Zapfen-und-Nuss-Mist zwar mir gehört, ich aber längst Lichtjahre davon weg bin? Und wenn ich weg bin, dann ganz, nur falls Sie denken, na ja, den einen oder anderen Zapfen könnte sie ja noch verwenden. Nein, ich hab mit dem Zeug nichts mehr am Hut.«

Von der Vorstellung entsetzt, welche Möglichkeiten sich charakterflexiblen Personen mit dubiosem Hintergrund durch solche technischen Spielereien bieten, nickt er und krächzt: »Gibt's davon noch welche im Bad?«

»Nein. Als die werten Ehrenbürger aufgetaucht sind, hab ich alles, ich wiederhole: *alles*, abgezogen. Nach Ihren Ermittlungserfolgen war mir klar, dass es bei den Schwierigkeiten um die Waldkabanen und Ihren Ermittlungen Stress gibt und bald einmal ein Spezialist vom LKA auftauchen könnte.«

Der Pokorny runzelt die Stirn. »An unserem ersten Tag im Bad, also in der Nacht, haben Sie Ihre Föhrennadeln abgezogen. Sicher?«

»Ganz sicher. Warum wollen …?« Sie verstummt, erkennt die Tragweite ihrer Aussage und schüttelt den Kopf.

»Wir waren letzten Dienstag das erste Mal im Bad, von Dienstag auf Mittwoch wurde die alte Frau umgebracht. Das heißt, Sie waren in der Mordnacht dort. Das schaut für Sie gar nicht gut aus«, fasst der Pokorny zusammen und macht sicherheitshalber einen Schritt zurück. Wer weiß, wie weit die deutsche Gründlichkeit geht. »Wann genau haben Sie Ihr Zeugs abmontiert?«

»Ich hab damit nichts zu tun, glauben Sie mir bitte.«

Langsam und verständlich präzisiert er seine Frage: »Wann genau haben Sie in der Mordnacht Ihre Bespitzelungsausrüstung entfernt?«

Obwohl die Temperatur moderat ist, fängt die Deutsche zu schwitzen an. »Was weiß ich, gegen ... so um ein Uhr herum.«

»Das würde genau ins Zeitfenster passen, in dem die Högerl ...«

Sie kickt verärgert die Schnecke vom Zaun weg, worauf diese an eine knorrige alte Eiche geschleudert wird und in ein gutes Dutzend Einzelteile zerspringt. »Ich war's nicht. Bei all unserer gegenseitigen Ablehnung, trauen Sie mir einen Mord zu?«

»Wie haben Sie vorhin so schön gesagt? Ah ja: Darauf wollen Sie jetzt sicherlich keine Antwort haben, oder?«

»Was hab ich mit der Högerl zu tun gehabt? Hä? Nichts.«

»Doch! Sie sind für Ihren Klienten, den Dirk Schwertfeger, tätig. Dem war die Högerl wegen ihres Widerstandes gegen das Schleifen des Minigolfplatzes ein Dorn im Auge. Jetzt ist die Nervensäge tot, Auftrag erledigt! Kaufen Sie sich besser gleich ein Zugticket, Sie hängen da mittendrinnen.« Er sieht, wie sein Gegenüber mehr und mehr ins sich zusammensackt. Einen derartig rapiden Verfall hätte er dem deutschen Urgestein gar nicht zugetraut. »Wo ist das Telefon, von dem Sie mich heute früh angerufen haben?«

»Die SIM-Karte hab ich zerschnitten und in der Toilette runtergespült«, antwortet sie, greift in ihre Schürze, nimmt ein Geschirrtuch heraus und wischt sich die Stirn ab.

»Gut, die Wehli weiß mittlerweile, dass die Nummer zuletzt beim nächsten Sendemast Ihres Bunkers ... äh, Hauses eingeloggt war. Aber das kann ja auch ein Zufall sein, nicht wahr?« Der Pokorny kratzt sich nachdenklich an der Nase. »Ich hoffe, Sie verstehen, aber verschweigen kann ich das nicht. Ich muss zumindest mit dem Gruppeninspektor Sprengnagl reden. Da steht viel auf dem Spiel, für alle. Wenn die Chefinspektorin bei Ihnen anklopft, sagen Sie die Wahrheit über die Mordnacht, auch wenn sie Ihre Unschuld bezweifeln wird. Besser so.«

»Hätte ich Sie nur nicht angerufen, dann wäre das nie und nimmer aufgefallen, der Voitl wäre einbetoniert worden, und ich hätte meine Ruhe gehabt.«

Er nickt. »Stimmt, ich stelle Sie mir auch lieber als Nervensäge denn als Mörderin vor. Irgendwo in Ihrem tiefsten Inneren wohnt offenbar eine gute Seele. Sonst hätten Sie uns nicht angerufen. Ich fahre jetzt nach Hause und versuche von dort aus, den Gruppeninspektor zu erreichen. Sie haben also noch ein wenig Zeit, um was auch immer verschwinden zu lassen«, fasst er zusammen, über sich selbst erstaunt. Der Charme der Zwatzl kann es nicht sein, was ihn zu dieser großzügigen, aber auch riskanten Entscheidung treibt. Vielleicht ist es der Tatsache geschuldet, dass sie ihm den Tipp mit der Baustelle gegeben hat. Würde die Deutsche, nur um ihren Auftrag zu erfüllen, wirklich zwei Menschen töten? Bei aller Abneigung ihr gegenüber, damit tut er sich schwer. Trotzdem bleibt ein Restzweifel.

Ein weiterer Nebeneffekt der nicht enden wollenden Ermittlungen ist, dass den Pokornys schön langsam durch das viele Baden die Haut austrocknet. Beim Blubbern des Pools hat er der Toni rasch von dem Gespräch erzählt; die Anwesenheit der Zwatzl in der Mordnacht macht den Fall noch komplizierter.

»Schreib dem Sprengi eine SMS, die Geschichte ist zu heikel«, rät sie ihm.

– *die zwatzl hat in der mordnacht gegen ein uhr im bad abhoermaterial abgebaut   angeblich wurden ihr die nuesse und die zapfen aus einem depot im wald gestohlen   ihr muesst sie zur mordzeit befragen*

Postwendend kommt eine SMS retour. »Schau an, der Sprengi hat Freizeit oder versteckt sich vor der Wehli und schreibt Nachrichten.«

– *Woher weiß ich, dass sie in der Mordnacht im Bad war?* 🙁
– *ich hab ihr empfohlen bezueglich der hoegerl bei der wahrheit zu bleiben   fragt sie einfach wo sie war*
– *Sind hier gleich fertig. Danach geht es mit der O-Weh zur Zwatzl, melde mich später*
– *perfekt*

»Pah, Zuckerschnecke, frei nach der Katzinger: Wir haben fertig. Ich hol uns zwei Pizzen vom Restaurant DalDon, dann nichts wie ab auf die Couch, die Rossbacher ist noch offen.«

Knapp nach einundzwanzig Uhr meldet sich der Sprengnagl via WhatsApp-Videotelefonie bei der Toni. »Was für ein Alptraumtag!«, stöhnt er, wischt sich den Schweiß mit dem Hemdsärmel von der Stirn und lässt sich auf einen Sessel im Gastgarten des Café Post fallen. »So, wie die Kabane ausschaut, geht da gar nix mehr. Morgen kommt eine Spezialfirma, der Batz vom Voitl ist sogar durch die Teppichrolle und den Holzboden bis ins Holzfundament der Kabane eingedrungen. Den Gestank kriegen die nie wieder raus. Der Mörder hat Vanilleduftbäume aufgehängt, und der süßliche Verwesungsgeruch in Verbindung mit Vanille …«

Ob der Toni nach der Schilderung die geliebten Vanillekipferln ihrer Mama noch schmecken werden, ist unklar, bis nächste Weihnachten ist aber eh noch Zeit. »Bitte hör auf mit den Details. Bist du alleine?«

»Mehr oder weniger.«

»Was jetzt?«

»Na ja«, über das müde Gesicht vom Gruppeninspektor huscht ein verschmitztes Lächeln, »für die nächsten zwanzig Minuten zumindest ohne die Kollegen und die Wehli. Ich bin beim Kebabstand auf der Badnerstraße, Dürüm und Kebab für die Mannschaft vom Alterbauer und die Kollegen von der PI holen«, erklärt er. Sein Lächeln wird breiter, kennt er seinen Freund doch nur zu gut.

Der Pokorny hat nämlich trotz der noch nicht verdauten Pizza akut das Gefühl, an der Spucke in seiner Mundhöhle zu ersticken. Das Hühner-Dürüm aus dünnem Fladenbrot schmeckt göttlich, nur mit dem Chili muss man vorsichtig sein. Weil halt der Wunsch nach »ein bisschen scharf« ein relativer ist. Beim ersten Mal Kosten hat er eher an einen Brandbeschleuniger gedacht, ein Aufguss bei hundert Grad in einer finnischen

Sauna hätte ihm nicht mehr Schweiß auf die Stirn jagen können. Seine hektischen Versuche, den Brand zu löschen, waren erst nach zwei Litern Leitungswasser und mehreren Tischumrundungen mit leidvollen Schmerzenslauten von Erfolg gekrönt gewesen.

Um auftretendem Phantomschweiß vom Pokorny vorzubeugen, fragt die Toni: »Gibt es irgendwelche Hinweise auf den Täter?«

»Hinweise gibt's jede Menge, ob sie vom Täter sind, muss erst ausgewertet werden. Die Tatortgruppe ist noch am Werken. Da die Herren Heini und Ludwig nicht sehr ordnungsliebend sind, muss deren Chaos berücksichtigt werden, erst dann kann auf den potenziellen Täter geschlossen werden.«

»Die haben Glück gehabt, stell dir vor, die zwei öffnen die Tür …«, sagt der Pokorny.

»Ja, und … wartet einen Moment«, unterbricht der Sprengnagl das Gespräch. Die beiden sehen, wie er aufsteht und in das Kebab-Lokal hineingeht. Dabei schwenkt die Kamera zur Theke, wo sich im Hintergrund gut sichtbar der mehr als einen Meter hohe Hühnerfleischspieß langsam dreht. Die beiden hören ihn mit einem Mitarbeiter sprechen: »Ja, alle acht Kebab mit Chili, viel Zwiebeln und eurer genialen Knoblauchsoße, wie … ja, nur das Dürüm für die Chefin ohne alles. Die hat's mit dem Magen. Danke!«

Die Ohren vom Pokorny haben zu wackeln begonnen, er kommt mit dem Schlucken kaum nach. »Das ist echt nicht leiwand von dir, Videotelefonie, und dann bringst du noch wie zufällig den Spieß ins Bild.«

»Ja, aber sonst hab ich eh nix zum Lachen.« Er dreht sich um und verlässt das Lokal. »Also, wo war ich … ah ja. Die Leiche aufzufinden ist den alten Herren nur erspart geblieben, weil sie sich den Streit bei den Kabanen lieber aus sicherer Entfernung angeschaut haben.«

Die Toni schaut den Pokorny an. »Wieso sind die heute ins Bad gekommen? Du hast erzählt, die wollten erst nach der Aufklärung des ersten Mordes wieder zurückkommen. Davon kann keine Rede sein.«

»Na, neugierig werden sie gewesen sein, die Wiederauferstehung der Kocmanek hat sich sicher bis ins Heim durchgesprochen.«

Der Sprengnagl lacht. »Die Badsaison ist für den Heini und den Ludwig jedenfalls frühzeitig beendet. Ihr Gewand, ihre anderen Sachen, sie versuchen zu retten, was geht. Der Ludwig meinte, in seinem Alter könne er eh nicht mehr so gut riechen, trotzdem, der Geruch ist bestialisch. Ob das noch einmal rausgeht, bezweifle ich.«

»Irgendwo muss der Mörder auch die Scheibtruhe und sein Gewand entsorgt haben«, meint die Toni und schiebt nachdenklich die Unterlippe nach vorn.

»Die Kollegen suchen die Gegend danach ab.«

»Warum der Mörder die Leiche nicht woanders verschwinden hat lassen, frag ich mich schon«, sinniert der Pokorny. »Da extra vier Tage zu warten ist doch ein Irrsinn.«

»Nein, nein, der Mörder musste umdisponieren. Ursprünglich sollte die Verschalung am Freitag fertiggestellt werden, für Montag war dann die Betonlieferung bestellt. Aber im Zementwerk hat es einen Produktionsausfall gegeben, weshalb der ganze Prozess auf der Baustelle um mehrere Tage verschoben wurde. Pech für den Mörder. Wäre wie geplant schon am Montag betoniert worden, wäre die Sauerei in der Kabane nicht passiert.«

»Der Mörder wusste also ziemlich gut über den Ablauf Bescheid, auch über die Verschiebung«, stellt die Toni fest. »Gibt es eine Verbindung von Kabanenmietern oder Badmitarbeitern zu den Arbeitern auf der Baustelle?«

»Nein, die Idee hatte die Wehli auch schon. Der Direktor war noch im Bad und hat ihr, mit Hinweis auf Gefahr in Verzug, sofort eine Liste der Kabanenmieter und der Mitarbeiter ausdrucken lassen. Ein Kollege ist die Liste mit dem Bauleiter durchgegangen. Namensgleichheiten gibt's keine, nach anderen Verbindungen suchen wir.«

Die Toni tippt hektisch mit dem Zeigefinger auf der Tischplatte herum. »Da müssen wir dranbleiben, das ist eine gute Spur. Es wird nicht so viele Leute geben, die von der Verschiebung wussten.«

»Schon einige. Die Mitarbeiter auf der Baustelle, der Bauleiter, der Polier, die Zuständigen im Zementwerk und haufenweise Neugierige, die anderen gerne beim Arbeiten zuschauen.«

»Von denen ihr natürlich keine Daten habt?«, vermutet der Pokorny.

»Richtig. Die hungrigen Hackler schlagen wegen der guten Preise fürs Mittagsmenü gerne im Bierhof zu. Da wird viel geredet, diskutiert, viele Zaungäste hören zu, das heißt gleichzeitig, viele können davon wissen. Mögliche Verdächtige einzugrenzen ist sehr schwer. Morgen wird das Personal der Lokale befragt. Die haben aber viel Laufkundschaft, ob das was bringt, werden wir sehen.«

»Hätten die zeitgerecht betoniert, wäre der Voitl direkt von der Kabane der Högerl in die Verschalung transportiert worden. Aufgrund der Verschiebung musste der Mörder volles Risiko gehen und die Leiche zwischenlagern. Die Nerven möchte ich haben«, sagt die Toni.

»Die Staatsanwältin hat nach dem Leichenfund Gas gegeben und uns vor einer Stunde den Durchsuchungsbeschluss für die Wohnung vom Voitl gemailt.«

»Und, was habt ihr gefunden?«, fragt der Pokorny gespannt. »Sag schon!«

»Jede Menge Papierfotos, die meines Erachtens ein Indiz für den Diebstahl bei der Högerl sein könnten«, berichtet der Gruppeninspektor. »Es gibt auch Bilder, auf welchen er bei Badetaschen kniet, sieht aus, als würde er etwas suchen. Genaues lässt sich nicht feststellen. Alles fein säuberlich dokumentiert. Vom Blickwinkel her könnten die Fotos von der Terrasse der Högerl oder Zobel gemacht worden sein. Fingerabdrücke sind mehrere drauf. Ein Match hat die Abdrücke von Daumen und Teilabdrücke der beiden Zeigefinger vom Voitl ergeben. Die

Fingerabdrücke einer weiteren Person sind nicht im AFIS drinnen, können nicht zugeordnet werden.«

Die Toni meint: »Wahrscheinlich von der Högerl oder der Zobel. Wenn die beiden fotografiert haben, werden sie die Bilder beim Kopieren in der Hand gehalten haben.«

»Um diese später beim Gespräch mit dem Direktor vorzulegen. Tja, das wäre es dann für den Voitl gewesen, deshalb hatte er sich die Ausdrucke besorgt. Und das könnte ein Motiv sein.« Der Pokorny klatscht in die Hände.

»Na ja, für einen Mord ist es meiner Meinung nach nicht genug. Es könnte aber zu einem Streit zwischen ihm und der Högerl gekommen sein, die alte Dame hatte schon eine Überdosis intus, war ein leichtes Opfer und …«

Er wird von der Toni unterbrochen: »Oder er hat ihr den Gin Tonic mit den Medikamenten gegeben und sie dann bedroht. Sie wollte die Bilder nicht herausrücken, er hat sie geschubst, und sie ist mit dem Kopf aufgeschlagen.«

»Und dann hat er sie im Holzkasten versteckt«, ergänzt der Sprengnagl. »Wenn das wirklich so passiert ist und er deshalb fliehen wollte, warum ist er dann am Sonntagabend noch ins Bad gefahren?«

Der Pokorny kratzt sich nachdenklich im Nacken. »Vielleicht, um seinen Spind auszuräumen?«

»Wir haben kein Geld gefunden, weder im Koffer noch bei der Leiche«, sagt der Sprengnagl. »Er könnte auch unter einem Vorwand ins Bad gelockt worden sein, dort hat ihn der Mörder erschlagen und sein Geld gestohlen.«

»Hätti wari täti, alles Mutmaßungen«, sagt der Pokorny.

»Dass der Voitl im Teppich eingerollt war, bedeutet nicht zwangsläufig, dass er auch in der Kabane der Högerl erschlagen wurde«, wendet die Toni ein.

»Doch, ist sogar sehr wahrscheinlich. Die Kabane wurde von der Spusi schon letzten Donnerstag untersucht. Damals wurde kein Blut gefunden. Auch nicht dort, wo die alte Dame hingefallen ist. Inzwischen ist die Sachlage eine andere. Jede

Menge Blutspritzer an der Wand, sogar bis rauf zur Decke. Teilweise verwischt, Auswertungen laufen. Da war jemand extrem wütend.«

»Es würde mich sehr wundern, wenn das Blut nicht vom Voitl ist«, meint der Pokorny, steht auf, schaltet die Kaffeemaschine ein und gähnt ausgiebig. Wie ewig manche Tage dauern können, draußen ist es bereits dunkel. Nachdem er sich einen doppelten Espresso gebrüht hat, setzt er sich ächzend nieder. Dann sagte er: »Gut, ohne es beweisen zu können, auch wenn es dünn ist. Gehen wir davon aus, dass der Voitl wegen der Fotos den ersten Mord begangen hat und dann später selbst ermordet wurde. Aber warum?«

Die drei schweigen, jeder hängt seinen eigenen Gedanken nach.

»Haben die anderen Mieter in der Sonntagnacht etwas mitbekommen?«, erkundigt sich die Toni und wechselt damit das Thema.

»Fehlanzeige«, seufzt der Sprengnagl. »Die Zobel hat nach ihrem Dienst in Wien geschlafen, der Tscholitsch gibt an, nach mehreren Bieren zu viel wie ein Toter geschlafen zu haben. Heini und Ludwig waren im Heim. Wenn die Högerl nicht auferstanden und sich an ihrem Mörder gerächt hat, weiß ich auch nicht weiter. Die Tatwaffe ist übrigens tatsächlich ein Holzpflock. Die Kollegen haben ihn im dunklen Eck neben der Minigolfbahn gefunden, versteckt in einem Haufen vertrockneter Blätter. Leider ohne Fingerabdrücke.«

»Was ist mit dem Alibi der Kocmanek?«, fragt der Pokorny.

»Der geile Jonny und der russische Hengst Igor dürften sich ordentlich ins Zeug gelegt haben. Die Videoaufzeichnung und das Zeiterfassungssystem beweisen, dass die Kocmanek und die Fabeck den Stripclub erst um fünf Uhr fünfunddreißig morgens verlassen haben. Damit scheiden die beiden Damen für den Mord an der Högerl definitiv aus. Wo sie in der Sonntagnacht waren, dazu müssen wir sie erst befragen. Das Zeitprotokoll ist erst vor Kurzem von der IT eingetrudelt.«

Die Toni nippt an ihrem Frizzantino. »Warum sollte die Kocmanek dann den Voitl erschlagen? Das ergibt keinen Sinn. Die Högerl ist tot, sie hat ein Alibi und zieht demnächst in die Kabane ein. Berührungspunkte mit dem Voitl sehe ich da keine. Gut, vielleicht hat er die Kocmanek einmal bestohlen, dafür wird sie ihn sicherlich nicht brutal erschlagen. Nein, die zwei sind für mich raus.«

»Sehe ich auch so«, sagt der Sprengnagl.

»Wie geht's eigentlich der Zobel?«, fragt der Pokorny. »Laut den beiden Pensionisten soll sie ziemlich übel zugerichtet worden sein. Angeblich hat sie aus Ohr und Nase heftig geblutet.«

»Die übertreiben, ein wenig Nasenbluten, problematischer dürfte es um das Ohr stehen. Der Schlag könnte zu einem Einriss des Trommelfells geführt haben. Wenn's gut geht, wird sie morgen im Laufe des Tages entlassen.«

»Dann fangen wir am Vormittag mit dem Tscholitsch bei der Annamühle an. Falls die Zobel im Bad auftaucht, reden wir auch mit ihr.«

»Vergesst den Guschlbauer, die Eckstadler und den Schwertfeger nicht …«

Der Pokorny unterbricht ihn ungewohnt heftig: »Mein lieber Freund, ein bisserl was müsst ihr schon selber tun. Stärkt euch mit den Kebabs und dann hurtig an die Arbeit. Wir sind für morgen gut eingedeckt.«

»Ja, ja, schon gut. Wollt ihr gar nicht wissen, was bei der Zwatzl los war?«, fragt der Gruppeninspektor, um Ablenkung bemüht.

»Raus damit«, fordert der Pokorny und zwinkert seinem Freund zu.

»Die Wehli hat ordentlich Gas gegeben und sich noch bei der Fahrt zum Grundstück von der Staatsanwältin eine Freigabe für eine Hausdurchsuchung geholt.«

Die Toni schmunzelt. »Dann hat sie wohl den Ernst der Lage erkannt. Was habt ihr gefunden?«

»Also die Zwatzl vorerst einmal nicht. Wir haben vermutet, dass sie sich in ihren Bunker zurückgezogen hat, war aber Fehlalarm. Gerade als der Schlosser eingetroffen ist, kam sie schmutzig und verschwitzt von der Waldandacht runter zu ihrem Haus. Sie hat das Team vom Alterbauer ohne großes Trara ins Haus gelassen.«

»Wahrscheinlich hat sie noch ihre wichtigsten Utensilien beiseitegebracht«, vermutet der Pokorny.

Die Toni grinst. »War sie gesprächig?«

»Ja, sie hat deinen Rat ernst genommen, aber freilich weder Hummel noch Föhrennadel noch die Schnecke rausgerückt. Dafür haben wir jede Menge Walnüsse und Zapfen gefunden.«

Der Pokorny legt den Kopf schief, er ist enttäuscht, nach dem ersten zaghaften Keimen einer deutsch-österreichischen Freundschaft von ihr so belogen zu werden.

»Das meiste funktionsuntüchtig.«

»Also sind die Walnüsse beim Berti und der Annamühle doch von ihr?«

»Ja, sie hat es schlussendlich zugegeben. Unsere Techniker haben die Speicherkarte der Attrappen ausgelesen. Auf den beiden bei der Annamühle war nur ein Rauschen drauf. Bei der Nuss, die wir beim Berti gefunden haben«, sagt er schmunzelnd, »war laut den Angaben seiner Mitarbeiter der Akku leer. Sie hat's mit dem Verstecken übertrieben, die Nuss war zu weit unten, der Sender hat dadurch zu viel Strom benötigt. Den letzten Rest hat ihm dann die Schachtel gegeben. Übrigens hat *sie* das Sackerl mit der Attrappe mitgehen lassen, nicht die Wehli.«

Der Pokorny schaut in die Runde. »Ich versteh immer noch nicht, wieso uns die Zwatzl bespitzeln wollte.«

»Schau, nachdem sie wegen euch ihre Ausrüstung im Bad abgezogen hatte, war sie ein blinder Passagier und konnte dem Schwertfeger, ihrem Klienten, keine Berichte mehr liefern. Sie hatte einfach gehofft, von uns etwas zu erfahren.«

»Berichte worüber?«

»Vor allem über die Termine der Eckstadler. Die Zwatzl meinte, dass die Architektin ihren Klienten bescheißen wollte.

Aber auch die Gesamtstimmung im Bad wegen einer geplanten Zusammenlegung der Waldkabanen sollte sie beobachten. Mehr hat sie nicht ausgelassen.«

»Viel Köder für wenig Beute«, assistiert der Pokorny. »Andererseits hat sie es gescheit angestellt. Unser fixer Tagesablauf hat es ihr leicht gemacht, sie wusste, wann wir wo sind, und hatte Zeit genug, die Attrappen zu platzieren.«

»Und dabei gepatzt.« Die Toni ist entsetzt, wie unverfroren die Zwatzl mit ihren Abhörmethoden umgeht. »Dann waren alle Zapfen im Bad tatsächlich von ihr?«

»Ja, ausnahmslos, wir haben keine weiteren gefunden. Dort hat sie wirklich gut aufgeräumt. Da die Zobel eine fleißige Sammlerin war, musste die Zwatzl immer wieder nachbestücken. Deswegen wurde sie auch beim Herumschleichen gesehen.«

»Die für mich wichtigste Frage ist wohl, ob sie mit ihrer umfangreichen Ausrüstung etwas zur Lösung der beiden Mordfälle beitragen kann«, fährt die Toni fort. »Was die da veranstaltet hat, ist echt eine Frechheit. Die gehört ja schon deshalb eingesperrt.«

»Kaum zu glauben, wenn ihr sie durch euer Erscheinen nicht ungewollt aufgeschreckt hättet, wäre die Chance auf Filmaufnahmen aus der Mordnacht sehr groß gewesen«, stellt der Sprengnagl fest. Er verzieht das Gesicht. »Mangels Alibi lässt die Wehli sie für achtundvierzig Stunden im Landesgericht Wiener Neustadt dünsten. Da hat sie genug Zeit, um sich über die Zukunft Gedanken zu machen, eventuell fährt sie wieder nach Deutschland. Ihr Haus haben wir ausgeräumt, derzeit suchen wir mit Spürhunden nach ihren Verstecken. Ihre Geschichte mit dem aufgebrochenen Depot war ebenfalls ein Schwindel. Eines haben wir allerdings schon gefunden, und zwar in der Steinmauer, die den Rastplatz auf der Helenenhöhe umgibt, unglaublich, oder?«

»Da sind wir schon Hunderte Male vorbeigegangen, ein Depot der Stasi hätte ich dort nicht vermutet«, sagt die Toni erstaunt und beschließt, zukünftig mit fokussiertem Blick durch

Bad Vöslau zu spazieren. Wer weiß, wo sich die Zwatzl noch überall verewigt hat.

Wieder hören sie Stimmengemurmel im Hintergrund. »Äh … ja, also ich muss jetzt Schluss machen.« Trotz seiner Müdigkeit grinst er spitzbübisch in die Kamera. »Die Kebabs sind nämlich fertig und …«

»Bla, bla, bla«, brummt der Pokorny.

»Meine Herren, lassen wir es für heute gut sein.« Die Toni gähnt ausgiebig. »Der Tag war lange genug. Ich denke, mit dem Voitl sind wir mit dem Mord an der Högerl durch, bleibt noch sein Mörder über«, fasst die Toni zufrieden zusammen. »Gute Nacht.«

Das müde Ermittlerehepaar wandert, mit einem kurzen Zwischenstopp im Badezimmer, ins Bett und schläft dermaßen schnell ein, dass das Sandmännchen keine Chance auf ein Hallo hat.

Würde nicht die ausgeschlafene Maxime auf ihr morgendliches Zeitunglesen pochen, der Pokorny hätte nach dem anstrengenden Donnerstag glatt das Café Annamühle gestrichen. Aber nein, die Beagelin nimmt die zusätzlichen Streicheleinheiten und Leckerlis von ihm zwar an, bellt sich aber trotzdem beinhart aus der befürchteten Nachrichtensperre hinaus.

Müde schlurft er hinauf zu seinem Stammcafé, froh, keinem anderen Hundebesitzer zu begegnen.

Zum Glück hat heute die Karin Dienst, denn wie so oft reißt sie ihn mit ihrer herzlichen Art aus seiner mürrischen Morgenlaune.

»Guten Morgen, Pokorny, was ist denn mit dir los? Du schaust ja komplett erledigt aus«, raunt sie. Heute arbeitet sie im Doppelpack mit der Dagmar, die zwar wenig redet, aber umso größere Ohren hat.

»War viel los gestern. Hast du von der Baustelle gehört?«, flüstert er und deutet der Karin, ihm zu seinem Tisch zu folgen.

»Wieso seid ihr heute zu zweit?«

Sie zuckt mit den Schultern. »Das Gymnasium spendiert den Schülern eine gesunde Jause. Kam gestern sehr kurzfristig rein. Personalmangel in der Zentrale, jetzt müssen wir herhalten und vorbereiten.« Sie beugt sich zu ihm hin. »Sag, stimmt das mit dem Kopf vom Voitl? Schlimm genug, und dann wird ihm noch … ich will gar nicht weiterreden, mir wird sonst schlecht. Wie ihr das aushaltet, versteh ich nicht.«

»Moment, Moment, was ist mit dem Kopf vom Voitl?«, fragt er ungläubig.

»Na, die Katzinger hat gestern lang und breit mit jemandem telefoniert und mit ihren Schauergeschichten das halbe Lokal verschreckt. Der Voitl wurde, eingerollt in einem blutgetränkten Teppich und wie ein U-Hackerl gefaltet, gewaltsam in einen

Aufzugsschacht gedrückt. Dabei wurde er an einer scharfen Kante enthauptet. Den Kopf soll der Mörder als Trophäe mitgenommen haben.« Sie schluckt und greift sich an den Bauch. »Ich hab sie dann zur Ordnung gerufen, hat ihr freilich nicht geschmeckt. Ohne zu bezahlen, ist sie keifend davongewackelt. Ich sage euch, was ich da so alles erlebe. Mord und Totschlag! Bald einmal werde ich einen Annamühle-Krimi schreiben.« Ein zaghaftes Lächeln breitet sich auf ihrem Gesicht aus. »War es wirklich so?«

»Nein, er wurde erschlagen und mit allen Körperteilen aufrecht in eine Verschaltung gesteckt«, erklärt der Pokorny. »Kennst du Leute von der Baustelle? Die haben dort ordentlich Verzug und jede Menge Wickel mit den Zulieferfirmen.«

»Glaubst du, einer von den Bauarbeitern hat den Voitl …«

»Nein, glaube ich nicht. Wir brauchen einen Kontakt zu jemandem, der weiß, was auf der Baustelle läuft.«

»Frag den Polier, der steht wie du auf guten Kaffee, nimmt beim Vorbeifahren täglich einen mit.«

»Wann kommt er bei euch vorbei?«

»Zu keiner festen Uhrzeit. Aber heute ist ja Freitag, also Fischtag, nicht nur für dich. Die Baustelle wird um zwölf Uhr zugedreht, dann fährt er zum Billa auf eine gebackene Scholle. Du erkennst ihn leicht, einen Meter neunzig groß, peinlich schwarz gefärbter Vollbart und Haare, die Augenbrauen hat er grau gelassen. Na, Geschmack liegt halt nicht immer im Auge des Betrachters. An hat er meist eine blaue Latzhose und einen Cowboyhut.«

»Perfekt«, meint der Pokorny. »Wir werden gegen elf Uhr bei dir vorbeikommen, kannst du den Tscholitsch dann bitte wieder uns überlassen? Es sind noch einige Fragen offen, im Bad gibt's zu viele neugierige Ohren.«

»Äh, da hab ich noch was für dich. Lies es aber bitte erst zu Hause, sonst weckst du mir die halbe Nachbarschaft auf.« Sie überreicht ihm die heutige Ausgabe des Kronenblatts.

Natürlich schafft er es nicht bis nach Hause. Im Gehen liest er die schreierische Titelseite und stolpert prompt über die Maxime drüber.

DOPPELMORD IM THERMALBAD
Drama pur im Bad (mehr auf Seite 3)

»Verdammte Scheiße.« Er reibt sich das lädierte Knie, rappelt sich auf und blättert um.

Die Ereignisse um den Mord an dem drogensüchtigen V. haben einen dramatischen Höhepunkt erreicht. Knapp vor dem Druck wurde dem Kronenblatt aus vertraulicher Quelle ein Hinweis zugespielt. Der V. wurde zuerst in der Kabane der verstorbenen H. aufgeschlitzt und vor dem Transport auf die Baustelle in einer leer stehenden Kabane in einen Perserteppich gerollt. Offen ist nach wie vor, was das bekannte Ermittlerehepaar P., das gestern im Bad gesichtet wurde, und der Gruppeninspektor Sp. mit der grauenvollen Tat zu tun haben. Das Kronenblatt geht nicht von einer Beteiligung aus, sondern bietet den Findern der Leiche ein klärendes Gespräch und eine Darstellung der Eigenwahrnehmung an. Schließlich sollte nicht nur das Kronenblatt an der Aufklärung der verabscheuungswürdigen Verbrechen interessiert sein. Was hat die Polizei bis jetzt ermittelt? Gibt es Anhaltspunkte, wer die Schuld trägt an dem Grauen, das derzeit in Bad Vöslau umgeht? Muss das Thermalbad noch vor dem Höhepunkt der Badesaison aus Sicherheitsgründen geschlossen werden? Was verschweigt uns die Exekutive? Unser Reporter bleibt für unsere treuen Leserinnen und Leser selbstverständlich dran und wird weiter berichten.

Seine gute Laune nach dem Gespräch mit der Karin ist wie weggeblasen. »Wer verdammt noch mal steckt dem Idioten den Blödsinn?«, schimpft er beim Betreten seines Hauses.

Missmutig stellt er das Sackerl mit dem frischen Gebäck auf die Küchenablage. Zu seiner Überraschung steigt die Toni gut gelaunt die Stufen herab und runzelt die Stirne. »Oje, was ist dir denn über die Leber gelaufen?«

Kopfschüttelnd reicht er ihr die Zeitung, sie wirft das Kronenblatt empört auf den Esstisch. »Der Sprengi hat mich schon vorgewarnt.« Sie zeigt ihm die WhatsApp.

– Wehli schäumt wegen Bericht im Kronenblatt. Die Zobel ist auf Revers aus dem Spital raus, bis später

»Langsam sollten wir unsere Rechtsschutzversicherung kontaktieren«, setzt sie fort. »Der Hackstock geht zu weit, das müssen wir uns nicht gefallen lassen.«

»Weißt was, geben wir den Müll dahin, wo er hingehört. Aufregen hat eh keinen Sinn.« Er öffnet den Altpapiercontainer und wirft die Zeitung hinein. »Die Lösung der Mordfälle liegt im Bad, da bin ich mir sicher. Wir müssen die Leute dort mehr unter Druck setzen, sonst lässt uns der Reporter nie in Ruhe. Die Högerl und der Voitl wurden beide in der Nacht im Bad getötet. Wer soll sonst dahinterstecken?«

Die Toni wiegt den Kopf. »Bei Voitl könnte es doch mit seiner Drogenvergangenheit zusammenhängen. Auch wenn er jetzt vielleicht sauber war.« Sie bestreicht ein dunkles knackiges Handsemmerl mit Margarine und frischer Erdbeermarmelade.

»Dann wäre er aber außerhalb erschlagen worden. Warum hätte ihn jemand ins Bad locken und dort erschlagen sollen?«

Sie zwinkert ihm zu. »Ich glaube, wir müssen einen Gang zulegen, ein bisschen provozieren und bluffen, quasi mit der Brechstange vorgehen. Mehr, als dass wir uns ein Betretungsverbot im Föhrenwald einhandeln, kann ja nicht passieren.«

Dass der Einsatz einer Brechstange lebensgefährlich sein, zumindest aber eine Menge Staub aufwirbeln kann, sollten die beiden noch am selben Tag erfahren.

Knapp vor elf Uhr beziehen sie Posten am Stehtisch, der frisch gedeckt ist.

»Wenn die Katzinger zufällig untertags vorbeikommt, wird's einen Wickel geben. Das lässt die sich nicht gefallen«, stellt der Pokorny fest.

»Ich traue ihr einen Wechsel zur Bäckerei Mann zu«, bestätigt die Toni und begrüßt die Karin: »Hat die Katzinger das Tischtuch schon gesehen?«

»Ja, erst letzte Woche. Da gab's ordentlich Zoff. Sie ist deshalb sogar in die Zentrale am Grünen Markt in Baden gefahren. Stammkundin, Mindestpensionistin und so weiter. Hat ihr aber nichts geholfen. Der Chef hat ihr eine Kostenaufstellung der verbrannten Tischtücher und Häkeldecken gezeigt, da kommt sie nicht gut weg. Mit den Melangen und den Speckstangerln rutscht sie ins Minus, so ist es halt einmal. Ihre üblichen Ansagen wegen Altenhasser und ähnliches Geschwurbel hat ihr der Chef gleich abgedreht. Gut, sie ist ein Unikat, trotzdem, ein Hausverbot wollte sie dann doch nicht riskieren. Deshalb ist sie ja auch so schlecht drauf, das ist nicht nur wegen dem Heini, eher die Gesamtsituation. Aber sie wird sich schon einrenken. Ich bring euch zwei Kaffee, der Tscholitsch ist im Antraben.«

Die Toni lädt den Kabanenmieter mit einer Armbewegung ein, sich zu ihnen an den Stehtisch zu stellen.

»Ihr schon wieder«, stellt er fest. »Zieht's euch jetzt jeden Tag um die Zeit her, oder ist es wegen mir?« So wie er aussieht, hat der gestrige Abend noch länger gedauert oder, je nach Ansicht und Alkoholmenge, kürzer. Das Gewand ist jedenfalls dasselbe wie gestern. Unrasiert und mit einer Bierfahne winkt er der Karin, die gleich darauf drei Kaffee serviert. Um das tägliche Gespräch betrogen, schaut er ihr mürrisch nach.

Die Toni beschließt, mit der Wahrheit zu beginnen. »Du hast recht, es ist wegen dir ... und wegen der Zobel. Du hast bei eurer Diskussion gesagt: ›Damit ist bald Schluss‹. Was meinst du damit?«

»Was geht euch das an?«

»Schau«, meint die Toni und nimmt die imaginäre Brechstange zur Hand. »Der Voitl wurde in der Kabane der Högerl erschlagen, du und die Zobel habt nebenan in euren Kabanen geschlafen und wollt weder von dem Mord noch vom Transport der Leiche in die Kabane des Deutschen etwas mitbekommen haben. Auch wenn beim Florahof gefeiert wurde, das glaub ich euch nicht. Bei den dünnen Wänden, da bekommst du sogar mit, wenn der Nachbar hustet.«

Der Pokorny ergänzt bluffend: »Laut der Chefinspektorin schaut's vor allem beim Högerl-Mord schlecht für dich aus. Die Zobel hat ein glaubhaftes Alibi, sie hat bei der Riebenbauer geschlafen. Du hast dich mit dem Guschlbauer gestritten, bist knapp vor dreiundzwanzig Uhr weg aus dem Lokal, der Sunk hat dich in der Nacht betrunken auf seiner Stufe gefunden. Wann du dorthin gekommen bist, kann niemand sagen. Du hast also kein Alibi. Als Gewohnheitstrinker könntest du nach der Sauferei mit dem Guschlbauer leicht ins Bad zurück sein und die Högerl in den Kasten gesteckt haben, erst dann bist du rüber zum Sunk. Damit bleibt der Mord an dir kleben.«

»Ihr spinnt ja, ich könnte keiner Fliege was zuleide tun«, knurrt er.

Der Pokorny bewegt den Zeigefinger der erhobenen rechten Hand hin und her. »Da hab ich was anderes gehört. Laut dem Direktor hast du die Kocmanek zweimal geohrfeigt und neigst betrunken grundsätzlich dazu, gewalttätig zu sein.«

»Der Wichtigtuer übertreibt doch, die Ohrfeigen hat niemand gesehen. Alles Lügen«, sagt er verächtlich. Mit zittrigen Händen trinkt er von seinem Caffè Latte.

»Also auf mich hat der Jacobi absolut glaubwürdig gewirkt.« Der Pokorny schaut die Toni betont ernst an. »Warum sollte der uns anschwindeln? Fällt dir dazu was ein?«

»Mir nicht, aber vielleicht dem Herrn Tscholitsch?«

»Der will mich von dort weghaben, ich bin nicht gut fürs Renommee des Bades. Ein gewalttätiger Alkoholiker, meint er, sei für die Presse ein gefundenes Fressen. Denkt nur an den heutigen Artikel im Kronenblatt. Wird euch auch nicht gefallen haben, oder?«

Jetzt holt die Toni mit der Brechstange aus. »Mag alles sein, ich frag mich nur, warum die Zobel aussagt, gesehen zu haben, wie du der Kocmanek die Weißgoldmünze vom Anhänger gestohlen hast. Die Münze, die am Tatort gelegen ist. Deine vorgespielte Ahnungslosigkeit im Bad passt für mich gut dazu.«

»Die Zobel hat erzählt, ich hätte die Münze gestohlen? Das glaub ich nicht, so was würde sie nie sagen ... garantiert nicht.«

»Hat sie aber«, ergänzt der Pokorny. »Wahrscheinlich hast du die Högerl mit der Überdosis Gin Tonic außer Gefecht gesetzt, in den Kasten gesteckt und die Münze hingelegt. Klar, dass dann jeder die Kocmanek verdächtigt. Aber leider hat sie ein bestätigtes Alibi. Die Tabletten für den Mord an der Högerl hast du wahrscheinlich beim Ausräumen beim Sommersacher abgezweigt.«

Weil es mit dem Bluffen gerade so gut läuft, legt die Toni nach: »Das hat zumindest die Zobel der Chefinspektorin erzählt, und die glaubt ihr.«

»Ihr lügt doch, was das Zeug hält, und spielt uns gegeneinander aus«, zischt der Tscholitsch und tippt sich mit dem Zeigefinger zweimal an die Stirn.

Die Toni zuckt mit den Schultern, hebt die Brechstange noch ein wenig an und schlägt zu. »Was du glaubst oder nicht, ist uns egal, der Polizei aber sicher nicht. Tut mir leid, du hast dich in deiner Nachbarin getäuscht. Was auch immer du ihr fürs Schweigen versprochen hast, es war ihr anscheinend zu wenig, sonst hätte sie nicht geplaudert. Zwar bleibt der Zobel die Kocmanek nicht erspart, aber wenn du ins Gefängnis wanderst, kann die Riebenbauer wenigstens in deine Kabane einziehen. Wer weiß, was die Zobel in der Zwischenzeit im Bad rumposaunt. Für mich sieht Vertrauen anders aus.«

Der Tscholitsch taumelt zurück und stürzt die Stufen auf den Gehsteig hinunter. »Das wird sie mir büßen, das schwör ich!« Er rappelt sich auf und läuft, ohne sich zu verabschieden, in Richtung Thermalbad.

»Zuckerschnecke, allerhand. Der ist ordentlich bedient, wir

müssen den Sprengi vorwarnen. Sonst gibt's im Bad eine weitere Leiche. Ruf bitte du an, falls die Wehli rangeht, bist du diplomatischer.«

»Du machst es dir wieder einfach, aber gut. Die Brechstangenidee kam ja von mir.« Während der Pokorny zahlt, wählt sie die Nummer vom Sprengnagl.

Nach mehrmaligem Vertrösten durch eine freundliche Stimme wird das Gespräch endlich angenommen. Als hätte es der Pokorny geahnt, von der Chefinspektorin: »Schön, von Ihnen zu hören. Wir haben noch ein Stelldichein auf der PI offen, wollten Sie sich ankündigen?«

»Ich habe schon mehr gelacht. Wieso sind Sie am Telefon vom Gruppeninspektor?«

»Na, der ist doch schwer beschäftigt. Im Stress hat er sein Handy liegen lassen, und da …«

Die Toni unterbricht sie: »Schon gut, können Sie ihm bitte ausrichten lassen, dass der Tscholitsch unterwegs ins Bad ist. Wir haben ihn gerade …«

»… zufällig …«

»… bei der Annamühle getroffen und ein wenig mit ihm geplaudert. Damit sich endlich etwas tut, haben wir ihn provoziert. So nach dem Motto, er hätte kein Alibi, die Zobel habe ihn schwer belastet …«

»Wie kommen Sie dazu, so etwas zu erzählen? Sind Sie komplett verrückt geworden? Wollen Sie dort eine Schlägerei anzetteln, oder was? Noch dazu, wo die Zobel auf Revers entlassen wurde und sicher bald im Bad auftaucht oder schon dort ist. Wieso hat Ihnen der Tscholitsch Ihre Provokationen ge…« Die Toni weiß, es ist kein gutes Zeichen, wenn sich die Chefinspektorin selbst unterbricht, sie ahnt anscheinend, woher der Wind weht. »Wissen Sie, mir geht's wegen der depperten Diät und dem ständigen Wetterwechsel rein kreislauftechnisch heute echt beschissen. Sagen Sie mir bitte nicht, Sie hätten behauptet, die Informationen von mir zu haben?«

Die Toni wägt ab, wie weit sie sich ohne Behinderung der

Polizeiarbeit vorwagen kann, schließlich haben sie beide in dem Fall schon einige Minuspunkte auf dem Konto der Wehli. »Na ja, ich weiß nicht genau, wie der Wortlaut war. Wichtig ist doch, dass sich da endlich etwas tut, oder?«

»Ich hoffe nur für Sie, dass wenigstens der Tscholitsch vernünftig ist. Die Situation im Bad ist angespannt ohne Ende, die zwei hatten erst ein Scharmützel, und Sie streuen Salz in die offene Wunde. Nicht zu fassen. Das hat ein Nachspiel, auf Wiederhören, ich muss ein Blutbad verhindern«, zischt die Beamtin und legt auf.

»Ruf bei der Milchbar an. Vielleicht erreichst du den Sprengi dort?«, schlägt der Pokorny vor, zückt aber aufgrund des missbilligenden Blicks der Toni lieber sein Nokia. Einmal delegieren reicht für den Tag.

Leider sei der Gruppeninspektor nicht in der Nähe, sagt ein netter Mitarbeiter, dafür hören sie im Hintergrund eine vertraute, lispelnde Stimme: »Gib her, Bub, wir sind in die Ermittlungen eingebunden.« Der Ludwig nimmt das Handy an sich. »Hallo, Pokorny, gut, dass du anrufst, der Tscholitsch diskutiert seit ein paar Minuten heftig mit der Zobel. Weißt du, was los ist?«

Rasch gibt er dem alten Herrn die Eckdaten ihres Gesprächs. »Können Sie näher rangehen?«

»Hm, eher nicht, die Zobel schaut direkt zur Milchbar rüber. Warte, der Heini steht oben beim Minigolfplatz, ich ruf ihn an, vielleicht kann er sich von hinten anschleichen«, schlägt er vor und legt auf.

Wäre die Situation nicht so angespannt, die Pokornys hätten lachen müssen. Die Vorstellung, wie sich der pfeilschnelle Pflegeheimbewohner mit seinem Rollator den Kabanen nähert, ist zu komisch. Wenig später läutet das Nokia. »Hier spricht der Heini«, flüstert er. Mit seinen dritten Zähnen ist er aufgrund seines Nuschelns schon im Normalfall schwer zu verstehen. Dass er jetzt aufgrund der Situation leise redet, macht das Verstehen für den Pokorny nicht leichter. »Der Tscholitsch unterstellt der Zobel, ihn ans Messer liefern zu wollen, was die bestreitet.«

»Sonst noch was?«

»Die drehen sich ständig um, mit Lippenlesen geht da wenig, und das Geflüster versteh ich nicht gut. Näher kann ich nicht ran, aber warte, ich roll einfach zu unserer Kabane, schließlich will ich eh wissen, wie's dort aussieht. Ich melde mich.«

»Willi, komm, wir müssen ins Bad … Nein, Vorschlag: Ich bring die Maxime zur Tatjana und geh dann ins Bad, du fährst zum Supermarkt und suchst den Polier. Wenn der mit dem Essen schon fertig ist, müssen wir bis Montag warten, und irgendwie hab ich das Gefühl, dass wir die Zeit nicht haben. In Ordnung?«

»Na gut«, antwortet er lächelnd. »Ich opfere mich, natürlich schweren Herzens und nur für die gute Sache, nicht wegen …«

»Ja, ja, Bärli. Schau du nur, dass du nicht in die gebackene Scholle und den Erdäpfelsalat hineinkippst, sondern mit dem Polier redest, dann passt es schon, Bussi.«

»Ich schick dem Heini noch deine Nummer, wenn's Neuigkeiten gibt, melde dich. Bussi!«

Eine Viertelstunde später fährt der Pokorny auf den Parkplatz des Einkaufszentrums an der Stadtgrenze von Bad Vöslau. Im Billa-Restaurant stellt er sich in der langen Schlange fischhungriger Mittagsgäste an und stellt fest, dass er sich ohne die Toni nicht so auf seinen wöchentlichen Fisch freut. Sie gehören einfach zusammen, also er, die Toni und der Fisch, allein essen mag der Pokorny nicht.

Deshalb kommt es ihm nicht ungelegen, dass auch der eingeschwärzte Polier ein einsamer Fischesser ist. Er steuert auf ihn zu und fragt: »Ist hier noch ein Platz frei? Die Karin hat mir erzählt, Sie seien auch ein Schollenliebhaber, ich soll Sie von ihr lieb grüßen.«

»Gerne, allein isst es sich eh nicht so gut«, antwortet der Koloss von einem Mann, der sich als Albert vorstellt und auf dem Du besteht. »Die Karin ist eine ganz Nette, der Kaffee in der Annamühle ein Traum, hier ist er mir ein wenig zu …«

»Dünn«, schlägt der Pokorny zwinkernd vor. Beide lachen, sind sich sofort sympathisch. Lediglich der albern gefärbte Bart und die Kopfhaare irritieren ihn ein wenig, er muss sich bemühen, nicht ständig hinzuschauen.

»Ich kenn dich aus der Zeitung. Bist du wegen der Leiche auf meiner Baustelle da?«, will der Albert wissen und schneidet ein großes Stück von dem knackig hellbraun panierten Schollenfilet ab.

»Ja. Die Säulen hätten laut dem Bauleiter am Montag betoniert werden sollen. Aufgrund von Schwierigkeiten mit dem Zementlieferanten mussten die Arbeiten auf Donnerstag verschoben werden. Stimmt das so weit?«

Der Albert zwinkert mit dem rechten Auge. »Wenn's der Herr Bauleiter so sagt. Scherz beiseite, es ist nie einer alleine schuld. Ja, die hatten Produktionsschwierigkeiten, der Chef hätte aber auch früher bestellen können. Dann wären wir in der Zeit geblieben. So mussten wir drei Tage verschieben.«

»Und die Leiche wäre auf Nimmerwiedersehen verschwunden. Ein Detail ist mir wichtig: Wer kennt den Projektplan so gut, dass er erstens wusste, wann betoniert werden sollte, und zweitens, auf welchen Tag dann verschoben werden musste? Auch wann die Verschalungen eingerichtet werden, kann nicht jeder gewusst haben.«

»Außer meiner Mannschaft?«

»Ja. Ob's Kontakte von Ihren Leuten zu den involvierten Personen im Bad gibt, prüft die Polizei derzeit. Es kann auch ein Passant einfach so gefragt haben, wie was wann passiert. Es ist daher leicht möglich, dass einer Ihrer Leute von der Verschiebung erzählt hat, ist ja nichts dabei.«

»Weil die Leiche versteckt und erst ein paar Tage später in die Verschalung gesteckt wurde? Muss also von einem Insider kommen oder von einem, der zugehört hat?«, rät der Albert, der den geringen Vorsprung im Schollen-Sprint genutzt und vor dem Pokorny fertig geschlungen hat. Auf das antwortende Nicken hin steht der Albert auf, entschuldigt sich, nimmt sein Handy und verlässt das Restaurant zum Telefonieren.

Das iPhone der Toni läutet. »Hallo, Toni«, keucht der Heini, als würde er ersticken.

»Geht es Ihnen nicht gut?«, fragt sie besorgt.

»Nein, alles okay, ich bin nur gerannt … Die Zobel hat mich misstrauisch angesehen, da bin ich lieber weg.«

Die Toni hält sich die Hand vor den Mund, um bei der Vorstellung des sprintenden Rollatorfahrers nicht zu kichern. »Richtig gemacht. Haben Sie noch irgendwas gehört?«

»Nur, dass die Zobel und der Tscholitsch auf den Harzberg rauffahren wollen. Anscheinend hat sich alles eingerenkt. Der Tscholitsch hat sich wieder beruhigt, sie sind grade auf ihren Roller gestiegen und weggefahren.«

»Wieso zum Harzberg?«

»Um den Kopf auszulüften und die Gemüter endgültig zu beruhigen. Sie hat mit ihm gesprochen wie eine Mutter mit ihrem schwachsinnigen Kind.«

»Wohin genau?«

»Die Zobel hat von einem phantastischen Ausblick gesprochen, wahrscheinlich der Harzbergturm«, meint er. Von der Seite lispelt der Ludwig hinein: »Oder das Bankerl beim Steinbruch. Kennen Sie das?«

»Ja, kenn ich gut. Was meinen Sie, wohin es geht?«

Der Heini nuschelt: »Keine Ahnung. Am Freitag ist in der Harzberghütte nicht so viel los, da können die sich in Ruhe ausquatschen.«

»Beim Steinbruch auch, da ist es viel ruhiger als bei den Kängurus oben!« Sein Kompagnon verteidigt seinen Lieblingsplatz, was ihm prompt einen Rüffel einbringt. »Ludwig, hör auf, ständig reinzureden! Mit meinem Tinnitus hab ich allein genug, brauch ich dich nicht stereo am zweiten Ohrwaschel.«

»Bitte nicht streiten, meine Herren. Eine Bitte noch: Der

Gruppeninspektor Sprengnagl ist irgendwo im Bad unterwegs, ich kann ihn leider nicht erreichen. Könnten Sie ihn über unser Gespräch informieren? Ich werde zum Harzbergturm laufen, danke für die Hilfe«, sagt die Toni abschließend und legt auf.

Nachdem sich der Polier wieder hingesetzt hat, klopft er mit dem Knöchel der rechten Hand auf den Tisch. »Ich hab vielleicht etwas für Sie. Letzten Donnerstag ist einem Mitarbeiter eine aufgemotzte rote Vespa aufgefallen. Der Fahrer hat ewig lang beim Verschalen der Aufzugsschächte zugesehen. Grundsätzlich ist das nichts Außergewöhnliches, wir werden ständig beobachtet, von Freund wie Feind. Der Kollege hat sich also nicht viel dabei gedacht. Am Freitag ist der Vespafahrer wieder da gewesen, diesmal auf der Rückseite beim Kinderspielplatz, und hat mit einem anderen Mitarbeiter geredet. Erst nachdem die Polizei die Leiche aus der Verschalung geschnitten hatte, sind die zwei Mitarbeiter zum Vorarbeiter gegangen und haben ihm von der Vespa berichtet.«

»Können Sie den Fahrer beschreiben?«

»Nein, er hatte beide Male den Helm auf und drunter eine Kälteschutzmaske. Eigenartig, dass er bei dem schönen Wetter ewig lang mit dem Helm herumgesessen ist. Er war auch kaum zu verstehen, und aus dem Ledergewand hat's nach billigem Fusel und Zigaretten rausgestunken. Über der Maske hatte er noch eine dunkle Fliegerbrille auf.«

Der Pokorny erkennt, dass er möglicherweise eine heiße Spur entdeckt hat. »Wussten Ihre Mitarbeiter, worum es ging?«

»Ja, deshalb haben sich die beiden ja von sich aus gemeldet. Der Typ auf der Vespa hat nach dem Zeitpunkt für die Betonierarbeiten gefragt. Und spätestens Freitag wussten wir von der Verschiebung.«

Der Pokorny schaut beim Fenster hinaus, führt einen inneren Monolog: Er hat sich abgesichert. Glück gehabt, sonst wäre er Sonntagnacht mit der Leiche dagestanden und hätte nicht gewusst, wohin damit.

Er wendet sich an den Polier: »Wurde in der letzten Woche etwas gestohlen?«

»Nein, gut so, die Preise für Baumaterial sind exorbitant gestiegen. Eine Kostenüberschreitung müssten wir schlucken, die Gemeinde ist da gnadenlos.«

»So arg es klingen mag, ich vermute, der Täter hat die Baustelle für die Leichenbeseitigung ausgekundschaftet«, fasst der Pokorny zusammen.

»Nur damit du es weißt: Die Chefinspektorin hat mir gestern auf der Baustelle dieselben Fragen gestellt. Alles Gute.«

»Danke für die Informationen.« Er steht auf, verabschiedet sich und ruft draußen die Toni an.

»Du klingst abgehetzt«, sagt der Pokorny besorgt. »Ist alles in Ordnung?«

»Weiß ich noch nicht, ich laufe gerade zum Harzbergturm hinauf«, antwortet sie, verringert das Tempo und erzählt ihm vom Telefonat mit den beiden alten Herren.

»Mit einem Roller? Könnte es auch eine Vespa gewesen sein?«

Die Toni runzelt die Stirn. »Der Heini hat nur von einem Roller gesprochen. Ob er den Unterschied erkennt, weiß ich nicht.«

»Dann haben wir möglicherweise Feuer am Dach. Letzten Donnerstag und Freitag hat jemand auf einer roten Vespa die Baustelle ausspioniert.« Er berichtet ihr von dem Gespräch mit dem Polier.

»Und das heißt was genau? Dass der Tscholitsch der Mann von der Baustelle ist und etwas mit den Morden zu tun hat?«

»Der Tscholitsch hatte beide Male nur ein Besäufnis als Alibi, also praktisch keines. Außerdem hat der Polier von einer Alkoholausdünstung erzählt«, stellt er fest und setzt sich auf sein E-Bike. »Warum machen die zwei nach der Streiterei einen Ausflug zum Harzbergturm? So, wie er reagiert hat, war ihm nach allem, nicht aber nach einem fröhlichen Ausflug.«

»Der Heini sieht das anders. Er meint, der Streit hätte sich zum Schluss in Wohlgefallen aufgelöst. Die letzten Missverständnisse würden bei dem herrlichen Ausblick quasi verfliegen. Die Zobel hat laut zum Tscholitsch gesagt, dass bei den Kabanen doch nur neugierige Nasen herumschleichen. Wahrscheinlich hat sie damit den Heini gemeint. Der Tscholitsch war anfangs nicht begeistert, hat dann aber doch zugestimmt. Allerdings hat mir der Ludwig gesagt, dass er nicht sicher ist, ob wirklich der Turm das Ziel ist. Bei einem speziellen Bankerl beim Steinbruch gibt es auch einen schönen Ausblick, und es ist weniger los.« Sie prustet los.

»Haha, bist ja nur neidig. Was machen wir jetzt?« Ratloses Schweigen macht sich breit.

»Die Wehli anrufen, wäre besser, wer weiß, was da los ist?«

»Wir haben das noch immer selber gelöst, da werden wir jetzt nicht plötzlich die O-Weh einbinden. Sie hat auch mit dem Polier gesprochen«, grummelt er.

»Okay. Warte, Willi, ich ruf dich gleich zurück, der Sprengi klopft an.«

»Gut, dann lauf du zum Turm, ich fahr zu meinem Bankerl hinauf. Bussi.«

Tja, anklopfen ist beim Pokorny nur an der Haustür möglich. Mit seinem Uralt-Nokia kann er aufgrund der robusten Bauweise Nüsse aufklopfen, aber nie und nimmer würde er einen Anruf während eines Telefonats mitbekommen.

»Wo seid ihr?«, fragt der Sprengnagl.

»Der Willi fährt gerade vom Billa rauf zum Steinbruch, ich laufe zum Harzbergturm hinauf. Der Tscholitsch ist mit der Zobel vor einer halben Stunde vom Bad weggefahren.« Sie erzählt ihm während des Laufens von dem Gespräch mit dem Heini und dem Ludwig sowie vom Pokorny und dessen Gespräch mit dem Polier.

»Eine rote Vespa? Bei der Baustelle?«

»Ja, wieso?«

Der Gruppeninspektor antwortet hastig: »Weil in besagter Sonntagnacht eine getunte rote Vespa zur Anzeige gebracht worden ist. Hat beim Umfallen vorm Kursalon ein parkendes Auto touchiert. Der Besitzer hat das am nächsten Morgen gesehen und Anzeige erstattet. Sie ist auf die Zobel zugelassen.«

»Auf die Zobel? Der Polier hat aber von einem Mann erzählt.«

»Ich weiß, die Wehli war gestern bei ihm. Er hat auch den Wirtshausgeruch des Fahrers erwähnt. Tut mir leid, aber da fällt mir sofort der Tscholitsch ein. Er könnte sich die Vespa ausgeborgt haben. Und ohne Deckel, den haben wir ihm wegen Trunkenheit am Steuer abgenommen.«

»Seit wann weißt du, dass sie auf die Zobel zugelassen ist?«

»Seit heute Morgen, aber dass da ein Zusammenhang besteht, stellt sich erst jetzt heraus. Der amtshandelnde Kollege war vier Tage auf Fortbildung und konnte die Anzeige erst heute erfassen, hat er beim Plaudern in der Kaffeeküche erzählt.«

»Die Zobel hat ausgesagt, in der Mordnacht vom Voitl in Wien übernachtet zu haben. Wie kann dann ihre Vespa beim Bad umfallen?« Die Toni überlegt kurz. »Vielleicht ist sie mit dem Zug nach Wien gefahren, und der Tscholitsch hat sich ihren Roller ausgeborgt?«

»Na ja, in der Mordnacht brauchte er ja nicht zu fahren. Der Roller war auf dem üblichen Platz geparkt und ist umgefallen.«

»Stimmt, nur für die Beobachtung der Baustelle hat er sich das Gefährt wohl untertags ausgeborgt.«

»Übrigens wackelt das erste Alibi der Zobel gehörig. Die Kollegin Stabeldorfer hat vorhin mit der Riebenbauer telefoniert, die hat am Tag nach dem Högerl-Mord einen Bluttest gemacht.«

»Davon hat sie uns erzählt. Es ging ihr nicht gut, und sie wollte ihre Blutwerte kontrollieren lassen.«

»Das glaub ich gerne. Das Schlafmittel hat sie sich wohl kaum selbst in den Wein gemischt. Der Hammerschmied meinte, dass sie mit der festgestellten Konzentration im Blut für mindestens sieben Stunden außer Gefecht gewesen sein könnte. Die Zobel hätte also alle Zeit der Welt gehabt, von der Wohnung der Riebenbauer in Wiener Neustadt ins Bad zu fahren, die Högerl in den Kasten zu stecken und wieder rechtzeitig retour bei ihrer Freundin zu sein.«

»Jetzt kenn ich mich gar nicht mehr aus.« Die Toni überquert die Harzbergstraße, bleibt stehen und setzt sich auf eine Holzbank auf der rechten Seite. »Hat die Zobel dem Tscholitsch geholfen? Beim Mord an der Högerl? Und was ist mit dem Voitl? Mir fehlen die Motive.«

»Mir auch«, stellt er trocken fest. »Das wollen wir die beiden fragen.«

»Gibt es andere rote Vespas, die in der Gegend zugelassen sind?«

»Negativ, eine getunte ist nur auf die Zobel angemeldet.«

Die Toni steht auf und läuft weiter, die unebenen Steinstufen hinauf auf das Plateau der Rudolfshöhe. »Der geschädigte Fahrzeughalter hat sicher Fotos gemacht. Zeigt die mal auf der Baustelle herum. Wenn die Arbeiter die Vespa wiedererkennen, wird es für den Tscholitsch eng. Ich sag nur: Alkoholausdünstung!«

»Gute Idee, leider hat die Sache einen Haken. Die Arbeiter sind alle längst im Wochenende, auf der Baustelle ist niemand mehr. Übrigens ist die Wehli gerade in der PI umgekippt, wahrscheinlich der Kreislauf, was weiß ich?«

Die Toni verzieht das Gesicht. Auch wenn sie die Chefinspektorin nicht wirklich mag, tut sie ihr diesbezüglich leid. »Ich hoffe, sie erholt sich bald wieder. Aber nicht gleich, sonst pfuscht sie uns wieder hinein.«

»Ja, und bitte aufpassen, die Sachlage ist mehr als unklar. Meldet euch, wenn ihr wisst, wo sie sind, wir fahren gleich los.«

»Passt, bis später.«

»Wo bist du?«, fragt sie gleich darauf den Pokorny.

Als gesetzestreuer Bürger hält er sich selbstverständlich an das Verbot, während der Fahrt nicht zu telefonieren, auch wenn er auf seinem E-Bike unterwegs ist. »Ich steh vorm Vivea-Kurzentrum. Und du?«

»In der Mitte der Stufen nach der Harzbergstraße.« Sie erzählt ihm vom Gespräch mit dem Sprengnagl. »Wir haben die Zobel doch im Tiergarten getroffen. Was meinst du, vielleicht hat der Tscholitsch die Vespa absichtlich auf das Auto gestoßen? Damit wir glauben, die Zobel hätte uns belogen und wäre doch ins Bad gefahren. Schließlich hat sie kein bestätigtes Alibi und ist damit leicht zu belasten.«

Er stellt das E-Bike auf den Ständer und kontrolliert den Akkustand. Mit Bauchweh erinnert er sich daran, dass seine Auffahrt mit nahezu leerem Akku im letzten Jahr fast seine letzte gewesen wäre. »Ich hab kein gutes Gefühl. Was machen die zwei am Berg?«

»Hab ich mich auch schon gefragt. Kann sie trotzdem irgendwie drinnenhängen?«

»Wie meinst du das?«

»Wenn der Tscholitsch den Voitl erschlagen hat, hätte er für die Verfrachtung der Leiche in die Verschalung doch Hilfe benötigt. Da käme die Zobel ins Spiel. Alleine bekommt der in seiner Verfassung die Leiche dort nie hinein.«

»Weshalb hätte sie das tun sollen?«

Die Toni erreicht die Rudolfshöhe und bleibt vor den letzten Stufen zum Eingangstor des Harzbergturms stehen. »Frag mich etwas Leichteres. Vielleicht erpresst er sie mit irgendetwas? Keine Ahnung.«

»Wer weiß, was zwischen den beiden wirklich läuft. Melde dich, wenn du weißt, ob sie oben sind oder nicht … und …«

»Ja, Bärli?«, fragt sie scheinheilig, weiß freilich, was von ihrem besorgten Ehemann kommen wird.

»Keine blöden Alleingänge … denk dran, wie knapp es bei mir war.«

»Ich brauch mir nichts zu beweisen, außerdem gibt es diesmal keine Geisel …«

»Toni, hallo? Hörst du mich? Toni? Scheißverbindung«, flucht er. In der Gegend weiß man nie, wie lange die Verbindung hält; obwohl sich die Mobilfunkanbieter die Sendemasten teilen, ist die Gesprächsqualität überall mehr oder weniger schlecht bis gar nicht vorhanden. Gerade bei einem der größten Anbieter in Österreich wird es rund um den Harzberg rasch ruhig. So auch hier, was entweder an seinem alten Handy liegt oder der Tatsache geschuldet ist, dass die Toni den Turm betreten hat.

Ein bisschen mulmig ist ihm jetzt schon, er erinnert sich noch sehr genau an die Geschehnisse beim Steinbruch und wie haarscharf er und die Toni davongekommen sind. Langsam nähert er sich der Station zehn des Geolehrpfads, der zu dem Steinbruch – auch Harzbergbruch genannt – führt. Dort lehnt er sein E-Bike an einen Baum und geht vorsichtig hinauf zum Bankerl. Der Blick nach Norden umfasst den gesamten Steinbruch mit all seinen geologischen Besonderheiten, dem Dolomitgestein und dem im rechten Drittel steil aufragenden schneeweißen Dreieck, das ihn frappant an einen Haifischzahn erinnert. Von den Gesuchten ist weit und breit nichts zu sehen. Er setzt sich stöhnend auf das Bankerl, dreht sich um hundertachtzig Grad nach Süden und genießt den phantastischen Blick nach Großau mit dem weit dahinterliegenden Schneeberg. Auf seinem Handy sind vier Balken zu sehen, sprich Empfang genug. Als er gerade die Kurzwahltaste sechs drücken will, läutet sein Telefon.

»Hallo, Pokorny, wo bist du?«, fragt der Sprengnagl hörbar nervös.

»Beim Steinbruch. Fehlanzeige, auch in der Höhle weiter unten sind die beiden nicht.«

»Hat sich die Toni schon vom Turm aus gemeldet?«

»Nur dass sie dort ist, sonst nichts. Ich wollte sie gerade anrufen. Du klingst so komisch.«

Sein Freund zögert. »Die StA hat uns einen Durchsuchungsbeschluss für die Kabane gemailt. Bei der Zobel sind sie gerade am Werk, beim Tscholitsch sind sie schon fertig. Und da wird's spannend. Der Alterbauer hat Blutspritzer beim Waschbecken gefunden, die mit bloßem Auge nicht sichtbar waren. Weißt du, was das bedeuten könnte?«

»Dass er sich dort die Hände gereinigt hat und durch die Bewegung beim Händewaschen mikroskopisch kleinste Blutspritzer verteilt hat. Wir müssen unbedingt die Toni erreichen! So wie der Voitl zugerichtet war, will ich gar nicht weiterdenken. Ich muss auflegen, fahr bitte gleich zum Turm!«, ruft der Pokorny aufgeregt. Er wählt die Nummer der allerbesten Ehefrau der Welt und wartet auf das Freizeichen.

Vorsichtig umrundet die Toni den einundzwanzig Meter hohen Harzbergturm, schleicht die Stufen zum Eingangstor hinauf und überlegt, wie sie weiter vorgehen soll. Besser auf den Anruf vom Willi und Verstärkung warten oder doch einen Alleingang wagen?

Die Wirtin der Harzberghütte nimmt ihr die Entscheidung ab, sie winkt die Toni zu einem Tisch im Gastgarten und stellt ihr ungefragt ein Glas Mineralwasser hin. »Was für eine schöne Überraschung.«

»Wäre der Grund nicht so heikel, würde ich mich auch freuen«, erwidert die Toni. »Ich suche die Zobel und den Tscholitsch. Waren die bei euch?«

»Bis auf eine Wiener Familie ist heute tote Hose. Ich war die ganze Zeit drinnen, warte, ich frag unseren Lehrling, der hat gerade den Tisch abgeräumt.«

Die Toni trinkt einen großen Schluck, legt den Kopf in den Nacken und betrachtet den steil aufragenden Turm, der oben in einer zinnenbekrönten Plattform endet.

»Das ist doch der Tscholitsch«, murmelt sie, presst die Augen zu schmalen Schlitzen zusammen und schmunzelt trotz des Ernsts der Lage. »War ja klar, dass das Bankerl nicht in Frage kommt, schließlich ist eine Frau mit von der Partie, und am Bankerl sitzen die Männer alleine herum.« Wie zur Bestätigung lehnt sich die Zobel zwischen zwei Zinnen hindurch, wild gestikulierend redet sie auf den Tscholitsch ein, der freilich anderer

Meinung zu sein scheint. Mit wutverzerrtem Gesicht schlägt er mit aufgestellten Fäusten auf die Zinnen. »Eine nette Plauderei schaut bei mir anders aus.«

Sie greift nach dem iPhone und wählt die Nummer vom Pokorny. Leider besetzt. »Na geh, Willi, gerade jetzt musst du telefonieren.« Als wäre das nicht ärgerlich genug, meldet sich ihr Telefon mit einem piepsenden Geräusch, zeigt eine verbleibende Akkukapazität von nur mehr zehn Prozent. Diese Glanzleistung, mit nahezu leerem Akku unterwegs zu sein, ist eigentlich die Stärke ihres Ehemanns. Umso ärgerlicher ist die Ausnahme von der Regel in angespannten Momenten. »Ärgerlich«, meint sie und fügt salopp an: »Wenn sich das iPhone jetzt verabschiedet, schau ich dumm aus der Wäsche.«

Zeitgleich raunzt der Pokorny über das Besetztzeichen, legt auf, überlegt und entschließt sich, einen ihm leidlich bekannten Abschneider zu nehmen. Da die beiden Gesuchten nicht beim Bankerl sind, könnte für die Toni beim Turm Gefahr in Verzug bestehen. Deshalb riskiert er den steilen Weg am rechten Rand des Steinbruchs hinauf, erinnert sich mit Schaudern an die atemraubende Fahrt am Sozius der Wehli. Leider kann die Leistung eines ausgesaugten Akkus bei ihm nicht durch kräftige Tretleistung wettgemacht werden, eher im Gegenteil. Auf der Hälfte des Weges, an der steilsten Stelle, ist Schluss mit elektrischer Unterstützung und mit seiner Kraft. Langsam neigt sich das E-Bike mit dem Pokorny nach hinten, beide müssen der Schwerkraft Tribut zollen und rutschen auf die Abbruchkante des Steinbruchs zu.

Zurück beim Tisch sagt die Wirtin: »Unser Lehrling hat zwei Gruftis – ja, schau nicht so, für Sechzehnjährige sind alle über dreißig Gruftis – in den Turm gehen gesehen. Die beiden haben wild diskutiert. Worüber, weiß er nicht.«

»Danke dir, hat sich eh erledigt, die zwei sind auf der Plattform«, erklärt sie und zeigt nach oben.

»Nach einem Gespräch unter Freunden schaut mir das nicht aus!« Die Wirtin bläst die Wangen auf und atmet zischend aus. »Ich hoffe, sie passen auf.«

»Bevor die noch Unfug treiben, geh ich lieber hinauf. Ich kenn die zwei vom Bad, sind beide okay. Mein iPhone ist gleich leer. Kannst du den Willi anrufen und ihm sagen, dass die zwei da oben sind?« Sie nimmt den angebotenen Stift, notiert die Telefonnummer, bedankt sich und hastet zum Turm.

Während es draußen moderate Temperaturen von knapp zwanzig Grad Celsius hat, fröstelt es die verschwitzte Privatermittlerin in dem dicken Gemäuer. Langsam steigt sie die Stufen hinauf, bleibt wiederholt stehen und lauscht. Dann hört sie, wie sich die obere Tür quietschend öffnet, ins Schloss fällt und hektische Schritte auf sie zustürmen.

»Gehen Sie da nicht rauf! Die Voll-Dillos hauen sich gleich in die Goschen«, keucht ein übergewichtiger, glatzköpfiger Mittfünfziger, der mit Hawaiihemd, einer kurzen, gestreiften Polyester-Adidas-Sporthose in Schreigelb sowie gleichfarbigen Flipflops die Stufen hinunterstolpert und seinen Wiener Charme nicht verbergen kann oder will. Dicht in seinem Windschatten bremsen sich, im gleichen Outfit, eine auf jung geschminkte, gertenschlanke Frau und ein pubertierender, übergewichtiger Jüngling mit hochrotem Aknegesicht ein. Rein optisch hätte der Knabe alle Chancen, in die Fußstapfen seines Vaters zu treten.

»Was ist da oben los?«, fragt die Toni, während sie überlegt, wie wohl ein Halb-Dillo aussehen mag.

»Ein vollfetter Typus mit einer Säufernase und eine Schwergewichtsringerin streiten auf Mord und Brand gegeneinander.«

Eine dermaßen komplexe Antwort hätte sie sich nicht erwartet. Sie kann sich ein Schmunzeln nicht verkneifen, besser hätte die Katzinger den Satz auch nicht hingebracht.

»Was genau ist daran jetzt witzig?«, will der Anführer der Dreiergang wissen. »Da macht gleich einer den Abgang, und Sie finden das spaßig, oder was?«

»Nein, entschuldigen Sie, ich habe gerade an jemand anderen gedacht. Ich frage mich bloß, wieso ein gestandenes Mannsbild wie Sie vor den zweien wegläuft. Die kenne ich aus dem Bad, das sind Kabanenmieter und keine gefährliche Schlägertruppe.«

»Siehst, Horstl«, quiekt die bessere Hälfte, »ich hab dir gleich gesagt, dass wir das easy-cheesy fixen können.«

»Pff, Claudschal«, stöhnt ihr Begleiter, hebt die Brauen und verdreht die Augen. »Können ja, müssen nein. Abgang, mir reicht's. Wenn die so weitermachen, fällt uns noch einer davon beim Ausgang am Schädel.« Einmal mehr ist die Neo-Vöslauerin froh, nicht mehr in Wien zu wohnen, auch wenn ihr Leben dort bis auf die Streitereien mit anderen Hundebesitzern weit beschaulicher war als im mörderischen Bad Vöslau.

Derweilen hat der Pokorny doppelt Glück, aber auch Pech gehabt. Knapp vor dem Abflug in den Steinbruch ist er an einem dichten Gestrüpp hängen geblieben und hat aufgrund seiner natürlichen Ummantelung den Sturz ohne gröbere Blessuren überstanden. Sein Pech bezieht sich auf sein froschgrünes E-Bike, ein Geschenk der Toni zu seinem Fünfundvierziger, welches das Gestrüpp knapp verfehlt hat und nun an besagtem spitzen Felsen über dem schwindelerregenden Abgrund hängt, mit gebrochenem Rahmen und nur mehr einem Rad. Selbst der Joe Kreuzer, Fahrräder betreffend die rechte Hand Gottes, könnte dieses Wrack nicht wiederbeleben.

Ein größeres Problem stellt die Distanz zum Harzbergturm dar. Zu Fuß quält er sich steil bergauf durch den Wald, in der rechten Hand sein Nokia, das er wild hin- und herschwenkt. Verbindungsqualität zwischen minus eins und null Balken. »Scheiß-Graffel«, schreit er den nächsten Baum an, als könnte der etwas dafür, dass der Pokorny keinen Empfang hat. Nach einem gefühlt stundenlangen Kampf gegen die Wildnis sieht er ein Schild mit dem Hinweis: »Harzbergturm 2 Kilometer«.

»Das schaff ich auch noch«, redet er sich gut zu, als sein Handy läutet.

»Hallo, Pokorny«, begrüßt ihn die Wirtin der Harzberg-hütte.

»Hallo, ist die Toni bei dir?«

»Um das geht's ja, der Akku von ihrem iPhone ist demnächst leer, ich soll dir ausrichten, die Zobel und der Tscholitsch sind auf dem Turm oben. Grade waren Gäste bei mir, die haben erzählt, dass die zwei heftig streiten. Wo bist du?«

»In einer Viertelstunde bei euch, sie soll auf mich warten.«

»Geht leider nicht«, meint sie und zieht hörbar die Luft ein. »Sie ist schon unterwegs hinauf.«

»Verdammt, bitte ruf auf der Polizeiinspektion an, die sollen mit Verstärkung anrücken. Der Tscholitsch dürfte ein zweifacher Mörder sein. Der geht da nicht zum Spaß rauf, die Zobel hat ihm geholfen, und ... und jetzt kommt ihm die Toni in die Quere. Wenn sie sich meldet, pfeif sie zurück. Danke!«

Schlagartig wird ihm klar, wie schlecht seine Menschenkenntnis war. Sowohl bei der Zwatzl als auch beim Tscholitsch ist er meilenweit danebengelegen. Wobei die Lügen der Spionin wegen der Zapfen neben dem Doppelmord geradezu lächerlich erscheinen. Andererseits fällt ihm immer noch kein Grund ein, weshalb der Tscholitsch die Högerl erstickt und den Voitl erschlagen haben sollte. Ächzend bewegt er sich in einer Art laschem Trab auf den Harzbergturm zu. Die Lungen brennen, und er schwört sich, wenn das gut ausgeht, wird er beim Alkohol und den Süßspeisen kürzertreten. Er möchte nicht einmal daran denken, dass der Toni etwas passiert, nur weil er zu fett und zu faul ist.

Vor der letzten Biegung weicht das alte Gemäuer im Harzbergturm frisch verspachtelten Wänden, wahrscheinlich den Kabelkanälen des oben angebrachten Sendemastes geschuldet. Langsam steigt die Toni Stufe für Stufe hinauf, lehnt sich neben die Ausgangstür, schaut durch ein Lochgitter auf die Plattform hinaus und lauscht den Stimmen.

»Nein, nein und nochmals nein, du kannst mich vollquatschen, so viel du willst, die Pokornys wissen, was wir, nein, was du getan hast. Die haben mich bei der Annamühle zwei Mal abgepasst und ausgefratschelt!«, brüllt der Tscholitsch.

»Langsam reicht's mir mit deinem Gelaber«, zischt die Zobel. »Die können uns nichts beweisen, gar nichts! Das mit der Kocmanek war Pech, was muss die genau an dem Abend nach Wien fahren und ein Alibi haben. Woher sollte ich das wissen? Außerdem, mein lieber Freund ... hättest du die Högerl nicht geschubst ...«

Der Tscholitsch bleibt vor der Tür stehen. »Klar, jetzt war's ich. So ein Schwachsinn! Du hast mich belogen, sie war gar nicht tot, wie du mir erzählt hast. Sie ist nämlich erst in dem depperten Holzkasten erstickt und nicht durch meinen Stoß gestorben. Hast du das gewusst? Und sie, ohne ein Wort zu sagen, hineingelegt und verrecken lassen. Du Mörderin!«

»Wusste ich nicht, ich ...«

»Hör auf, mich anzufassen«, knurrt der Tscholitsch. »Bis vor Kurzem war ich noch Luft für dich, der depperte Tscholi, der eh springt, wenn du pfeifst. Jetzt auf einmal, wo's eng wird, machst du dich an mich ran. Ich bin doch kein Idiot! Du stehst gar nicht auf Männer und willst mich nur ausnutzen.«

»Mit der Riebenbauer läuft nichts mehr, ich hab sie verlassen, wegen dir, glaub mir«, redet die Zobel beruhigend auf ihn ein. »Gehen wir eine Runde, ich erklär dir, warum ich so komisch reagiert haben, du kennst meine Ex nicht ...«

Die Stimmen werden leiser, der heftig blasende Westwind verwischt die letzten Worte. Langsam drückt die Toni die quietschende Tür auf und steckt den Kopf hinaus. Sie hört Stimmfetzen von der Rückseite des gut zwei Meter hohen Betonfundaments, auf dem der Sendemast steht. Erst jetzt versteht sie, weshalb der Pokorny letzten Dezember auf der Terrasse in Perchtoldsdorf einen Alleingang gewagt hat. Es steht einfach zu viel auf dem Spiel. »Irgendwas läuft da verkehrt«, murmelt die Toni. »Die Zobel hat die Högerl in die Box gesteckt? Das versteh ich nicht. Dann ist sie die Mörderin und der Tscholitsch nur Mittäter? Was jetzt? Ich muss näher ran.«

Bei Männern steigt das Risiko, an einem Herzinfarkt zu sterben, ab dem fünfundvierzigsten Lebensjahr steil an. Vor allem die Bewegungsmuffel, die laut den Medien zumeist mit einem tödlichen Bauchfett herumlaufen, sind dafür prädestiniert, die Statistik nach oben zu treiben. So bleibt der Anwärter für einen frühzeitigen Herz-Kreislauf-Tod am Ende des Forstweges, der in die Harzbergstraße einmündet, stehen, beugt sich nach vorn und stützt die Hände auf die Knie. Kurz wird ihm schwindlig, er lehnt sich an eine Eiche und versöhnt sich auf diese Weise stillschweigend mit dem Wald.

In einer riesigen Staubwolke bremst sich ein Streifenwagen neben ihm ein. Wie ein Phönix ist die kränkelnde Chefinspektorin der Asche entstiegen, auf der Beifahrerseite lässt sie das Seitenfenster hinunter und prustet los: »Gerade hab ich in der Zeitung von einer Statistik über Herzinfarkte bei übergewichtigen …«

»Ja, ja«, keucht er. »Geschenkt, nehmen Sie mich bitte mit? Die Toni ist im Turm und …«

»Geschenkt!«, kontert sie, überlegt kurz und deutet dann auf die Hintertür. »Steigen Sie ein, aber halten Sie den Ball flach. Es steht Spitz auf Knopf. Sprengnagl, Sie haben die offizielle Erlaubnis, Amtsgeheimnisse auszuplaudern. Aber beim Fahren. Los!«

»Der Alterbauer hat auch bei der Zobel Blut gefunden, und zwar in der Dusche. Muss eine ordentliche Sauerei gewesen sein. Zwar wurde geputzt und geschrubbt, die Kollegen konnten aber mit Luminol nachweisen, dass sich dort wer das Blut abgewaschen hat.«

Der Pokorny schaut seinen Freund fassungslos an. »Wir wissen also nicht, wer den Voitl im Blutrausch erschlagen, sich wo geduscht und die Hände gewaschen hat. Entweder war's der Tscholitsch oder die Zobel, und beide sind gemeinsam mit der Toni am Turm oben. Ich glaub, ich speib mich gleich an«, beendet er würgend die Zusammenfassung.

Zur selben Zeit ereilt die Toni im Turm ein ganz anderes Problem. Während sie auf ihrem iPhone die Aufnahme-App aktiviert, drängt sie sich eilig durch einen schmalen Spalt der Tür ins Freie, bleibt aber mit ihrem Trägerleiberl an der Türschnalle hängen. Wie ein Insekt im Spinnennetz sitzt sie im Türrahmen in der Falle. »Bitte, muss das sein!«, flüstert sie und hört die Stimme näher kommen. Je mehr sie versucht, sich zu befreien, desto mehr verheddert sie sich. Es geht nicht vor und nicht zurück – zumindest nicht mit dem Leiberl. In einem Verzweiflungsakt zieht sie ihren Oberkörper nach unten und schlüpft raus.

»Glück gehabt«, keucht sie, froh über den Sport-BH, und richtet sich zwischen der offenen Tür und dem Stiegenabgang auf. Bevor sie sich umdrehen und die Tür leise schließen kann, biegen die beiden ums Eck. Erschrocken lässt sie die Schnalle los, worauf die schwere Eisentür zurückschwingt und die glücklose Spionin rücklings die Stufen hinunterschubst.

»Schau«, schreit der Tscholitsch, der kurz darauf in seinem weinroten T-Shirt mit Schweißrändern unter den Achseln und einer kurzen beigen Baumwollhose vor ihr steht. »Ich hab ja gewusst, die wissen, was los ist. Du mit deinem ›Bla, bla, uns kann nichts passieren‹.«

Die Toni hält sich mit schmerzverzerrtem Gesicht das rechte Handgelenk. Abschürfungen, die bereits zu bluten beginnen, ziehen sich bis zum Ellbogen und weiter zur Schulter hinauf. Sie dreht sich auf die Seite und versucht ächzend aufzustehen. Von der kräftigen Zobel wird sie ruppig am gesunden Arm auf die Plattform gezogen und hart an den Rand einer der nur knapp hüfthohen Zinnen gestoßen. Mit ihrer ärmellosen eng anliegenden Bluse wirkt die Zobel tatsächlich, wie man sich eine Kugelstoßerin vorstellt. Um die Hüfte trägt sie eine schwarze Bauchtasche. »Was zum Teufel machen Sie hier?«

Die Toni stöhnt, als wäre der letzte Rest Luft aus ihrer Lunge gepresst worden. »Den Ausblick genießen, so wie Sie. Musste das sein? Ich glaube, ich hab mir das Handgelenk gebrochen, da geht es wohl ein wenig vorsichtiger.«

»Natürlich ging's auch vorsichtiger. Wären Sie irgendwer, würde ich Ihnen sogar helfen. Aber dass Sie Schnüfflerin gerade jetzt die Aussicht genießen wollen, bremst mein Mitgefühl. Das werden Sie sicher verstehen.«

Zittrig lehnt sich die Toni an das Betonfundament. »Nein. Es gibt keinen Grund, so Gas zu geben, oder doch?«

Die Zobel übergeht die Frage. »Hat der Heini also doch gelauscht. Wie zufällig ist er mit seinem Rollator vor den Kabanen herumgeschlichen. War's so?«

Vorsichtig tastet die Toni das lädierte Handgelenk ab. »Und wenn?«

»Also doch. Wo ist eigentlich Ihr Mann? Normal gibt es Sie doch nur im Doppelpack.«

»Der hilft seinem Freund in Großau beim Ausliefern. Wir treffen uns um vierzehn Uhr dreißig in der Annamühle.«

Die Zobel knabbert nachdenklich an der Wangeninnenseite. »Hm, ob sich das ausgehen wird?«

Aufgrund der belauschten Gesprächsfetzen hat sich für die Toni die Situation umgekehrt. »Was haben Sie jetzt vor? Ihren Partner vom Turm stoßen und mich gleich hinterher?«, fragt die Toni in der Hoffnung, den schon vorhandenen Keil tiefer zwischen die streitenden Nachbarn zu stoßen. Sie will die Zobel provozieren und zum Plaudern bringen.

»Warum sollte sie das tun?«, will der Tscholitsch wissen. »Außerdem könnt ihr uns gar nichts beweisen.«

»Doch, die Fingerabdrücke deiner Komplizin sind auf der entwendeten Weißgoldmünze drauf, die bei der Minigolfbahn gefunden wurde«, blufft die Toni.

»Lass dich nicht an der Nase herumführen. Das kann nicht sein.«

»Oh ja, das kann sehr wohl sein. Sie wurden im Labor mit einer neu entwickelten Technologie nachgewiesen.«

»Blödsinn«, entgegnet die Zobel schroff. »Auf der Münze können nur die Abdrücke der Kocmanek drauf sein.«

»Ah«, stöhnt die Verletzte, die bei einer ungeschickten Bewegung mit der verletzten Hand an das Fundament gestoßen ist. Sie streckt den Rücken durch und beschließt, weiter auf den Keil draufzuschlagen. Da die Kocmanek unschuldig ist und die Toni dem Tscholitsch aufgrund seiner körperlichen Verfassung die Taten kaum zutraut, könnte seine Nachbarin tatsächlich die Mörderin sein.

»Weshalb sind Sie da so sicher?«, fragt sie die Zobel. »Ihre Intimfeindin wurde entlastet, sie hat ein Alibi.« Die Toni wendet sich an den Tscholitsch. »Falls du es wirklich nicht weißt, die Polizei hat deine Nachbarin in Verdacht, die Münze beim Kasten platziert zu haben. Alles, um den Verdacht auf die Kocmanek zu lenken. Leider hat sie nicht bedacht, dass die Münze niemals so hätte runterfallen können. Die Spurensicherung hat das getestet, unmöglich, wegen der Pflanzen. Soll ich Ihnen sagen, wie es passiert ist?«, meint sie zur Zobel.

»Nein«, entgegnet die bestimmt.

»Doch, ich würde es gerne wissen«, widerspricht ihr Nachbar.

»Die will uns doch nur gegeneinander aufhetzen. Fällt dir das nicht auf?«

Er zuckt mit den Schultern. »Lass sie einfach erzählen.«

»Um deine Frage von vorhin zu beantworten: Du hast recht, die Högerl ist erstickt«, erklärt die Toni dem Tscholitsch. »Vorher hat sie wer mit einer satten Mischung von Fentanyl und Morphium ruhiggestellt. Danach hast du die alte Dame absichtlich oder unabsichtlich geschubst, und – das glaube ich dir sogar – vermutet, sie wäre tot. Wahrscheinlich hat dir die Zobel das eingeredet und dann quasi als Retterin in der Not mit dir die vermeintliche Leiche versteckt.«

Der Tscholitsch schüttelt vehement den Kopf. »Hab ich nicht. Ich hab die Högerl nach dem Schubser nicht mehr angefasst … das war …«

»Halt dein elendes Maul!«, brüllt die Zobel, schaut die Toni an und seufzt tief. »Warum machen Sie das? Neugierde kann so ungesund sein.«

»Dann haben *Sie* die alte Dame in den Kasten gesteckt und ersticken lassen?«

Der Tscholitsch schaut seine Nachbarin entgeistert an. »Stimmt das? Hast du mich wirklich belogen? Ich kann nicht glauben, dass du so was machst. Sie hat noch gelebt, und du hast mich benutzt, um sie loszuwerden. Ich bin fertig mit den Nerven, saufe mehr als je zuvor, und alles, weil ich geglaubt hab, die Högerl hat sich nach meinem Stoß beim Aufprall das Genick gebrochen. So hast du es mir erzählt.«

»Es gibt keinerlei Frakturen an der Halswirbelsäule, lediglich eine kleine Verletzung am Hinterkopf. Nichts Schlimmes, daran wäre sie nicht gestorben«, wirft die Toni ein und schlägt einmal mehr auf den Keil ein, der langsam, aber stetig tiefer eindringt.

»Sie lügt!«

»Weshalb sollte sie?«

»Du bist so ein Idiot … weil sie uns gegeneinander ausspielen will. Geht das in dein versoffenes Hirn nicht hinein?«

»Hör auf, so zu reden. Es reicht«, antwortet er, »ein für alle Mal.«

Die Zobel stellt sich vor ihn hin und schubst ihn zur Toni, die ausweicht und wieder mit der Hand an das Fundament des Sendemastes stößt. »Au, können Sie nicht aufpassen! Langsam reicht es mir!«

»Mir auch, hör auf damit!«, schreit der Tscholitsch seine Kabanennachbarin an.

»Und wenn nicht? Was dann? Wirst du dann leicht«, sagt die Zobel und zeichnet mit beiden Zeige- und Mittelfingern Gänsefüßchen in die Luft, »böse? Geh, Tscholi, schau, wie die Schnüfflerin da lehnt und in sich hineinlacht. Die spielt doch nur Theater.«

Die Toni verzieht das Gesicht. »Nein, mir ist nicht zum Lachen zumute. Sie haben ihn eiskalt belogen und dann für Ihr perfides Spiel benutzt. Weshalb?«

»Warum gehen Sie nicht einfach, solange Sie noch können? Sie haben nichts in der Hand, und mein lieber Kabanennachbar wird schön den Mund halten. Gell! Dann können Sie uns nichts beweisen.«

»Ohne den Herrn Tscholitsch gehe ich gar nirgends hin. Komm mit, die Zobel hat nichts mehr zu verlieren. Du bist ein Tatzeuge, die will dich loswerden.«

»Was meinst du damit?« Er schaut die Toni mit großen Augen an. »Wieso loswerden?«

»Schau, wenn du redest, wirst du maximal als Mittäter vor Gericht kommen, die Zobel aber für einen Doppelmord. Verstehst du? Die hat nichts mehr zu verlieren. Wenn du als Zeuge, hm, wie soll ich sagen, nicht mehr zur Verfügung stehst, schiebt sie alles auf dich und ist fein raus.«

»Halten Sie einfach nur den Mund. Der Tscholi geht nirgendwohin. Wenn schon, dann wandern wir gemeinsam in den Bau, gell?«, meint die Zobel und gibt damit erstmals zu, an den Verbrechen zumindest beteiligt gewesen zu sein.

Ihr Partner brüllt: »Falsch, du Lügnerin! Du wirst ins Gefängnis wandern. Dein Tscholi hat nämlich weder die Högerl noch den Voitl umgebracht. Das warst du alleine …«

Die Zobel springt auf ihn zu, drückt ihn hart in die Ausnehmung zwischen den Zinnen und schlägt ihm mit der Faust in den Bauch. »Du Versager, halt endlich dein Maul! Dir glaubt eh niemand was, schau dich an, hast dir schon wieder in die Hose gepinkelt.« Tatsächlich färbt sich die Vorderseite der hellen Baumwollhose dunkel, er fängt zu schluchzen an und rutscht an der Zinne langsam zu Boden.

»Sie setzen sich neben den Verlierer«, fährt sie die Toni an und stupst sie an ihrem verletzten Arm an. »Sonst …« Sie deutet mit einem halbkreisförmigen Drehen ihres Kopfes über die Zinne hinweg und zeigt damit, wohin der Weg führen könnte.

Schweißgebadet setzt sich die Verletzte nieder, immer darauf bedacht, ihr Handgelenk zu schützen. Der Schmerz breitet sich bereits glühend heiß bis zum Ellbogen aus. Sie weiß, sie benötigt mehr Zeit, um die Hintergründe der Taten der Zobel zu verstehen, und – was wesentlich wichtiger ist – offenbar brauchen der Pokorny und die Polizei ein wenig länger, bis sie ihr helfen können. Ein ausführliches Geständnis in der Aufnahme-App ihres iPhones wäre natürlich für die Vernehmung durch die Wehli auch nicht schlecht.

»Sie haben Ihre Nachbarin wirklich wegen der Kocmanek umgebracht?«, fragt sie jetzt betont verwundert. »Nur weil sie die Kabane bekommen hätte, wollten Sie ihr den Mord in die Schuhe schieben? Ich finde die Kabanen ja putzig, aber wieso man deswegen jemanden umbringt, das verstehe ich nicht.«

»Können Sie auch nicht. In Wien wohne ich in einem Drecksloch, laut, staubig ohne Ende, nicht einmal für meine Vespa hab ich einen Parkplatz vor der Tür. Unzählige Male haben irgendwelche Idioten ordinäre Sprüche draufgesprayt und sie umgeschmissen. Ich habe das so satt. Wie ich das erste Mal eine Waldkabane gesehen hab, dachte ich so wie Sie. Ich habe meine Meinung geändert. Vor fünf Jahren hab ich die Kabane von meiner Oma überschrieben bekommen, schon nach der ersten Saison war ich in mein kleines Reich verliebt und bin es jetzt noch. Beim Waldbecken ist recht wenig los, die paar Gäste spürt man kaum. Nach Badeschluss gehört die Anlage uns Kabanesen, ein riesiger, wunderschöner Bereich, ich bezeichne diesen gerne als meine niederösterreichische Toskana. Am Abend wird gegrillt, und früh am Morgen durch eine zwitschernde Amsel geweckt zu werden ist ein Traum. Von meinem Hochbett schau ich durchs Dachfenster direkt in die Kronen der Schwarzföhren. Es gibt für mich nichts Schöneres, als aus dem dreckigen Wien in die gute und saubere Luft von Bad Vöslau zu kommen. Auch wenn es Reibereien gibt, im Großen und Ganzen passt es gut.«

»Bis dann auf einmal die Kocmanek auf der Warteliste an die erste Stelle gerutscht ist und Ihnen klar wurde, dass sie Ihre Nachbarin werden könnte. Was für ein Alptraum!«, meint die

Toni mit sanfter Stimme, um mit vorgespieltem Verständnis das Vertrauen der Zobel zu gewinnen.

»Das können Sie laut sagen. Sie haben ja erlebt, wie die sich aufführt. Das hätte ich nicht ausgehalten, ich musste einfach was tun … und die Högerl wäre ja sowieso verreckt. Verstehen Sie das nicht? Ich hab ihr einiges erspart.«

»Was genau haben Sie der alten Frau erspart? Sie haben die Högerl qualvoll ersticken lassen, und jetzt reden Sie sich die Sache schön. Von wegen erlöst, Ersticken muss furchtbar sein.«

»Wenn schon, ich konnte und wollte das alles nicht mehr ertragen. Sie hätten hören sollen, wie sie vor Schmerzen gewimmert, wie sie gebettelt hat, mehr und mehr Medikamente wollte. Wissen Sie, da ist dann plötzlich viel zusammengekommen, es hat auf einmal gepasst. Sie hatte mich jahrelang drangsaliert, hat mich dauernd als Lesbe bezeichnet. Natürlich nur, wenn wir alleine waren. Niemand hat das mitbekommen. Nicht einmal der Tscholi, oder?« Sie blickt angeekelt auf ihn hinunter und deutet sein Schweigen als Zustimmung. »Sehen Sie, wenn's nicht einmal er mitbekommen hat. Als sie der Krebs dann in den Klauen hatte, wollte sie Mitleid von mir, Unterstützung. Ha, die ganze Zeit hat sie mich verachtet, und in der Stunde der höchsten Not hofft sie auf Hilfe. Lächerlich. Aber es war eh alles umsonst, die Kocmanek zieht trotzdem ein.«

»Du bist ja verrückt«, ruft der Tscholitsch und rappelt sich schwankend in die Höhe. »Hast du den Dreck leicht in ihren Gin Tonic hineingemischt? Deshalb ist sie so umgekippt. Und ich hab ihr das Teufelszeug auch noch serviert! Du blödes Arschloch, du sollst bekommen, was du verdienst. Ausgetscholitscht hat's sich«, äfft er. Mit hochrotem Gesicht tritt er an die Zobel heran und schubst sie. »Du hast die Högerl eiskalt umgebracht und mich in deinen Scheiß mit reingezogen!«

»In meinen Scheiß? Mit einer Kabane als Puffer lässt es sich als Säufer leicht reden. Aber als Nachbarin war ich der Wahnsinnigen hoffnungslos ausgeliefert!«, brüllt sie ihn an, stößt ihn weg, drängt ihn zwischen die Zinnen und drückt ihm mit der rechten Hand die Kehle zu. »Und jetzt, du Scheißer, wie fühlt es sich an, keinen Ausweg zu wissen?«

Knapp hundert Meter entfernt nimmt der Pokorny als privater Beobachter ohne Mitspracherecht an einer polizeilichen Einsatzbesprechung teil. Auf der Motorhaube des Streifenwagens hat die Chefinspektorin Pläne des Harzbergturms aufgelegt. Sie zeigt auf die oberste Stelle der Querschnittszeichnung. »Laut der Wirtin der Harzberghütte sind die Zielpersonen auf der Plattform des Turms gesichtet worden. Die Frau Pokorny ist seit geraumer Zeit im Turm, genaue Position unbekannt, wir haben eine Drohne angefordert. Eine dreiköpfige Familie hat die Zobel und den Tscholitsch streiten gesehen, der Vater hat angegeben, die Lage sei explosiv, er befürchte das Schlimmste.«

Ohne Mitspracherecht ist für den Pokorny ein relativer Begriff, der in Notsituation flexibel auszulegen ist. »Worauf warten Sie? Die Toni ist im Turm und braucht unsere Hilfe.«

»Ich hab's befürchtet, stillschweigend zuhören ist nicht so Ihr Ding. Ihre Frau braucht unsere Hilfe, das stimmt. *Unsere* bezieht sich auf die Exekutive, auf Profis und nicht auf einen Freizeitpolizisten. Immer geht das nämlich nicht gut. Gehen Sie auf einen Espresso ins Lokal, der soll sehr gut sein.«

Natürlich wäre ein Espresso eine verlockende Sache, derzeit denkt er aber nur an die Toni. Der Pokorny nickt und schlurft auf die Harzberghütte zu. Bei der letzten Schwarzföhre vor dem Turm bleibt er stehen und wägt ab. Zum Eingang der Schutzhütte ist es ungefähr gleich weit wie zum Turmeingang. Just als er sich gegen die Harzberghütte entscheidet und am Turm nach oben schaut, sieht er, wie der Tscholitsch rücklings in eine Ausnehmung gedrückt wird, schreit und sich verzweifelt an die Zinnen ankrallt.

»Das läuft aus dem Ruder«, stöhnt die Wehli hinter ihm. Freilich ist ihr klar gewesen, dass sich der sture Freizeitpolizist nicht um ihre Anweisungen scheren würde. Sie hält ihn am Arm fest und dreht sich zum Sprengnagl um. »Ruf Verstärkung, schaut nach einer Geiselnahme aus. Wie viele, weiß ich nicht.«

Der Pokorny schnauft durch. »Bis die Cobra eintrifft, ist alles zu spät, wir müssen da selber ran«, zischt er, schüttelt ihre Hand ab und läuft zum Turm. Wobei laufen nicht der richtige Ausdruck ist. Nach der Anstrengung der letzten Stunde hätte ihn die Schnecke der Zwatzl eingeholt, und die Wehli ist weder schleimig noch langsam.

»Halt, Sie kriegen ja jetzt schon kaum Luft, wie wollen Sie denn die Plattform ohne künstlichen Sauerstoff und einen Herzinfarkt erreichen?«, raunt sie.

»Für die Toni riskier ich sogar einen Schlaganfall, wenn ihr was passiert, ist mir eh alles egal. Also lassen Sie mich in Ruhe«, brummt er, befreit sich erneut von der Wehli und schaut nach oben, wo der Tscholitsch im Schraubstock der rechten Hand der Zobel nach wie vor um sein Leben kämpft.

Der Pokorny macht sich Sorgen ohne Ende und weiß, dass die Freundschaft mit der Wehli genauso zum Scheitern verurteilt ist wie die mit der Zwatzl. Deshalb zeigt er auf die aufblasbare Hüpfburg unter den Zinnen und meint wenig charmant: »Machen Sie ein Mal was richtig, reden Sie mit dem Wirt. Er hat mir mal erzählt, dass das Känguru in fünf Minuten voll ist. Dann könnte es sich für den Tscholitsch im Notfall eventuell noch ausgehen. Und … Ihre Kollegen sollen sich zurückhalten. Sonst gibt's Probleme, wenn die Zobel runterschaut.«

Die Wehli starrt zuerst ihn und dann den platten Kinderspieltempel mit großen Augen an, der Pokorny nutzt seine Chance, mobilisiert die letzten Reserven und hastet in den Turm hinein.

»Lassen Sie ihn sofort aus!«, ruft die Toni.

»Sonst was? Sie sind nicht in der Position, Forderungen zu stellen«, stellt die Zobel sarkastisch grinsend fest.

Selten hat sich die Toni so nach der Wehli gesehnt wie jetzt. »Warum der Voitl?«, fragt sie und hofft, mit dem Themenwechsel weiter Zeit zu gewinnen.

»Der war zur falschen Zeit am falschen Ort, der geläuterte Gutmensch hätte mich verpfiffen.« Sie starrt den Tscholitsch mit zusammengekniffenen Augen an. »Hör auf zu wimmern, du Säufer. Ein Mucks noch und ich …«, zischt sie, schiebt ihn mit einer Hand ein Stück weiter auf den einundzwanzig Meter tiefen Abgrund zu. »An diesem Dienstagabend ist alles aus dem Ruder gelaufen. Zuerst das Pech mit der Kocmanek, dann spaziert der Voitl ausgerechnet mitten in der Nacht durchs Bad und hat …«

Die Toni setzt den Satz fort: »Er hat Sie gesehen, wie Sie zusammen mit dem Tscholitsch die Högerl zur Minigolfbahn gebracht haben. Richtig?«

»Nicht uns beide, nur mich. Der Alkoholiker hätte das nicht durchgestanden, heulend ist er in seiner Kabane verschwunden. Ich musste die Högerl alleine zur Minigolfbahn tragen. Gut, viel gewogen hat sie eh nicht mehr. Und ein paar Tage später hat sich der Voitl bei mir gemeldet, wahrscheinlich hatte er sich die letzten Gehirnzellen mit den Drogen weggespritzt. Hat der vor seinem Urlaub glatt sein Handy im Spind vergessen. Verstehen Sie? Das war wie in einem schlechten Film, nur deshalb ist er noch einmal zurück. Und dann hat er mich gefilmt.«

Schön langsam wird der Toni mulmig, die Zobel plaudert jetzt munter drauflos. Zwar wollte sie das, ihr iPhone hat hoffentlich noch genug Saft und zeichnet brav das Geständnis auf. Allerdings schwindet die Chance auf ein amikales Auseinandergehen mit jedem Wort. »Lassen Sie ihn aus, sonst passiert noch ein Unglück.«

»Sie meinen, wenn er als Zeuge weg ist, passiert ein Unglück. Sie haben's ihm ja selbst erklärt. Eigentlich sollte er schon längst zusammen mit dem Voitl als Stützpfeiler das unsägliche Parkhaus abstützen.«

»Hat der Voitl Sie erpresst? Wollte er Geld von Ihnen?«

Die Zobel schnaubt verächtlich. »Ach was, der war nach seiner Diversion so was von ehrlich, hätte mich nicht gewundert, wenn er das Wasser im Grünen Becken geteilt hätte und durchmarschiert wäre. Erpresst, Blödsinn! Der hat mir bis Montag

Zeit gegeben. Ich sollte mich der Polizei stellen, sonst würde er mich anzeigen.«

»Dann sind Sie wegen ihm am Sonntagabend doch nach Bad Vöslau gefahren? Anders, als Sie uns erzählt haben. Waren Sie das auf der Vespa bei der Baustelle?«, fragt die Toni.

Die Zobel lächelt süffisant. »Es ist nicht nur gut und günstig, sondern auch sehr informativ, beim Bierhof den Hacklern beim Mittagessen zuzuhören. Die haben schon vor einer Woche über die Verschiebung geredet. Um sicherzugehen, war ich dann letzte Woche zweimal bei der Baustelle. Sehr aufschlussreich, was die Arbeiter für eine Kiste Bier so unter der Hand erzählen. Das Ultimatum vom Voitl hat mich dann aber leider zum vorzeitigen Handeln gezwungen. Apropos handeln.« Sie zieht ihren Gefangenen ein Stück weg vom Rand, dreht sich zur Toni und tritt ihr ans Knie. »Stehen Sie auf und kommen Sie rüber zu mir. Zwar ist es schön, sich mit jemandem austauschen zu können, blöd nur, dass ich jetzt zwei Zeugen am Hals hab …« Sie nickt nachdenklich, grinst und deutet mit dem rechten Zeigefinger durch die Zinnenausnehmung. »Allerdings könnte sich für Sie mit ein bisschen Glück die Hüpfburg ausgehen. Gut, ohne Luft wird's auch nix bringen, aber besser, als direkt am Beton aufzuschlagen. Jetzt los, rüber zu mir, aber schön langsam.«

Stöhnend drückt sich die Toni langsam in die Höhe. »Sie wollen uns tatsächlich beide vom Turm stoßen?«

»Ist doch eine gute Idee, oder? Es ist ruhig, keine Zeugen, am Freitag ist da nie viel los. Tja, das Bad war schon immer eine große Konkurrenz für die Kängurus. Ich werde beizeiten wieder einmal was spenden«, antwortet die Zobel, greift in ihre Bauchtasche, zieht ein Klappmesser hervor und winkt damit die Toni zu sich. »Reicht das als Argument? Los jetzt!«

»Schon wieder der vermaledeite Turm«, flucht der Pokorny nach der ersten Treppenbiegung. »Kann die den Tscholitsch nicht irgendwo anders würgen? Irgendwo, wo ich leicht hinkomme. Am besten ebenerdig. Aber nein, grad oben auf dem depperten Turm.« Schaudernd erinnert er sich an seinen nächtlichen Horrortrip im Dezember und spürt eine Gänsehaut, als sein Handy ein lautes Signal gibt. Eine SMS vom Sprengnagl.

– *Drohnenaufnahme zeigt, dass die Zobel ein Messer in der Hand hält*

– *siehst du die toni*

– *Ja, die Zobel bedroht sie und den Tscholitsch damit*

– *koennt ihr mit der drohne schiessen*

– *Nein, wir sind nicht im Kino. Die Wehli ist unterwegs zu dir, warte auf sie*

Selten ist er so bereit zu warten, er freut sich sogar über das Geräusch der sich hinter ihm einbremsenden Chefinspektorin. Weil viel verzweifelter als in diesem Moment geht für ihn sowieso nicht.

»Pokorny, wissen Sie vom …«

»Ja, vom Messer. Und was jetzt?«, flüstert er mit panisch geweiteten Augen. »Wenn die der Toni was antut, bring ich sie um. Nur gleich fürs Protokoll. Zufall ist das dann keiner gewesen.«

»Pst, Ruhe. Wir gehen rauf, bleiben Sie hinter mir.« Sie baut sich mit ihren ganzen hundertfünfundsechzig Zentimeter Körpergröße vor ihm auf und sieht ihn eindringlich an. »Versprechen Sie mir das? Sie bleiben hinter mir!«

Er nickt und seufzt tief. »Ich kann sowieso gar nichts denken, geschweige denn tun.«

»Dann los«, flüstert sie und steigt langsam die Stufen hinauf. »Wo ist eigentlich Ihr E-Bike?«

»Hm.« Trotz der Situation muss er schmunzeln. »Beim Steinbruch, an der Stelle, wo wir letztes Jahr mit Ihrem Höllengerät raufgerauscht sind, hat es mich mit meinem Rad aufgebretzelt. Es ist nur mehr Schrott, war arschknapp.«

Die Wehli greift nach ihrem Haarschwanz und bindet sich das Gummiband mit schwungvollen Bewegungen neu. »Von da oben geht's auch weit runter … pst.« Vor der Tür zur Plattform kauern sich beide hin und lauschen.

»Eli, lass mich … chhh«, krächzt der Tscholitsch, er kriegt mit dem Schraubstock um den Hals kaum noch Luft. »I…ch verrate dich nicht.«

Sie zieht ihn mit der rechten Hand zu sich heran. »Nenn mich nie wieder Eli! Ich hasse das. Verstanden?«, fährt sie ihn an und schleudert ihn zurück zwischen die Zinnen. Hektisch rudert er mit den Armen und kann sich gerade noch an der Oberkante festhalten.

»Und Sie schlafen mir nicht ein! Los, rüber zu mir. Ich mein das ernst.« Die Zobel deutet mit dem Messer vor der Toni auf den Boden. »Gut so, und jetzt wieder auf die Knie, sonst machen Sie noch Blödsinn.«

Der Pokorny richtet sich auf und flüstert: »Ich lauf raus und lenk sie ab.«

»Nein, wir sind zu weit weg«, stellt die Wehli fest. »Mit dem Messer und dem Tscholitsch, der schon mehr unten als zwischen den Zinnen liegt, sitzt sie am längeren Hebel. Hm, ich habe eine Idee, kommen Sie mit.« Sie zieht ihn im Stiegenhaus am Arm ums Eck. »Wir machen Folgendes: Der Sprengnagl wird Ihre Frau anrufen. Sobald es bei ihr läutet, ruf ich ein paar Sekunden später auf Ihrem Nokia an. Mit Ihrer Retrokeule sind Sie leicht zu identifizieren und auch kaum zu überhören. Hoffentlich versteht Ihre Frau, was ich vorhabe.«

»Hm, weiß nicht, wenn's nicht einmal ich versteh.«

»Na, die Zobel wird ihr das iPhone wegnehmen, und wenn gleichzeitig Ihr Handy im Turm läutet, ist sie irritiert. Ihre Frau hätte dann eventuell die Chance einzugreifen. So, wie sich die Lage zuspitzt, haben wir nicht mehr viel Zeit.«

Die Chefinspektorin informiert den Gruppeninspektor über den Ablauf, schaut den Pokorny ernst an und klopft ihm aufmunternd auf die Schulter. »Kommen Sie, Ihre Liebste schafft das schon.« Als wären seine Füße in Blei gegossen, folgt er dem Auge des Gesetzes.

»Arbeiten Sie und die Zwatzl eigentlich zusammen?«, fragt die Toni weiter, um Zeit zu gewinnen.

Die Zobel lacht höhnisch. »Zusammenarbeiten? Mit dem Stasiverschnitt? Fix nicht. Die hat mir das Leben dort ordentlich schwer gemacht.«

»Weil Sie sich immer beobachtet gefühlt haben, oder?«

»Zum Glück sind dann ja Sie gekommen, und die Deutsche hat flugs ihre Sachen verräumt. Die war in der Nacht auch im Bad. Im Unterschied zum Voitl hab ich sie aber gesehen ...« Sie wird vom Läuten des iPhones unterbrochen. »Los, geben Sie her!«, fordert sie die Toni auf und dreht das Messer am Griff zwischen Daumen und Zeigefinger hin und her.

Die Toni greift nach dem Handy. »Ui, die Polizei persönlich. Soll ich abheben?«, fragt sie, würgt den Sprengnagl ab, öffnet die iCloud und klickt auf manuelles Back-up.

»Haben Sie's mit den Ohren? Her mit dem Handy!«, fordert sie, entreißt der Toni das iPhone und wirft es kommentarlos über die Zinnen des Turms. »Die Zwatzl ...« Sie wird abermals durch ein Läuten unterbrochen, wobei das Läuten markerschütternd aus dem Turm hallt. »Was zur Hölle ist denn hier los?«

Die Zobel macht einen raschen Schritt zu der Eisentür hinüber, und dann geht es plötzlich ganz rasch. Während die Tür aufschwingt und die Wehli auf die Plattform springt, tritt die Zobel mit dem Messer eilig zurück zum Tscholitsch. »Verschwinden Sie sofort, sonst ... was ...« Sie wird durch ein blitzschnell näher kommendes surrendes Geräusch unterbrochen.

Die Drohne trifft die Geiselnehmerin mit voller Wucht am Brustbein. Mit einem Schmerzensschrei taumelt die Zobel rückwärts zwischen zwei Zinnen, versucht verzweifelt, sich festzuhalten, verliert das Gleichgewicht und stürzt mit einem lang gezogenen Schrei in die Tiefe.

Die Wehli sprintet zu den Zinnen hinüber und beugt sich durch.

»Ist sie ...?«, fragt die Toni.

Die Chefinspektorin atmet erleichtert aus. »Nein, zum Glück

nicht. So wie's aussieht, hat das Känguru der Zobel das Leben gerettet. Zumindest strampelt sie noch.«

Keuchend lässt sich der Pokorny neben die allerbeste und allermutigste Ehefrau der Welt fallen, nimmt sie liebevoll in die Arme und streicht ihr sanft eine Haarsträhne aus dem Gesicht. »Wie geht's dir?«

»Geht so. Aua, bitte pass auf. Mein Arm tut weh«, stöhnt sie. »Herr Tscholitsch, bei Ihnen so weit alles in Ordnung?«

Der Angesprochene reagiert nicht. Er hat sein Gesicht in den Händen verborgen, schluchzt, sein ganzer Körper bebt.

»Aus dem bekommen wir jetzt nichts raus. Soweit ich sehe, ist er unverletzt. Begleiten Sie ihn bitte hinunter«, sagt die Chefinspektorin zu einer herbeieilenden Mitarbeiterin des Roten Kreuzes, die in Begleitung vom Sprengnagl auf die Plattform gehetzt kommt.

»Die Kollegen kletzln die Zobel grade aus der Hüpfburg raus«, erzählt der Gruppeninspektor, erleichtert, dass niemandem etwas Gröberes passiert ist. »Das war echt knapp. Wer weiß, was ohne die Drohne passiert wäre. Der Sturz … mir ist fast das Herz stehen geblieben.«

»Ich bin froh, dass es vorbei ist«, stöhnt die Toni. »Dass sich diese Situation so zuspitzt, war nicht zu erwarten.«

»Wie geht's mit den beiden jetzt weiter?«, fragt der Pokorny, umfasst die Toni vorsichtig um die Hüfte und hilft ihr auf.

»Der Tscholitsch wandert als mutmaßlicher Doppelmörder gleich in U-Haft. Ich denke, die Zobel wird wegen gefährlicher Drohung wohl folgen. Wobei ich ihren Ausraster und die Geiselnahme nicht nachvollziehen kann. Aber das soll die StA entscheiden.«

»Stopp! Er ist nicht der Mörder«, widerspricht die Toni und erzählt der Wehli, dem Sprengnagl und dem Pokorny von dem Gespräch. »Mit viel Glück finden Ihre ITler in der Aufnahme-App meines iPhones direkt das Geständnis.« Sie sieht die fragenden Blicke. »Die Zobel hat es nach dem Anruf vom Gruppeninspektor hinuntergeworfen. Leider nicht zur Hüpfburg. Ob das iCloud-Back-up funktioniert hat, weiß ich nicht. Ich glaube aber, der Tscholitsch wird so oder so plaudern. Die Zobel hat ihn nämlich nach Strich und Faden belogen und ausgenutzt.«

Die Wehli runzelt nachdenklich die Stirn. »Die StA wird entscheiden, wie wir vorgehen. Störung der Totenruhe kommt für ihn beim Voitl jedenfalls in Frage. Können wir in der Harzberghütte jetzt gleich die Protokolle machen? Dann brauchen Sie sich nicht zu meiner …« Sie lässt den Satz absichtlich offen.

»Verfügung halten«, antwortet der Pokorny. »Ja, dann haben wir es wenigstens hinter uns.«

Die vollständig aufgeblasene Hüpfburg in Form eines Kängurus hat zwar definitiv schon bessere Zeiten erlebt, dafür aber der Mörderin das Leben gerettet. Mit einem Nasen-, Jochbein- und Schulterbruch ist der Sturz von der Plattform des Turmes für die Zobel relativ glimpflich ausgegangen.

Am Weg nach unten wurden die Schmerzen der Toni immer schlimmer, sodass sie sich letztendlich auf eine Rettungsbahre im Krankenwagen setzen muss. Der Notarzt vermutet eine Prellung vom Knie über die Hüfte bis hinauf zur Schulter. Nach der ersten Untersuchung gibt es eine vorsichtige Entwarnung für das verletzte Handgelenk. Es dürfte lediglich verstaucht sein.

»Wurde mein Handy gefunden?«, fragt die Toni.

Der Sprengnagl lächelt matt. »Die Teile liegen über mehrere Meter verstreut herum. Das Geständnis dürfte sich nach einundzwanzig Meter freiem Fall pulverisiert haben.«

»Dann sucht nach dem Handy vom Voitl. Das dürfte als Beweis auch reichen … aua.« Sie greift sich an ihr Handgelenk.

Die Wehli unterbricht sie. »Ich glaube, wir lassen das mit dem Protokoll heute doch lieber bleiben. Fahren Sie ins Krankenhaus. Für die erste Vernehmung reicht mir die Zusammenfassung vom Turm oben. Über Details reden wir morgen.« Die Chefinspektorin nickt den Sanitätern zu und schließt die Tür des

Rettungswagens, der langsam die unruhige, mit Schlaglöchern und Wellen übersäte Harzbergstraße nach unten fährt.

Fast scheint es schon Tradition zu sein, dass die Pokornys nach dem großen Finale eines Mordfalles noch eine Extrarunde im Krankenhaus Baden absolvieren müssen. Zur Erleichterung des Spitalpersonals sowie des Ehepaars können die Verletzungen der Toni ambulant behandelt werden. Rasch sind die Abschürfungen gereinigt und mit Spezialverbänden versehen, das zum Glück tatsächlich lediglich verstauchte Handgelenk wird mit einem Kompressionsverband versehen. Kurz darauf sind die beiden mit den herzlichsten Genesungswünschen entlassen.

»Annamühle oder nicht?«, fragt der Pokorny die allerbeste Ehefrau der Welt beim Heimfahren.

Sie schüttelt den Kopf. »Nein, heute nicht. Die Katzinger spare ich mir für Montag auf.«

»Zuckerschnecke, durch den Polizeieinsatz sind Dutzende Gaffer beim Turm gewesen und haben fleißig gefilmt. Wenn die Katzinger jetzt schon online auf Partnersuche geht, wird sie früher oder später ein paar Videos vom Absturz der Zobel sehen.« Der Pokorny streicht ihr zärtlich mit der rechten Hand über den Oberschenkel. »Schau, ich versteh dich und hab auch keinen Bock auf sie. Ich befürchte allerdings, dass sie noch heute oder spätestens morgen früh bei uns sowieso auf der Matte stehen wird. Nach dem begründeten Ärger wegen ihrer Geburtstagsfeier ist ihr wahrscheinlich egal, was wir über ihren Besuch denken.«

Da der Pokorny mit seinem Nokia informationstechnisch eingeschränkt und die Toni ohne ihr iPhone vom Leben abgeschnitten ist, bleiben die beiden über die zu vermutende Onlineverbreitung der Flugkünste der Mörderin im Unklaren. Also bis zu dem Moment, wo sein Handy mit lautem »Tititi, tititi« den Eingang einer SMS signalisiert.

– Bingo, reife Leistung; erwart asab AM pers: Infos – LK

»Reife Leistung von der Katzinger«, schmunzelt die Toni. »Auch wenn es mir widerstrebt … besser, wir bringen es gleich hinter uns. Also in Gottes Namen schreib, wir kommen gleich.«

– ok   bis gleich

Die Pokornys machen einen kleinen Umweg über die Bücherei, um die Maxime abzuholen. Das Knie von der Toni schwillt immer mehr an, sie humpelt und taucht dermaßen derangiert beim Café Annamühle auf, dass sogar der Katzinger der Mund offen bleibt.

»Marantana, wie schaust denn du aus? Als wäre ein Schnellzug über dich drübergefahren«, ruft sie und tätschelt das eingebundene Handgelenk.

»Aua, bitte nicht, das tut echt weh!«, ruft die Toni.

»'tschuldige«, meint die alte Frau, greift sich mit der rechten Hand auf ihr Kapperl und klopft energisch mit dem Stock an die Glasscheibe. »Schnell, das Standardmenü für die Heldin, sonst kippt die uns noch um!«, schreit sie der Karin. »Bei dem vielen Tatütata war mir klar, ihr habt die Hände im Spiel. Der Heini war grade da und hat mich ins Foto gesetzt. Auch ein Video vom Köpfler der Kugelstoßerin hab ich gesehen. Reife Leistung von dir, da ganz oben am Juchhe. Ganz nach meinem Geschmack«, meint sie mit hochgezogenen Augenbrauen.

»Danke für das Kompliment. Sie sind aber heute fesch unterwegs, so sportlich. Trainieren Sie leicht für den Marathon?«, fragt die Toni und zeigt auf das Finisher-Leiberl vom Wien-Marathon.

»Geh, Mädel, rein figürlich würde ich's ja schaffen, aber die Hühneraugen und ihr Bruder, der Hallux, verhindern das. Da geht leider nix mehr.«

»Das Leiberl bekommen aber nur die Läufer, die auch die Ziellinie sehen«, stellt der Pokorny fest.

Die Katzinger nickt energisch. »Freilich, freilich, ich hab sie auch gesehen. Ganz deutlich, unter so einem aufgeblasenen Bogen war die, auf einer Schwelle, dort hat's auch ein paar Gestörte drübergewürfelt. Na gut, was willst auch nach der langen Strecken. Verstehst du das? So weit hatschen? Nirgendwo ein Säbelzahntiger, vor dem die weglaufen müssten. Und dann schwitzen die uns halb Wien zu. Gut, bis nach Vöslau schaffen die's eh nicht. Egal, jedenfalls war die Linie gar nicht leicht zu sehen, weil halt die Leute an den Sperrungen drängen. Als alte Frau siehst da kaum was, aber Adlerauge sei wachsam, mir entgeht nichts.«

»Gesehen heißt, ins Ziel gelaufen zu sein, nicht die Linie als Zuschauerin betrachtet zu haben.«

»Ma, da kann er kaum aufrecht stehen, verschwitzt bis in die Unterhose, trotzdem kommt der Oberlehrer durch. Obwohl eigentlich eh die Toni alles geregelt hat. Wurscht, was war los am Berg?«

Die Augen der Katzinger werden größer, bei der Schilderung der Szene mit dem Abgang der Zobel entkommt ihr ein lautes »Marandjosef«, begleitet von der stocklosen Hand auf ihrer Brust. »Tonerl, ich muss sagen, Topleistung mit der Kugelstoßerin auf der Plattform im Zweikampf, Null-Komma-Josef-Unterstützung durch den Säufer, ich bin echt stolz auf dich.« Beherzt beißt sie in ihr Speckstangerl, legt es weg und tätschelt mit derselben Hand den Arm der Toni.

Mühsam beherrscht, um sich vor der euphorischen alten Frau nicht die Fettflecken abzuwischen, rückt die Toni ein Stück näher zum Pokorny hin, um aus der Gefahrenzone zu sein.

»Ich bin so stolz auf euch, ich schmeiß eine Runde. Bleibs ja da«, befiehlt die Katzinger und wackelt auf ihren Stock gestützt in das Lokal hinein.

»Einen raschen Kaffee, dann ab in die Wanne, ich bin echt erledigt«, sagt der Pokorny.

»Mir reicht es für heute, treffen wir uns morgen mit dem Sprengi beim Riegler-Dorner in Großau. Die haben frisch ausgesteckt. Ich schick ihm eine WhatsApp.«

Der Pokorny nickt, beim Gedanken an seine Fixspeise beim Heurigen rinnt ihm das Wasser im Mund zusammen. »Mh, auf ein Fleischlaberl mit Erdäpfelsalat. Jawohl. Da geht's mir gleich besser.«

– *Sprengi, wir sind morgen um 12.00 Uhr in Großau beim Riegler-Dorner, hast du Zeit?*
– *Werde es versuchen …*

»Gute Wahl, beim Franzl gibt's einen mörderisch guten Wein. Da, für uns Starermittler«, trällert die alte Frau, stellt drei Sektgläser auf den Tisch, geht noch einmal hinein und kommt mit einer gefüllten Hundeschüssel heraus.

Die Toni schaut ungläubig. »Da ist aber kein Sekt drinnen, oder?«

»Ma, was du schon wieder denkst, ich mag's Hunderl doch nicht betrunken machen. Reinstes Wasser«, meint sie und schiebt die Schüssel mit dem Stock zur Maxime hin. Die Pokornys erkennen anhand der schwimmenden Teigstücke, dass die Katzinger zumindest eine gute Handvoll Kekse in die Schüssel geworfen hat. Inklusive ihrer Schlappohren versinkt die Beagelin in dem Geschenk der alten Frau.

Kraftlos von den Ereignissen der letzten Tage, nehmen die beiden die Zufütterungsversuche hin, greifen nach dem Glas.

»Prost, auf euch! Langsam erinnert ihr mich ein bisserl an die Amerikaner, die von der Serie ›Hart aber lieb‹, kennt ihr die? Mit ihrem Diener haben die gemeinsam alle Verbrechen aufgeklärt. Ihr seids das Ehepaar ›Harts‹ aus Österreich, und ich zwar nicht euer Diener, aber jedenfalls beim Team dabei.«

Die Toni grinst über das ganze Gesicht. »Klar kennen wir die Serie. Tut mir leid, wenn ich Sie gleich ausbessere. Jennifer und Jonathan Hart aus der Serie ›Hart aber herzlich‹. Habe ich geliebt. Eine Zeitung hat uns schon mit ihnen verglichen … da haben nicht zufällig Sie die Hände im Spiel gehabt?«

»Geh, ich? Wo denn, ich rede doch mit keinen Zeitungsfuzzis über euch«, widerspricht sie, als hätte es die Bilder von ihr und dem Pokorny vor ihrem gemeinsamen Stammcafé nicht gegeben. »Die Kugelstoßerin hat also wirklich zwei Kabanen frei gemacht, nicht schlecht.«

Der Pokorny runzelt die Stirn. »Wieso zwei?«

»Na, die von der Högerl und ihre eigene. Gut, das war ein klassisches Eigentor, das konnte sie halt im Vorfeld nicht wissen. Der Direktor wird sie sicher teuer weitervermieten. Übrigens, habts das von der Leni gehört?«

»Ihre Freundin, die in die Griesnockerlsuppe ...?«, rät die Toni.

»Genau die. Bei ihr hat's die Suppen immer nur lauwarm gegeben. Angeblich, weil die so besser schmecken, geh. In Wirklichkeit war die Leni ein Geizhals, wie's im Bilderbuch steht. Ein bisserl neidig, hat aber eh genug Geld gehabt.« Sie schneidet eine Grimasse, nippt an ihrem Sekt. »Ich hab einmal zu ihr gesagt: ›Leni, du hast Geld wie Heu, gib es aus. Kinder hast auch keine, willst daran ersticken?‹ Wollt sie nicht, aber indirekt ist es passiert. Die Griesnockerln waren gefroren, und weil halt die Suppe nur lauwarm war und sie so gierig gegessen hat ... Jedenfalls hat der Leichenschnipsler bei der Operation ein quer steckendes Nockerl gefunden. Muss furchtbar sein, ein bisserl wie bei der Högerl in der Minigolfkiste, was meint ihr?«

Die Pokornys trinken wie auf Kommando beide ihren Sekt aus, nicken betrübt und verabschieden sich. Nach all den Toten der letzten Tage ist die Vorstellung einer blau angelaufenen alten Dame, die mit dem Kopf im Teller liegt, zu viel des Guten.

»Na, geh, jetzt bleibts doch noch da. Immer das Gleiche, lassen mich da alleine stehen ... Das geht auch nur bei einer Pensionärin durch.«

Mit einem dicken Kater im Kopf werden die Pokornys um acht Uhr von der nüchternen Maxime aus dem Bett gebellt. Nach dem ganzen Stress um die Aufklärung der Mordfälle hätte den beiden der Whirlpool gutgetan, leider ließen die Abschürfungen der Toni ein Bad nicht zu. So waren die beiden Helden am Abend dermaßen aufgekratzt gewesen, dass nicht einmal je zwei Flaschen Frizzantino und Veltliner die beiden mit dem Sandmännchen ins Traumland wandern ließen. Erst zehn Milligramm Valium für jeden brachte den gewünschten Erfolg, freilich um den Preis, übernächtigt und schwummrig im Gehirn aufzuwachen.

»Gott steh mir bei«, stöhnt die Toni. »Maxime, bitte! Mir platzt der Kopf, da brauch ich dein Gebelle null. Aus!«

Ein Aus mit Rufzeichen erzielt bei der zeitungsinteressierten Beagelin dann doch den gewünschten Erfolg. Zwar muss sie einmal noch nachbellen, so etwas gehört einfach zu einem Hund mit Charakter, schleicht dann aber langsam und sichtlich unverstanden in ihr Körbchen zurück.

Die Toni nimmt das gestern noch aktivierte Ersatz-iPhone von der Küchenablage und liest die letzte WhatsApp vom Gruppeninspektor.

– *Vernehmung der Zobel und Tscholitsch um 8.00 Uhr, sollte sich ausgehen, der Berti wird nicht kommen können*

»Der Berti kann nicht kommen«, sagt die Toni. »Warum auch immer.«

»Hast du beim Franz eigentlich einen Tisch reserviert? Samstagmittags sind die ziemlich voll.«

»Nein, wann denn? Los, mach du das, ich geh duschen.«

Eine Diskussion darüber, wer was warum nicht getan hat, könnte die ohnehin fragile alkoholgeschwängerte Atmosphäre weiter verunreinigen. Deshalb greift er zum Nokia, aber seltsamerweise ist dort schon ein Tisch auf seinen Namen reserviert. Wieso und von wem und was das unter anderem heißt, kann ihm der freundliche Mitarbeiter nicht beantworten.

Mehr als aufgebackene Semmerln geht sich für die zwei magentechnisch noch nicht aus. Sogar der Pokorny, der ja ungern hungrig aus dem Haus geht, verzichtet auf eine größere Labung. Wobei ihm die Vorfreude auf seine Leibspeise über die Schonfrist hinweghilft.

Kurz nach zwölf Uhr treffen sie beim Heurigen Riegler-Dorner ein und werden von der Chefin freundlich begrüßt.

Während die Toni mit Rücksicht auf ihren beleidigten Magen vorerst lediglich eine Frittatensuppe bestellt, schlägt der Pokorny bei seinem Lieblingsmenü voll zu. Mittlerweile ist es für die beiden aufgrund ihrer Bekanntheit schwierig, in der Stadtgemeinde unerkannt essen zu gehen. Obwohl das Lokal aufgrund der vielen Reservierungen noch leer ist, hat sich ihr gestriger heldenhafter Einsatz am Harzbergturm schon durchgesprochen.

»Gratuliere zur Aufklärung der Morde, endlich können wir wieder entspannt ins Bad gehen«, sagt der Heurigenwirt, der extra hinter der Schank hervorgekommen ist.

»Woher weißt du …?«, fragt die Toni. Ein Blick genügt, und sie weiß, woher der Wind weht. »Du brauchst nichts zu sagen, wahrscheinlich von der Frau Katzinger, oder?«

»Gestern am frühen Abend hat sie angerufen und meiner Liebsten alles ganz genau geschildert. Stimmt es wirklich, dass du mit einem Kung-Fu-Tritt die Drohne auf die Zobel abgelenkt hast und die dann mit einem Rückwärtssalto vom Turm in den Beutel des Kängurus geflogen ist?«, fragt er augenzwinkernd.

Die Toni greift sich an die Stirn. »Die Katzinger und ihre Schauergeschichten«, stellt sie fest und fasst die letzten Momente am Turm kurz zusammen.

Gerade als sie ihr Essen serviert bekommen, betritt der Sprengnagl das Lokal, schaut auf die Tafel hinter der Schank und bestellt geröstete Knödel mit Ei und einen Trauben-Ribisel-Saft, mit Mineral auf einen halben Liter aufgespritzt.

»Wo ist denn der Berti?«, begrüßt ihn die Toni.

»Ein Kollege aus der Kriminaldienstgruppe Suchtgift hat ihn für zwölf Uhr auf die PI bestellt. Er wird zu seinen Verkaufstätigkeiten im Bad befragt. Ich hab ja immer gewusst, irgendwann geht er zu weit. Der Idiot! Wenigstens konnten seine Drogen weder bei der Högerl noch beim Voitl im Blut nachgewiesen werden. Er gibt an, nicht recht zu wissen, wie sein Zeugs in den Spind vom Voitl gekommen ist.«

Der Pokorny schüttelt den Kopf. »Vielleicht gibt er jetzt Ruhe.«

»Schauen wir mal, ich muss mich da eh raushalten«, meint der Sprengnagl und zuckt die Schultern. »Das Netz ist voll mit Videos vom Sturz der Zobel. Ein Gaffer hat die ganze Zeit draufgehalten, zum Glück ist alles gut ausgegangen.«

»Ja, zum Glück, allerdings hätte ich ohne Frizzi und Valium kein Auge zugemacht. Die verstauchte Hand hat auch ihres dazu beigetragen.«

»Jetzt erzähl schon, was haben die zwei ausgeplaudert?«, will der Pokorny, über seinen Teller gebeugt, wissen.

Der Sprengnagl gähnt ausgiebig. »Entschuldigt, es hat gestern doch länger gedauert als geplant. Der Tscholitsch hat uns noch am Abend im Spital seine Sicht der Dinge erzählt. Die Zobel konnten wir erst heute befragen. Schulterbruch, sie wird wohl länger an den Tag denken. Zuerst hat sie noch geleugnet, alles abgestritten und die Morde dem Tscholitsch in die Schuhe geschoben. Dann haben wir sie mit dem Blut in ihrer Duschkabine konfrontiert und ihr deine Aufnahme vorgespielt.« Er sieht, wie die Toni die Stirne runzelt. »Ja, dein iPhone ist hinüber, stimmt schon. Aber dank des starken Wlan in der Harzberghütte hat es dafür mit dem iCloud-Back-up gepasst. Zum Glück hast du an dem Tag keine großen Datenmengen produziert. Sonst wäre die Flugdauer zu kurz gewesen. Die Qualität ist zwar nicht berauschend, aber die wichtigen Details sind gut zu verstehen.«

Er bedankt sich für den servierten Saft und nimmt einen langen Schluck. »Dann ist sie eingeknickt und versucht jetzt, sich auf Totschlag rauszureden.«

Der Pokorny nickt. »Versteh ich. Der Strafrahmen bei Totschlag liegt bei fünf bis zehn Jahren statt zehn bis zwanzig oder lebenslänglich wie bei Mord. Beim Voitl kann ich's nicht einschätzen, aber bei der Högerl war's jedenfalls ein kaltblütiger Mord. Sie unter eine überdosierte Menge an Schmerzmittel setzen und dann zum Ersticken in eine Kiste legen. Heimtückischer geht ja nicht.«

»Was hat die Zobel erzählt?«, fragt die Toni, gespannt wie ein Bogen.

»Ihr Plan war von Anfang an, die Högerl mit einem Medikamentencocktail ruhigzustellen und sie im Kasten der Minigolfbahn zu verstecken. Ihr war klar, dass die alte Dame dort ersticken wird. Sie hat die falschen Spuren, die uns zur Kocmanek führen sollten, gut vorbereitet. Die Morphiumschachtel hat sie in der Kabane so platziert, dass die Kocmanek quasi drüber gestolpert ist und die Schachtel neugierig in die Hand genommen hat. Die Zobel hat sie dann rein zufällig überrascht, und die Schachtel ist runtergefallen, damit waren die Fingerabdrücke der Kocmanek drauf. Dann hat sie euch die Info zugespielt, ihr habt mich verständigt, und wir haben die Schachtel sichergestellt. Gut geplant. Die Weißgoldmünze hatte sie ihr am Vortag gestohlen und nach der Tat bei den Funkien neben dem Kasten versteckt. Was, wie wir wissen, ungeschickt war. Sie wollte verhindern, dass wer anderer die Münze findet und dabei die Abdrücke der Kocmanek wegwischt. In den Gin Tonic hat sie eine große Menge der beiden Schmerzmittel hineingeschüttet.«

»Das Fentanyl hat sie beim Ausräumen vom Sommersacher-Spint mitgehen lassen?«, vermutet der Pokorny.

»Ja, genug für den Mordanschlag bei der Högerl und um eine falsche Spur in Richtung Voitl zu legen. Der war nach seinen letzten Befunden sauber. Den Rest hat der Tscholitsch in die Apotheke gebracht. Jedenfalls hat sie den Voitl erschlagen, ihm die Medikamentenschachteln in die Hand gedrückt und diese dann in der Mordnacht in seinen Spind gelegt.«

»Der Tscholitsch hat am Turm erwähnt, er hätte der Högerl unwissentlich den tödlichen Cocktail verabreicht? Wie ist er da ins Spiel gekommen?«

Der Gruppeninspektor trinkt einen Schluck. »Die Zobel hatte in ihrer Kabane den Cocktail vorbereitet. Da die Högerl länger am Klo war, ist sie zwischenzeitlich mit der Münze zum Kasten gegangen. Als sie zurückkam, stand der Tscholitsch bei der Kabanentür der Högerl, und sie stritten wieder einmal wegen der Begonien. Er hat ihr im Suff öfters hineingepinkelt. Mit seinem Auftauchen hatte die Zobel nicht gerechnet. Sie wusste, dass er mit dem Guschlbauer im Café Post trinken ist, und hat gedacht, dass er irgendwo versumpert. Was später, wie wir wissen, auch passiert ist. Er konnte kaum mehr stehen und wollte sich an diesem Abend bei der alten Frau entschuldigen und verhindern, dass sie ihn beim Direktor weiter anschwärzt und der ihm den Mietvertrag kündigt. Aufgrund seiner brutalen Übergriffe und der Sauferei war er bereits angezählt.«

»Lass mich raten«, sagt der Pokorny. »Die Zobel hat vorgegeben, die Lage beruhigen zu wollen, und zu einem nachbarschaftlichen Umtrunk eingeladen. Richtig?«

»Genau so war es. Sie hat die Gläser aus ihrer Kabane geholt, unbeholfen mit dem Tablett herumgewerkt, der Tscholitsch hat ihr geholfen und der Högerl ihren Cocktail serviert. Voilà. Deshalb waren seine Abdrücke auf dem Ginglas.«

»Und dann kam's doch noch einmal zum Streit. Muss so sein, denn aus irgendeinem Grund hat er die Högerl geschubst«, vermutet die Toni, während sie den Löffel in der heiß servierten Frittatensuppe dreht.

»Die Zobel hat das genial eingefädelt. Nachdem alle ausgetrunken hatten, ist sie Nachschub holen gegangen. Beim Rausgehen hat sie gesagt … Wie hat sie sich noch einmal ausgedrückt? Ja: ›Und fangt wegen der angeprunzten Begonien bitte nicht wieder zu streiten an.‹ Damit hat sie die Högerl aufgestachelt und auf einen Auszucker vom Tscholitsch gebaut. Was dann auch passiert ist. Ein Wort gab das andere, er hat sie geschubst, sie ist unglücklich gefallen. Wahrscheinlich war sie kurz weggetreten. Er rannte panisch zur Zobel rüber und sagte, er habe die Högerl umgebracht.«

Die Toni nickt. »Sie hat provoziert und gewartet, ob sich die Sache in ihrem Sinn entwickelt. Die Högerl hätte ja wirklich dumm hinfallen und sich das Genick brechen können.«

»Genau. Dann ist sie mit ihm rüber und hat den Bruch der Halswirbelsäule erfunden. Und als langjährige Bekannte hat sie für ihn die Leiche beseitigt. Nach dem Mord am Voitl hat sie ihren Nachbarn an diese selbstlose Hilfe erinnert und ihn damit unter Druck gesetzt, auf diese Weise hat sie den Tscholitsch zum Transport auf die Baustelle und die Unterbringung in der Verschalung überreden können. Was ist ihm auch anderes über geblieben? Die Übersiedelung der Leiche des Voitl von der Kabane der Högerl in die des Deutschen hat sie vorher noch allein durchgezogen.«

»Aber das hätte er doch leicht leugnen können? Ich sehe nichts, was auf ihn als Täter hindeutet«, wirft die Toni ein.

»Die Zobel hat sich bei ihm die Hände gewaschen und gewusst, dass es durch die Schrubberei dabei zur Verunreinigung des Waschbereichs kommen kann. Genial eingefädelt. Durch das Blut und seine Fingerabdrücke auf dem Gin-Tonic-Glas mit den Tablettenrückständen war er unser Hauptverdächtiger.«

»Und die ganzen Umstände nur, weil sie alles der Kocmanek anhängen wollte«, sinniert der Pokorny. »Und dann war's für die Fische. Mir ist sowieso unverständlich, warum die Zobel den Kasten bei der Minigolfbahn als Versteck gewählt hat. Ich hätte die Högerl im Waldbecken versenkt.«

»Willi! Bitte, das ist jetzt nicht dein Ernst? Ich gehe dort nie wieder rein.«

»Das hat die Zobel auch gesagt. Die Golfbahn ist ihr wurscht, aber ihr geheiligtes Waldbecken wollte sie dann doch nicht für diesen Zweck entweihen. Sie zu ertränken war die erste Idee, sie war mit der alten Frau schon beim Becken, dabei dürfte der Schlapfen reingefallen sein. Am Weg zum Abschlagkasten hat sie den zweiten verloren, der dann im dunklen Eck gefunden wurde.«

Die Toni schiebt vom Tellerrand ein paar Frittaten auf den Löffel und bläst vorsichtig darauf. »Und anschließend war die Zobel so nett und hat den Tscholitsch auf den Stufen beim Sunk abgelegt und ihm so ein schwammiges Alibi verschafft. Wahrscheinlich, um ihm zu zeigen, wie sehr sie ihn unterstützt.«

»Hat er gewusst, was sie mit der Kocmanek vorgehabt hat?«, möchte der Pokorny wissen.

»Ja«, antwortet der Sprengnagl und steckt einen Bissen von dem flaumigen, leicht angerösteten Semmelknödel mit Ei in den Mund. »Hm, sind die gut. Das kann ich jetzt echt brauchen.« Er spült mit einem Schluck nach. »Sie hat ihm weisgemacht, falls die Polizei die Leiche der Högerl findet, hätte sie, um ihn zu schützen, die Kocmanek sicherheitshalber als Schuldige aufgebaut.«

»Der Tscholitsch hat wohl ehrlich geglaubt, sie will ihm helfen«, schlussfolgert der Pokorny. »Dabei wollte ihn seine Nachbarin nur mit hineinziehen, erpressbar machen und ihn im Notfall als Mörder hinstellen.«

»Das hat er erst durch meinen Bluff am Turm und die Bestätigung durch die Zobel erfahren. Da ist ihm klar geworden, wie sehr sie ihn belogen und benutzt hat und dass sie der Kocmanek den Mord von Anfang an anhängen wollte. Das wäre beinahe sein Todesurteil gewesen. Der Aufstieg auf den Turm sollte sein Ende einläuten«, stellt die Toni ernüchtert fest. »Freitag ist da wenig bis nichts los. Der Absturz und ihr Verschwinden wären wahrscheinlich unbemerkt über die Bühne gegangen.«

»Die Zobel hatte ihn zu ihrem Komplizen gemacht, er musste mitspielen, das war ihm klar«, folgert der Pokorny.

»Er hatte keine Chance.« Der Sprengnagl winkt ab. »Der Voitl wurde Sonntagabend von der Taxifahrerin zum Bad gebracht, danach war er wie vom Erdboden verschwunden. Die

Zobel hat ihn in der Högerl-Kabane erschlagen, dann in den blauen Teppich eingerollt und in die Kabane des Deutschen gebracht.«

»Sie hat mir erzählt, dass der Voitl sie mit dem Handy gefilmt und ihr mit der Polizei gedroht hat«, sagt die Toni.

»Dann glaub ich gerne, dass sie nervös wurde«, meint der Pokorny.

»Nach tagelangem Zögern hat sie den Voitl um ein klärendes Gespräch ersucht. Am Sonntagabend im Bad.«

Der Pokorny schaut den Sprengi mit großen Augen an. »Sag mir jetzt bitte nicht, dass der Voitl ihr zuerst gedroht hat und abends alleine zu ihr gegangen ist.«

»Nein, natürlich nicht. Der hätte den Teufel getan, schließlich hat er sie beim Abtransport der Högerl gesehen. Dem war klar, was ihm passieren könnte.«

»Jetzt red schon, spann uns nicht so auf die Folter!« Langsam ärgert sich der Pokorny über seinen Freund.

»Ja, ja, schon gut. Der Voitl hat sich Unterstützung geholt. Wenn er in Begleitung kam, würde ihm die Zobel wohl nichts tun. Ratet mal, mit wem er zu ihrer Kabane gegangen ist?«

Die Toni neigt den Kopf von links nach rechts. »Nicht wahr, oder? Mit dem Tscholitsch? Was für ein Alptraum. Der Voitl hatte ja nur die Zobel beim Verfrachten der Högerl gesehen und sich nichts ahnend an ihren Komplizen gewandt.«

»Genau, nach dem Anruf vom Voitl hat sie den Tscholitsch genötigt, mitzuspielen und den Unwissenden ins Bad zu locken.«

»Aber die Katzinger hat ihn doch mit einem Koffer wegfahren sehen?«, stellt die Toni fest.

»Der Voitl hatte bis Dienstag Urlaub und wollte nach dem Gespräch am Sonntag für einen Tag nach München fliegen«, erklärt der Sprengnagl. »Deswegen auch das Taxi zum Flughafen. Wie wir wissen, ist er dort aber nie angekommen. Das letzte Mal war sein Handy im Bad eingeloggt. Die Zobel hat es bei einer Ausfahrt mit der Vespa entsorgt. Wo, weiß sie nicht mehr.«

Der Pokorny schluckt hastig das üppige Stück Fleischlaberl hinunter. »Und der Tscholitsch war dabei, als sie den Voitl erschlagen hat?«

»Nein, es ging ja nur um ein klärendes Gespräch. Der ist in seine Kabane, hat sich dort eine Flasche Zweigelt reingezogen und den Fernseher laut aufgedreht. Das war's, er weiß von nichts. Erst als ihn die Zobel bei der Entsorgung der Leiche vom Voitl gebraucht hat, ist ihm das wahre Ausmaß der Tragödie klar geworden. Sie hat ihm eingeredet, der Voitl hätte ihn bei der Högerl gesehen und wolle ihn der Polizei ausliefern. Sie habe versucht, ihn von der Unschuld des Tscholitsch zu überzeugen. Da sei der Voitl plötzlich handgreiflich geworden, sie habe ihn in Notwehr erschlagen und in die Kabane des Deutschen geschleift. In der Nacht von Mittwoch auf Donnerstag dieser Woche hat sie den Tscholitsch dann aus dem Bett geholt und gezwungen, zusammen mit ihr den verwesenden Körper des Voitl mit einer Scheibtruhe zur Baustelle zu bringen.«

»Habt ihr die schon gefunden?«, erkundigt sich der Pokorny.

»Ja, bei der Baustelle in Richtung Großau. Die verwenden andere Marken, einem Arbeiter ist das plus der Verwesungsgeruch aufgefallen. Damit wurde die Leiche transportiert.«

Die Toni schiebt die Suppentasse von sich und beschließt, angesichts der Vorstellung von dem verwesenden Voitl auf weitere Nahrungszufuhr zu verzichten. »Sie musste den Transport in die Kabane des Deutschen jedenfalls alleine bewerkstelligen. Ob der Tscholitsch stabil genug gewesen wäre, mit einer Leiche in der Nachbarkabane bis Donnerstag durchzuhalten, bezweifle ich. Stell dir das vor, du schläfst, und neben dir ...« Sie stockt und schüttelt sich. »Wäre die Baustelle nicht in Verzug gewesen, dann wäre der Transport schon in der Sonntagnacht passiert. Gleich nach der Ermordung direkt in die Verschalung, ohne Umweg über die Kabane des Deutschen.«

»Am Sonntag war der Voitl noch frisch.« Der Sprengnagl verzieht angewidert das Gesicht. »Die Zobel meinte, die Chance, den Tscholitsch beim Helfen gleich mit in die Verschalung zu stecken, sei gut gewesen. Als sie den Voitl Tage später gemeinsam angehoben haben, ist ihrem Helfer der Sack aus der Hand gerutscht, auf das Eck eines vierkantigen gusseisernen Schirmständers gekracht und aufgeplatzt. Daher auch die ganze Schweinerei und der Gestank in der Kabane. Der Tscholitsch hatte vorher gar nichts riechen können, die Leiche war perfekt verpackt ... halt bis zum Runterfallen. Er hat zwar noch mitgeholfen, die aufgeblähte Leiche in die Scheibtruhe zu hieven und auf die Baustelle zu transportieren. Bei der Verfrachtung in die Verschalung hat er sich aber geweigert, damit war auch die Chance dahin, ihn gleich mit zu entsorgen.«

Die Toni würgt. »Die Zobel hat die Leiche dann tatsächlich alleine in die Verschalung gesteckt? Unvorstellbar, Sprengi, du hast schon bei dem Zementsack gestöhnt.«

»Sie hatte offensichtlich keine andere Wahl. Und mit ihrer Figur einer Kugelstoßerin, wie die Katzinger mehrmals betont hat, wird sie das irgendwie geschafft haben«, meint der Pokorny. »Grauslich, alleine die Vorstellung.«

Der Sprengnagl nickt. »Aber das Beste kommt zum Schluss. Die Zobel war beim Mord an der Högerl trotz allem nachlässig. Sie wusste nämlich nicht, dass die Menge der beiden Medikamente die Högerl sowieso umgebracht hätte, und zwar gleich in ihrer Kabane. Hätte sie das geahnt, dann hätte sie die Münze der Kocmanek in der Kabane platziert; bei Unstimmigkeiten wäre dann doch der Tscholitsch mit seinem Rempler und den Fingerabdrücken auf dem Glas dran gewesen. Unglaublich. Dann würde wahrscheinlich auch der Voitl noch leben.«

Die Toni nickt. »Weil er sie beim Transport der Leiche nicht sehen hätte können. Wo ist eigentlich das Gewand der Zobel? Das muss ja voll mit ... Resten vom Voitl gewesen sein.«

»Das hat sie versucht, auf der Baustelle neben der Scheibtruhe zu verbrennen. Ist ihr nicht ganz geglückt. Wir haben Reste ihrer DNA und der vom Voitl sicherstellen können.«

Der Pokorny wechselt das Thema. »Und die Zeitungsartikel, hat die Zobel damit was zu tun? Bisher hab ich eher an die Zwatzl gedacht.«

»Ich habe gestern Abend noch mit dem Hackstock telefoniert, privat …«

»Du kennst den privat?«, fragt die Toni verwundert.

»Nein, so hab ich das nicht gemeint. Die Wehli hat mir freie Hand gegeben. Er hat gesagt: Jetzt, wo der Fall abgeschlossen ist, ist die anonyme Quelle vermutlich lebenslang versiegt.«

»Mehr hat er nicht erzählt?«

Der Pokorny wischt sich zufrieden den Mund ab. »Toni, die Zobel war's. Auf Mord stehen zwischen zehn und zwanzig Jahre beziehungsweise sogar lebenslänglich. Bei einem Doppelmord wird's wohl auf Letzteres hinauslaufen. Verstehst du? Mit dem Hinweis macht er uns klar, dass seine Quelle wegen Mordes versiegt ist. Und damit kommt nur die Zobel in Betracht.«

Der Sprengnagl redet weiter: »Der Journalist wurde nur wegen euch zwei von ihr mit Infos versorgt. Die Zobel hat gehofft, dass euch die Wehli aus dem Spiel nimmt. Mittlerweile«, sagt er grinsend, »seid ihr im Verbrechermilieu richtig gefürchtet.«

»Eines versteh ich aber nicht«, meint die Toni nachdenklich. »Woher wusste die Zobel von unserem nächtlichen Baustelleneinsatz? Den Rest hat sie sich wohl mehr oder weniger zusammengereimt, aber wenn sie nicht auf der Baustelle war, dann kann eigentlich nur …«

»… die Zwatzl geplaudert haben, stimmt's?«, ergänzt der Pokorny.

Sein Freund nickt. »Ihr war klar, dass wir ihr sowieso wieder Ärger machen würden, deshalb hat sie euch ein Ei gelegt. Quasi ein Revanchefoul im Vorhinein.«

»Die beiden waren sich doch nicht grün. Wie hat das denn funktioniert?«

»Sie hat der Zobel einen Zettel unter der Kabanentür durchgeschoben, und die hat den brühwarm an den Hackstock weitergemailt«, erklärt der Gruppeninspektor.

Der Pokorny erkundigt sich: »Die O-Weh weiß also, dass wir nichts damit zu tun hatten?«

»Ja, ja, alles in Ordnung, es wird sich an eurer Freundschaft nichts ändern, hihi.«

Plötzlich wird die Tür aufgerissen, knallt an die Wand, die Schankbeleuchtung geht aus. »Kruzitürken, ich hab doch gesagt, die gehört fixiert«, mault die Katzinger, wirft die Tür ins Schloss und wackelt zum Tisch der Pokornys hin. »Ha, da schauts jetzt drein. Ja, ja, nur wegen meiner einer habt ihr überhaupt noch einen Platz bekommen, weil ja sonst kein Tisch mehr ...« Sie schaut sich mit zusammengekniffenen Augen in dem nahezu leeren Gastraum um, legt den Kopf schief und starrt den Wirt an. »Ich glaub, mich tritt der Gaul vom Huber-Bauern. Mir machst du so einen Stress, dabei ist die Hütte doch eh leer.«

Der Wirt bläst die Wangen auf und lässt die Luft blubbernd wieder raus. »Was soll ich dir sagen ...« Er lacht und dreht das Licht wieder auf, aus der Küche kommt die Bürgermeisterin heraus und schreit: »ÜBERRASCHUNG!«

»Äh ...«, krächzt die Katzinger. »Wie jetzt?«

»Wie mir ein mit Ihnen gut befreundetes Engerl um drei Uhr morgens geschrieben hat, können wir heute mit Ihnen nachträglich auf Ihren Siebziger anstoßen. Außerdem hat sich die Finanzstadträtin erweichen lassen ...«, sie legt der alten Frau die Hand auf die Schulter, »und hat einen Stadtehrenring für Sie besorgt, den ich Ihnen hiermit im Kreise der Stadtverwaltung sowie Ihrer Freunde feierlich überreichen darf.«

Wieder knallt die Eingangstür an die Wand, noch mehr Putz bröckelt ab, alles, was in der Gemeinde so Rang und Namen hat, macht seine Aufwartung. Freilich fehlen auch die Sollinger Herta, die Fratelli, der Ludwig und der Heini nicht.

Die Ortschefin tritt vor, steckt der alten Frau mit sanfter Gewalt den Ring über die angeschwollenen rheumatischen Fingergelenke und überreicht ihr die dazugehörige Urkunde und ein Glas Sekt. »Liebe Frau Katzinger, liebe Ehrenbürgerin, wir gratulieren Ihnen herzlich zum siebzigsten Geburtstag und hoffen, dass Sie die Pokornys weiterhin so tatkräftig unterstützen werden. Prost!«

»Meiner Seele«, schnüffelt die Katzinger. »Wenn das mein Ferdinand noch ...« Ihre letzten Worte gehen in einem Schluchzen und dem Stofftaschentuch vom Heini unter. Wie es sich für einen Gentleman alter Schule gehört, hat er für alle Fälle immer ein sauberes dabei.

»Vielleicht magst ja einmal bei uns vorbeikommen, im Bad«, meint der Heini. »Wenn der Direktor die Kabane noch einmal hinbekommt. Ich hab das schon mit dem Ludwig besprochen ...«

Die Katzinger wird rot im Gesicht, räuspert sich, schnäuzt sich ausgiebig und reicht ihm dankend das Taschentuch zurück. »Äh, also ... darüber reden wir alleine«, flüstert sie.

Der Pokorny beugt sich zur Toni. »Sag, das befreundete Engerl, das bist nicht zufällig du, oder?«

»Nein, wie kommst du darauf? Um drei Uhr schlaf ich tief und fest. Glaub ich zumindest«, murmelt sie, nimmt ihr Ersatz-iPhone aus der Tasche und staunt nicht schlecht. »Gütiger Gott. Gut, dass der Fall geklärt ist, sonst könntest du mich bald einweisen. Da, lies.« Sie gibt ihm das Handy und trinkt den Sekt auf ex.

Der Sprengnagl beugt sich zu seinem Freund, beide lesen die nächtliche Frizzantino-durchfeuchtete WhatsApp der Toni an die Bürgermeisterin.

– *Genug is genug, du hast den Purzltag von der Liesl geistig verloren und einen Ring hats auch keinen bekommen. Entweder du checkst bis morgen einen, wir sind beim dorner in rieglau, glaub ich, oder du kannst dir unsere Ringe samt Urkunde im Rathaus aufhängen. See you, at High-noon, die Ehrenbürgerin Tonia Pokorny!!!*

Die beiden Männer fangen unisono schallend zu lachen an, was die Toni, die seit dem Zwinkern der Bürgermeisterin am liebsten im Erdboden verschwinden möchte, nicht besonders erfreut. »Ja, ja, ist schon gut. Da seht ihr, was Stress und Alkohol aus Leuten machen kann.«

»Das warst sicher du, Tonerl, hast wie versprochen für mich gekämpft«, sagt die Katzinger und tätschelt ihr die Hand. »Pokorny, Pokorny, ich hab gesehen, dein Frosch ist kaputt«, feixt sie, nimmt ihr Emporia aus der Tasche und zeigt ihm ein Foto. Sie zeigt der Fratelli ein Daumen-hoch. »Heute zeitig in der Früh hat mir die Rosal das Malheur durchgefaxt, Marantana, da hat's dich aber ordentlich zerbröselt.«

»Willi, um Gottes willen, was ist denn da passiert?«, ruft die Toni und hält sich die Hand vor den Mund.

Rasch hat er seinen Teufelsritt, mit wilden Ausschmückungen garniert, in allen mehr oder weniger wahren Details beschrieben.

Die alte Frau nickt anerkennend, haut ihm mit dem Ehrenring auf das Schlüsselbein. »Na, jetzt fehlt dir die Gehhilfe. Armes Tonerl, da wird sich dein Göttergatte gar nicht mehr bewegen. Schwarz seh ich für einen kleinen Willi. Was machen wir denn da?«

Während sich der Held brummend die schmerzende Stelle reibt und überlegt, was es wohl mit dem kleinen Willi auf sich hat, gesellt sich die Bürgermeisterin zum Tisch dazu. »Ich hätte da schon eine Idee. Mir ist zu Ohren gekommen, dass unser E-Bike wie ein Chamäleon die Farbe gewechselt hat und nun blitzorange ist. Ein zweites könnten wir, nachdem dank Ihrer Aufklärungsrate Bad Vöslau wieder einmal in den Mittelpunkt Österreichs rutscht, schon noch spenden. Wenn Sie wollen, sogar in Grün, vielleicht halt passend zu den Föhrennadeln, dann wäre wenigstens ein bisserl Werbung für uns dabei. Was meinen Sie?«

Aller guten Dinge sind drei, ein weiteres Mal schnalzt die Eingangstür gegen die Wand, diesmal bleibt die Schnalle in der Mauer stecken. Frauenpower pur, die Wehli betritt zur Überraschung aller in Jeansjacke und ebensolcher Hose das Lokal. »Jetzt schauen Sie nicht so, ich wollte halt mal privat vorbeikommen und der Frau Katzinger gratulieren. Übrigens finde ich die Idee mit dem Föhrengrün gut, weil, frei nach dem Werbeslogan Ihrer Gemeinde ›Wasser, Wein und Wald‹, müsste die nächste Leiche ja irgendwo an einer Schwarzföhre baumeln oder von einem Wildschwein zerlegt werden. Das wäre dann eine Mordssau in Bad Vöslau.«

Der Pokorny lädt die Wehli zum Hinsetzen ein und schüttelt verwundert den Kopf. »Dann haben Sie uns wieder im Genick sitzen, wollen Sie das wirklich?«

Die Chefinspektorin schüttelt ebenfalls den Kopf. »Nicht in diesem Leben, war ja nur ein Witz.«

Dass nicht jeder Witz lustig ist, sich dagegen so flockige Ansagen schneller als gewünscht erfüllen könnten, war bei der bis in die Nacht dauernden launigen Geburtstagsfeier nicht abzusehen ...

Dankschön

Ob ein Buch erfolgreich läuft, hängt in erster Linie von treuen und begeisterten Leserinnen und Lesern ab. Und so freue ich mich sehr über die zahlreichen tollen Rückmeldungen. Als Resultat meines Erfolgs halten Sie gerade meinen dritten Krimi in Händen.

Dass immer noch ein bisserl mehr an »Danke« für meine Ehefrau Petra geht, weiß ich jetzt. Wieder war sie an vielen Tagen mit den alltäglichen Routinearbeiten auf sich allein gestellt. Zum Schreiben gesellt sich nämlich noch ein sogenannter Brotberuf, was die Verfügbarkeit des Schreiberlings weiter verringerte. Petra, ich liebe dich und danke dir, dass du nicht schon schreiend davongelaufen bist.

Mein großer Dank gilt wieder meinen Testleserinnen und Testlesern, die mich mit Rat und Tat unterstützt und Fehler gnadenlos aufdeckt haben. Nennen möchte ich hier: Beatrix Hadek, Annemarie Hellmich-Scheuch, Nada Höfinger, Herwig Pauls und Brigitte Zwiebler.

Ein besonders großes Dankschön geht an Dr. Maria und Dr. Christopher Burghuber, und zwar nicht nur fürs Testlesen, sondern auch für die medizinische Beratung. Ich habe mir jedoch die Freiheit genommen, medizinische Fakten für die Handlung »flexibel« auszulegen.

Bei der Direktorin des Thermalbades Vöslau, Frau Carina Hochebner, möchte ich mich ebenso bedanken wie bei Tatjana und Christian Polak. Sie haben mich in die Geheimnisse der historischen Badeanlage, der Schwimmbecken und Kabanen eingeweiht und mir die Freiheit gegeben, mich im Thermalbad mörderisch auszutoben. Ein paar Fakten und Gegebenheiten habe ich für die Krimihandlung »adaptiert«. Das Gespräch mit einigen Kabanesinnen und Kabanesen hat mir ebenfalls sehr weitergeholfen. Die Idee mit der Warteliste war wirklich gut!

Auch Ihnen gebührt mein Dank, ich hoffe, dass Sie mir etwaige »Unschärfen« im Buch verzeihen und darüber schmunzeln können. Die angeführten Scharmützel und Unstimmigkeiten untereinander gibt es natürlich nicht und sind rein meiner Phantasie entsprungen.

Ich möchte die Gelegenheit auch nutzen, um mich beim früheren Bürgermeister der Stadtgemeinde, Christoph Prinz, herzlich für die gute Zusammenarbeit und die Unterstützung zu bedanken. Sehr erfreulich ist für mich, dass auch der Nachfolger, Bürgermeister Christian Flammer, meinen Buchprojekten weiter die Treue hält. Der Leiterin der Tourist-Info, Frau Joelle Kußnow, und ihrem Team möchte ich ebenso danken wie Herrn Andreas Klingelmayer, der mich medial sehr unterstützt hat. Einen herzlichen Dank auch an alle Unternehmen, die hinter meinem Roman und mir damit zur Seite stehen. Ohne diese breite Zustimmung könnte mein Leitsatz »Regionaler als regional« nicht halten, was er verspricht!

Meine Agentin Conny Heindl von der Agentur Gerd Drews hatte wieder alle Hände voll zu tun, um mein Temperament zu zügeln und in geordnete Bahnen zu lenken. Der Vertriebsprofi in mir ist nicht leicht zu bändigen, sie schafft es dennoch (meistens). Herzlichen Dank dafür!

Vielen Dank auch an das Team beim Emons Verlag. Die Unterstützung ist grandios, es macht großen Spaß, bei diesem Verlag Bücher zu veröffentlichen. Danke auch für das Vertrauen, »Mörderschau in Bad Vöslau« nur neun Monate nach »Mordsradau in Bad Vöslau« erscheinen zu lassen. Mein Dank gebührt insbesondere Jana Budde, Nora Dutz, Dominic Hettgen, Annika Hynek, Mike Jauß, Hannah Naumann, Sophie Olk, Nina Schäfer, Ingeborg Simandi, Christel Steinmetz, Inka Stirnagel, Franziska Emons-Hausen und dem Verlagsinhaber Hermann-Josef Emons.

Meiner Lektorin Uta Rupprecht gilt diesmal ein besonderes Dankschön. Sie kennt manche Figuren anscheinend besser als ich und hat sich für ihre Lieblingsfigur, die Frau Katzinger, starkgemacht. Die wurde in der ersten Fassung von mir unbeabsichtigt ein wenig auf die Ersatzbank gesetzt. Mehrmals tat Frau Rupprecht beim ersten Überarbeiten in den Kommentaren ihren Unmut kund. »Nie und nimmer würde sich die Katzinger dies gefallen lassen!«, und recht hat sie. Ein herzliches Dankschön an meine Lektorin, auch von der alten Frau. Sie ist mir während der Überarbeitung mehrmals im Traum – »Hilfe!!!« – erschienen und hat zu mir gesagt: »Burschi, die darfst nicht mehr auslassen, die hat was drauf, die ist gut und schaut auf mich. Und jetzt mach ma eine Melange mit viel ...« – »Ja, weiß eh, halt Schlagobers ...«, flüsterte ich im Bett liegend.

Der krönende Abschluss sind natürlich wieder Sie, liebe Leserinnen, liebe Leser! Die Erfolgsgeschichte der Pokornys kann letztendlich nur wegen Ihrer Unterstützung weitergehen. Die vielen Gespräche bei den Lesungen und Signierstunden sind für mich jedes Mal ein großes Vergnügen. Ich hoffe, ich konnte Ihre Erwartungen erfüllen und Ihnen wieder amüsante Stunden mit den Pokornys, dem Sprengnagl, der Katzinger und Co. bescheren. Am vierten Teil wird schon gebastelt!

Es zahlt sich aus, mir elektronisch zu folgen. Besuchen Sie meine Webpage www.norbert-ruhrhofer.at, abonnieren Sie meine Krimi-News und/oder folgen Sie mir auf Instagram oder Facebook. Über eine Weiterempfehlung und gute Rezensionen auf den einschlägigen Onlineplattformen würde ich mich sehr freuen.

Mit mörderischen Grüßen

Norbert Ruhrhofer

PS: Wie hat Ihnen der Roman gefallen? Gern können Sie mir unter autor@norbert-ruhrhofer.at Feedback senden und Fragen stellen.

Norbert Ruhrhofer
MORD IN BAD VÖSLAU
Broschur, 304 Seiten
ISBN 978-3-7408-1258-4

»Sport ist Mord«, das hat Willi Pokorny schon immer geahnt, und
beim diesjährigen Bad Vöslauer Kurstadtlauf scheint sich das Zitat
tatsächlich zu bewahrheiten: Ein herzkranker Mann liegt leblos
neben seinem Rollstuhl. Die Polizei geht von einem natürlichen Tod
aus, doch nicht nur Willi Pokorny hegt Zweifel daran. Gemeinsam
mit seiner Ehefrau Toni und der schrulligen Frau Katzinger begibt
er sich auf Mörderjagd – und stolpert schon bald über weitere
Leichen.

www.emons-verlag.de

Norbert Ruhrhofer
MORDSRADAU IN BAD VÖSLAU
Broschur, 384 Seiten
ISBN 978-3-7408-1568-4

Eigentlich wollten die Pokornys nach einer anstrengenden Tages-
tour durch Wien in Ruhe beim »Tatort« entspannen. Da steht plötzlich der Obmann des Triestingtaler Immobilienverbands vor der Tür
und bittet das Ehepaar um Hilfe: Zwei Maklerkollegen haben unter
mysteriösen Umständen das Zeitliche gesegnet. Kurz nachdem
die »Freizeitpolizisten« die privaten Ermittlungen aufgenommen
haben, stirbt eine weitere Maklerin, und sie soll nicht die Letzte
sein ...

www.emons-verlag.de